《诗经》导读

刘永 著

上海交通大学出版社
SHANGHAI JIAO TONG UNIVERSITY PRESS

内容提要

　　本书主要面向高校学生,也适合古典文学爱好者阅读。本书主要有以下几个特点:一是在《诗经》导读课程教学体系的基础上,把原来的 10 个主题扩充为 16 个主题;二是给每个主题都写了一个"题解";三是每一首诗歌都回归到了鲁、齐、韩三家诗的阐释;四是在每一章结尾都设置了思考题,读者可以在读完这一章后,围绕着这些题目,复习和巩固所学的知识,或展开进一步的思考和探索;五是把每首诗都重新翻译成现代白话诗,注重诗歌韵味的传达,让译诗也成为一首真正的"诗",而不再是"打油诗"或"顺口溜"。

图书在版编目(CIP)数据

　　《诗经》导读/ 刘永著. -- 上海 ：上海交通大学
出版社, 2025. 6. -- ISBN 978-7-313-32501-3

　　Ⅰ. I207.222

　　中国国家版本馆 CIP 数据核字第 2025LN6933 号

《诗经》导读

《SHIJING》DAODU

著　　者:刘　永

出版发行:上海交通大学出版社　　　　　　　地　　址:上海市番禺路 951 号

邮政编码:200030　　　　　　　　　　　　　电　　话:021 - 64071208

印　　制:上海锦佳印刷有限公司　　　　　　经　　销:全国新华书店

开　　本:710 mm×1000 mm　1/16　　　　　印　　张:22

字　　数:365 千字

版　　次:2025 年 6 月第 1 版　　　　　　　印　　次:2025 年 6 月第 1 次印刷

书　　号:ISBN 978 - 7 - 313 - 32501 - 3

定　　价:88.00 元

上海理工大学人文通识教育系列
教材编辑委员会

诗经导读

总　序

　　在我国高质量发展进程加速以及中国式现代化建设蓬勃展开的当下，高等教育的深刻变革不仅是时代的要求，也是国家发展的战略需要。在这一宏观背景下，人文通识教育的重要性愈发凸显，它不仅是连接专业知识与综合素质的桥梁，更是培养新时代高素质人才的基石。中华优秀传统文化构筑了中华民族的坚实根基，它不仅是民族精神内核的承载者，更是民族文化独特魅力的鲜亮旗帜。习近平总书记多次在重要讲话中强调了文化自信和文化传承的重要性，指出中华文化是中华民族的精神命脉，必须大力弘扬中华优秀传统文化，推动中华文化的创造性转化和创新性发展。开展人文通识教育，继承和发扬中华民族的传统文化是增强民族自信心和凝聚力、加强文化认同感、提高民族文化素质的重要途径。与此同时，全球化与信息技术的快速发展使得社会对人才的需求日益多元化和复合化，需要具备德智体美劳全面发展、创新精神和实践能力的高素质人才，为发展新质生产力提供坚实的人才支撑。人文通识教育作为高等教育体系中的关键一环，不仅拓宽了学生的知识边界，还培养了他们的批判性思维、沟通能力和文化素养，使他们成为具有国际视野和跨文化交流能力的复合型人才。人文通识教育对于提升大学生的综合素质、培养具有社会责任感和创新精神，具有不可替代的作用。

　　上海理工大学是一所以工学为主，理学、经济学、管理学、文学、艺术学、法学等多学科协调发展的应用研究型大学,具有开展人文通识教育的优厚条件。学校致力于建设成为国内一流、特色显著的引领产业技术进步的创新型大学。要实现这一宏伟目标,学校不仅需要强化重点学科的建设,更要促进包括人文学科在内的各学科间的和谐共进。开展广泛深入的人文通识教育,是顺应时势、为国育才的必然要求。

自 2017 年新组建以来,沪江学院承担了全校本科学生的文化素质教育、音乐素养教育以及对外汉语教学与研究工作。2022 年 3 月,学校成立美育中心,与沪江学院合署办公,将美育纳入人文通识教育的整体框架中,更是体现了学校对人文教育的高度重视。作为学校人文教育的重要载体,沪江学院不仅肩负着传统的教学使命,更积极构筑具有理工科大学特色的人文通识教育体系和美育工作体系。学院坚持以传播中华优秀文化为己任,通过丰富多彩的教育活动,不断提升学生的文化素养和审美能力。

为了更有效地推进人文通识教育,提升学生的综合素养,沪江学院组织专业教师精心编写了这一系列人文通识教育教材,希望通过系统的学科布局和丰富的教学内容,搭建一个系统、全面、深入的通识教育学习平台,为学生的全面发展提供坚实有力的支撑。本套人文通识教育系列教材将分阶段陆续推出,内容涵盖政治、经济、语言、文学、音乐、书法、文化等多个领域,力求为学生们呈现一幅绚丽多彩的人文知识画卷。首批教材于 2025 年出版,包括《沟通的方法与策略》和《〈诗经〉导读》,旨在引领学生们深入探索沟通艺术与古典诗歌的魅力。这些教材均基于所设的课程精心编写而成,既汲取了学术界最新的研究成果,也凝结着教师们的心血和创见。

在教材的编写过程中,我们既追求知识的系统性与完整性,也充分考虑了教材的实用性和可读性,力求做到语言简洁明了、内容丰富有趣、结构清晰合理,以便学生能够更好地掌握相关知识。我们也注重培养学生的创新思维和实践能力,使学生在掌握扎实知识的同时,能够具备独立思考和解决实际问题的能力。我们坚信,随着本套大学人文通识系列教材的面世,学生将得以领略到多元文化的独特魅力,从而不断提升人的审美鉴赏力与人文素养。我们同样满怀希冀,期待本套教材的出版能为学校人文通识教育的发展注入强劲动力,进一步丰富和完善课程体系,并推动学科建设和学术研究跃升至新的高度。

上海理工大学人文通识教育系列教材编委会

2025 年 3 月

一本《诗经》入门的好教材
（代序）

教材不好写。关于传统文化经典的教材尤其难写。这些年，我虽然写了不少书，但一直不敢编写教材。因为如何在学术性和可读性、知识性和普及性之间，找到一个最大公约数，这个分寸很难拿捏。

所以，当我听说刘永博士在写一部关于《诗经》的教材，并且要我为他写序时，不免有点为难。一方面，我手头也正在撰写《诗经通讲》，不想也不便受到同类信息的影响；另一方面，基于我对教材写作的偏见——我总觉得，为了编教材而编教材，难免会左右掣肘，可能不如问题意识较强的写作更容易直探腹地，翻出新意。

不过，当我看到刘永的最终修改稿时，之前的顾虑一扫而空，继之而来的是一种欣喜和得意。欣喜的是，这是一本很适合大学生阅读的《诗经》入门教材；得意的是，此书的前后酝酿和最终成型，我也算是见证者之一，并且贡献了一些修改意见。不妨这样说，这本书及其作者刘永博士，都与我"有缘"。

本书原题为"《诗经》与中华诗教"，后又改为"《诗经》与诗教"，现在终于定名为"《诗经》导读"，我以为，这个书名与教材的性质更为契合。此其一。

其二，本书体例上也很整饬，引子和导论部分就与《诗经》相关的内容做了比较翔实的介绍，为读者进一步阅读文本做好了铺垫。主体部分则选取了 16 个主题，结合具体作品，对《诗经》的内容及文化精神予以全面介绍，每一主题的阐释都和儒家思想相联系，在每一首诗的具体阐释中，又能取法古人，回到儒家诗学的伦理教化特色,从而凸显了《诗经》作为儒家经典的意义。所以,我很赞同复旦大学殷寄明教授对本书的判断:"作者对文中所涉后十五个主题作了纵深地挖掘、探讨,见解新颖而独到,大大地彰显了《诗经》的教育作用。该教材冲破了《诗经》仅作为古代文学教学的藩篱而进入中华优秀文化传播之畛域。就古代文学教学范畴而言,是一个课堂思政的创举。"

其三,在教材的每一主题中,很好地贯彻了作品赏析和诗歌今译的形式,读者一卷在手,不仅可以读到《诗经》中近 60 首经典作品,还可以欣赏到作者所"重译"的白话新诗。把《诗经》翻译成白话诗,虽不是作者的创举,但本书的"重译"却有些与众不同的特色。诚如作者所说,他译出来的《诗经》,不再是"打油诗"或"顺口溜",而是有着诗味的新诗了。值得一提的是,刘永博士热爱诗歌,写诗至今已超过 25 年,他以诗人的才情翻译《诗经》,赋予这些古老的诗歌以新的活力和灵气,这应该是本书的一个重要"看点"。

我乐于为刘永博士的这本书作序,还有一个原因,那就是他的这本书所体现出来的对于儒家诗学和诗教的认识与我颇为契合。大约十年前,因为研究兴趣和学科方向的调整,我开始了对"儒家诗学"和"儒家型诗人"的研究,至今已发表了十余篇论文。我在最早发表的一篇《论儒家诗学的伦理建构与审美转换——以刘勰的"华实"范畴为例》文章中提出:在中国传统文化中,儒家诗教与诗学,发挥着类似宗教信仰和人格养成的功能与作用。"就诗歌而言,一首极富审美价值的诗,如果能够产生关于社会伦理及教化的作用,其审美价值不是缩小了,而恰恰相反,是增大了。故西方只能产生着重探讨诗之技艺及审美层面的'诗论'或'诗学',而中国却产生了以小见大、以人合天、即体即用、以器明道的'诗经'和'诗教'。"针对学界影响深远的儒家诗学"实用理论"说,我也提出了不同的观点,认为:"'实用理论'说试图将中国古典诗学导向'工具理性',而事实上,熟悉中国传统文化的人都知道,中国古典诗学恰恰张扬的是与'工具理性'相对的'价值理性'。与其说儒家诗学关注的是诗对于社会政治的'有用'性,不如说其发掘的是诗对于纯美风俗、立己成人的'有益'性。""儒家诗学的伦理化建构并非所谓'实用理论',而是将审美活动内在化、道德化和人格化,是一种更为触及身心和灵魂的审美范式。"(《同济大学学报(社会科学版)》2014年第6期)在对屈原、曹植、陶渊明、陈子昂、杜甫、韩愈、白居易、邵雍、欧阳修、苏轼、王安石、王阳明、王夫之、顾炎武等"儒家型诗人"的研究中,不难发现,儒家诗学与诗教对诗歌的影响是怎么估计也不嫌过分的,这些历史上产生过重要影响的大诗人,皆可谓"深于《诗》者"(《礼记·经解》),无不受到《诗经》和传统诗教的深刻影响。目前,我的研究仍在进行中,阅读本书中对《诗经》诗篇的具体阐释,大有"于我心有戚戚"之感。

我和刘永博士的"学缘",大概始于2013年。回想当年在诗人默默的摄影展上他过来和我打招呼的情景,犹历历在目,一晃却已是十多年前的往事了。这些年,我们保持着深度的联系和交往:从我邀请他参加同济大学主办的学术会议,到他带领上海理工大学的学生风雨无阻赶到同济闻学堂听我讲了一年的"《论语》导读"课;从上海国学会的筹措付出,到同济亲子公益国学班和守中书院的担纲任教;从"《论语》讲师群"每周三次线上的公益讲学,到"中华少儿诗教亲子读本"《诗经选》的编撰……当我如数家珍地回忆这些不足为外人道的往事时,想不到很多事都有刘永博士的身影。刘师培在《理学字义通释》中论"才情"说:"盖人性本体不可测度,其见于外者,一曰性中所发之情,一曰性中所呈之才。情也者,因感物而发者也。才也者,因作事而呈者也。"可以毫不夸张地说,这十来年,我不仅体会着刘永的"诚笃",也感受着刘永的"才情"。这本书就是一个很好的见证。

孔子说:"《诗》三百,一言以蔽之,曰:思无邪。"又说:"兴于诗,立于礼,成于乐。"我以为,解读《诗经》,要有《论语》或者说儒家经学的功底,要能体会孔子的学问和情怀,否则,可能会把《诗经》解得"有诗无经","有情无义"。一味追求"诗本义",是北宋以迄新文化运动和"古史辨派"的学术追求,在说《诗》的诠释有效性上,可谓瑕瑜互见,利弊参半。要知道,和今天的作为阅读文本的新诗不同,《诗经》最早是诉诸宗教和礼乐的仪式音乐,是有着深广的伦理教化内涵的大经大典,而这一点,常常为自以为是的现代人所忽略——我十多年前撰写的几篇《诗经》赏析文字,也难免以今律古,贻笑大方,今已少作有悔,不敢卒读矣。

　　一句话,生于今之世而欲解古之《诗》,真是"谈何容易"!

　　让我欣喜的是,刘永博士的《〈诗经〉导读》并没有被千年以来的"疑古""反经"思潮所裹挟,他凭着自己的悟性和才情,试图要走一条"返本开新"的路。尽管,将王先谦的《诗三家义集疏》作为解诗圭臬的理解似还可商榷,但不可否认,这样一种"与古为新"的尝试是值得肯定的。在阅读此书的过程中,我不禁产生一个希望。希望作者能以此书为基础和起点,根据自己对《诗经》的研读体会,完成《诗经》全本的阐释和翻译工作,并能在未来的学术道路上取得新的成绩,开辟新的境界。

　　　　　　　　　　　　　　　　　　　　　　　　　　刘　强

　　　　　　　　　　　　　　　　　2024 年 11 月 12 日写于沪上守中斋

前　　言

　　2015 年春，刘强老师计划主编一套《中华少儿诗教亲子读本》，并邀请我参与写作《诗经选》。我在大学时就喜爱《诗经》，曾购得一套《先秦诗歌鉴赏辞典》，时时翻看，对《诗经》的篇目内容颇为熟悉，于是就欣然接受了任务。恰好大概一年多以前，我申请了一个校级课题，有一些经费，就购买了一些图书，其中就有厚厚两大册的清人王先谦所著的《诗三家义集疏》。但我买来之后，由于工作繁忙，也没怎么翻这套书。接到撰写《诗经选》的任务后，我就开始研读这套书。这才发现，以前读的《诗经》跟《诗三家义集疏》里的解释简直是天壤之别。随着研读的深入，我越来越被这套书所吸引，原来每一首诗里都有着丰富的文化背景和历史积淀。很多原来看上去轻飘飘的被认为是情诗的诗变得那么厚重。暑假里，我换了居住的地方，在新的居所，我所做的第一件事情就是着手《诗经选》的撰写。我选好了 85 首，用了一年多的时间，陆陆续续在工作的间隙，撰写好了其中的 55 首。2017 年 6 月，我和骆玉明教授、刘强教授合撰的《诗经选》，在同济大学出版社张翠老师的精心编辑下出版了。

　　同年年底，我有幸转到我校沪江学院，从事教学科研工作。沪江学院作为成立才半年的新学院，主要负责学校的通识教育工作，正在着力建设完整的通识课程体系。我申报了"《诗经》导读"课程的建设工作，成了这门课的课程负责人。由于前期《诗经选》的撰写工作，以及对《诗三家义集疏》的认真研读，所以将这门课建设起来非常顺利。我选择了 10 个主题，第一个主题讲述《诗经》的入门知识，后面 9 个主题，每个主题选择三到四首诗来讲。在讲课时，对每一首诗注重讲述历史上不同流派或研究者的不同观点，但最后仍然回归到三家诗对这首诗的阐述。我把吟诵融入课堂教学的过程之中，用普通话、唐调以及我自创的微山调为同学们吟诵或带领同学们吟诵每一首诗。我还请来了无锡青年古琴家、梅庵派的第四代传人巢锡兰老师,和她用"古琴＋吟诵"的方式共同演绎经典的诗篇,引起了同学们的兴趣,受到了同学们的欢迎。我的《诗经》教学的视频荣获第二届中华经典诵写讲大赛"诗教中国"诗词讲解大赛上海市一等奖第一名和全国二等奖(2020),指导学生讲解《诗经》的教学视频荣获第三届中华经典诵写讲大赛"诗教中国"诗词讲解大赛大学生组上海市二等奖(2021),并获得参加全国比赛的资格。"《诗经》导读"课程先后被评为上海市课程思政领航课程(2019)、上海理工大学课程思政示范课程(2020)、上海市"港澳台学生国情教育精品课程"(2021)。该课程的教学工作荣获上海理工大学 2019—2020 学年"课程教学优秀奖"一等奖,"基于《诗经》导读课程的中华优秀传统文化德育传承和诗词美育实践探索"荣获上海理工大学教学成果奖一等奖(2021)。2024 年,"《诗经》导读"课程被立项为上海理工大学一流本科课程,进行在线课程的建设。

自 2018 年至今,6 年的时间里,我几乎每个学期都给本科生开设 2 个班的"《诗经》导读"课程,另外,我还给参加过上海图书馆东方书院和浦江学堂国学班的同学们以及中华经典诵读推广(上海)中心的同学们开设过三轮《诗经选》的课。在繁忙的教学工作之余,我一直在致力于《诗经》的阐释赏析工作。截至2020 年 7 月,我完成了《国风》160 首的赏析写作,后来又陆续写了一些《雅》《颂》的赏析。在教学和写作的过程中,我感到现当代学者用白话翻译的《诗经》大多流于"顺口溜"或"打油诗"的水平,如果单看白话翻译,我们体会不出《诗经》的优美和伟大。于是我自己试着用现代诗的形式进行翻译,希望读者通过我的译诗就能体会《诗经》的优美和伟大,就能爱上《诗经》,并想进一步学习《诗经》。但数年来一直没找到灵感,只偶尔翻译出一两首。但我心中一直想着此事,终于在2023 年上半年,我忽然间豁然开朗,自 3 月 5 日至 5 月 14 日,每天沉浸在《诗经》的翻译之中,共 71 天的时间,完成了《国风》160 首的白话翻译。

在教学的过程中,我常常获得灵感,在研读前人著作的过程中,也写下了一些微不足道的研究文章。本书的引子《孔子缘何重视〈诗经〉?》已发表于《走进孔子》2024 年第 2 期,关于《周南·桃夭》的阐释曾以"《周南·桃夭》:国君嫁娶与家庭母教的重要性"为题发表于《文史知识》2021 年第 11 期。

2024 年 3 月,学院计划资助出版一批通识教育课程教材。我申报了这本"《诗经》导读"课程教材。基于自 2015 年春夏至今 9 年的关于《诗经》的工作,本书的撰写也非常顺利,6 月底即完成了初稿,11 月修改定稿。

本书主要有以下几个特点:

一是在《诗经》导读课程教学体系的基础上,把原来的 10 个主题扩充为 16 个主题,第一个主题仍为《诗经》入门知识,后面的 15 个主题基本围绕儒家所说的"修身、齐家、治国、平天下"而设,每个主题选了 3~5 首诗,涉及个人生活和社会生活的许多方面。通过学习这些诗篇,我们不仅能够了解《诗经》时代的人们的生活,还能得到对今天的启示。《诗经》是伟大而丰富的宝藏,包含的内容很多,可以开发出很多不同的主题。本书之所以选择了这 16 个主题,主要有两个原因:第一个原因是为了适应《诗经》导读课的课时。《诗经》导读作为通识课程,只有 32 学时,需要在一个学期内完成教学,2 个学时讲一个主题,16 个主题在量上恰好合适。第二个原因是尽量围绕"修身、齐家、治国、平天下"等条目,优先选取了我感受最深的内容。

二是契合通识教育的特点,同时注重《诗经》的德育和美育作用,与一般把《诗经》仅作为文学作品不同,本书对每个主题的阐释,皆立足于儒家思想,注重挖掘《诗经》的深层内涵和价值,让读者更好地理解《诗经》作为儒家"六经"之一的经学价值和教育意义,发挥《诗经》作为儒家经典在道德教化和人格塑造中的作用。《诗经》不仅仅是一部文学诗歌总集,更是一部修身齐家治国平天下的伟大经典。

三是对于每一首诗歌的阐释,都回归到鲁、齐、韩三家诗的阐释。以三家诗研究的集大成之作《诗三家义集疏》为基础,旁及《毛诗》、朱熹《诗集传》以及从古至今众多研究《诗经》的著作。凡是《毛诗》和三家诗意见一致的,以《毛诗》为基础进行展开阐释。凡是《毛诗》和三家诗意见不一致、而三家诗有明确说法的,以三家诗的阐释为准。凡是《毛诗》明显解释不通而三家诗也没有明确说法的,则结合朱熹、魏源、王先谦等人的说法而定。另外,如《击鼓》《凯风》等诗,也在前人的基础上提出了个人见解。在阐释中,让读者更好地理解作为"诗"的《诗经》和作为"经"的《诗经》。

四是在每个主题后面都设置了思考题,读者可以在学完这一主题的内容之后,围绕着这些题目,复习和巩固所学的知识,或展开进一步的思考和探索。

五是本书中涉及的每首诗都重新翻译成了现代白话诗,注重诗歌韵味的传达,让译诗也是一首真正的"诗",而不再是"打油诗"或"顺口溜"。读者单读这些译诗,想必也能获得美的享受,也能体会到《诗经》的伟大。

本书所引用的文献,没有采用页下注的形式。由于所引用文献多为常见文献,所以主要采用三种方式来说明出处。一是如《论语》《孟子》等常见经典之类,只指出出自哪一篇,如《论语·学而》《孟子·梁惠王上》等。二是前人对《诗经》某首诗的解释,一般只指出书名,如郑玄《笺》、朱熹《诗集传》、方玉润《诗经原始》等,因为对某首诗的解释,只要翻到这些著作解释这首诗的部分即可找到。比如关于《关雎》,朱熹《诗集传》如何说,只要打开《诗集传》,找到《关雎》这首诗,即可找到相关阐释,故不必说明卷几,更不必标注页码。也有少数地方拿学者们阐释另一首诗的内容来阐释这首诗的,会做出特别说明。三是由于本书主要围绕《诗三家义集疏》来写作,为了行文的简洁,凡是提到王先谦说,或者《鲁诗》《齐诗》《韩诗》的说法,如果没有做特别说明的,都是出自此书。

本书是作者多年来《诗经》教学和研读的成果,本是为上海理工大学《诗经》导读通识课程而写。上海理工大学的本科生以理工科为多数,也有很大一部分文科生、艺术生。本书适合理工文艺各类本科生作为通识教材使用。另外,本书也适合所有对《诗经》、传统文化、古代文学感兴趣的读者阅读。

本书能够出版,得到了学校的重视以及学院的支持。感谢学院陈红书记、梁昱副院长、朱慧锋副院长对本书出版的关心和帮助。感谢曾多年担任沪江学院名誉院长的顾云深教授对本书结构形式上给予的高屋建瓴的指导。顾院长和陈书记曾设想由学院老师们撰写系列通识教育读本,如今在陈书记和朱院长的推动下开始了这套通识教材的出版。感谢殷寄明教授在本书一些具体和关键问题上给予的指正以及对本书编写思想和方式的肯定和鼓励。感谢教务处相关专家对本书给予的中肯的指导建议。感谢曹旭教授、汪涌豪教授、鲍鹏山教授、刘强教授对本书的推荐。感谢刘强教授百忙之中为本书作序。感谢上海知名书画家、篆刻家宣坚毅老师为本书题写书名。感谢编辑黄强强老师和张呈瑞老师付出的辛勤劳动。这本书能够出版,追根溯源,除了我自身对《诗经》的热爱之外,还要感谢九年前刘强老师邀请我撰写《诗经选》,刘强老师的邀请引发了这一系列的令我感到愉快的工作和我的这些微不足道的成绩。最后我还要感谢所有听我讲解《诗经》的同学们,教学相长,愿过去、现在、未来的所有老师们和同学们都能互相成就。

刘　永

2024 年 6 月 29 日梅雨季节中写于沪上梧桐区永嘉陋室

2024 年 10 月 30 日、12 月 15 日修订

目　　录

第九章 **《诗经》中君子乐天知命的思想 / 169**

第十章 **《诗经》中的君子出处仕隐之道 / 185**

引　子

孔子缘何重视《诗经》？

孔子说:"温柔敦厚而不愚,则深于《诗》者也。"(《礼记·经解》)正是因为《诗》教有如此重要的作用,所以孔子很重视用《诗经》来教育学生。

一、编订《诗经》,教导学生

《史记·孔子世家》记载,在孔子五十岁之前,"鲁自大夫以下皆僭离于正道。故孔子不仕,退而修《诗》《书》礼乐,弟子弥众,至自远方,莫不受业焉"。到了晚年,孔子周游列国之后回到鲁国,对《诗经》进行了编纂,并以《诗经》教导弟子。《孔子世家》说:"古者诗三千余篇,及至孔子,去其重,取可施于礼义,上采契、后稷,中述殷周之盛,至幽厉之缺,始于衽席,故曰'《关雎》之乱以为风始,《鹿鸣》为小雅始,《文王》为大雅始,《清庙》为颂始'。三百五篇,孔子皆弦歌之,以求合《韶》《武》雅颂之音。""孔子以《诗》《书》礼乐教,弟子盖三千焉,身通六艺者七十有二人。如颜浊邹之徒,颇受业者甚众。"孔子教导学生的典籍中,《诗经》排在首位。

关于孔子对《诗经》的编纂,《论语》中有说:

子曰:"吾自卫反鲁,然后乐正,《雅》《颂》各得其所。"(《论语·子罕》)

孔子说:"我从卫国回到鲁国后,与《诗经》相配的音乐才得以编订好,使《雅》和《颂》各自归于适当的安置。"杨伯峻《论语译注》说:"'雅'和'颂'一方面是《诗经》内容分类的类名,一方面也是乐曲分类的类名。篇章内容的分类,可以由今日的《诗经》考见;乐曲的分类,因为古乐早已失传,便无可考证了。孔子的正《雅》《颂》,究竟是正其篇章呢?还是正其乐曲呢?或者两者都正呢?《史记·孔子世家》和《汉书·礼乐志》则以为主要的是正其篇章,因为我们已经得不到别的材料,只得依从此说。孔子只'正乐',调整《诗经》篇章的次序,太史公在《孔子世家》中因而说孔子曾把三千余篇的古诗删为三百余篇,是不可信的。"孔子自卫返鲁，是在鲁哀公十一年，时孔子六十八岁。

《论语》也记载了孔子诵读《诗经》时的情况：

> 子所雅言，《诗》、《书》、执礼，皆雅言也。（《论语·述而》）

孔子有用当时各国通行的官方语言的时候，诵《诗》、读《书》、行礼，都用这样的雅言。雅言犹如当时的普通话。春秋时期各国有各国的方言，犹如今天各地有各地的方言，当时较为通行的语言便是"雅言"。

《论语》记载了孔子提醒同学们要学习《诗经》的话：

> 子曰："小子何莫学夫《诗》？《诗》，可以兴，可以观，可以群，可以怨。迩之事父，远之事君；多识于鸟兽草木之名。"（《论语·阳货》）

孔子说："同学们为什么没有人学习《诗》？学习《诗》有很多好处。《诗》中所写的事物可以引发我们的联想从而感发、兴起我们的心意，我们可以通过《诗》中的描写来观察各地风土人情、政治得失，《诗》可以培养我们温柔敦厚的感情从而使我们更好地融入人群，我们也可以通过《诗》中的语句委婉表达对不好的政治的怨刺和批评。通过学习《诗》中所体现的道理，在家中可以服事父母，在朝廷上可以服事君主。也可以通过学《诗》来学习并记住很多鸟兽和花草树木的名字。"

孔子也敦促其子孔鲤（字伯鱼）学习《诗经》：

> 子谓伯鱼曰："女为《周南》《召南》矣乎？人而不为《周南》《召南》，其犹正墙面而立也与？"（《论语·阳货》）

孔子对伯鱼说："你研习《周南》和《召南》了吗？作为人，如果不研习《周南》和《召南》，那会像正对着墙壁站立一样吧，看不到前方的路，也无法前行。"沈括《梦溪笔谈》卷三说："《周南》《召南》，乐名也。……有乐有舞焉，学者之事。……所谓为《周南》《召南》者，不独诵其诗而已。"按照沈括的说法，所谓的"为《周南》《召南》"，也包括学习与《周南》《召南》中的诗篇相关的歌舞。笔者认为，还应包括对这些诗篇所蕴含的道德教育的理解和践行。按照诗篇中的教导去言行，才能在社会上行得通，而不会四处碰壁。

《论语·季氏》记载：

> 陈亢问于伯鱼曰："子亦有异闻乎？"
>
> 对曰："未也。尝独立，鲤趋而过庭。曰：'学《诗》乎？'对曰：'未也。''不学《诗》，无以言。'鲤退而学《诗》。他日，又独立，鲤趋而过庭。曰：'学

礼乎?'对曰:'未也。''不学礼,无以立。'鲤退而学礼。闻斯二者。"

　　陈亢退而喜曰:"问一得三,闻《诗》,闻礼,又闻君子之远其子也。"

　　孔子的学生陈亢问伯鱼:"您是老师的儿子,您在老师那里,有没有听到与众不同的教导呢?"伯鱼回答说:"没有。父亲曾经独自站在庭中,我恭敬地快步走过。他问我:'你学《诗》了吗?'我回答:'没有。'他说:'不学《诗》,就拿不出什么来和别人交谈。'我退回便学《诗》。过了几天,父亲又独自站在庭中,我又恭敬地快步走过。他问我:'你学礼了吗?'我回答:'没有。'他说:'不学礼,便没有什么可以令自己在社会上立足。'我退回便学礼。我私下里只听到过这两次教导。"

　　陈亢回去开心地说:"我问一件事,知道了三件事。我听闻了应当学《诗》,听闻了应当学礼,又听闻了君子在教育上并不偏袒自己的儿子。"

二、"不学《诗》,无以言":《诗经》的沟通功能

　　这里值得注意的是"不学《诗》,无以言",这表明了当时学习《诗经》的实用价值。难道说不学习《诗经》,就没法跟别人说话了吗? 这大概是因为当时的士大夫都要学习《诗经》,这是大家共有的文化资源,人们在交谈中可能会常常提到《诗经》,引用《诗经》里的句子来说明某事,或表达自己的想法,如果你不懂《诗经》,就不知道别人在说什么,无法和别人进行进一步的沟通。特别是在国与国的外交事务中,常常会用到《诗经》。在《左传》里常常会出现"赋诗言志"的场景,如果不懂《诗经》,就无法用《诗经》来表达自己的想法;而当别人用《诗经》里的诗句来表达想法时,你也听不懂对方的意思。

　　如《左传·僖公二十三年》记载晋公子重耳在秦国:

　　　　他日,公享之。子犯曰:"吾不如衰之文也。请使衰从。"公子赋《河水》,公赋《六月》。赵衰曰:"重耳拜赐。"公子降拜稽首,公降一级而辞焉。衰曰:"君称所以佐天子者命重耳,重耳敢不拜?"

　　有一天,秦穆公设宴席招待晋公子重耳,子犯对重耳说:"我不如赵衰有文采,请让赵衰跟随您赴宴。"在宴会上,公子赋了《河水》这首诗,秦穆公则赋了《六

月》这首诗。秦穆公赋了《六月》之后,赵衰说:"重耳拜谢恩赐!"公子下堂而拜,叩头,秦穆公则走下一级台阶表示辞让。赵衰说:"国君把辅佐天子的重任交给重耳,重耳岂敢不拜?"

子犯和赵衰都是重耳的臣子,子犯又是重耳的舅舅。重耳即后来的晋文公。当秦穆公要设宴招待重耳的时候,子犯因为自己文采不够,或许是指不懂《诗经》之类的典籍,担心在宴会上无法做好外交辞令,就建议让赵衰跟随重耳一起赴宴。在宴会上,重耳赋了《河水》这首诗。杨伯峻《春秋左传注》引《国语·晋语四》三国吴韦昭注,认为《河水》应为《沔水》,河、沔字形相似而误。《沔水》是《小雅》里的一篇,诗的开篇说:"沔彼流水,朝宗于海。"滔滔不绝的流水啊,朝向大海奔流,以大海为宗主。韦昭说,重耳赋此诗,"言己反国,当朝事秦",即表达了如果秦国能帮助自己返回晋国为君主,就会服事秦国的想法。又诗中说:"嗟我兄弟,邦人诸友。莫肯念乱,谁无父母?"可叹我的兄弟们、国人以及朋友们,没有人肯顾念国家的祸乱,谁没有父母呢?谁能来帮助我呢?江永《群经补义》认为重耳"亦欲以此感动秦伯,望其念乱而送己归也",即想用这些诗句感动秦穆公,希望他能够顾念晋国的祸乱,送自己回晋国。秦穆公听到重耳赋此诗后,就赋了《六月》这首诗。这首诗也出自《小雅》,写的是尹吉甫辅佐周宣王征伐,恢复了周文王、周武王的事业。诗中说:"王于出征,以匡王国""以佐天子""共武之服,以定王国"。韦昭说:"此言重耳为君,必霸诸侯,以匡佐天子。"(见杨伯峻《春秋左传注》)秦穆公赋此诗,鼓励重耳,说他以后如果做了晋国国君,一定会像尹吉甫辅佐周宣王一样,匡佐周天子,称霸诸侯。赵衰听到秦穆公赋此诗后,让重耳拜谢恩赐。他明白秦穆公赋此诗想要表达的意思,所以作出了正确的回应。《左传》里多次记载了外交场合的"赋诗言志"。

孔子重视《诗经》的实际功用,他赞赏那些在学了《诗经》后能很好地运用《诗经》来从事政治和外交的人,同时也批评那些只会背诵《诗经》,但不会在实践中应用的人。如《论语·子路》:

> 子曰:"诵《诗》三百,授之以政,不达;使于四方,不能专对;虽多,亦奚以为?"

孔子说:"熟诵《诗经》三百零五篇,交给他以政治任务,却不能通达;派他出使外国,又不能独立地谈判;即使背诵得多,又有何用?"

不仅仅是国家间的外交会用到《诗经》,个人的日常生活中也会用到《诗经》。

孔子在卫国的时候，有一位隐士通过引用《诗经》里的诗句来提醒孔子：

> 子击磬于卫，有荷蒉而过孔氏之门者，曰："有心哉，击磬乎！"既而曰："鄙哉，硁硁乎！莫己知也，斯己而已矣。深则厉，浅则揭。"子曰："果哉！末之难矣。"（《论语·宪问》）

孔子在卫国，有一天正在演奏磬的时候，有一个挑着草筐子的人从门前经过，说："这个敲击磬的人，有心事啊！"过了一会儿又说："很鄙陋啊，这硁硁鸣响的磬声。它好像在说，没有人懂我啊！没有人懂得自己，就不要去求别人懂啊，就这样坚信自己、坚守自己的善道而独善其身就可以了。如果水深没过了腰带，就和衣蹚过水去；如果水浅在膝盖以下，就提起裙裳走过去。"孔子说："诚然如此啊，他说得也有道理！只是我有我的坚持，我就不去反驳他了。"

"深则厉，浅则揭"这两句诗出自《诗经·邶风·匏有苦叶》。水深没过腰带，和衣蹚水过河，这样衣服会全都湿掉；水浅则可以提起裙摆过河，避免衣服沾湿。程树德《论语集释》卷三十引俞樾《群经平议》说："盖如荷蒉者之言，随世以行己，视孔子所为，难易相去何啻天壤？"荷蒉者是劝孔子"随世以行己"，现在天下政治昏暗，动荡不安，就不要再去游说国君了，不如隐居避世。这两句诗的意思如同孟子所说的"穷则独善其身，达则兼善天下"（《孟子·尽心上》），孔子自己也说过"天下有道则见，无道则隐"（《论语·泰伯》）的话。所以孔子说"果哉"，确实是这样啊，荷蒉者说得没错，这也是君子的做法。但孔子有自己的坚持，如果所有的君子都隐居了，又有谁来拯救乱世呢？虽然天下无道，但孔子还是要努力试一试，他做的正是那不容易做的事情。

这一章里，荷蒉者引《诗经》里的诗句来提醒孔子，甚至是批评孔子，孔子懂《诗经》，所以听懂了他的意思，并给出了自己的回应。如果不明白"深则厉，浅则揭"的含义，就无法明白荷蒉者的意思了。

又如孔子曾引用《诗经》来赞美子路：

> 子曰："衣敝缊袍，与衣狐貉者立，而不耻者，其由也与？'不忮不求，何用不臧？'"子路终身诵之。子曰："是道也，何足以臧？"（《论语·子罕》）

孔子说："穿着破旧的丝绵袍子和穿着狐貉皮衣的人站在一起，而不感到自卑羞耻的，那个人就是仲由吧！'不嫉妒别人，也不贪求富贵，到什么地方、做什么事情会不好呢？'"子路听到老师对自己的肯定，平时就一直念诵这两句诗。孔子看到这个情形后，又说："仅仅做到这一点，又怎么会足够地好呢？""不忮不求，何用不臧"这两句诗出自《诗经·邶风·雄雉》,孔子和子路都懂这首诗的意思,所以孔子引用这两句诗来夸赞子路,子路一听就明白了。如果子路不懂这首诗,又怎么能很好地理解孔子对自己的鼓励和教导呢?

三、兴于《诗》:《诗经》通过
感发情志促进修身

除了沟通功能外,《诗经》还具有修身功能。对此,孔子特别强调了其感发、兴起人的情志心意这一点:

子曰:"兴于《诗》,立于礼,成于乐。"(《论语·泰伯》)

孔子说:"学习《诗》可以使一个人的情志心意受到感发振兴,学习礼可以使一个人在社会上很好地立足,学习乐可以使一个人的性情达到中正和谐的境界。"

程树德《论语集释》卷三十五引清焦循《毛诗补疏序》说:

夫《诗》,温柔敦厚者也。不质直言之而比兴言之,不言理而言情,不务胜人而务感人。自理道之说起,人各挟其是非以逞其血气。激浊扬清,本非谬戾,而言不本于情性,则听者厌倦,至于倾轧之不已而怨毒之相寻。

《诗经》里的诗,所表达的感情的特点是温柔敦厚。不是直接表达,而是用比兴来委婉地表达,不讲干巴巴的道理而是讲有血有肉的感情,不致力于说服别人而致力于感动别人。那些说道理的文章,作者常常各自有是非之心,难免意气用事。激浊扬清,本是应该的,但只是说道理而不照顾人的情性,就会使读者和听众感到厌倦,甚至导致怀着愤怒的心互相攻击。因此《诗经》就显得至为可贵。它通过情感的抒发,唤醒读者的情感,使读者在受到感动之余受到了教化。

宋王应麟在《困学纪闻》卷三中的一段话,很好地总结了《诗经》用比兴的方式来启发读者修身:

关关之雎,挚有别也。呦呦之鹿,食相呼也。德如鸤鸠,言均一也。德如羔羊,取纯洁也。仁如驺虞,不嗜杀也。鸳鸯在梁,得所止也。桑扈啄粟,

失其性也。仓庚，阳之候也。鸣鵙，阴之兆也。蒹葭，露霜变也。桃虫，挢飞
化也。鹤鸣于九皋，声闻于野，诚不可挢也。鸢飞戾天，鱼跃于渊，道无不在
也。南有乔木，正女之操也。隰有荷华，君子之德也。匪鳣匪鲔，避危难也。
匪兕匪虎，慨劳役也。蓼莪常棣，知孝友也。蘩蘋行苇，见忠信也。葛屦褊
而羔裘怠也，蟋蟀俭而蝼蜉奢也。爰有树檀，其下维谷，美必有恶也。周原
膴膴，堇荼如饴，恶可为美也。黍以为稷，心眩于视也。蝇以为鸡，心惑于听
也。绿竹猗猗，文章奢也。皎皎白驹，贤人隐也。赠以芍药，贻我握椒，芳馨
之辱也。焉得谖草，言采其虻，忧思之深也。柞棫斯拔，侯薪侯蒸，盛衰之象
也。凤凰于飞，雉离于罗，治乱之符也。相鼠硕鼠，疾恶也。采葛采苓，伤
谗也。

诗人用雎鸠来比喻君子淑女，唤醒我们关于夫妇有别、夫妻相互尊重和忠诚
的道德理念。用鹿见到食物必定会呦呦鸣叫呼朋引伴，来唤醒我们心中相互友
爱的情感。用鸤鸠对七个孩子爱意满满、公平对待来提醒君主要一心一意施行
仁政、尽心尽力养育民众。羔羊的皮做的羔裘，用十根洁白、柔韧的丝线缝制，提
醒我们要德性纯善，在行动上坚忍不拔。《驺虞》这首诗里虞人为天子准备了五
只野兽，天子射中了一只便收手，表现了天子不嗜杀的仁慈之心。鸳鸯栖息在鱼
梁上，提醒我们应当安处于美好的德行中。本来食肉的桑扈却在吃粟米，批判那
些本来应该有道德的国君却无道德而祸乱朝政。仓庚和鸣鵙告诉我们天气的变
化。茂盛的芦苇因霜露降临而变得枯萎，比喻美好的礼乐文化如果遭遇武力的
统治就会沦落为野蛮的文化。小小的桃虫会变成大鸟，提醒我们如果小事不注
意就会酿成大祸。鹤在水泽边鸣叫，声音传到了高远的天空，告诉我们只要心怀
真诚，一定会被别人认识，把别人感动。鹰击长空，鱼翔浅底，比喻道无处不在，
提醒我们随时随处都要以仁义之道来修身养性。生长在南方的高高的树木，昭
示着正直的女子的节操；生长在低湿之地的荷花，象征着君子的美德。不是鳣鱼
也不是鲔鱼，不能像它们一样潜逃深渊，让我们感慨人生有无法逃避的危难；不
是犀牛也不是老虎，却奔走在荒野之中，让我们同情诗人正经历着辛苦的劳役。
诗人因怀念父母、心中忧伤而把青蒿看成了莪蒿，唤醒了我们孝敬父母的感情；
诗人用常棣花的花萼托着花瓣比喻兄弟相亲相帮，唤醒我们友爱兄弟的感情。
只要内心真诚，蘩蘋等野草野菜也可以用来祭祀神灵，告诉我们要为人忠信。到
了冬天却还穿着葛藤编织的草鞋，可以看出主人的吝啬小气；羔裘本是上朝时所
穿的衣服，但国君却在闲居游玩宴会的时候穿，说明国君已怠于政事。《蟋蟀》这

首诗说"好乐无荒,良士瞿瞿",提醒我们不要荒淫奢侈,也不要太过节俭;《蜉蝣》这首诗里的贵族们的衣服像蜉蝣楚楚如雪的翅羽一样光鲜亮丽,诗人以此批评他们不思进取,奢侈无度。园中檀树的下面生长着楮树,启示我们美的事物旁边必定有丑的事物伴随;周原土地肥沃,苦菜像麦芽糖一样甜蜜,启示我们不好的事物可以转化为好的事物。把黄米苗看成了高粱苗,说明诗人因内心忧伤,而认错了植物;把远处的鸡鸣说成是苍蝇的嗡嗡声,是因为心中沉溺于欲乐而听信谗言。绿竹茂盛,形容君子文采斐然;白驹驾着马车驶向空谷,是贤者将要隐居山林。我赠送你芍药,你赠送我花椒,芬芳的礼物成了男女私定终身的定情物。哪里能得到忘忧草,让我忘掉思念丈夫的痛苦? 我要去采摘贝母草,疗治我伤痕累累的祖国;这说明诗人的忧虑和思念太深了。砍伐柞树械树,开辟道路,写出了周国蒸蒸日上的气象;树林里长满了只能做薪柴的灌木,比喻君主昏庸,任用小人,预示着政治的衰败。凤凰高飞,百鸟相随,比喻君主德行美好,有众多贤臣辅佐,预示着国家太平;狡猾的兔子跑来跑去,耿介的雉却陷于网罗,象征着君主亲小人、远贤臣,国家将乱。你看那老鼠还有皮,你作为人却不懂得礼仪! 你这肥大的老鼠啊,不要吃我的黄米! 诗人写出了对丑恶之人的愤怒。葛为恶草,诗人用采葛来比喻国君任用小人,诗人担忧小人亲近国君会以谗言败政,所以说"一日不见"国君,"如三秋兮"。苓本应该生长在低湿之地,现在却有人告诉你说在首阳山上采苓,这显然是不可信的,这也是诗人在提醒君主小人的谗言不可听信。

诗人想要说明一个道理的时候,不是直接说出,而是用身边的事物作比喻,用生动的形象来唤醒我们、启发我们,让我们能更深刻地理解,也能更容易接受。

《诗经》有利于教化,还有一个重要的特点,那就是和音乐的结合。前面已经提到了《诗》三百篇,孔子皆弦歌之,以及孔子自卫反鲁,而《雅》《颂》皆正等,在《论语·泰伯》中,孔子还提到了《诗经》之音乐的美妙:

> 子曰:"师挚之始,《关雎》之乱,洋洋乎盈耳哉!"

孔子说:"当太师挚演奏音乐的开始部分,以及演奏《关雎》结尾的合唱时,令人陶醉其中,满耳朵都是音乐啊!"孟子说:"仁言不如仁声之入人深也。"(《孟子·尽心上》)仁德的语言比不上仁德的音乐感人之深。正是这种与诗歌相配的音乐的美妙,使得《诗经》更富于教化功能。

第一章

导论：《诗经》入门

一、今人生活中的《诗经》

《诗经》中的诗篇虽然是两千五百年之前的作品,但它们仍然鲜活地体现在今人的生活之中。

首先,今人常常用《诗经》里的词语取名。

2015 年诺贝尔生理学或医学奖的获得者屠呦呦先生在瑞典卡罗林斯卡医学院用中文发表了题为"青蒿素的发现:传统中医献给世界的礼物"的演讲。有趣的是,"呦呦"这个名字和"青蒿"这种植物都和《诗经·小雅·鹿鸣》这首诗有关系。诗的第二章写道:

> 呦呦鹿鸣,食野之蒿。我有嘉宾,德音孔昭。

《毛诗传》说:"蒿,菣(qìn)也。"《释草》:"蒿,菣。"孔颖达《疏》引孙炎说:"荆楚之间谓蒿为菣。"郭注说:"今人呼为青蒿,香中炙啖者为菣。"《陆疏》:"蒿,青蒿也。荆豫之间,汝南汝阴皆曰菣也。"

"呦呦"为鹿鸣叫的声音,"青蒿"为鹿所喜爱吃的植物。屠呦呦先生和青蒿素于冥冥之中似乎有一种神秘联系,她发现青蒿素似乎是一种天意。当然,这只不过是《诗经》带给我们的奇思妙想。

著名建筑学家梁思成、林徽因夫妇的名字都与《诗经》有关。"思成"出自《诗经·商颂·那》中的一句:"汤孙奏假,绥我思成。"马瑞辰《毛诗传笺通释》引《广雅·释诂》《说文》《小尔雅》等指出,奏意为"进",假通"假",意思是"至"。他说:"凡神人来至曰假,祭者上致乎神亦曰假。""上致乎神曰奏假,亦曰登假。""诗'汤孙奏假'谓汤之子孙进假其祖。"马瑞辰引《尚书大传》说:"备者,成也。"《祭统》说:"福者,备也。"因此"成"即"福"的意思。又说:"绥与遗叠韵,绥之言遗,遗即诒也。""思为句中语助。""'绥我思成'为报福之词","犹云诒我福"。这两句可以理解为:"汤的子孙后代在祭祀汤的时候,能够把祭祀的诚意和物品进献给汤的神灵,汤的神灵接受了祭祀,给他的子孙后代降下了很多的福禄。"所以"思成"这个名字蕴含了梁启超对长子梁思成的美好祝愿。当然,前人对"绥我思成"也可能会按照郑玄《笺》理解为"乃安我心所思而成之",有祖先的神灵保佑我让我心想事成的意思。总之,都包含了美好的寓意。

林徽因的名字中,"因"本作"音","徽音"出自《诗经·大雅·思齐》:"大(通'太')姒嗣徽音,则百斯男。"徽是"美"的意思,徽音即美好的德音、教令。这两句的意思是说,文王的妻子太姒继承、延续了周太王的妻子太姜和文王的母亲太任美好的德行教令,因此能为文王生下众多贤圣的儿子。所以"徽音"这个名字的含义很好。但因为当时有位男作家叫"林微音",写过不少作品,也比较出名,其作品常常被误认为是"林徽音"的作品。据说林徽音看不上林微音的作品,不希望自己被认为是那些作品的作者,所以不得不登报把自己的名字改为"林徽因"以和"林微音"区别开来。

又如与梁思成同时代的诗人邵洵美,本名邵云龙,是清代政治家、外交家邵友濂的孙子,因为爱上了他的表姐、被誉为"中国实业之父"的洋务派代表人物盛宣怀的孙女盛佩玉,而改名"洵美"。"佩玉"和"洵美"都出自《郑风·有女同车》。该诗的第一章说:

> 有女同车,颜如舜华。将翱将翔,佩玉琼琚。彼美孟姜,洵美且都。

邵云龙以改名的行动向他的表姐示爱,而盛佩玉也懂他的情意。后来二人结为夫妻。

其次,今人结婚时贴在门上的喜联也常常用《诗经》中的句子或与《诗经》相关的句子。如笔者小时候在家乡经常看到结婚的人家大门上张贴的喜联有以下三副:

> 三星在户,五世其昌。
>
> 之子于归,宜其家人。
>
> 诗歌杜甫其三句,乐奏周南第一章。

"三星在户"出自《唐风·绸缪》的第三章:

> 绸缪束楚,三星在户。今夕何夕,见此粲者?子兮子兮,如此粲者何?

方玉润《诗经原始》认为《绸缪》是一首"贺新昏(婚)"的诗。他认为这首诗"描摹男女初遇,神情逼真,自是绝作",即这首诗描写了新婚时男女初见时的美好情感。这一章描写新郎官的喜悦心情。"绸缪束楚,三星在户。"你看那捆扎在一起的荆条啊,你看那参宿的三颗星星已经升到了屋门上方。这时也是在九月霜降以后至次年二月冰雪融化之前的某个阶段,也是当时嫁娶的时节。"今夕何夕，见此粲者？"今天晚上是个什么样的好日子啊，我得以见到了这位美丽的新娘子？古时婚礼在黄昏时举行，新郎才第一次见到新娘。"子兮子兮，如此粲者何？"哎呀，哎呀，我要怎么样好好地对待她呢？当然要疼她、爱她啊。

"之子于归，宜其家人。"出自《周南·桃夭》第三章：

> 桃之夭夭，其叶蓁蓁。之子于归，宜其家人。

《桃夭》也是一首描写女子出嫁的诗。年轻的桃树，枝叶茂盛。这个女子出嫁了，能使她丈夫一家和谐安定。桃树枝叶茂盛，比喻新娘子形体丰满、德行美好。《礼记·大学》引此章并评论说："宜其家人，而后可以教国人。"是说一位公主嫁给了另一国国君，不仅可以安定国君的家人，也可以作为国君夫人成为一国的榜样。"之子于归，宜其家人"二句虽然并不对仗，却常常作为上下联贴在结婚人家的大门上。

"《周南》第一章"即《诗经》的第一首诗《关雎》的首章：

> 关关雎鸠，在河之洲。窈窕淑女，君子好逑。

你看那雎鸠在河中的小岛上关关和鸣，窈窕的淑女啊，是君子的好妻子。雎鸠是一种水鸟，一般认为是鱼鹰，鱼鹰的特点是"挚而有别"（《毛诗》），如夫妇之遵守礼制，被认为"德最纯全"（王先谦《诗三家义集疏》），因此诗人用雎鸠来比喻君子淑女。这首诗放在婚礼上歌唱非常适合。

再次，今人常常把《诗经》中的很多诗篇直接谱曲，拿来歌唱。中国音乐学院教授、作曲家金湘创作了民族交响合唱组曲《诗经五首》。作曲家赵季平也创作了《风雅颂之交响》，其中《关雎》一首广为传唱。歌手于文华、龚琳娜也都演绎了《诗经》中的众多诗篇。

还有很多现代歌曲从《诗经》中汲取灵感，用现代汉语演绎《诗经》的意境。

有一首曾红极一时的歌曲《在水一方》：

> 绿草苍苍，白雾茫茫，有位佳人，在水一方。
> 绿草萋萋，白雾迷离，有位佳人，靠水而居。
> 我愿逆流而上，依偎在她身旁，无奈前有险滩，道路又远又长。
> 我愿顺流而下，找寻她的方向，却见依稀仿佛，她在水的中央。
> 我愿逆流而上，与她轻言细语，无奈前有险滩，道路曲折无已。
> 我愿顺流而下，找寻她的踪迹，却见仿佛依稀，她在水中伫立。

这首歌的歌词脱胎于著名的《诗经·秦风·蒹葭》：

> 蒹葭苍苍，白露为霜。所谓伊人，在水一方。溯洄从之，道阻且长。溯游从之，宛在水中央。
>
> 蒹葭萋萋，白露未晞。所谓伊人，在水之湄。溯洄从之，道阻且跻。溯游从之，宛在水中坻。
>
> 蒹葭采采，白露未已。所谓伊人，在水之涘。溯洄从之，道阻且右。溯游从之，宛在水中沚。

《蒹葭》是一首含义丰富的诗，历代学者曾经从很多角度阐释过它。《在水一方》这首歌选取了爱情这个角度对《蒹葭》进行了再创作，配上优美的旋律和歌唱者高妙的演绎，成了一首经典歌曲。这不过是博大深厚的《诗经》文化之海泛起的一朵小小的浪花而已。

在央视的《经典咏流传》节目中，歌手仇海平既演唱了《周南·关雎》原诗，也演唱了印尼文的《关雎》第一章，雷佳演唱了《蒹葭》原诗，吴谨言演唱了《郑风·子衿》。金志文则演唱了根据《关雎》而创作的歌曲《关关雎鸠》。每一首都脍炙人口。

最后，《诗经》中的众多成语，我们今天仍然经常使用，如：

> 辗转反侧、夙夜在公、鸠占鹊巢、风雨如晦、一日三秋、硕大无朋、今夕何夕、耿耿于怀、夙兴夜寐、未雨绸缪、永矢弗谖、兄弟阋墙、不稂不莠、率土之滨、小心翼翼、天作之合、进退维谷、兢兢业业、高山仰止、丹凤朝阳、爱莫能助、耳提面命、殷鉴不远、刍荛之见、投桃报李……

由以上几个事例，可以看出，古老的《诗经》和我们现当代的世界有很多奇妙的联系，生活在今天的我们仍然可以从《诗经》中寻找灵感。

二、作为文学经典的"诗"和
儒家经典的"经"

《诗经》在古代被列为儒家《六经》之一，具有非常崇高的地位。清朝灭亡后，学校废止读经，加以新文化运动，各种新的思潮不断涌入中国，学者遂仅以文学作品来看待《诗经》。然而,如果仅把《诗经》看作文学作品,就无法完整地理解《诗经》,也无法真正地理解《诗经》,也不能很好地理解中国文化。因此,我们需要从文学和经学两个方面来理解《诗经》,即要认识作为"诗"的《诗经》和作为"经"的《诗经》,并以此视角来观照《诗经》研究的历史,这样我们才能更好地理解《诗经》,更好地理解《诗经》在儒家文化乃至整个中国文化中的地位和意义。

"诗经"首先是"诗"。

《说文解字》卷三说:"诗,志也。"《尚书·舜典》说:"诗言志。"《毛诗大序》说:"诗者,志之所之也。在心为志,发言为诗。"《说文解字》卷十又说:"志,意也。"《康熙字典·卯集上·心部》说:"志者,心之所之也。"我们心中的情志意向用一定的语言表达出来就是诗。

但诗作为情感意志的表达,又不同于我们日常的言谈。《毛诗大序》又说:"情动于中而形于言。言之不足,故嗟叹之;嗟叹之不足,故永歌之;永歌之不足,不知手之舞之、足之蹈之也。"不同于我们平时说话的语言,诗的语言是具有一定音乐美的"咏歌",为了进一步表达这种"咏歌",还可以配以舞蹈。所以,最初的诗,就具有了诗乐舞综合在一起的雏形。

《毛诗》还认为诗人对他所处的时代和社会环境有敏感的体悟,他所作的诗篇往往也反映了时代的特点和社会的状况:"情发于声,声成文谓之音。治世之音,安以乐,其政和;乱世之音,怨以怒,其政乖;亡国之音,哀以思,其民困。"

《诗经》在孔子的时代就叫《诗》,如孔子说:"不学《诗》,无以言。"(《论语·季氏》),又说"小子何莫学夫《诗》?"(《论语·阳货》)

《诗》共有 305 首(另有六首"笙诗"只有篇名而无文字),故又称"《诗》三百",如《论语·为政》记载:

> 子曰:"《诗》三百,一言以蔽之,曰:'思无邪'。"

《诗经》又分风、雅、颂三种诗歌体例。其中十五《国风》共 160 首;二《雅》共 105 首,包括《小雅》74 首、《大雅》31 首;三《颂》共 40 首,包括《周颂》31 首、《鲁颂》4 首、《商颂》5 首。

关于《风》,《毛诗大序》说:"风,风也,教也,风以动之,教以化之。"这一解释把《风》诗和政治教化相联系。南宋郑樵《六经奥论》卷三《国风辨》说,《风》和《雅》"皆以声别也,夫《风》之诗出于土风,而《雅》之诗则出于朝廷大夫尔","《雅》《颂》之音与天下同,列国之音随风土而异"。南宋朱熹《诗集传》卷一说:"《风》

者,民俗歌谣之诗也。"这两个解释把《风》诗和地方音乐特色相联系,犹如京剧、昆曲、河南梆子、柳琴戏、黄梅戏等不同地方的戏曲,一听就有不同地方的音乐特色一样。

十五《国风》指的是《周南》《召南》《邶风》《鄘风》《卫风》《王风》《郑风》《齐风》《魏风》《唐风》《秦风》《陈风》《桧风》《曹风》《豳风》。十五《国风》并不是十五个诸侯国的诗歌。"十五国"可以理解为十五个国家或地区。

《周南》共11首。关于周南,"旧有'南音说''南化说''地域说''国名说''曲调说''南面说''诗体说''南风说''乐器说''职位说''舞蹈说'等多种观点"。(刘毓庆《诗经考评》)考察其地点,司马迁《史记·太史公自序》:"是岁天子始建汉家之封,而太史公留滞周南,不得与从事,故发愤而卒。而子迁适使反,见父于河洛之间。"司马迁所说的周南在"河洛之间",即黄河和洛河之间。裴骃《集解》引徐广曰:"挚虞曰古之周南,今之洛阳。"司马贞《索隐》引张宴云:"自陕以东,皆周南之地也。"这两种说法正与"河洛之间"合。司马迁学的是《鲁诗》,王先谦认为"此鲁家相承旧说也"。

王先谦又说:"《周南》诗篇有《汝坟》,周南大夫之妻作。有《芣苢》,蔡人之妻作。有《汉广》,江汉合流之地所作。"汝坟曾在王莽时作为地名,即汉代的汝南郡汝阴县,治所在今安徽阜阳市,在安徽省西北部。古代蔡国,隶属今河南省驻马店市,地处河南省东南部,驻马店市东北部。汉代江夏郡沙羡,在今湖北省武汉市江夏区金口,"江汉合流之地属焉,皆周南地也"。再结合《史记索隐》的说法,王先谦认为:

> 周南之西与周都接,以陕为界。其东北与召南接,以汝南郡汝阴县为界。其东南与陈接。东与楚接。盖周业兴于西岐,化被于江汉汝蔡,江汉所为诗,并得登于《周南》之篇,其地在周之南,故以周南名其国。江汉蒙化,虽皆服属于周,然诸侯众盛,各君其国,如《晋语》之蔡原、《考工记》注之纷胡,犹可考案,周特羁縻抚辑之而已。(王先谦《诗三家义集疏》卷一)

周文王兴起于岐山,在今岐山县,陕西省宝鸡市境东北部,关中平原西部。周文王教化所及,南方众多诸侯皆归顺周国,被称为周南。按照王先谦所说,周南在陕(今河南陕县)以东,东至楚(汉楚国,在今徐州),东南至陈(今安徽安庆市怀宁县),东北至汝阴(今安徽阜阳)。(按,王先谦所说的东至楚和东北至汝阴,从地图上看,似乎应该是东至汝阴,东北至楚。)则周南其实是黄河以南的广大地区，包括今天的河南的大部分地区、湖北东部以武汉为中心的江汉合流地区，以及安徽的西部与河南、湖北接壤的地区。这一地区在周文王所统治的以岐为中心的周国的东南部，大概是简称为周南。所以《周南》汇集了"周南"这一广大地区的诗歌，包括众多的诸侯国。这一地区的诸侯国在周文王的时代仍然归商纣王统治，但是已经服属于周文王，不过仍保留着自己的独立性。它们有个共同的特点，就是受到了周文王的教化。

关于召南，《水经注·江水》篇引韩婴叙《诗》文："其地在南郡南阳之间。"（王先谦《诗三家义集疏》卷二）汉代的南郡治所在今天湖北江陵。南阳郡治所在今天河南省宛县。从地图上看，在今河南省西南部和湖北省中西部地区。在周南的西南方。"迨文王受命称王，召公代行方伯之职，南土日辟，故别为召南国名。武王灭商之后，戡定南国，别建列侯。《礼·乐记》：'《武》，始而北出，再成而灭商，三成而南，四成而南国是疆。'即《诗》南国究竟矣。诗人之作，或当时采自风谣，或后世追述往事。《周南》是归美文王，故云'王者之风'；《召南》则兼美召伯，故云'诸侯之风'。总览《诗》恉，憭然易明。"（王先谦《诗三家义集疏》卷一）即周文王为西伯时先化被周南之地，后周文王受命称王，召伯又继续从周南出发向西南方向开拓疆土，召伯所抚定的疆土被称为"召南"之地。

《召南》共收诗 14 首，包括三类。孔颖达《疏》："召公分治南国后其地所为诗，及非召南人诗而其词归美召公者，皆在焉。《野有死麕》《何彼襛矣》二篇，西都畿内之诗，因召公分主陕西，亦从附录。"（王先谦《诗三家义集疏》卷二）一是上述召南之广大地域的诗歌；二是歌颂召伯的诗歌，如《甘棠》，因为召南与召伯有关，所以歌颂召伯的诗歌也放进来了；三是西都镐京畿内的诗歌，如《野有死麕》《何彼襛矣》，因为召公与周公分陕而治，陕以西归召公管理，西都镐京在陕西，与召公相关，所以这两首诗也收进了《召南》。

《邶风》《鄘风》《卫风》都是卫国的诗歌，共 39 首，其中《邶风》19 首，《鄘风》和《卫风》各 10 首。《汉书·地理志》说：

> 河内本殷之旧都，周既灭殷，分其畿内为三国，《诗·风》邶、庸、卫国是也。邶，以封纣子武庚；庸，管叔尹之；卫，蔡叔尹之：以监殷民，谓之三监。故《书序》曰"武王崩，三监畔"，周公诛之，尽以其地封弟康叔，号曰孟侯，以夹辅周室；迁邶、庸之民于洛邑，故邶、庸、卫三国之诗相与同风。《邶诗》曰"在浚之下"；《庸》曰"在浚之郊"；《邶》又曰"亦流于淇"，"河水洋洋"，《庸》曰"送我淇上"，"在彼中河"，《卫》曰"瞻彼淇奥"，"河水洋洋"。故吴公子札聘

鲁观周乐,闻《邶》《庸》《卫》之歌,曰:"美哉渊乎! 吾闻康叔之德如是,是其《卫风》乎?"

文中提到"三监",王先谦《诗三家义集疏》卷三上说:

> 《郑谱》云:"置三监,使管叔、蔡叔、霍叔尹而教之。"魏源云:"《班志》三监有武庚无霍叔者,霍叔监邶,相禄父故也。《周书·作雒解》:'武王克殷,乃立王子禄父,俾守商祀,建管叔于东,建蔡叔、霍叔于殷,俾监殷臣。'孔晁注:'霍叔相禄父。'郑据《书大传》,言禄父及三监叛,非禄父自监。皇甫谧《帝王世纪》亦言霍叔监邶,周公诛三监,霍叔罪轻,以武庚、管叔主谋也。"

据此可知,邶鄘卫都在商纣王首都畿内之地。周武王灭商以后,把商纣王的首都及畿内之地分为邶、鄘、卫三个地区,封纣王之子武庚(即禄父)于邶,管叔在鄘,蔡叔在卫。霍叔辅佐禄父。其实管叔、蔡叔、霍叔为"三监",共同监督武庚。后三监伙同武庚叛乱,周公诛杀管叔和武庚,流放蔡叔。然后把邶鄘卫三地尽封给卫康叔。邶鄘二地的民众都迁徙到了洛邑。所以《邶风》《鄘风》《卫风》都属于卫国。

那么当初周武王所分邶鄘卫三地的方位是怎样的? 卫,即商纣王的首都朝歌,又称"沫""沫乡""妹邦"。王先谦引陈奂说:"《周书》云建管叔于东,《汉志》云庸管叔尹之,是鄘在朝歌东矣。""庸"通"鄘",即鄘在卫的东面。《周书》又言:"周临卫攻殷,殷大震溃俾,康叔宇于殷,俾中旄父宇于东。"孔晁注:"中旄父代管叔。"王先谦说:"'邶'声义并从'北','沫'之北即'邶'也,'沫乡'即卫也。"即邶在卫之北。可见当初封武庚于邶,霍叔辅佐他,同时蔡叔在卫、管叔在鄘监督他。三监叛乱后,杀武庚、管叔,流放蔡叔,于是把康叔封于卫,中旄父居于鄘辅佐康叔。最后邶鄘卫三地尽属于卫。

周武王当初分邶鄘卫为三地,其实并不是三个封国。王先谦说:"邶鄘卫本纣畿内地,周分为三以居武庚、管、蔡,因三人分治,各有疆界,故即其旧地之名称之,若三国然。此周初权立之制,特以镇抚顽民。管蔡自有所封本国,《志》但云'尹之',知此邶鄘卫不为封国。"考《史记·管蔡世家》:"封叔鲜于管,封叔度于蔡,二人相纣子武庚禄父,治殷顽民。"又说:"封叔处于霍。"可见管、蔡、霍即管叔鲜、蔡叔度、霍叔处的封国。据此或可以说邶鄘卫三地,邶是武庚的封国,周武王没有把武庚封在商纣王的首都朝歌原址,而是封在了朝歌北面的邶地,或许有其政治考虑。管叔在鄘、蔡叔在卫,监督武庚。鄘、卫不是二人的封国。等到周公平定三监之乱,邶鄘卫三地合为卫国,尽属卫康叔管辖。

《王风》是采自东周首都洛邑的诗歌,共 10 首。《汉书·地理志》说:"昔周公营洛邑,以为在于土中,诸侯蕃屏四方,故立京师。至幽王淫褒姒,以灭宗周,子平王东居洛邑。"又河南郡条:"河南,故郏鄏地。周武王迁九鼎,周公致太平,营以为都,是为王城,至平王居之。"

既然是周天子统治地区的诗歌,为什么不称为"雅"呢?王先谦《诗三家义集疏》卷四引《郑谱》说:"平王以乱故徙居东都王城,于是王室之尊与诸侯无异,其诗不能复雅,故贬之谓之王国之变风。"周平王东迁洛邑之后,已经没有力量统治天下,虽还在名义上是天子,但其实际情况与诸侯国没有什么区别,如《左传·鲁隐公三年》有"周郑交质""周郑交恶"的说法,并评论说:"君子结二国之信,行之以礼,又焉用质?"郑国已经不尊重周天子了,几乎是与周相对等的国家了。所以《王风》称"风"而不称"雅",体现了周王室衰落的实情,有贬周之意,但同时又称"王",又有尊重周天子的意思。

但《陆堂诗学》认为称"王风"与其他国风的名称由来无异,也是由地名而来的。既没有贬周之意,也没有尊王之意。"《春秋》鲁国之史,于元年春必书'王正月',犹可目为尊王。《黍离》十章,采自王畿,不称'王'而奚称?或曰周可称也,余谓'王'亦以地言,自平王历景王,都王城者十二世,敬王避子朝乱乃徙都成周,义不得舍王而称周,且称周则与《周南》混矣。故谓以'风'贬周者非也,谓以'王'尊周者亦非也。"(王先谦《诗三家义集疏》卷四)"王风"即采自"王畿"之风,采自"王城"之风,也是由地名而来。

《郑风》即郑国的诗歌,共 21 首。《汉书·地理志》说:"河南郡新郑县,《诗》郑国,郑桓公之子武公所国。"郑桓公姬友是周宣王之弟,被封于首都镐京附近,国号为郑,都城棫林(今陕西省渭南市华州区)。周幽王末年,国政混乱,担任周朝司徒的郑桓公听从太史伯的建议,把郑国民众迁到了洛阳的东面。公元前771 年,犬戎灭西周,杀周幽王,郑桓公也被杀,其子郑武公在洛阳之东重新建立郑国,国都所在地为今天的河南新郑。郑武公因为和晋文侯共同辅立周平王有功,担任周王朝卿士。郑国的主要统治区域在今天的河南郑州一带。《郑风》中的诗歌皆为以新郑为首都的郑国的诗歌。孔子曾说要"放郑声",因为"郑声淫"(《论语·卫灵公》)。但依据三家诗的观点来看,《郑风》中唯有《溱洧》这首诗是写男女自由恋爱的,而《风雨》《野有蔓草》皆为乱世思君子之诗,《羔裘》则是赞美君子的德行的,《东门之墠》《出其东门》反而写出了对礼义的遵守和感情的忠贞。

　　《齐风》为齐国的诗歌，共 11 首。根据《史记·齐太公世家》的说法，周武王灭商之后，封姜尚于齐国，都于营丘，即今山东临淄。姜尚即齐太公。但根据《汉书·地理志》的说法，齐国在今山东省北部和中部，少昊时期此地有爽鸠氏，虞夏时有季萴，汤时有逢伯陵，殷商末年有薄姑氏，皆为诸侯。"至周成王时，薄姑氏与四国作乱，成王灭之，以封师尚父，是为太公。"今按钱穆《国史大纲》第三章讨论"周初之封建"时认为，齐国始封在西周首都镐京的南面，至周公辅佐成王，平定东方诸侯的叛乱之后，才把齐太公之子齐丁公封在今山东省境内，以营丘为首都。此说或可调和上述两说。《齐风》中的《南山》《敝笱》《载驱》《猗嗟》四首诗与鲁桓公、鲁桓公夫人文姜、文姜之子鲁庄公有关。这是因为文姜是齐襄公和齐桓公的姐妹。

　　《魏风》共收诗 7 首。《汉书·地理志》说："河东郡河北，《诗》魏国。"魏国在今山西运城市芮城县东北，恰处于黄河由北向南流时向东转弯的区域。魏国所在地在商朝时为芮国，曾与虞国争田，后虞芮两国国君前往周国请周文王主持公道。周武王建立周朝，将此地封为姬姓之国，改国号为魏。一说为周成王所封。春秋鲁闵公元年，周惠王十六年（公元前 661 年），被晋献公所灭。晋献公将此地封给周武王之弟毕公高之后毕万，毕氏遂以封地为姓，称魏氏。周威烈王二十三年（公元前 403 年），毕万之后魏斯与韩、赵两家同时被列为诸侯。魏斯就是魏文侯，他所建立的魏国就是后来的战国七雄之一。《魏风》里的诗，基本上可以认为是存在于春秋至西周时期的魏国（非战国时期的魏国）的诗歌。但因为魏国后被晋国所灭，也有人认为个别诗作是晋国的诗歌。

　　《唐风》共 12 首，皆是晋国的诗。《汉书·地理志》说："太原郡晋阳，故《诗》唐国，周成王灭唐，封弟叔虞。"据此，则唐国在今山西省太原市。王先谦《汉书补注》引《晋水注》说："晋阳县，故唐国也，唐灭，成王乃封叔虞于唐。县有晋水，后改名为晋，故子夏叙《诗》，称此晋也而谓之唐。"叔虞在《史记·晋世家》中被称为"唐叔虞"，张守节《正义》引《括地志》说唐叔虞之子燮因晋水而改称唐为晋。但《史记·晋世家》说："武王崩，成王立，唐有乱，周公诛灭唐。"其后成王"封叔虞于唐，唐在河、汾之东，方百里，故曰唐叔虞"。张守节《正义》引《括地志》说："故唐城在绛州翼城县西二十里，即尧裔子所封。"又说："封于河、汾二水之东，方百里，正合在晋州平阳县。"据此，则唐在平阳，在翼城县西，属于今山西省临汾市境内南部。据《史记·晋世家》记载，西周末至春秋初，晋的首都一直在翼（今山西临汾翼城县），至公元前 678 年，晋文侯的弟弟曲沃桓叔之孙曲沃武公由曲沃（今山西运城闻喜县)攻入翼,取代晋文侯之后而成为晋国的国君,这就是晋武公。晋武公之子晋献公于公元前668年迁都于绛(今山西运城绛县),公元前585年,晋景公迁都于新田,改名为新绛(今山西运城新绛县)。晋国后来被赵魏韩三家所瓜分,并灭亡于公元前376年。但无论晋国最初都于晋阳还是平阳,可以肯定的是,晋国旧称唐国,虽然后来称为晋国,但后人仍以唐国来称呼晋国。朱熹《诗集传》说:"其地瘠民贫,勤俭质朴,忧思深远,有尧之遗风。其诗不谓之晋而谓之唐,盖仍其始封之旧号耳。"《左传·襄公二十九年》吴季札评论《唐风》说:"深思哉! 其有陶唐氏之遗民乎? 不然,何忧之远也? 非令德之后,谁能若是?"又《汉书·地理志》说:"其民有先王遗教,君子深思,小人俭陋。故唐诗《蟋蟀》《山枢》《葛生》之篇曰'今我不乐,日月其迈';'宛其死矣,他人是愉';'百岁之后,归于其居'。皆思奢俭之中,念死生之虑。"

《秦风》共10首,皆秦国之诗。秦国在今陕西、甘肃一带,其国君的始祖为伯益,曾辅佐大禹治水。周孝王时,其部族的首领非子善于养马,被周孝王封于秦邑,作为周的附庸。其地点,根据《史记·秦本纪》,裴骃《集解》引徐广说认为在"天水陇西县秦亭",属于今甘肃定西市陇西县;又张守节《正义》引《括地志》说"秦州清水县本名秦,嬴姓邑",则属于今甘肃天水市清水县。二者相去不远。为了对付西戎,周宣王封非子之孙秦仲及秦仲之子秦庄公皆为大夫,使伐西戎。公元前771年,周幽王被犬戎所杀,秦庄公之子秦襄公率军来救。公元前770年,秦襄公又护送周平王东迁有功,被封为诸侯,拥有了原来西周都城所在的地区。秦国于是正式立国。秦国因为靠近戎狄等少数民族,因此崇尚武力,修习战备。秦风中也多有与战争相关的诗篇。《汉书·地理志》说:"天水、陇西,山多林木,民以板为室屋。及安定、北地、上郡、西河,皆迫近戎狄,修习战备,高上气力,以射猎为先。故《秦诗》曰'在其板屋';又曰'王于兴诗,修我甲兵,与子偕行'。及《车辚》《四载》《小戎》之篇,皆言车马田狩之事。"唯《蒹葭》一诗,方玉润《诗经原始》说:"此诗在《秦风》中,气味绝不相类。以好战乐斗之邦,忽遇高超远举之作,可谓鹤立鸡群,翛然自异者矣。"根据《毛诗》、郑玄《笺》以及魏源的说法,这首诗可以认为是西周的遗民讽刺秦襄公不能向山林薮泽去寻求西周灭亡后而隐居的贤者的诗,则这首诗的作者为西周遗民,因此与《秦风》中其他诗歌的风格不同。

《陈风》共10首,皆陈国之诗。《汉书·地理志》说:"陈国,今淮阳之地。陈本太昊之虚,周武王封舜后妫满于陈,是为胡公,妻以元女大姬。妇人尊贵,好祭祀,用史巫,故其俗巫鬼。《陈诗》曰:'坎其击鼓,宛丘之下,亡冬亡夏,值其鹭羽.'又曰：'东门之枌，宛丘之栩，子仲之子，婆娑其下.'此其风也。"陈国的中心区域在今河南省周口市淮阳区一带，周武王灭商后，封舜的后裔妫满于陈，这就是陈胡公。周武王把长女太姬嫁给了陈胡公。太姬好祭祀，民风受其影响，《陈风》中也有诗体现了这一风俗。

《桧风》共 4 首，皆是桧国之诗，桧同"郐"。西周时有郐国，王先谦《诗三家义集疏》引《左传》杜注说："郐国，在荥阳密县东北。"又说："今河南开封府密县东北有郐城，是其地。"则郐国在今河南郑州市新密市东北。西周灭亡后，郑武公在今河南新郑重新建立郑国，并灭掉了郐国，以及位于今郑州荥阳一带的东虢国，扩大了郑国的版图。一般认为《桧风》的四首诗语调低沉而忧伤，皆产生于郐国亡国前夕。

《曹风》共 4 首，皆是曹国之诗。《汉书·地理志》说："济阴定陶，《诗·风》曹国也。武王封弟叔振铎于曹，其后稍大，得山阳、陈留，二十余世为宋所灭。"曹国是周武王的弟弟叔振铎的封国，在今山东省菏泽市定陶区一带，后扩展到今菏泽市巨野县(山阳)和河南开封祥符区陈留镇(陈留)一带。西周时期，曹国与鲁国一样，同为护卫周朝的大国，与晋、鲁、卫、蔡同列"十二诸侯"。春秋时逐渐衰落，公元前 487 年，曹国被宋景公所灭。

《豳风》共 7 首。豳，在今陕西省彬州市、旬邑县西南一带。《汉书·地理志》说："(右扶风)枸邑，有豳乡，《诗》豳国，公刘所都。"《史记·刘敬叔孙通列传》说："周之先自后稷，尧封之邰，积德累善十有余世。公刘避桀居豳。"又《史记·匈奴列传》说："夏道衰，而公刘失其稷官，变于西戎，邑于豳。其后三百有余岁，戎狄攻大王亶父，亶父亡走岐下，而豳人悉从亶父而邑焉，作周。"周王的先祖为后稷，尧封之于邰。夏桀时代，后稷的后裔公刘为了躲避夏桀的暴政而迁都于豳。豳国延续了三百多年，到了周文王的祖父古公亶父(即周太王)时，因受到戎狄的侵扰，古公亶父又率领周民族迁徙到了岐山之下，建立周国。可以说豳国即周国的前身。《毛诗序》认为《豳风》中的《七月》这首诗是周公遭受管蔡流言的诬陷而避居东都洛邑时所作，其目的是"陈后稷先公风化之所由，致王业之艰难"。因为公刘所建立的豳国在周民族发展史上占据了重要的地位，因此后人将《七月》归于《豳风》。《汉书·地理志》说："昔后稷封鰲，公刘处豳，大王徙邠，文王作酆，武王治镐，其民有先王遗风，好稼穑，务本业，故《豳诗》言农桑衣食之本甚备。"另外，由于《七月》这首诗是周公所作，后人很尊崇周公，所以就把周公所写的另外一些诗(《鸱鸮》《东山》)以及赞美周公的一些诗(《破斧》《伐柯》《九罭》《狼跋》)也都放进了《豳风》中。

《雅》分《小雅》和《大雅》。《小雅》共74首,《大雅》共41首。《毛诗大序》说:"言天下之事,形四方之风,谓之《雅》。雅者,正也,言王政之所由废兴也。政有小大,故有《小雅》焉,有《大雅》焉。"这里的"政有大小"是从内容上来说的,根据《史记·司马相如列传》:"《大雅》言王公大人而德逮黎庶,《小雅》讥小己之得失,其流及上。所以言虽外殊,其合德一也。"《大雅》是会朝时所奏的乐曲,多叙述先王德行,阐述应该遵守的道德法则,宣扬天命的道理等,以警戒国君要修身立德,方能长治久安。如《文王》《公刘》等篇,诗人直接赞颂文王、公刘的美德。《小雅》中的诗歌,多为宴飨赠答、感怀述事。一般是诗人从自己的得失忧喜或自己对当前社会政治的感受出发而作的诗歌。有一定的抱怨,也有一定的讽喻。希望在上位的人能够听到,以期望赢得关心,或者政策调整。如《采薇》写诗人征战劳役之苦,《小宛》写诗人无端遭遇了牢狱之灾等。从"辞体"即写作风格来看,南宋严粲《诗缉》卷一认为:"盖优柔委曲,意在言外者,《风》之体也。明白正大,直言其事者,《雅》之体也。纯乎《雅》之体者,为《雅》之大。杂乎《风》之体者,为《雅》之小。"《大雅》的风格比较纯正,"明白正大,直言其事";《小雅》则融合了《国风》"优柔委曲,意在言外"的风格。《大雅》"明白正大,直言其事",有很多直接说理的成分。很多文学研究者推崇《国风》《小雅》,贬低《大雅》和《颂》。钟泰在《朱子之诗》一文中说:"其实作诗之旨,并不只是言性灵,如《诗经·大雅·蒸(烝)民》之篇云'天生蒸(烝)民,有物有则,民之秉彝,好是懿德',及《卫风·淇澳(奥)》之篇,都是言理的诗,而孔子对这两首诗都十分推崇。后人不能深通其旨,遂以为言理的诗都不是好诗,真是大谬之见。"因此《大雅》也是伟大的诗篇。

关于《颂》,《毛诗大序》说:"《颂》者,美盛德之形容,以其成功告于神明者也。"《颂》诗是宗庙祭祀所用的乐歌,其特点是诗歌、音乐和舞蹈三位一体。《颂》诗主要是歌颂圣贤君主的盛大德行,其特点是平和而有节制。《颂》共四十篇,其中《周颂》三十一篇,《鲁颂》四篇,《商颂》五篇。《周颂》是周王室的宗庙祭祀诗,多歌颂文王、武王等先王的功德。另有少数与农业生产有关,是庆祝丰收的诗歌。因为古代中国为农业国家,农业的发展关乎国计民生,意义非常重大,故庆祝丰收的诗歌也放入了颂中。鲁国开国君主为周公,都城在今山东曲阜。《鲁颂》共四篇,并非宗庙祭祀所用。其中《閟宫》和《泮水》是歌颂鲁僖公的,风格似《雅》。《駉》和《有駜》类似《国风》。鲁、齐、韩三家诗皆认为《鲁颂》四篇为春秋时鲁国大夫奚斯所作。鲁国的诗歌被称为颂而不是风,大概与周公的地位尊崇有关。《商颂》是宋国的诗歌。三家诗认为，宋襄公时，修行仁义，欲为天下诸侯的盟主。宋国的大夫正考父（孔子的七世祖）认为这是好事，于是追思宋的先祖，即殷商的贤圣君主契、汤、高宗等的伟大事迹，而作《商颂》十二篇，今存五篇。

《诗经》不仅仅是一部作为文学作品的诗歌总集，更是儒家文化中的一部修身、齐家、治国、平天下的"经"。如《毛诗大序》论述《诗》的作用说："故正得失、动天地、感鬼神，莫近于诗。先王以是经夫妇、成孝敬、厚人伦、美教化、移风俗。"其说《风》，则曰："风，风也、教也。风以动之，教以化之。""上以风化下，下以风刺上，主文而谲谏，言之者无罪，闻之者足以戒，故曰风。"《风》诗不仅具有自上而下的教化作用，也有自下而上的劝谏作用。《诗经》可以说是中华优秀传统文化中的一部具有重要意义的"元典"。

古人把中国书籍分为"经史子集"四大类，儒家的"经"排在首位，《诗经》即是儒家的"六经"之一。如果只是把《诗经》看作文学作品，那就是把《诗经》放在了"集"部的位置，反而是贬低了《诗经》的地位。

儒家的"六经"即《诗》《书》《礼》《乐》《易》《春秋》。春秋时期的思想家、政治家、教育家孔子被后人誉为"至圣"，一生有弟子三千，他曾经删定六经，他也拿这些典籍来教导学生。清代学者俞樾《春在堂随笔》卷三说：

> 夫子删《诗》《书》，定礼乐，赞《周易》，修《春秋》，为后世法，皆所以治来世也。

在《六经》之中，《诗经》被排在首位。

我们考察从战国至西汉的众多典籍，提到"六经"时，常常把《诗经》排在首位。如《庄子·天运篇》说：

> 孔子子谓老聃曰："丘治《诗》《书》《礼》《乐》《易》《春秋》六经，自以为久矣。"

又如《庄子·天下篇》说：

> 古之所谓道术者……其明而在数度者，旧法、世传之史尚多有之；其在于《诗》《书》《礼》《乐》者，邹鲁之士、缙绅先生多能明之。《诗》以道志，《书》以道事，《礼》以道行，《乐》以道和，《易》以道阴阳，《春秋》以道名分。其数散于天下而设于中国者，百家之学时或称而道之。

在庄子看来，《诗经》中蕴含了"道术"，这些"道术"即是修身、齐家、治国、平天下的方法。

又如《荀子·儒效篇》说：

> 圣人也者，道之管也，天下之道管是矣。百王之道，一是矣。故《诗》《书》《礼》《乐》之归是矣。《诗》言是其志也，《书》言是其事也，《礼》言是其行也，《乐》言是其和也，《春秋》言是其微也。（《儒效篇》）

又如《史记·孔子世家》记载：

> 阳虎由此益轻季氏。季氏亦僭于公室，陪臣执国政，是以鲁自大夫以下皆僭离于正道。故孔子不仕，退而修《诗》《书》《礼》《乐》，弟子弥众，至自远方，莫不受业焉。

孔子即以《诗》《书》《礼》《乐》来教导学生，后来孔子修《春秋》、赞《周易》，也成为学生学习的教材。

又如《礼记·经解》说：

> 孔子曰："入其国，其教可知也。其为人也：温柔敦厚，《诗》教也；疏通知远，《书》教也；广博易良，《乐》教也；洁静精微，《易》教也；恭俭庄敬，《礼》教也；属辞比事，《春秋》教也。故《诗》之失，愚；《书》之失，诬；《乐》之失，奢；《易》之失，贼；《礼》之失，烦；《春秋》之失，乱。其为人也：温柔敦厚而不愚，则深于《诗》者也；疏通知远而不诬，则深于《书》者也；广博易良而不奢，则深于《乐》者也；洁静精微而不贼，则深于《易》者也；恭俭庄敬而不烦，则深于《礼》者也；属辞比事而不乱，则深于《春秋》者也。"

受到《诗经》教化的君子是"温柔敦厚"的，但太过于"温柔敦厚"而没有智慧就会导致愚笨，受人欺骗。孔子说，真正懂得《诗经》的人，不仅"温柔敦厚"，而且也"不愚"，《诗经》也可以开启人的智慧。

《孟子·公孙丑上》记载：

> 昔者子贡问于孔子曰："夫子圣矣乎？"孔子曰："圣则吾不能，我学不厌而教不倦也。"子贡曰："学不厌，智也；教不倦，仁也。仁且智，夫子既圣矣！"

学而不厌可以带来智慧，也是智慧的表现；诲而不倦是希望学生们都能够不断地获得提升，是仁德的表现。子贡认为，孔子既有仁德又有智慧，已经是圣人了。

"温柔敦厚"即是"仁德","不愚"即是"智慧",学习《诗经》,掌握其精髓,也可以使我们变得既有仁德也有智慧,也就是使我们走在成贤成圣的康庄大道上了。

关于《诗经》表达的内容和情感"温柔敦厚"的特点,《毛诗大序》说:

> 至于王道衰、礼义废、政教失、国异政、家殊俗,而变《风》、变《雅》作矣。国史明乎得失之迹,伤人伦之废,哀刑政之苛,吟咏情性,以风其上,达于事变而怀其旧俗者也。故变《风》发乎情,止乎礼义。发乎情,民之性也;止乎礼义,先王之泽也。

其"发乎情"而"吟咏情性",可谓"温柔";其"以风其上"而能"止乎礼义",可谓"敦厚"。

又如《史记·儒林列传》说,汉武帝即位,"言《诗》,于鲁则申培公,于齐则辕固生,于燕则韩太傅。言《尚书》,自济南伏生。言《礼》,自鲁高堂生。言《易》自菑川田生。言《春秋》,于齐、鲁自胡毋生,于赵自董仲舒"。由于秦始皇焚书,《乐经》失传,所以汉代开始又有"五经"的说法。此时"五经"中,仍然把《诗经》放在首位。

直到西汉后期,汉成帝在位时,刘向、刘歆父子整理文献典籍,不仅儒家的"六经"排在所有书籍的首位,而且在"六经"中,又把《周易》排在《书》《诗》《礼》《乐》《春秋》之前。班固沿用了这个做法。其《汉书·艺文志》说:"五者,盖五常之道,相须而备,而《易》为之原。故曰《易》不可见,则乾坤或几乎息矣,言与天地为终始也。"在《汉书》的《艺文志》《儒林传》,以及班固所著《白虎通》中的《五经》篇都把《易》放在了首位。

不过在后人的著作中,也可见把《诗经》放在首位的,如《元史》卷八十一《选举(一)·学校》指出,元朝至元二十四年(1287),建立了学校制度,其中对读书的顺序也做了规定:

> 凡读书必先《孝经》《小学》《论语》《孟子》《大学》《中庸》,次及《诗》《书》《礼记》《周礼》《春秋》《易》。

此处也是把《诗经》排在了"五经"之首。由此可见《诗经》在中华优秀文化典籍中举足轻重的地位。

三、赋 比 兴

赋比兴是《诗经》的三种主要表现手法。

《周礼·春官宗伯·大师》说:

> (大师)教六诗:"曰风,曰赋,曰比,曰兴,曰雅,曰颂。"

《毛诗大序》说:

> 故诗有六义焉:一曰风,二曰赋,三曰比,四曰兴,五曰雅,六曰颂。

风雅颂是《诗经》的体裁,赋比兴是《诗经》的表现手法,为何被合在一起说是"六诗"或"六义"呢? 唐孔颖达《〈毛诗〉正义》说:

> 风、雅、颂者,《诗》篇之异体;赋、比、兴者,《诗》文之异辞耳。赋、比、兴是《诗》之所用,风、雅、颂是《诗》之成形。用彼三事,成此三事,是故同称为义。

诗人用赋比兴这三种写作手法,写成风雅颂等不同体例的诗篇,因此把赋比兴和风雅颂合称"六义"。

关于"赋",东汉大儒郑玄在《周礼·春官宗伯·大师》的注释中说:"赋之言铺,直铺陈今之政教善恶。"赋有铺陈、陈述的意思,即把政治的善恶直接陈述出来。如《大雅·文王有声》:"文王受命,有此武功。既伐于崇,作邑于丰。文王烝哉!"这几句诗就陈述了文王的政教之美。又如《大雅·荡》:"女炰烋于中国,敛怨以为德。不明尔德,时无背无侧。尔德不明,以无陪无卿。"这几句诗就直接陈述了商纣王统治的黑暗"不明"。

但《诗经》中所铺陈的事情,不仅仅与政教的善恶有关,还有丰富的内容。刘勰《文心雕龙·诠赋》说:"赋者,铺也,铺采摛文,体物写志也。"赋的手法即是铺陈文辞,来描写事物或者书写诗人的情感志向。又朱熹《诗集传》中说:"赋者,敷也,敷陈其事而直言之者也。"赋,即是直接陈述某件事情。如《齐风·东方未明》:"东方未明,颠倒衣裳。颠之倒之,自公召之。"这几句诗即是用赋的手法直接描绘了主人公因受国君的过早的召见而慌忙中穿错衣服的情形。又如《邶风·击鼓》："死生契阔，与子成说。执子之手，与子偕老。"这几句诗即是用了赋的手法直抒胸臆。

关于"比"，郑玄注说："见今之失，不敢斥言，取比类以言之。"根据郑玄的说法，比是和当时社会上存在的过失联系在一起的。如《大雅·荡》："如蜩如螗，如沸如羹。"这两句诗把商纣王统治下的政局混乱比作如蝉鸣一样聒噪，如沸水一样动荡，如羹汤一样糜烂。然而《诗经》中的比，也有与社会中好的一面联系在一起的，如《小雅·采芑》："啴啴焞焞，如霆如雷。"用雷霆之声来比喻周宣王时期的大将方叔所率领的战车行进时的隆隆声响，也进而赞美了周宣王的中兴事业。

另外，《诗经》中的比，除了我们所列举的与政治得失有关的例子之外，还涉及人生和社会的方方面面。所以后代的学者扩充了比的内涵。南朝时期，钟嵘《诗品》说："因物喻志，比也。"比，即我们今天所说的比喻，即用比的方法晓喻读者，让读者更好地明白诗人所要表达的意思。钟嵘认为比喻即用外在的事物来比喻诗人心中的情感和志向。如《王风·黍离》："行迈靡靡，忧心如醉。"把忧伤的心比作像喝醉了一样，即用喝醉了之后的晕晕乎乎的感觉来比喻因为内心忧伤而眩晕的感觉。这就是对诗人之情志的比喻。不过钟嵘的这一说法还是缩小了"比"的使用范围，诗人所比喻的不仅仅有诗人的情感志向，而是无所不包的。因此朱熹《诗集传》说："比者，以彼物比此物也。"比，就是以一个事物来比喻另一个事物。如《卫风·淇奥》："有匪君子，如金如锡，如圭如璧。"这几句诗把君子比作像金和锡一样精纯坚固，像圭和璧玉一样坚贞温润。

关于"比"的特点，王先谦说：

> 夫风人罕譬，但取一端，不关全体。（《诗三家义集疏》卷二）

诗人在比喻时，只取本体和喻体的某一个相似点来作比喻，不会考虑喻体的其他特征。如《周南·关雎》："关关雎鸠，在河之洲。窈窕淑女，君子好逑。"这几句诗用雎鸠（一般认为即鱼鹰）来比喻君子淑女。鱼鹰是一种凶猛的鸟类，善于捕鱼，全身黑色，以一般的审美眼光来看，似乎并不美，为何用鱼鹰来比喻君子淑女呢？《毛传》认为鱼鹰的特点是"挚而有别"，"挚"通"至"，朱熹《诗集传》认为是说鱼鹰"情意深至"。虽然情意深至，但仍然雌雄有别，又如人类男女有别，是符合礼的。又朱熹指出鱼鹰"生有定偶而不相乱，偶常并游而不相狎"，因此可以用来比喻君子淑女。又如《召南·鹊巢》："维鹊有巢，维鸠居之。之子于归，百两御之。"这几句是把鸠住进了鹊的巢，比喻一国公主嫁给了另一国的国君。喜鹊是勤劳而又爱干净的鸟儿,辛辛苦苦建好了巢,结果鸤即八哥趁喜鹊不在,在巢里又拉又尿,喜鹊回来之后,看到自己的巢穴又脏又臭,就放弃离开了,八哥就光明正大地住进去了。"鸠占鹊巢"至今不是个好词。但是诗人在这首诗中用"鸠居鹊巢,以喻妇道无成有终之意",只是取"鸤鸠因成事"之意。

关于"兴",郑玄说:"兴者,见今之美,嫌于媚谀,取善事以喻劝之。"郑玄认为"兴"是与诗人写诗时的社会中美好的事物相联系的。依照郑玄的观点,"兴"和"比"在手法上似乎相同,只是它们所描绘的事物善恶正相反。朱熹认为:"兴者,先言他物以引起所咏之词也。"想要描写某个事物,但不是像"赋"那样直言其事,而是先说其他的事情,以此来引出想要说的事情。如《卫风·淇奥》:"瞻彼淇奥,绿竹猗猗。有匪君子,如切如磋,如琢如磨。"朱熹认为用了"兴"的修辞手法,他说:"卫人美武公之德,而以绿竹始生之美盛,兴其学问自修之进益也。"诗人想要赞美卫武公的德行,并没有一开始直接赞美他的道德学问的日益增进,而是先描写"绿竹"的茂盛。为什么一开始描写的事物能引出想要描写的事物呢? 二者必定有一定的联系。一种情况是这二者有相似之处。如绿竹之茂盛与君子道德学问的盛大丰富有相似之处。而这也使得一些"兴"包含了"比"的内容。如果我们说这首诗用绿竹来比喻君子,也是成立的。而有一些"兴"则与"比"无关。如《郑风·溱洧》:"溱与洧,方涣涣兮。士与女,方秉蕑兮。"为了描绘男子和女子的游玩和约会,而先说溱水和洧水这两条河流。二者的联系在于,男女游玩和约会的地方正在溱水和洧水的岸边。二者构不成比喻的关系,但是里面有"赋"的成分在。所以朱熹说这几句是"赋而兴也"。

我们可以再用几首民歌来体会一下赋比兴的含义。如《小芳》这首歌:"村里有个姑娘叫小芳,长得好看又善良。一双美丽的大眼睛,辫子粗又长。"这几句就是纯粹的赋,想要写小芳,就直接描述她的性格和外貌。又如《达坂城的姑娘》:"达坂城的石路硬又平啊,西瓜大又甜呀。达坂城的姑娘辫子长啊,两个眼睛真漂亮。"这几句就是"兴"。想要说达坂城的姑娘,但不直接说,而是先说达坂城的石路和西瓜,这就是朱熹所说的"先言他物以引起所咏之词"。而这几句里也包含了"赋",可谓是"赋而兴也"。但这里没有"比",因为石路硬又平和西瓜大又甜与后面的辫子长和眼睛漂亮构不成比喻。如果后面说达坂城的姑娘身板硬朗、长得丰满,倒是有比喻的成分在。又如《在那遥远的地方》:"在那遥远的地方,有位好姑娘。人们走过了她的帐房,都要回头留恋地张望。"这几句就是赋。而"她那粉红的笑脸,好像红太阳。她那美丽动人的眼睛,好像晚上明媚的月亮。"这几句就是比。又如《阿里山的姑娘》："高山青，涧水蓝。阿里山的姑娘美如水呀，阿里山的少年壮如山唉。高山长青，涧水长蓝。姑娘和那少年永不分呀，碧水常围着青山转唉。"想要说阿里山的姑娘和少年，但先说高山和涧水，这是"兴"。二者有联系，因为姑娘和少年就生长在山水边。同时又有"比"，即用高山来比喻少年，用涧水来比喻姑娘，又用碧水常围着青山转来比喻姑娘和少年永不分。

　　另外，关于兴，刘勰《文心雕龙》说："兴者，起也。……起情者，依微以拟议。"两宋之交的胡寅《斐然集》卷十八《与李叔易书》引北宋李仲蒙说："触物以起情谓之兴，物动情也。"一事物之所以能引起想要吟咏的事物，则二者必有联系，诗人看到某物，而激发了他心中的某种感情，于是引起了他想要吟咏的事物，这就是"触物以起情"。这一过程正是诗人接触到的外物激发他内心灵感的过程，所以兴也可以说与作诗的灵感相关。比如《周南·关雎》这首诗，我们前文提到它用雎鸠来比喻君子淑女，而朱熹则认为"关关雎鸠，在河之洲。窈窕淑女，君子好逑"为"兴"。想要说君子淑女，但先说关关雎鸠，此即以雎鸠来兴君子淑女。根据三家诗的观点，这首诗是周康王的大臣毕公所作。我们可以想象一下，周康王有一天因沉迷女色而起床晚了，毕公见微知著，甚为担忧，于是想写首诗委婉地劝谏周康王。退朝后，他一人来到河边，独自散步，苦思冥想，寻找灵感，忽然他看到河中的小洲上雎鸠在关关和鸣，于是他由雎鸠的"生有定偶而不相乱，偶常并游而不相狎"联想到了君子淑女，一下子兴起了他内心的灵感，写下了这首《关雎》。所以，我们可以说，"兴"的过程就是写诗的灵感产生的过程。

四、汉至清《诗经》研究述要

　　孔子编订《诗》，以《诗》教授弟子。弟子中有擅长"文学"的子游、子夏，子夏在西河地区教授弟子，为魏文侯的老师；子游则南游江南，据说晚年在今上海奉贤一带兴办儒学，"奉贤"之名即是"敬奉贤人"之意。曾子居武城，收徒讲学；子羽南游至吴地，有弟子三百余人。另外，孔子去世后，儒家分为八派，其中的子张之儒、颜氏之儒、有漆雕氏之儒等流派的传人子张、颜氏、漆雕氏，应该都是孔子的学生。在孔子去世之后，他的学生中传授《诗》的不在少数。战国时期，孟子和荀子是儒家的代表人物，都精通《诗》，《孟子》和《荀子》中很多地方都引用《诗经》中的句子来论证自己的观点。

秦始皇焚书，《诗》《书》皆在焚毁之列。《诗经》之所以能够保全，"以其讽诵，不独在竹帛故也"。（《汉书·艺文志》）

到了汉代，阐述《诗经》的有四家。《汉书·艺文志》说：

> 《诗经》二十八卷，鲁、齐、韩三家。《鲁故》二十五卷。《鲁说》二十八卷。《齐后氏故》二十卷。《齐孙氏故》二十七卷。《齐后氏传》三十九卷。《齐孙氏传》二十八卷。《齐杂记》十八卷。《韩故》三十六卷。《韩内传》四卷。《韩外传》六卷。《韩说》四十一卷。《毛诗》二十九卷。《毛诗故训传》三十卷。

《鲁诗》始于鲁人申公，《齐诗》始于齐人辕固生，《韩诗》始于燕人韩婴。《鲁故》申公所作，《鲁诗》有韦、张、唐、褚之学，《鲁说》即申公弟子所传。

申公在汉文帝时即被拜为《诗经》博士。申公是浮丘伯的学生，浮丘伯是荀子的学生。《荀子》一书中关于《诗经》的说法，大都为《鲁诗》所本。申公的同学有穆生、白生、楚元王刘交、刘交之子郢客等。申公有弟子千余人，为博士者十余人，为官者上百人。孔安国是申公的弟子，为博士。司马迁曾向孔安国学习，《史记》中凡是用到《诗经》的地方，皆是《鲁诗》的说法。楚元王刘交为申公同学，著有《元王诗》，其义当与《鲁诗》相近。《元王诗》失传，刘向为楚元王之子休侯刘富的曾孙，汉人传经，最重家学，则刘向所著《说苑》《新序》《列女传》等书，凡是与《诗经》有关的说法，当与《鲁诗》合。《白虎通》《尔雅》等书中所述《诗经》，皆《鲁诗》。《熹平石经》亦以《鲁诗》为主。张衡《东京赋》、王逸注《楚辞》、王充《论衡》、扬雄《法言》、王符《潜夫论》、高诱注《淮南子》等中的关于《诗经》的说法，皆被王先谦定为《鲁诗》之说。治《谷梁春秋》的学者，其中提到《诗经》的地方，也是称引《鲁诗》。

辕固生早年是清河王刘乘的太傅，汉景帝时为《诗经》博士。辕固生传夏侯始昌，夏侯始昌传后苍，后苍传戴德、戴胜、庆普。后苍作《齐后氏故》，后苍的弟子们作《齐后氏传》。《齐诗》又有翼、匡、师、伏之学，又有孙氏作《齐孙氏故》，孙氏弟子作《齐孙氏传》，但孙氏是谁已不能知。夏侯始昌通《五经》，后苍亦通《诗》《礼》。庆普对《仪礼》的阐释、戴德所作《大戴礼记》，以及戴德之弟戴仁之子戴圣所作《小戴礼记》中所引佚诗，皆为《齐诗》之文。郑玄在注释《礼》的时候，尚未学习《毛诗》，凡与《诗经》相关的部分，皆用《齐诗》。《齐诗》之翼、匡、师、伏之学，匡即匡衡,师即师丹,师丹传班伯,班伯为班固的从祖父,《汉书》中所用的也是《齐诗》。另外,荀悦《汉纪》,董仲舒治《公羊春秋》,孟喜、京房的《易》学,焦延寿《焦氏易林》,桓宽《盐铁论》等著作中关于《诗经》相关的说法,皆《齐诗》之说。

韩婴在汉文帝时为《诗经》博士,在汉景帝时曾为常山王太傅。《韩故》《韩内传》《韩外传》皆为韩婴所作,《韩诗》有王、食、长孙之学,《韩说》即为其徒众所作。韩婴又传淮南贲生,燕、赵间说《诗经》的,多是韩婴后学。东汉薛汉父子著有《韩诗章句》,薛汉弟子杜撫著有《诗题约义通》(又称《杜君法》),又有赵长君著有《诗细》。《隋书·经籍志》又记载有《韩诗谱》二卷、《诗神泉》一卷、侯包《韩诗翼要》十卷等。汉末至蜀汉时期有杜琼,亦著有《韩诗章句》十余万言。另外濮阳阖与其弟子张绂,以及崔季珪、何随等皆治《韩诗》。《旧唐书·艺文志》记载:"《韩诗》卜商序、韩婴注二十二卷,又《外传》十卷。"此认为《韩诗》是孔子的学生子夏的后学。王先谦《诗三家义集疏序例》说:

> 今观《外传》之文,记夫子之绪论与《春秋》杂说,或引《诗》以证事,或引事以明《诗》,使为法者彰显,为戒者著明,虽非专于解经之作,要其触类引申,断章取义,皆有合于圣门商、赐言《诗》之意。况微言大义,往往而有。上推天人性理,明皆有仁义礼智顺善之心;下究万物情状,多识于草木鸟兽之名;考《风》《雅》之正变,知王道之兴衰,固天命性道之蕴而古今得失林邪!

由此可见,王先谦是认可这一说法的。则《韩诗》对于《诗经》的阐释得孔门真传。

《鲁诗》《齐诗》《韩诗》在汉代皆是用当时通行的文字隶书书写的,隶书在当时被称为今文,所以《鲁诗》《齐诗》《韩诗》被合称为"三家诗"。三家诗在汉代皆立有《诗经》博士,地位尊显,影响极大。

王先谦《诗三家义集疏序例》引用魏源《诗古微》上编之一《齐鲁韩毛异同论上》的说法,认为三家诗同源。他说:

> 且三家遗说,凡《鲁诗》如此者,《韩》必同之;《韩诗》如此者,《鲁》必同之;《齐诗》存什一于千百,而《鲁》《韩》必同之。苟非同出一原,安能重规叠矩,三人占则从二人之言?

前面说《韩诗》得孔门真传,则《鲁诗》《齐诗》也可以说得孔门真传。

魏源又说:

《齐诗》先《采蘋》而后《草虫》,与《仪礼》合;《小雅》四始、五际,次第与乐章合。鲁、韩《诗》说《硕人》《二子乘舟》《载驰》《黄鸟》与《左氏》合;说《抑》及《昊天有成命》与《国语》合;说《驺虞》乐官备,与《射义》合;说《凯风》《小弁》与《孟子》合;说《出车》《采薇》非文王伐玁狁,与《尚书大传》合;《大武》六章次第与乐章合。其不合诸书者安在?而《毛诗》则动与牴牾,其合诸书者又安在?顾谓西汉诸儒未见诸书,故舍《毛》而从三家,则太史公本《左氏》《国语》以作《史记》,何以宗《鲁诗》而不宗《毛》?贾谊、刘向博极群书,何以《新书》《说苑》《列女传》宗鲁而不宗《毛》?谓东汉诸儒得诸书证合,乃知宗《毛》而舍三家,则班固评论四家《诗》何以独许《鲁》近?《左传》由贾逵得立,服虔作解,而逵撰《齐鲁韩毛诗异同》、服虔注《左氏》、郑君注《礼》,皆显用《韩诗》。即郑笺《毛》亦多阴用《韩》义。许君《说文叙》自言《诗》称毛氏,皆古文家言,而《说文》引《诗》,什九皆三家;《五经异义》论《罍制》、论《郑风》、论《生民》,亦并从三家说。岂非郑、许之用《毛》者,特欲专立古文门户,而意实以《鲁》《韩》为胜乎?

三家诗与古籍相合,且被两汉学者推崇和引用,也可以印证其说诗之义与孔门所说其他典籍相合。

与三家诗不同,《毛诗》用汉之前所用的篆书书写,被称为古文经。魏源即批评了郑玄、许慎用《毛诗》,是为了立古文门户,但其内心里还是认为《鲁诗》《韩诗》的解说更胜一等。

东汉末期,大儒郑玄(127—200)为以古文字流传的《毛诗》做《毛诗传笺》,《毛诗》大显于世。因为郑玄的巨大影响,学者们都开始研习《毛诗》而忽视了三家诗,三家诗开始式微。《隋书·经籍志》说:"《齐诗》,魏代已亡;《鲁诗》亡于西晋;《韩诗》虽存,无传之者。"《韩诗》后来亡于北宋。南宋以后仅有《韩诗外传》十卷流传于世。

《毛诗》,即西汉时大毛公毛亨和小毛公毛苌所辑和注的古文《诗》。《汉书·儒林传》记载,毛公为赵人,为河间献王博士,授同国贯长卿。长卿授解延年。延年为阿武令,授徐敖。敖授九江陈侠,为王莽讲学大夫。因此讲解《毛诗》的,本于徐敖。郑玄《诗谱》始称有大小毛公,《诗谱》说:"鲁人大毛公为《故训传》于其家;河间献王得而献之,以小毛公为博士。"《释文》引三国吴人徐整《毛诗谱》记载《毛诗》来源说:"子夏授高行子,高行子授薛苍子,薛苍子授帛妙子,帛妙子授河间人大毛公,毛公为《诗故训传》于家,以授赵人小毛公,小毛公为河间献王博士。"又三国吴人陆玑《毛诗草木鸟兽虫鱼疏》则认为:"子夏传曾申,申传魏人李克,克传鲁人孟仲子,孟仲子传根牟子,根牟子传赵人孙卿子(荀子),孙卿子传鲁人大毛公。"清陈奂《诗毛氏传疏·叙》说,郑玄先跟随东郡张恭祖学《韩诗》,后见《毛诗》义精好,为作《笺》。陈奂认为《郑笺》兼采《韩诗》《鲁诗》的说法,并加入了一些自己的意见和判断,已不能完全代表《毛诗》的本义。到了唐太宗贞观年间,孔颖达为《毛诗》作《正义》,对《毛诗》和《郑笺》均进行了阐释,于是毛郑两家合为一家之书,进一步使《毛诗》的含义隐晦不明。不过,正是由于郑玄作《笺》与孔颖达作《正义》,使得《毛诗》比较完整地保存至今,避免了三家诗散亡的命运。

魏源认为《毛诗》传自子夏的说法不可信。其《齐鲁韩毛异同论上》质疑前述两种《毛诗》传授源流说:

> 夫同一《毛诗》传授源流,而姓名无一同,且一以为出荀卿,一以为不出荀卿;一以为河间人,一以为鲁人,展转傅会,安所依据?

又说:

> 《汉书》曰:"又有毛公之学,自言子夏所传。""自言"云者,人不取信之词也。

魏源认为,从《汉书》中所说的"自言子夏所传"这句话,可以看出班固已经对《毛诗》的传授源流有所怀疑了。王先谦《诗三家义集疏序例》赞同并完整引用了魏源的观点。因此王先谦认为,《毛诗》凡是与三家诗不同的地方,应当以三家诗为准。他甚至说:"不通三家,未可言《诗》也。"(《诗三家义集疏》卷一)

笔者在此做一大胆猜测,秦朝焚书之后,毛公所得《诗经》残缺不全,或者传诵记忆有误,所以,对于众多诗篇的解释已经失传或者出现错误,于是毛公结合先秦典籍,加上自己的理解,做出了新的解释,这就导致了和三家诗的不同。

如果说三家诗对《诗经》的阐释得孔门说《诗》的真传,由于和三家诗的阐释不同,那么《毛诗》在对许多诗篇的解释上是错误的,因此有很多不合理的地方。郑玄的《毛诗传笺》以阐释《毛诗》义为主,很多地方加入了自己的见解,可以说更加偏离了三家诗。孔颖达的《毛诗正义》阐释《毛诗》和《毛诗传笺》,从中仍然不能得知孔门《诗》学真义。偏离的三家诗,偏离了孔门《诗》学真义,就难免造成很多错误。

到了宋代,在普遍疑经的思潮下,学者们对《毛诗》及其阐释系统也产生了怀疑。洪湛侯《诗经学史》第三编《诗经宋学》中指出:"自欧阳修开始怀疑《诗序》,苏辙仅取《诗序》首句、不用其下续申之词,其后郑樵、朱熹力指《诗序》之妄,王质废《序》不用,于是,多数《诗》家相率弃《序》言《诗》,惟本文是求。"朱熹(1130—
1200)的《诗集传》可以说是宋代《诗经》学的代表作。洪湛侯认为《诗集传》有以
下特点:弃《序》言《诗》,自成宗派;博采众长,不拘门户;所释六义,颇有新意;所
定《诗》旨,可取者多;诠释词义,准确简明;注重文学,最有特色。朱熹的《诗集
传》在元代盛极一时,在明清两代也产生了深远的影响。

在朱熹之后,对于《诗经》的研究大致可以分为以下几种倾向:

一是回到三家诗。因为《毛诗》多与三家诗不合,郑玄《毛诗传笺》在阐释《毛
诗》的同时又加上了自己的见解,因此离三家诗越来越远,以朱熹《诗集传》为代
表的阐释著作因反对《毛诗》和《毛诗传笺》而不知返回三家诗,所以走得更远了,
很多地方更不合孔门古义。于是有学者开始从浩瀚的典籍中搜罗三家诗本义。
南宋王应麟(1223—1296)的《诗考》筚路蓝缕,有创始之功。清代三百年间,涌现
了范家相《三家诗拾遗》、冯登府《三家诗遗说》、阮元《三家诗补遗》、徐璈《诗经广
诂》、魏源《诗古微》、宋绵初《韩诗内传徵》、连鹤寿《齐诗翼氏学》、陈寿祺与陈乔
枞父子的《三家诗遗说考》、陈乔枞《齐诗翼氏学疏证》《诗经四家异闻考》《诗纬集
证》、皮锡瑞《诗经通论》、王先谦(1842—1917)《诗三家义集疏》等一系列关于三
家诗的专著。其中以王先谦的《诗三家义集疏》为集大成。回到三家诗,即是回
到孔门论《诗》古义。所以众多在《毛诗》和《毛诗传笺》中说不通的地方,在《诗三
家义集疏》中几乎都得到了圆满的解释。以《诗三家义集疏》来观照《诗集传》,也
会发现朱熹有很多强为新说的错误。

二是沿着朱熹《诗集传》所开辟的道路,继续前进。又分为三种,一种为继续
《诗集传》的研究,对《诗集传》的进一步阐释,这除了《诗集传》本身的巨大成就
外,也与朱熹在儒学发展史上的崇高地位是分不开的。第二种是朱熹给了后人
以勇气,很多学者效法朱熹,以自己的观点重新阐释《诗经》中的众多篇章。如姚
际恒《诗经通论》、崔述《读风偶识》、牟庭《诗切》、牟应震《诗问》等。第三种是对
《诗经》文学内容的重视,注重《诗经》的文学价值和美学意义。如王夫之的《诗经
稗疏》《诗广传》、方玉润的《诗经原始》等,以及金圣叹、方苞、袁枚等人关于《诗
经》的论述。而二十世纪的现代学者,把《诗经》从《六经》的崇高地位上拉下来,
把它看作一部文学作品集,把朱熹所指的"淫奔之诗"阐释为浪漫的爱情诗歌,以
及提出种种新奇的观点,并进行赏析,其实也是这一道路在新时代的极致发展。

三是反对朱熹很多独出机杼的解释,重新回到《毛诗》,对《毛诗》进行重新阐
释。如陈启源《毛诗稽古篇》、戴震《毛郑诗考正》《杲溪诗经补注》、段玉裁《诗经

小学《毛诗故训传定本》、焦循《毛诗补疏》、丁晏《毛郑诗释》、胡承珙《毛诗后笺》、马瑞辰《毛诗传笺通释》等皆是推崇《毛诗》、亦多采纳郑玄《毛诗传笺》并为二者作考证、阐释的著作。而陈奂的《诗毛氏传疏》则专主《毛传》，以恢复《毛诗》之旧为己任，不仅不信三家诗，也不信郑玄《笺》及孔颖达《正义》，可以说是一部研究《毛诗》的纯粹之作。

思考题

1. 如何理解作为"诗"的《诗经》和作为"经"的《诗经》？
2. 谈一谈赋比兴的含义，并举例说明。
3. 汉代研究《诗经》的流派有哪几家？有哪些代表人物？
4. 朱熹之后的《诗经》研究有什么特点？有哪些具有代表性的学者和著作？

第二章

《诗经》中所体现的婚姻关系及夫妇之道

夫妇关系是儒家所说的五伦中的重要一伦。《礼记·中庸》说:"君子之道,造端乎夫妇,及其至也,察乎天地。"这里的"夫妇",一般解释成"匹夫匹妇",即"普通男女",笔者认为似乎不妨理解为"夫妻"。君子之道,即从夫妇开始,因为君臣、父子、兄弟、朋友,无不由夫妇生出。如《荀子·大略》解释《周易·咸卦》时说:"夫妇之道,不可不正也,君臣父子之本也。"又如《周易·序卦传》说:"有天地,然后有万物;有万物,然后有男女;有男女,然后有夫妇;有夫妇,然后有父子;有父子,然后有君臣;有君臣,然后有上下;有上下,然后礼义有所错(措)。"

本讲选了四首诗。《周南·桃夭》描写了一位"宜其家人"的新娘子,她所带来的是美满的婚姻,体现了人们对女子的贤德的重视。《周南·关雎》体现了夫妇有别的礼制和"乐而不淫,哀而不伤"的相处之道。《周南·芣苢》描写了妻子对患有恶疾的丈夫的不离不弃。《王风·大车》则描写了夫妻之间的生死相依的忠贞之爱。

一、重视妻子的贤德

对于夫妇之道,孔子的弟子子夏说:"贤贤易色。"(《论语·学而》)即男子在选择妻子的时候,应当重视其德行,而不要重视其美色。女子找丈夫,也是一样。这里的"易色"是轻视美色,但不会刻意回避美色,也不是完全不在意对方的长相,但绝不是非要"帅哥""美女",只要看着顺眼,双方有"眼缘"就行了。《周南·桃夭》就体现了对女子德行的重视,同时也赞美了女子的美貌。

> 桃之夭夭,灼灼其华。之子于归,宜其室家。
> 桃之夭夭,有蕡其实。之子于归,宜其家室。
> 桃之夭夭,其叶蓁蓁。之子于归,宜其家人。

关于此诗,王先谦《诗三家义集疏》引《焦氏易林·否之随》说:"春桃生花,季女宜家。受福多年，男为邦君。"又《复之解》说："春桃萌生，万物花荣。邦君所居，国乐无忧。"又《困之观》说："桃夭少华，婚悦宜家。君子乐胥，长利止居。"《焦氏易林》继承的是齐诗的说法。由于《焦氏易林》多次提到"桃夭"的相关典故，陈乔枞认为《桃夭》之诗盖当时实指其事"。张冕甚至认为"似是武王娶邑姜事"。王先谦认为张冕的说法没有确凿的证据，但是对于《桃夭》这首诗，"《齐诗》说不以为民间嫁娶之诗甚明。参之以《大学》'宜家'、'教国'之义，非国君不足以当之。"即这是一首描写某一国的公主嫁给另一国的国君的诗，而不是描写民间嫁娶的诗。也许这首诗的作者是某位公卿，所以用"之子"来称呼新娘子，并不会显得"轻薄""猥亵"。这首诗赞叹这位即将成为国君夫人的女子年轻貌美、品德良好，她及时出嫁，能给她的夫家带来安定兴旺。

诗分三章，在反复歌唱中又有意思的变化和递进。

第一章"桃之夭夭，灼灼其华"，桃树年轻、枝条柔韧，桃花灼灼、颜色鲜明。这两句是"兴"也是"比"。诗人在春天看到桃树夭夭、桃花灼灼，激发了他内心的灵感，令他联想到了出嫁的新娘子。这是"兴"。这应该是实际所见的景物。公主出嫁的时间正是桃花盛开的季节。这两句用桃树的树龄小、枝条柔韧，比喻女子年轻而身体健康。用桃花的颜色鲜明，比喻女子长得好看。这是比。"之子于归，宜其室家。"这位女子出嫁了，对她的夫家是善的、好的，会使她的夫家和睦、兴盛。这两句是说国君夫人将会给国君带来好运。

第二章中的"有蕡其实"，用桃树的果实又大又多，比喻女子品德良好，有"妇德"。第三章中的"其叶蓁蓁"，用桃树的枝叶茂盛，进一步比喻女子形体丰美，有色有德。这样一个贤妻良母型的"窈窕淑女"嫁到夫家来，一定会给她的夫家带来安定和兴旺。诗中的"宜其室家""宜其家室""宜其家人"着重强调新娘子的德行美好，对于夫家会带来好的、积极的影响。用清崔述《读风偶识》中的话说，即是"妇能顺于夫，孝于舅姑，和于姊娌"，是"至贵至美"。可见，《桃夭》这首诗中的新娘子是"德色双美"的。

有儒家思想底色的印光大师曾说："家庭母教，乃是贤才蔚起，天下太平之根本。"（《家庭教育为天下太平之根本发隐》）这也强调了男子娶贤妻的重要性。贤妻生儿育女，则为良母，良母能教导出优秀的子女。若家家如此，则能致天下太平。而贤妻良母皆是从女儿发展而来，因此，印光大师又进一步说："治国平天下之权，女人家操一大半。教子为治平之本，而教女更为切要。盖以世少贤人，由于世少贤母。有贤女，则有贤妻贤母矣。而其夫与子不为贤人者，盖亦鲜矣。

其有欲挽世道而正人心者,当致力于此焉。故人欲培植家国,当以教女为急务。"
(《与聂云台书》)"教子为天下太平之根本,而教女尤要。以人之幼时,专赖母教。
父不能常在家内,母则常不离子。母若贤慧,则所言所行,皆足为法。"(《家庭教
育为天下太平之根本发隐》)家庭教育是天下太平的根本,而教育女儿尤其重要。
一般来讲,一个人从小到大,受母亲的影响比受父亲的影响要多。女儿品行良
好,长大后嫁人一定会成为贤妻良母,贤妻可以教出好丈夫,良母可以教出好儿
女。印光大师所论述的正符合"宜其家人"的意思。《大学》引用这首诗说:"宜其
家人,而后可以教国人。"意在说明欲治国必先齐家,国君夫人能和顺于家,则能
影响一国的风俗,使之淳厚,如此,天下国家才能太平。

二、夫妇有别与哀乐有度

孟子说:"夫妇有别。"(《孟子·滕文公上》)关于"夫妇有别",查朱熹《四书章
句集注》和焦循《孟子正义》,皆未有明确解释,一般认为是指夫妇二人在家庭中
的职责分工不同。笔者认为,"夫妇有别"似乎对应五常中的"礼",即夫妻二人要
遵守夫妻之礼,互敬互爱,但不可沉溺于男女之欲,也不可在非夫妻的男女间做
出违背道德、破坏婚姻的行为。而夫妻之礼的另一个作用那就是使"哀乐有度",
既不会过分悲伤,也不会放纵快乐。《周南·关雎》就体现了这些内涵。

> 关关雎鸠,在河之洲。窈窕淑女,君子好逑。
> 参差荇菜,左右流之。窈窕淑女,寤寐求之。
> 求之不得,寤寐思服。悠哉悠哉,辗转反侧。
> 参差荇菜,左右采之。窈窕淑女,琴瑟友之。
> 参差荇菜,左右芼之。窈窕淑女,钟鼓乐之。

关于本诗主旨,刘向《列女传·仁智篇·魏曲沃负(妇)》说:"周之康王夫人
晏(晚)出朝,《关雎》豫见,思得淑女以配君子。"王充《论衡·谢短篇》说:"周衰而
《诗》作,盖康王时也。康王德缺于房,大臣刺晏,故诗作。"袁宏《后汉纪》卷二十
三熹平元年杨赐的上书中说:"昔周康王承文王之盛,一朝晏起,夫人不鸣璜,宫
门不击柝,《关雎》之人见几而作。"王先谦《诗三家义集疏》认为,以上皆为《鲁诗》

的说法。

从这几句话来看，《关雎》这首诗的写作背景与周康王有关。一天早上，周康王和他的夫人起床起晚了，康王夫人从康王的卧室出来的时间晚了，耽误了康王的早朝工作。有大臣见到这个情形，担心周的朝政将会衰落，于是写了《关雎》这首诗，来批评周康王和他夫人的晚起，暗含的意思是提醒周康王和他的夫人要早起，夫人应当贞淑守礼，天子应当勤于朝政。

那么这位大臣是谁呢？《古文苑》所收录张超《诮青衣赋》说："周渐将衰，康王晏起，毕公喟然，深思古道，感彼关雎，性不双侣，愿得周公，配以窈窕，防微消渐，讽谕君父。孔氏大之，列冠篇首。"这也是《鲁诗》的说法。《鲁诗》认为，《关雎》的作者是周康王的大臣毕公。毕公看到康王起床起得晚了，没有及时上早朝，于是担心朝政衰落，所以写了《关雎》这首诗，用雎鸠来比喻君子淑女，希望君主能像周公这样是一名君子，配以德行贞淑的淑女作为夫人，从而防微杜渐。这里有个问题，我们不免要问，天子也是人，难道偶尔起床晚了就那么严重吗？怎么会想到朝政衰落的事情呢？我们可以设想一下，如果你是唐玄宗的臣子，有一天你看到唐玄宗因宠爱杨贵妃而起床起晚了，没有早朝。这时候，作为大臣的你担心地想："坏了，我们的朝政将要衰落了。"你的担心有没有道理呢？从后来唐朝发展的历史来看，你的担心是有道理的，唐玄宗因为宠幸杨贵妃，任用李林甫、杨国忠、安禄山等，导致朝政衰败，引发了安史之乱。所以，毕公的担心也是有道理的。这就是"见几而作"。"几"是事物的萌芽状态，有智慧的君子在事情没有发生的时候，通过一些小事，就能预料到未来可能发生的大事。《周易·系辞下》说："知几其神乎！"就是这个道理。所以班固《汉书·杜钦传赞》称赞说"庶几乎《关雎》之见微"。"微"即是"几"。

根据以上的分析，我们可以这样概括这首诗的主旨：

有一天早上康王起床晚了，侍寝的夫人没有及时离开卧室。有一位叫毕公的大臣认为这是周朝将衰落的征兆。一个国家的国君沉溺于女色，不仅不利于身体健康，也影响国家政事的处理。毕公非常感慨，希望国君能够品德优良，他的夫人也能贞良贤淑，于是写了这首诗。

"关关雎鸠，在河之洲。窈窕淑女，君子好逑。"你听雎鸠在关关地鸣叫，在河中间的陆地上。你看那德行善良、容貌美好的淑女，是君子的好配偶。《毛传》解"逑"为"匹"，"言后妃有关雎之德，是幽闲贞专之善女，宜为君子好匹。"因此"好逑"可以解释为"好配偶"。

此一章用了比兴手法。"关关雎鸠"首先是"兴",诗人为了歌咏君子淑女而先歌咏关关和鸣的雎鸠,关关和鸣的雎鸠引发了诗人的灵感。"关关雎鸠"同时也是比,用雎鸠来比喻君子和淑女。正是因为雎鸠和君子淑女具有相似之处,才能引发诗人的联想,也能够唤起诗人的灵感。雎鸠,一般认为是鱼鹰,鱼鹰长得黑不溜秋的,在水里捕食鱼类,在我们今天的审美看来,鱼鹰算不上漂亮。这里就有一个疑问,为什么诗人用雎鸠来比喻君子淑女呢?为什么不用天鹅、白鹤等我们觉得更漂亮的鸟来比喻君子和淑女呢?诗人之所以用雎鸠来比喻君子和淑女,主要是取雎鸠的德性贞淑这一点。《列女传·仁智篇·魏曲沃负(妇)》说:"夫雎鸠之鸟,犹未尝见乘居而匹处也。""不乘居",《淮南子·泰族训》作"不乖居";"《关雎》兴于鸟而君子美之,谓其雌雄之不乖居也。""不乖居",即不乱偶。《焦氏易林·晋之同人》说:"贞鸟雎鸠,执一无尤。"此《齐诗》说。《毛诗》说雎鸠的特点是"鸟挚(鸷)而有别",虽然凶猛但如君子淑女之"夫妇有别"。王先谦说:"'有别',兼游不双侣、死不再匹二义。""和鸣在无人之区,有别于众见之地。"即雎鸠在大庭广众之下,不会做出亲昵的动作,如君子淑女遵守礼制。只是在隐蔽的地方,才关关和鸣,如夫妻一般亲密。而且作为一对夫妇的雎鸠,不会背叛对方;其中的一只去世以后,另一只也不会再另找配偶。王先谦说"此鸟德最纯全,故诗人取以起兴"。

"参差荇菜,左右流之。窈窕淑女,寤寐求之。"高高低低的荇菜,左边右边选择摘取。德善貌美的淑女,我醒着时追求她,睡着时梦里也在追求她。荇菜可以食用,也可以用于宗庙祭祀中。在高高低低参差不齐的荇菜中,我选择那些长得佳美的荇菜摘取,比喻在众多的女子中,我追求那德善貌美的淑女。

"求之不得,寤寐思服。悠哉悠哉,辗转反侧。"追求她追求不到,我醒着时想着她,睡着了也会梦见她。对她的思念多么悠长啊,我辗转反侧睡不着觉。这四句是"赋"的手法,描写追求淑女而不得的情形。孔子说:"《关雎》,乐而不淫,哀而不伤。"(《论语·八佾》)君子虽然思念淑女,但是很有节制,而不是采取激烈的言语和行为,这就表现得"哀而不伤",即内心虽然哀愁,但是不会过于哀伤,这种哀伤是适可而止的,是能够节制的,不会伤害到自己,也不会伤害到他人。"哀"一说古通"爱",王先谦说:"哀之为言爱,思之甚也。"《释名·释言语》云:"哀,爱也。爱乃思念之也。""哀而不伤",可以理解为爱一个人,思念一个人,但"无伤善之心"(《毛诗大序》)。

"参差荇菜,左右采之。窈窕淑女,琴瑟友之。"高高低低的荇菜,左右采摘它。德善貌美的淑女,弹琴鼓瑟来亲近她。这四句是君子淑女成为夫妻之后的事情。此章之前写追求不到的情形,然后省略了继续追求的过程,现在是已经结成夫妻了。"左右采之",是把荇菜采摘到手中了,比喻已经追求到了淑女,已经与淑女结为夫妻了。"琴瑟友之"形容夫妻之间相亲相爱、琴瑟和谐。这是君子淑女夫妻之乐。

"参差荇菜,左右芼之。窈窕淑女,钟鼓乐之。"高高低低的荇菜,左右摘取它。德善貌美的淑女,我和她演奏了钟,我和她演奏起了磬,我和她一起演奏音乐。《韩诗外传》卷五"钟鼓"一作"鼓钟"。鼓钟即敲击编钟,演奏音乐。王先谦说,"言钟则有磬可知"。即"鼓钟乐之",既包括敲击钟,也包括敲击磬。根据《韩诗》的说法,"后妃房中乐有钟磬",即用钟磬来演奏音乐,是后妃和天子在宫中所演奏的。《仪礼·燕礼》郑玄注:"谓之房中者,后夫人之所讽诵以事其君子。"《周礼·春官宗伯·磬师》贾公彦疏云:"谓之房中者,房中,谓妇人。后妃以风喻君子之诗,故谓之房中之乐。"则"钟鼓乐之"即"鼓钟乐之",亦可以说是"钟磬乐之",是后妃鼓钟击磬演奏音乐来侍奉天子。这和"琴瑟友之"都包含了对夫妇之乐的象征。另外,《孟子·万章下》云:"金声而玉振之。金声也者,始条理也;玉振之也者,终条理也。"朱熹《四书集注》云:"并奏八音,则于其未作,而先击镈钟(独立悬挂的较大之钟)以先其声;俟其既阕,而后击特磬(独立悬挂之磬)以收其韵。"从孟子和朱熹的说法来看,演奏音乐时,要先敲击钟,当音乐要结束时,要敲击磬。这是说演奏音乐有始有终,有开始有结束,能起能收。据此种解释,则"钟鼓乐之"的"乐"应当读为音乐的乐。这句诗象征着天子与后妃的房中之乐、夫妻之乐,要能够做到有始有终,能起能收,能够有所节制。王先谦说:"钟磬,所以节乐。"这也就是孔子所说的"乐而不淫"。王先谦说:"乐而不淫,谓'琴瑟友之''钟鼓乐之';哀而不伤,谓'寤寐思服''辗转反侧'。"这就体现了用礼来调节夫妻关系,使之"哀乐有度"。

这里的"乐而不淫",能够有所节制,体现在三个方面。一是天子不沉溺于女色,所以《鲁诗》说"知好色之伐性短年",天子沉溺于女色,则容易导致"伐性短年",如汉代多位皇帝因沉溺女色而早逝。二是后妃应当及时离开天子的卧室,所以《鲁诗》说"是以佩玉鸣晏,《关雎》叹之",批评"夫人不鸣璜"。夫人身上配有玉,"佩玉上有葱珩,下有双璜,珩璜相准,行步成声"(王先谦《诗三家义集疏》),夫人离开天子的卧室时,其身上的佩玉相互碰撞而发出声音,别人听到这个声音,就知道夫人离开天子的卧室了。那么夫人应当什么时候离开天子的卧室呢?

应当在鸡鸣的时候。《汉书·杜周传附杜钦传》颜注引李奇说："后夫人鸡鸣佩玉去君所,周康王后不然,故诗人叹而伤之。"问题是,如果天子和夫人睡得沉酣,听不到鸡鸣呢? 这不用担心,周代有专门负责管理时间的官员,会负责叫早。此官职名挈壶氏。《齐风·东方未明》一诗即与挈壶氏有关。《毛诗序》说:"《东方未明》,刺无节也。朝廷兴居无节,号令不时,挈壶氏不能掌其职焉。"郑玄《笺》说:"挈壶氏,掌漏刻者。""挈壶氏失漏刻之节,东方之未明而以为明,故群臣促遽,颠倒衣裳。"《东方未明》这首诗的挈壶氏提前把君主叫醒了。挈壶氏应当根据漏刻或者听到鸡鸣将天子叫醒。而《关雎》一诗中的周天子则是虽有挈壶氏为其掌漏刻,但却沉溺于女色而晚起了,所以,王先谦说"今则鸡鸣时过,而珩璜无声也"。"乐而不淫"的第三个方面表现在天子应当及时上早朝。所以,《鲁诗》批评说"应门不击柝"。《后汉书·明帝纪》宋均注云:"应门,听政之处也。言不以政事为务,则有宣淫之心。《关雎》乐而不淫,思得贤人与之共化,修应门之政者也。"应门是天子听政的地方,"应门不击柝"即是指周康王因为晚起而未能及时上早朝。

因此,《鲁诗》一方面批评"周道缺""康王德缺于房",另一方面也说明后妃制度的重要性,如《汉书·杜周传附杜钦传》说:"后妃之制,夭寿治乱存亡之端也。迹三代之季世,览宗、宣之飨国,察近属之符验,祸败曷常不由女德? 是以佩玉晏鸣,《关雎》叹之,知好色之伐性短年,离制度之生无厌,天下将蒙化,陵夷而成俗也。故咏淑女,几以配上,忠孝之笃,仁厚之作也。"

如果最后一句我们仍然读为"钟鼓乐之",有钟有鼓,也是解释得通的。《后汉书·明帝纪》李贤注引薛君《韩诗章句》说:"诗人言雎鸠贞洁慎匹,以声相求,隐蔽于无人之处,故人君退朝,入于私宫,后妃御见有度,应门击柝,鼓人上堂,退反宴处,体安志明。今时大人内倾于色,贤人见其萌,故咏《关雎》,说淑女,正容仪,以刺时。"此处"应门击柝,鼓人上堂"即是指天子及时参加早朝。那么"钟鼓乐之"的"钟"为房中演奏的乐器,而"鼓"则是象征开庭上堂的乐器。天子与后妃在房中演奏琴瑟钟磬,琴瑟和谐,当鸡鸣之时,挈壶氏叫醒后妃,后妃离开君主的卧室。当早朝之前,"应门击柝,鼓人上堂",天子按时上朝。此为"钟鼓乐之",也能体现"乐而不淫"之意。

儒家重视夫妇之伦和夫妻之道,孔子把《关雎》列为《诗经》三百零五篇的首篇,是有很深的含义的。

《毛诗序》认为《关雎》写的是"后妃之德也"。《仪礼·乡饮酒》郑玄注云:"《关雎》,言后妃之德。"《仪礼·燕礼》注同此。对于这一观点,王先谦说:"因后世乐歌推言其义，与当日诗旨无涉。"即我们可以认为这是《关雎》这首诗的引申义，因为诗中确实歌颂了淑女之德行。至于这首诗本来的旨意，应当如三家诗所说。而《毛诗序》说"乐得淑女以配君子"则与三家诗之"思得淑女以配君子"似同而实异。前者是纯粹颂扬美德，后者则因君主及其夫人失德而思得君子淑女。

郑玄《笺》根据"后妃之德也"这一观点，将《关雎》解释为后妃为人君寻求淑女。郑玄解释"寤寐求之"说："后妃将共荇菜之菹，必有助而求之者，言三夫人九嫔以下，皆乐后妃之事。后妃觉寐，则常求此贤女，欲与之共己职也。"又解释"琴瑟友之"说："同志为友，言贤女之助后妃共荇菜，其情意乃与琴瑟之志同。"按照这一解释，"参差荇菜，左右采之"，是指淑女帮助后妃采摘荇菜，用于祭祀。而"求之不得，寤寐思服。悠哉悠哉，辗转反侧"是指后妃求淑女而不得的情形。"琴瑟友之""钟鼓乐之"也是后妃在祭祀时与淑女和睦相处的情形。王先谦说："孔子曰'《关雎》乐而不淫'，云'乐'、云'不淫'，明指房中言。"意思是说，"琴瑟友之""钟鼓（鼓钟）乐之"指的是天子与淑女在房中相亲相爱的情形，而绝不是后妃与淑女在宗庙祭祀时的情形。所以《毛诗》的说法与孔子对于《关雎》的评价相违背。

朱熹《诗集传》认为诗中的君子和淑女指的是周文王和他的夫人太姒，而诗作者是周文王宫中之人。朱熹说："周之文王，生有圣德，又得圣女姒氏以为之配，宫中之人于其始至，见其有幽闲贞静之德，故作是诗。"朱熹的这一说法当是受《毛诗序》的影响，《毛诗序》所说的"后妃之德"即是太姒的"幽闲贞静之德"。又朱熹的说法与三家诗的说法并不冲突，可作为三家诗的补充。即毕公"思得淑女以配君子"来劝谏周康王，其所思的君子或许即是周文王，而相应地，淑女即是太姒。不过，根据前引张超《诮青衣赋》说"愿得周公，配以窈窕"，所思君子淑女或许是指周公和他的夫人。

后人也有认为此诗是一首婚礼上演奏的歌曲。如刘毓庆先生《诗经考评》云："《关雎》是一篇乐新婚的诗，而其中讲述的是一个男子获得爱情的曲折故事。"《关雎》于后来的婚礼上演奏，这应是事实。《毛诗序》云："《关雎》，后妃之德也。风之始也，所以风天下而正夫妇也。故用之乡人焉，用之邦国焉。"这里的"用之乡人""用之邦国"，似乎可以理解为用于乡人和邦国的婚礼中。但这是诗写成之后的用途，不应理解为专门为婚礼所写。

又人们多把这首诗看作是民间的情歌。然而琴瑟、钟磬，不是一般民间所有的乐器，这点前人多有论述，此处不赘。

从《关雎》这一篇来看，对于《诗经》的阐释，需要回到三家诗，才能说得通，说得明白。根据王先谦《诗三家义集疏》的考证，三家诗最接近孔子说《诗》的原意。回到三家诗，就是上承孔子的诗教传统。

三、不 离 不 弃

儒家五常是"仁义礼智信"，前文已经涉及了夫妇有别之"礼"，《诗经》中的诗篇也体现了夫妻之间的"仁义"，体现出一种互相爱护、不离不弃、生死相依的感情。

《周南·芣苢》就描写了妻子对生病丈夫的不离不弃。

> 采采芣苢，薄言采之。采采芣苢，薄言有之。
> 采采芣苢，薄言掇之。采采芣苢，薄言将之。
> 采采芣苢，薄言袺之。采采芣苢，薄言襭之。

三家诗认为这首诗写的是一位女子感伤其丈夫患有恶疾（此诗中指不能生育，具体说来是"人道不通"，应是指性功能有障碍）但仍然爱护她的丈夫而忠贞不渝、不肯离弃。刘向《列女传·贞顺篇》记载了这个感人的故事（此为《鲁诗》说）：

> 蔡人之妻者，宋人之女也。既嫁于蔡，而夫有恶疾。其母将改嫁之，女曰："夫不幸，乃妾之不幸也，奈何去之？适人之道，壹与之醮，终身不改。不幸遇恶疾，不改其意。且夫采采芣苢之草，虽其臭恶，犹始于将采之，终于怀撷之，浸以益亲，况于夫妇之道乎！彼无大故，又不遣妾，何以得去？"终不听其母，乃作《芣苢》之诗。君子曰："宋女之意甚贞而壹也。"

《文选》刘孝标《辨命论》李注引《韩诗·薛君章句》说："《芣苢》，伤夫有恶疾也。"又说："芣苢，泽写也。芣苢，臭恶之菜。诗人伤其君子有恶疾，人道不通，求己不得，发愤而作。以事兴芣苢虽臭恶乎，我犹采采而不已者，以兴君子虽有恶疾，我犹守而不离去也。"

牟庭《诗切》赞同《鲁诗》和《韩诗》的说法："鲁韩诗皆言夫有恶疾，盖古义相传，师承有自。"同时他也指出"其言芣苢臭恶之草，则臆说"。另外，他指出"芣苢"发声与"不以"相同，"以兴夫有恶疾，人道不通，己虽名之为妇，而实'不以'

也"，即象征二人有夫妻之名而无夫妻之实。

　　根据鲁韩两家的说法，这首诗的背后有一个令人心酸的故事。一位宋国的女子嫁给了一位蔡国的男子。无奈丈夫人道不通，二人有夫妻之名而无夫妻之实。这位女子的母亲劝她改嫁。但是她坚决不同意，写了《芣苢》这首诗以表达她对丈夫的坚贞专一、不离不弃的守护之情。

　　这首诗通篇是一个比喻，以芣苢比喻丈夫。对于芣苢这样一种普通的草（鲁韩说甚至认为其气味难闻），当人们采摘它的时候，还要采了又采，一开始用手去采摘，后来还要用衣襟来包裹，比喻丈夫虽然有恶疾，但是作为妻子仍然守护着丈夫而不离去。我们现代人用花来比喻女子，用草来比喻男子，在这首诗里，也是用芣苢这种草来比喻生病的丈夫。

　　这首诗涉及的人物中，丈夫是蔡国人，妻子是宋国人，为什么这首诗收在《周南》里呢？魏源《诗古微》中编之一《周南答问》说："《国语》'文王即位，诹于蔡原'，韦昭以为蔡君，则文王时已有其国矣。"这里的蔡国和宋国都是商纣王的诸侯国，但这个时候已经成为周文王的属国了，属于周国向南方拓展的势力范围。王先谦说："女子贞壹，被文王之化而然也。"二国皆受到了文王的教化，所以该女子能持守贞顺之德行。魏源说："蔡、宋无风，赖是诗存之。"即十五国风里没有蔡风和宋风，这首《芣苢》可以作为蔡风和宋风。

　　女诗人以采摘芣苢的场景来表达对丈夫的守护，那么当时一定有采摘芣苢这样的劳动场景确实存在。那么人们为什么要采摘芣苢呢？这可以从其他各家的说法来探索其原因。

　　《毛诗序》说："《芣苢》，后妃之美也。和平则妇人乐有子矣。"郑玄《笺》说："天下和，政教平也。""芣苢，马舄。马舄，车前也，宜怀妊焉。"芣苢即车前草，郑玄认为车前草有助于怀妊。后妃有德行之美，天下和乐，政教太平，妇女愿意养育孩子，她们采摘芣苢，作为草药服用，是为了有助于怀孕。

　　朱熹《诗集传》对芣苢的功能有所存疑："采之未详何用。或曰：其子治产难。"郑玄说是帮助怀孕，朱熹认为有可能是帮助救治难产，但也不确定。不过他认为这首诗确实反映了政教太平、天下和乐的景象："化行俗美，家室和平，妇人无事，相与采此芣苢，而赋其事以相乐也。"

　　不过，王先谦引用皮锡瑞的说法，驳斥了《毛诗》关于芣苢可以帮助怀孕或者救治难产的说法："今医家无用车前治难产者。《陆疏》云云，疑附会《毛序》'妇人乐有子'而为之说。世无夫有恶疾，人道不通，而妇犹乐有子者。鲁韩二说与毛序正相反也。"皮锡瑞认为,医生并没有用车前子救治难产的例子,而且丈夫"人道不通",他的妻子怎么会希望怀孕且乐于怀孕呢?

如果说皮锡瑞的驳斥是正确的,那剩下的可能性还有一种,即采摘芣苢作为野菜食用。方玉润《诗经原始》就认为这是描写"拾菜讴歌,欣仁风之和鬯"的诗:"殊不知此诗之妙,正在其无所指实而愈佳矣。读者试平心静气,涵咏此诗,恍听田家妇女,三三五五,于平原绣野、风和日丽中群歌互答,余音袅袅,若远若近,忽断忽续,不知其情之何以移而神之何以旷。则此诗可不必细绎而自得其妙焉。""盖此诗即当时《竹枝词》也,诗人自咏其国风俗如此,或作此以畀妇女辈俾自歌之,互相娱乐,亦未可知。今世南方妇女登山采茶,结伴讴歌,犹有此遗风云。"我们或许可以说,《芣苢》这首诗的女主人公是看到了田野中的妇女们采摘芣苢的场景,联想到自己的遭遇,而写下了这首诗。

诗共三章,只变换了六个字。方玉润说这首诗"一片元音,羌无故实。通篇只六字变换,而妇女拾菜情形如画如话"。第一章中的"采"和"有"还是笼统地说采摘,第二章中的"掇"和"捋"则是具体描写了采摘的方法,第三章中的"袺"和"襭"则是说已经采摘了很多,要用衣襟包裹起来了。这里面就有一种递进的关系。从"采"到"襭"的对芣苢的逐步亲近,比喻妻子对丈夫的"浸以益亲",即妻子和丈夫生活在一起,在对丈夫的照顾中,夫妻感情日益深厚了。

四、生 死 相 依

《王风·大车》这首诗则体现了夫妻间的生死相依。

> 大车槛槛,毳衣如菼。岂不尔思?畏子不敢。
> 大车啍啍,毳衣如璊。岂不尔思?畏子不奔。
> 谷则异室,死则同穴。谓予不信,有如皦日。

关于本诗主旨,众说纷纭。根据《鲁诗》的说法,本诗写的是息君的夫人对息君的忠贞之爱。陈子展《诗经直解》说:"《大车》,楚灭息后、一息夫人殉夫殉国自杀而死之绝命词。"刘向《列女传·贞顺传·息君夫人》云:

> 夫人者,息君之夫人也。楚伐息,破之。虏其君,使守门。将妻其夫人,

而纳之于宫。楚王出游，夫人遂出见息君，谓之曰："人生要一死而已，何至自苦！妾无须臾而忘君也，终不以身更贰醮。生离于地上，岂如死归于地下哉！"乃作诗曰："谷则异室，死则同穴。谓予不信，有如皦日。"息君止之，夫人不听，遂自杀，息君亦自杀，同日俱死。楚王贤其夫人，守节有义，乃以诸侯之礼合而葬之。君子谓夫人说于行善，故序之于诗。夫义动君子，利动小人。息君夫人不为利动矣。《诗》云："德音莫违，及尔同死。"此之谓也。

楚国攻灭了息国，俘虏了息国的国君，使息君看守城门。楚王想要纳息君的夫人为妃子，把她带到了楚宫。楚王出游的时候，息君夫人乘机来见息君，说："人生不过一死罢了，何必委屈自己？我没有一刻忘记夫君你，决不再嫁。活着不能相见，不如死后合葬于地下。"于是，她做了这首诗表达心中的感情。息君劝阻她，她不听，于是自杀以明志。息君随后也自杀了。楚王也被息君夫人的忠贞所打动，于是用诸侯的礼仪合葬了息君夫妇。

本诗共三章，每章四句。"大车槛槛，毳衣如菼"，高大的马车发着槛槛的声响，他皮衣的毳毛就像初生的芦荻。车是楚王所乘的车，衣服是楚王穿的衣服，这两句描写了楚王的威严，也暗示了无法从楚王手中逃脱。"岂不尔思？"难道我不想念你吗？这是息君夫人对息君说的话。我是很想念你的，但是"畏子不敢"啊！我因为害怕楚王的威严而不敢来找你啊。诗句中的"子"指的是楚王，因为楚国的君主虽然称王，但只是自称为王，其实际的爵位在诸侯的"公侯伯子男"等级中，属于较低的"子"爵。在《春秋》一书中，孔子皆称楚王为"楚子"，以示对礼制的维护。第二章的意思和第一章相同。第三章是息君夫人表达自己的志向。她向息君发誓："谷则异室，死则同穴。"我活着不能和你住在一起，那么我不如死了，然后能和你埋在一起。"谓予不信，有如皦日。"如果你不相信我的话，我的话就像天上的太阳那样光明。"有如皦日"也包含了两层意思，一是指太阳来发誓，有让苍天作证的意思；二是我的誓言就像太阳那样光明，没有欺骗，值得信任。

《列女传》说："夫义动君子，利动小人。息君夫人不为利动矣。"道义可以感化君子，利益可以诱惑小人。息君夫人不愿意做楚王的妃子，她没有被荣华富贵所诱惑。她宁死也要和她的丈夫在一起，她遵守的是夫妇间的情义。

这里需要注意的是，息君是劝阻夫人自杀的，他不愿意自己的妻子死。而且那时，男人也并没有要求女人为自己守节，女子再嫁是被社会允许的。殉情是息君夫人的自我选择。息君夫人自杀后，息君也殉情自杀了。息君夫人是贞烈的，息君也是一位包容而又钟情的男人。

根据《左传·庄公十四年》的记载,楚文王灭息国,纳息君夫人息妫,息妫为楚文王生二子,一名堵敖,一为楚成王。牟庭《诗切》据此认为,《列女传》的说法与《左传》相矛盾,"则《鲁诗》所说息夫人自杀者,既非其实,且息夫人诗,又不应在王国风"。牟庭认为:"此必西周卿大夫夫妇,为戎人所房,其妇不肯屈节,与其夫皆自杀。诗家传闻其事,而失其人姓名,因以息夫人事附会言之耳。其人虽非实,其事则不诬也。"因此他肯定《大车》这首诗是"贞妇约与夫同死也"。刘毓庆赞同这一观点,他说:"就诗论诗,此当是写一个女性坚贞之爱的。她与男子被迫分离,她想摆脱压迫,争取自由,与男子一同逃跑,但又有所惧而不敢采取行动。因此她发誓,即使生不能同室,死也要同穴。"

魏源认为,对于息夫人的记载,《左传》的说法有误,应以《鲁诗》的说法为准。其《诗古微》中编之二《邶鄘卫答问》说:

> 《史记》楚、蔡《世家》叙楚灭息、蔡,何无一言及于纳妫? 况隐十一年《左传》"君子知息之将亡",《正义》云"庄十四年,楚灭息"者,庄十四年经书:"秋七月,荆入蔡。"《传》谓楚庄因息妫生二子不言而伐蔡。既同是一年,即使息灭于春初,亦仅相去数月,岂能即生二子? 事迹无一合者。且大车、毳衣,明为子、男诸侯之车服;"皦日""同穴",皓然琨玉秋霜之严词;曰"尔"、曰"子"、曰"予",明属息君、楚子、夫人三人之称谓。

> 班婕妤赋曰:"窈窕姝妙之年,幽闲专贞之性,符皦日之心,甘疾首之病。"其为夫人词明矣。

陈子展《诗经直解》认为《左传》和《列女传》的记载都没错,《左传》里的息妫和《列女传》里的息夫人不是同一人。他说:"此为别一息夫人,事无可疑者。"关于息夫人的诗被收录于《王风》的原因,魏源认为:"盖申、息皆畿甸之国,且楚之北门,而东周之屏蔽也。申、息亡而楚遂凭陵中夏,故录戍申、哀息二诗于《王风》,明东周不振之由,犹黎、许无风而附于《卫》,见卫为狄灭也。"即息国为东周畿内之国,且为东周的藩篱,息国灭亡也预示着东周进一步衰落了,所以关于息国的诗歌被收录进了《王风》。

我们在影视剧上看到过西方人在婚礼上的类似誓词:

> 无论贫穷还是富有、疾病还是健康、美貌还是失色、顺利还是失意,我都愿意爱你、安慰你、尊敬你、保护你,并愿意在我们一生之中对你永远忠心不变。

这一誓词正好可以作为《苤苢》和《大车》这两首诗的注脚。

另,《毛诗序》说:"《大车》,刺周大夫也。礼义陵迟,男女淫奔,故陈古以刺今,大夫不能听男女之讼焉。"结合郑玄《笺》和陈奂《诗毛氏传疏》的说法,因为当时"礼义陵迟,男女淫奔"现象严重,诗人写了古代守礼的女子的做法以讽刺当时的现实。诗人设想古代有一男子追求一位已婚女子(也许这位女子的丈夫已死),这首诗是该女子对这位男子的拒绝。当这位男子希望这位已婚女子听从自己时,该女子说,难道我不想念你吗? 但是我终究畏惧大夫之政而不敢和你私奔。最后一章又说,自己活着时遵守夫妇内外有别之礼,死则和自己的丈夫合葬在一起,终究不会改嫁而听从你。难道你不相信我的话吗? 我的话就像太阳一样光明!

而朱熹《诗集传》则认为此诗是欲淫奔者之辞。男女二人因相爱而欲淫奔,虽心中思念,但终因畏惧大夫之政而不敢淫奔。最后只好发誓:虽然活着的时候不能住在一起,希望死了以后能合葬在一块。但根据《汉书·哀帝纪》的记载,建平元年(公元前 6 年),汉哀帝太后丁氏崩,汉哀帝说:"朕闻夫妇一体。《诗》云:'谷则异室,死则同穴。'昔季武子成寝,杜氏之殡在西阶下,请合葬而许之。附葬之礼,自周兴焉。"陈奂认为:"此西京诏书,将以太后合葬定陶恭王(按:指哀帝的父亲),而引此诗。足知诗所陈者,必夫妇之正礼。"即汉哀帝不可能引用淫奔者的誓言来作为自己父母合葬的理由。因此,朱熹的说法是错误的。

今天是一个处在人伦关系剧烈变动的时代,特别是男女之间的相处模式和婚姻关系发生了翻天覆地的变化。单身主义、不婚主义、婚前同居、两头婚等形式,从一开始的令人瞠目结舌,都渐渐被人们理解和被社会接纳。但无论男女关系的形式如何发展变化,《诗经》中所体现的忠贞之爱仍令人们向往,而它所告诫的节制欲望的智慧,至今仍是深刻的忠告。

▶ 诗选注

周南·桃夭

桃之夭夭,	茂盛的桃树,柔嫩的枝条,
灼灼其华。	粉红的桃花好像在燃烧,
之子于归,	她结婚了,这是大喜的日子,
宜其室家。①	她的良善将安定她的家室。

桃之夭夭，　　　茂盛的桃树，摇曳的树枝，

有蕡其实。　　　树上结满了果实，又圆又大，

之子于归，　　　她结婚了，这是大喜的日子，

宜其家室。②　　　她将把好运带给她的室家。

桃之夭夭，　　　茂盛的桃树，柔韧的树枝，

其叶蓁蓁。　　　缤纷的桃叶在阳光下歌唱，

之子于归，　　　她结婚了，这是大喜的日子，

宜其家人。③　　　她将使家庭和睦，万事兴旺。

注释

① 夭夭——本作枖枖，树木树龄小而茂盛的样子，比喻女子年少而富有活力。
灼灼——花朵鲜艳明亮的样子。华——通"花"。之子——这位女子。
于——语气词。归——指女子出嫁。宜——"所安"的意思。

② 蕡（fén）——指大麻的果实。这里形容桃树上结的桃子又大又多。

③ 蓁蓁——茂盛。宜其家人——指这位女子能使丈夫的家人都心安。

周南·关雎

关关雎鸠，　　　关关，关关，雎鸠和鸣在

在河之洲。　　　河水中央绿色的小岛上。

窈窕淑女，　　　窈窕的淑女，彬彬的君子，

君子好逑。①　　　他们是天造地设的一双。

参差荇菜，　　　参差的荇菜生长在水边，

左右流之。　　　划着小船儿顺流找寻。

窈窕淑女，　　　窈窕的淑女，安静而美善，

寤寐求之。　　　寻求她，无论醒时还是梦中。

求之不得，　　越是求不得就越令人思念，
寤寐思服。　　醒时想着，睡时也梦见。
悠哉悠哉，　　思念的夜晚是多么漫长，
辗转反侧。②　　辗转反侧，无法成眠。

参差荇菜，　　参差的荇菜铺满了水面，
左右采之。　　划着小船儿左右采摘，
窈窕淑女，　　窈窕的淑女，安静而美善。
琴瑟友之。　　鼓瑟弹琴，与她多相爱。

参差荇菜，　　参差的荇菜铺陈盘中，
左右芼之。　　左右陈放，祭祀神灵，
窈窕淑女，　　窈窕的淑女，安静而美善，
钟鼓乐之。③　　音乐响起，钟磬的金石之声。

注释

① 关关——音声相和。雎（jū）鸠——又称王雎，即鱼鹰。洲——水中的陆地。窈窕（yǎo tiǎo）——《毛诗传》说："善心曰窈，善容曰窕。"马瑞辰《毛诗传笺通释》说："《广雅》：'窈窕，好也。'窈窕二字叠韵。"刘师培《古书疑义举例补》说："窈窕二字，乃叠韵字之表象者也。以善心善容分训之，未免迂拘。"殷寄明先生指出："窈窕"字皆从穴，本训"幽深貌"，在此诗中当为女性身材曲折有致。淑——善。逑（qiú）——配偶。

② 参差（cēn cī）——长短不齐的样子。荇（xìng）菜——俗称金莲子，一种多年生的水草，叶子可以食用。流——求，择取。寤（wù）——醒。寐（mèi）——睡。思——语气助词，无实义。服——思念。悠——《毛诗传》训为"思"，《说文》训为"忧"。辗转——一作展转，转动。反侧——翻来覆去。

③ 采——捋取，采摘。琴、瑟——皆为弦乐器。友——亲近。芼（mào）——一说取，一说草覆蔓，即在祭祀时将荇菜覆盖在祭品上。钟鼓——一说《韩诗》为"鼓钟"，有钟必有磬，"鼓钟"即敲响钟磬。

周南·芣苢

采采芣苢，	采呀，采呀，采芣苢，
薄言采之。	到路旁，到田野上，我们采芣苢，
采采芣苢，	采呀，采呀，采芣苢，
薄言有之。①	到路旁，到田野上，我们去摘取。
采采芣苢，	采呀，采呀，采芣苢，
薄言掇之。	在路旁，在田野上，双手来掇拾，
采采芣苢，	采呀，采呀，采芣苢，
薄言捋之。②	在路旁，在田野上，单手来捋取。
采采芣苢，	采呀，采呀，采芣苢，
薄言袺之。	在路旁，在田野上，放在怀袖中，
采采芣苢，	采呀，采呀，采芣苢，
薄言襭之。③	在路旁，在田野上，包在衣襟里。

注释

① 采采——采了又采。芣(fú)苢(yǐ)——一种草，生长在路当中的叫"车前子"，也叫"当道"，生长在路两旁的叫芣苢。薄言——发语词。有——取。

② 掇(duō)——拾掇，"盖以手联缀取之，言其易也"。捋(luō)——用五指捊取，比掇还要容易。

③ 袺(jié)——衣袖。此指用衣袖收着。古人衣袖宽大，可以盛放东西。襭(xié)——衣怀。这里指用衣襟包裹。

王风·大车

大车槛槛，	高大的马车发着槛槛的声响，
毳衣如菼，	他皮衣的毳毛就像初生的芦获。

岂不尔思？   难道我不想念你吗？但又能怎样？
畏子不敢。①   我害怕楚君的淫威,不敢来见你。

大车啍啍,   高大而沉重的马车行驶缓缓,
毳衣如璊。   他皮衣上的毳毛就像玉一样红润。
岂不尔思？   难道我不想念你吗？我非常想念。
畏子不奔。②   但我害怕楚君,他多么残暴荒淫!

谷则异室,   活着时不能和你相守一室,
死则同穴。   愿死后能和你埋在同一座坟茔。
谓予不信,   请不要怀疑说我不能信守承诺,
有如皦日。③   我的话犹如太阳真实而光明。

注释

① 槛(kǎn)槛——车行驶的声音。毳(cuì)——鸟兽的细毛。菼(tǎn)——初生的荻。子——指楚王。楚国的国君虽然僭越称王,但他本来是子爵,所以诗中以"子"来称楚王。

② 啍啍(tūn)——形容车重且行驶缓慢。璊(mán)——红色的玉。奔——指奔赴丈夫所在的地方。

③ 谷——生,活着。信——语言真实。皦——白色,光明。

思考题

1. 谈一谈《桃夭》《关雎》《芣苢》《大车》这几首诗的主旨。

2. 以上这几首体现了怎样的夫妻关系？对今天有什么启示？

3. 讨论：谈谈你心目中期待的婚姻关系。

第三章

《诗经》中所展现的婚礼

儒家特别重视婚礼。《礼记·昏义》说："昏礼者，将合二姓之好，上以事宗庙，而下以继后世也，故君子重之。是以昏礼纳采、问名、纳吉、纳征、请期，皆主人筵几于庙，而拜迎于门外，入揖让而升，听命于庙，所以敬慎重正昏礼也。""昏"即"婚"，古代举行婚礼在黄昏时分，故用"昏"字。在《礼记·昏义》和《仪礼·士昏礼》中皆有对婚礼各个环节的详细记载。上一讲提到的"夫妇有别"，也包含着"男女有别"的意思。一方面，男女不可随意结合在一起；另一方面，男女要想成为夫妇，也不可随意结合，需要"父母之命、媒妁之言"，通过婚礼的一系列程序才能结合为夫妇。孟子曾经批评那种违反"父母之命、媒妁之言"而私自结合的情况说：

> 丈夫生而愿为之有室，女子生而愿为之有家，父母之心，人皆有之。不待父母之命、媒妁之言，钻穴隙相窥，逾墙相从，则父母国人皆贱之。（《孟子·滕文公下》）

本讲选了四首诗。《卫风·硕人》描写了庄姜嫁给卫庄公时婚礼的盛大场面，其中包含了送亲和迎亲的情形。《齐风·著》描写了夏商周三代的亲迎之礼。《召南·何彼襛矣》中的"王姬之车"一句隐含了留车返马之礼。《邶风·静女》则体现了嫡夫人迎接媵妾的礼。

一、贵族婚礼中送亲和迎亲时的盛大场面

《卫风·硕人》的第四章描写了送亲时即庄姜由齐国嫁往卫国时一路上的盛大场面，第三章则描写了庄姜在齐国的城郊等待卫庄公来迎接时的盛大场面，当然这两章都是为了配合前两章以体现庄姜的高贵地位，以达到突显诗歌主旨的目的。

> 硕人其颀，衣锦褧衣。齐侯之子，卫侯之妻。东宫之妹，邢侯之姨，谭公

维私。

手如柔荑,肤如凝脂,领如蝤蛴,齿如瓠犀,螓首蛾眉,巧笑倩兮,美目盼兮。

硕人敖敖,说于农郊。四牡有骄,朱幩镳镳。翟茀以朝。大夫夙退,无使君劳。

河水洋洋,北流活活。施罛濊濊,鳣鲔发发,葭菼揭揭。庶姜孽孽,庶士有朅。

关于这首诗的主旨,《毛诗序》云:"《硕人》,闵庄姜也。庄公惑于嬖妾,使骄上僭。庄姜贤而不答,终以无子,国人闵而忧之。"《毛诗》认为是卫庄公宠溺嬖妾而冷落了庄姜,庄姜无子,但是有贤德,所以卫国人同情庄姜而写了这首诗。但牟庭认为卫庄公惑于嬖妾而疏远庄姜之说是错误的。他说:"《左传》又曰:'戴妫生桓公,庄姜以为己子。'《史记·卫世家》曰:'完母死,庄公令夫人齐女之立为太子。'据此知庄姜以美见宠于庄公,始终不替,恩幸无与比者。"庄姜虽然没有生子,但是她的养子后来被立为太子。这说明她是受到庄公宠爱的,而且一直受庄公宠爱。王先谦《诗三家义集疏》认为:"诗但言庄姜族戚之贵,容仪之美,车服之备,媵从之盛,其为初嫁时甚明。"诗中所描写的庄姜族戚之贵,容仪之美,车服之备,媵从之盛,明显是庄姜初嫁时的情形,这时候怎么会想到无子的事情呢? 因此《毛诗序》的解释有误。王先谦引何楷说:"诗作于庄姜始至之时,当以《列女传》为正。"

那么《列女传》是怎么说的呢? 刘向《列女传·母仪传·齐女傅母》云:

傅母者,齐女之傅母也。女为卫庄公夫人,号曰庄姜。姜交(姣)好。始往,操行衰惰,有冶容之行,淫泆之心。傅母见其妇道不正,谕之云:"子之家,世世尊荣,当为民法则。子之质,聪达于事,当为人表式。仪貌壮丽,不可不自修整。衣锦絅裳,饰在舆马,是不贵德也。"乃作诗曰:"硕人其颀,衣锦絅(同'褧')衣,齐侯之子,卫侯之妻,东宫之妹,邢侯之姨,谭公维私。"砥厉(砺)女之心以高节,以为人君之子弟,为国君之夫人,尤不可有邪僻之行焉。女遂感而自修。君子善傅母之防未然也。

庄姜面容姣好,刚嫁到卫国时,"操行衰惰,有冶容之行,淫泆之心",她的傅母作此诗劝诫她要重视德行,"为民法则""为人表式",才能对得起她高贵的身世。庄姜于是受到感动,注意修身敦品。由此可知,庄姜的傅母也是一个能防患于未然的人。

第一章介绍了庄姜高贵的身世和美好的德行。"硕人其颀,衣锦褧衣。"这位美人身材高挑,穿着锦绣上衣,外面又穿着一件麻布的罩衫。这两句不仅夸赞了庄姜漂亮,而且赞美她有德行。"衣锦"象征她有内在美好的品德,"褧衣"象征她很谦卑,不炫耀。"齐侯之子,卫侯之妻。东宫之妹,邢侯之姨,谭公维私。"庄姜是齐侯的女儿,卫侯的妻子,是齐国东宫太子得臣的妹妹,庄姜有两位姐妹也分别嫁给了邢侯和谭公。这几句不厌其烦地交代了庄姜的家世,从而突出了庄姜的出身高贵。正因为出身高贵,所以更应当砥砺自己的道德品行,母仪卫国,为一般的老百姓做好榜样。

第二章详细描写庄姜之美。"手如柔荑,肤如凝脂,领如蝤蛴,齿如瓠犀,螓首蛾眉。"这五句一连用了六个比喻来描写庄姜的美丽。她的手就像柔软、洁白、嫩滑的白茅的芽,她的皮肤就像凝结的油脂一样闪着光泽,她的脖子后面就像天牛的幼虫一样洁白而修长,她的牙齿就像瓠瓜的瓜籽一样洁白而整齐,她的额头就像螓蝉的额头一样宽广饱满,她的眉毛就像蚕蛾的触角一样又弯又长。这些比喻我们今天看来可能会感觉很奇怪,但在古人那里却是由衷的赞美。紧接着的两句"巧笑倩兮,美目盼兮",更把对庄姜美貌的赞美推向了极致。方玉润《诗经原始》云:"千古颂美人者,无出'巧笑倩兮,美目盼兮'二语。"清孙联奎《诗品臆说》评论司空图《诗品》之"形容"品云:"《卫风》之咏硕人也,曰'手如柔荑'云云,犹是以物比物,未见其神。至曰'巧笑倩兮,美目盼兮',则传神写照,正在阿堵,直把个绝世美人,活活地请出来,在书本上混漾。千载而下,犹亲见其笑貌。此可谓'离形得似'者矣。"这两句之妙,正在于写出了美人的神态。她笑起来很好看啊,大概是有酒窝或梨涡之类的,很美。她的眼睛也很漂亮,眼珠黑而亮,顾盼生姿。

第三章写的是卫庄公迎亲时的盛大景象。"硕人敖敖,说于农郊。"美人啊身材高挑,她在城郊暂时驻扎。这两句写到了庄姜与卫庄公的婚礼。送亲的车马来到了卫国都城的东郊,庄姜要先在此停驻,等卫庄公出城迎接。"四牡有骄,朱幩镳镳。"庄姜乘坐的马车,四匹驾车的公马高大健壮,四匹马的马嚼子排列整齐,马嚼子用红色的绸布包裹着装饰着,随风飘扬,非常壮观。"翟茀以朝。"庄姜乘坐的马车,用翟鸟的羽毛装饰着车篷子,卫庄公来迎接庄姜,庄姜朝见卫庄公。这说明庄姜已经跟随卫庄公并举行了婚礼。"大夫夙退,无使君劳。"国君夫人远道而来,路途劳顿,卫国的众位大夫啊,你们早早退下,好让国君夫人早早休息,不要使她太过劳累。

第四章描写了庄姜来卫国的路上,黄河上的一片祥和景象,以及齐国随嫁的媵妾及送嫁的齐国士大夫之盛。"河水洋洋,北流活活。施罛濊濊,鳣鲔发发,葭菼揭揭。"黄河的流水啊浩浩荡荡,向北流去,发出活活的声响。渔民洒下渔网,渔网撞击着河水发出濊濊的声音,鳣鱼和鲔鱼被渔网捉住,鱼尾拍击着河水,发出发发的声音。河水浅处及河两岸的初生的芦荻高高举起。这些景象一方面透露了结婚的季节,初生的芦荻说明时间大概是在初夏。渔民捕鱼的景象也透露着国家的太平和安宁。"庶姜孽孽,庶士有朅。"跟随庄姜一同嫁给卫庄公的众位姜姓的公主个个身材高挑,而送亲的众位齐国大夫也长得高大勇武。这两句也写到了婚礼。诸侯娶妻,一娶九女,其中一位是嫡夫人,其余的是媵妾。这些媵妾是嫡夫人的同族的姐妹、侄娣,或是与嫡夫人同姓的诸侯国的公主,有时也有异姓之女。所以"庶姜"即众位姜姓公主都将成为卫庄公的媵妾。而送亲的是齐国的卿大夫。

诗人的手段很高明,她在诗中没有直接劝导宣姜要洁身自好,修身敦品,而只是描写了她的家世显赫,她的容貌之美,她结婚时迎送的队伍的壮观,从而暗示她:要用美好的德行来配得上你的高贵。

姚际恒《诗经通论》云:"千古颂美人者,无出其右,是为绝唱。"虽然说得有些夸张,却也反映了后世文人学者对此诗的推崇。

当然,如果单看这首诗,而不了解《列女传》所说的背景,那么单纯地把这首诗看作是一首赞美庄姜的诗,也未尝不可。如方玉润说这首诗是"颂卫庄姜美而贤也"。他认为这首诗写出了阀阅之尊、外戚之贵、仪容之美、车服之盛、体贴入微、邦国之富、妾媵之多,"到底不露一贤字,而贤字自在言外"。

二、夏商周三代的亲迎之礼

前文所说《硕人》一诗中,齐国送亲的队伍来到了卫国的东郊,然后卫庄公出城迎接庄姜进宫举办婚礼,其实在夏商周三代礼制健全的时候,人们的婚姻会遵守亲迎之礼,即新郎要到新娘的家中亲自迎接新娘的出嫁。《齐风·著》就描绘了夏商周三代的亲迎之礼。

> 俟我于著乎而,充耳以素乎而,尚之以琼华乎而。
> 俟我于庭乎而,充耳以青乎而,尚之以琼莹乎而。

俟我于堂乎而,充耳以黄乎而,尚之以琼英乎而。

《毛诗序》、郑玄《笺》皆以为此诗是刺诗,孔颖达疏申述云:"所以刺之者,时不亲迎,故陈亲迎之礼以刺之也。"姚际恒《诗经通论》则不以为然,他说:"此本言亲迎,必欲反之为刺,何居?"仅就文本而论,并看不出有讽刺意味。可以说,这首诗写的是古代婚礼中新郎亲自去女方家迎接新娘的礼节,即亲迎之礼。

亲迎之礼起源很早,唐代大史学家杜佑《通典》卷五十八《天子纳后》载:"夏氏亲迎于庭,殷迎于堂。周制,限男女之岁,定婚姻之时,亲迎于户。"礼制中之所以有新郎亲自来迎接新娘的礼节,是为了表明男先于女的意思。男先于女,并不完全是为了表明男尊女卑,也为了表明在婚姻中男方负有更大的责任,丈夫更要为妻子做好表率。夏商周三代上至天子,下至士大夫,都遵守亲迎之礼。但是到了春秋时期,亲迎之礼已经不被遵守了。古代的君子担忧着礼制的衰败,所以写了这首诗,提醒人们要遵守祖辈传下来的礼制。

本诗共三章,每章三句。诗是用新娘的口吻写的。"我"指的是新娘,等"我"的人就是新郎。"俟我于著乎而"是说新郎来到女方家,在女方家的"著"即大门与影门墙之间等待迎接新娘,这是周代的亲迎之礼。"充耳以素乎而"说的是新郎的打扮。充耳,又名瑱,从帽子两边垂下来,正在耳旁,有使人不妄听的意思。素为白色,这里指白色的紞,连接着帽子,下面可以缀充耳。"尚之以琼华乎而"是对新郎所佩戴的充耳的描写,是说素纩下系着琼华。琼华是一种美石,石头的颜色有琼玉的光泽,此处指美石所做的充耳。第二章写的是夏代的亲迎之礼,新郎在女方家的庭院等待新娘。第三章写的是商代的亲迎之礼,新郎在女方家的堂屋等待新娘。

在每一章中,三句都是押韵的,而且整首诗都以"乎而"结尾,给人以一种新鲜的韵律感。诗人以新娘的口吻,没有大肆铺张地描写新郎的长相、才华或等待的心情,而是只描写了新郎等待的地方,以及新郎耳朵上带的饰品,让我们不能不惊讶于诗人很"会"写诗。因为诗常常从细小处显现诗意,就像我们从平静的水面上发现点点波光,从广阔的森林里听到一只鸟的叫声一样。

三、留车返马之礼

《召南·何彼襛矣》一诗主要描写了送亲队伍的盛大场面,而其"王姬之车"

一句则体现了天子或诸侯嫁女时的留车返马之礼。

> 何彼襛矣？唐棣之华。曷不肃雝？王姬之车。
>
> 何彼襛矣？华如桃李。平王之孙，齐侯之子。
>
> 其钓维何？维丝伊缗。齐侯之子，平王之孙。

关于这首诗的主旨，《毛诗序》认为是写周武王嫁女给齐侯之子。诗中的"平"是"正"的意思，"平王"意为"正王"，"正王者，德能正天下之士"。诗中的正王指周文王。王姬即是周文王的孙女，即诗中的"平王之孙"。"齐侯之子"就是齐国国君的儿子。《毛诗序》说："《何彼襛矣》，美王姬也。虽则王姬，亦下嫁于诸侯，车服不系其夫，下王后一等，犹执妇道以成肃雝之德也。"此处说"下嫁于诸侯"，那么诗中的"齐侯之子"应该是太子，以后要继位为国君的。方玉润《诗经原始》认为，这首诗不可能是周文王之孙女下嫁齐侯的诗，他引用章潢的话说："若必指为文王时，非特不当做正义，而太公尚未封齐，则齐将谁指乎？"又说："武王女，文王孙，不知邑姜乃武王元妃，果以姜女而下嫁于太公之子乎？此皆至明至显，无可疑者。"方玉润认为："此论出，则众说纷纷，可息喙矣。"魏源《诗古微》中编之一《召南答问》说："武王元妃邑姜，若女适齐侯之子，无论丁公、乙公，皆违《春秋传》讥娶母党之例。且天子女适人，曷不云宁王之子，而必远系之祖？《诗》三百篇皆称文王，何以独易其称曰'平王'，不见他经传乎？"周武王娶了齐太公的女儿邑姜，而周武王和邑姜的女儿无论是嫁给齐太公的儿子齐丁公还是嫁给齐丁公的儿子齐乙公，都是违背礼制的。

朱熹《诗集传》也认为这首诗写的是"王姬下嫁于诸侯"，赞美王姬虽然贵重而有车服之盛，但仍然"肃肃而敬、雝雝而和"，"能敬且和以执妇道"。但他摒弃了把"平王"当做周文王的说法。他说："此乃武王以后之诗，不可的知其何王之世。然文王、太姒之教，久而不衰，亦可见矣。"朱熹认为这首诗产生于周武王之后，但具体是哪一个王就不清楚了。不过，这首诗仍然体现了周文王的教化。

方玉润一反"美诗说"，而主张"美中含刺"，旨在"讽王姬车服渐侈也"。他认为："何彼襛矣，是美其色之极盛也；曷不肃雝，是疑其德之有未称耳。"他作如此理解的关键，在于他把"曷不肃雝"解释为"所驾之车未见肃雝气象"，他的意思是这句话应该理解为"为什么不够肃敬雍和"或"怎么没有雍容严肃的气象"。他说："彼王姬乎，何不肃肃雝雝，以称其如桃如李之称艳而无所疵议乎？"

王先谦《诗三家义集疏》认为，这首诗主要"言齐侯嫁女，以其母王姬始嫁之车远送之"的情形。此为《仪礼·士昏礼》贾公彦疏引郑玄《箴膏肓》语,贾公彦认为这是三家诗遗说。三家诗认为,这首诗描写的是周平王的外孙女、齐侯的女儿,即诗中所说的"平王之孙,齐侯之子"出嫁的诗篇。新娘子所乘的马车是当年她的母亲、周平王的女儿王姬嫁给齐侯时所乘的马车,即诗中的"王姬之车"。

理解这首诗的关键就在于对"王姬之车"和"平王之孙,齐侯之子"的理解。

这首诗的主人公是齐侯和王姬所生的女儿。王姬是周平王的女儿,周平王姓姬,又为王,故其女称王姬。主人公是齐侯的女儿,故称"齐侯之子",又是周平王的外孙女,故称"平王之孙"。三家诗认为"齐侯之子"和"平王之孙"说的是同一个人。魏源说:"考《韩奕》诗'韩侯娶妻,汾王之甥,蹶父之子',谓厉王之女甥、而蹶父之女子,皆美韩姞一人也。《卫·硕人》诗'齐侯之子,卫侯之妻,东宫之妹,邢侯之姨',亦谓齐侯之女子为卫侯之夫人,合四语皆美庄姜一人也。(其《颂》鲁僖则曰'周公之孙,庄公之子',亦同。)从无一称其妻、一称其夫,分属二人者。况首章以'棠棣之华'兴'王姬之车',次章云'平王之孙',若非即'齐侯之子',则'华如桃李',将兼兴男女二人乎?"因此,历来诸家认为"平王之孙"和"齐侯之子"为二人、为夫妻的观点是错误的。

古代儿子可以称"子",女儿也可以称"子"。孙子可以称"孙",孙女也可以称"孙"。另外,外孙子、外孙女也可以称"孙"。这里为了诗句的整齐,不说"平王之外孙女",而说"平王之孙"。

古代天子、诸侯乃至大夫嫁女,新郎来迎亲,新娘所乘的车马是娘家的车马。等新娘子嫁到新郎家里以后,从娘家带来的车就留在新郎家,拉车的马则返还给娘家。这就是所谓的"留车返马之礼"。王先谦说:"宣五年,齐高固及子叔姬来,反马。大夫礼也。《泉水》'还车言迈',是诸侯夫人用嫁时乘来之车。王姬之车,是天子嫁女所留之车,知天子至大夫皆有留车反马之礼。"

当年周平王把女儿王姬嫁给齐侯时,王姬乘坐的即是娘家的车马。王姬嫁到齐国后,所乘之车留在了齐国,这就是诗中所说的"王姬之车",拉车的马匹则返还给了周平王。如今齐侯和王姬的女儿要出嫁了,她所乘坐的车正是当年她的母亲王姬嫁到齐国时所乘的"王姬之车"。三家诗说此诗的主旨是"言齐侯嫁女,以其母王姬始嫁之车远送之",正是因此。诗中说"王姬之车"也点出了"齐侯之子"的高贵,她是王姬之女啊!

"何彼襛矣?唐棣之华。"什么花开得那么茂盛?那是唐棣花。这两句是兴,也是比,由眼前的唐棣花的茂盛,来形容和衬托齐侯和王姬之女车马服饰的盛美。"曷不肃雝？王姬之车。"整个送嫁的队伍，哪里有不肃雝的？新娘子所乘之车正是她的母亲王姬嫁来齐国时所乘的车啊。这两句点出了车马之盛大肃雝。由母而知其女，车马的盛大肃雝也比喻新娘子德行的庄重雍容。王先谦说："此以唐棣之襛华，兴车服之盛美，因决其妇德之肃雝。言之子于归，何有不肃雝者乎？不见所乘者，乃其母王姬初嫁之车乎？因母可以知女也。""盖当日王姬归齐，能顺成妇道，安定邦国，宜诗人知其女之必贤。"关于王姬嫁给齐侯，《焦氏易林·艮之困》也有记载："王姬归齐，赖其所欲，以安邦国。"

对于"曷不肃雝"这一句，我们可以理解为"何处不肃雝"？这是反问，意思是整个送亲的车队从头到尾没有一处不和乐庄严。又，《诗经》中的"不"常常并不表示否定，而是语气助词，因此这一句"曷不肃雝"，我们也可以理解成"曷肃雝"！意思是"何其肃雝"！即"多么和乐庄严啊"！这样就和整首诗的基调一致了。朱熹《诗集传》云："曰何彼戎戎而盛乎？乃唐棣之华也。此何不肃肃而敬、雝雝而和乎？乃王姬之车也。此乃武王以后之诗。不可的知其何王之世，然文王太姒之教，久而不衰，亦可见矣。"清陈继揆《读风臆补》说："通篇俱在诗人观望中着想。'曷不'二字宛然道路聚观，企踵盱睢，相顾叹赏之语。前后上下，分配成类，是诗家合锦体。"显然这两位大家都认为这一句是赞美诗。

"何彼襛矣？华如桃李。"什么花那么茂盛？是桃花和李花。这两句也是兴，由眼前盛开的桃花和李花来比喻新娘子的美德美貌。"平王之孙，齐侯之子。"这两句点明了新娘子身份的高贵，她正是周平王的外孙女、齐侯的女儿。又，朱熹把平王之孙和齐侯之子看作两人，认为这一章是用桃李两种花树，来分别比喻夫妻二人。

"其钓维何？维丝伊缗。"那个钓竿上的是何物？是两根丝附着在一起的纶。两根丝相附，比喻两个诸侯国结为姻亲。最后两句"齐侯之子，平王之孙"再次点明新娘子的身份。这里暗含的一个意思是，齐侯的女儿嫁到另外一国，齐国和这个诸侯国的姻亲关系就像这钓竿上的两根丝线比附在一起一样亲近。又，根据郑玄《笺》："钓者，以此有求于彼。何以为之乎？以丝之为纶，则是善钓也。"牟应震《诗问》云："钓喻婚娶。"陈奂《诗毛氏传疏》说："《传》于《竹竿》之'钓'，以喻妇人之成其室家。此诗之'钓'，兴义当同也。"此处我们结合三家诗义和郑玄《笺》，认为，"其钓维何？维丝伊缗"是比喻齐侯和王姬的女儿与她的丈夫"以善道相求"，即两人是以善道互求，以善道求结为夫妇。

齐侯的女儿嫁到了哪个国家？诗中没说,历史上也没有明确的记载。魏源认为:"齐女所嫁,当是西畿诸侯虞虢之类,其诗采于西都畿内,既不可入东都王城之风,又不可入《齐风》,故从《召南》陕以西之地而录其风耳。"王先谦也认为是"嫁西都畿内诸侯之国"。

让我们再从头读过一遍,从整首诗的基调来看,这无疑是一首雍容华贵的颂诗。

另外,刘毓庆《诗经考评》也认为这首诗是"周王的外孙(女),齐侯的女儿,嫁于诸侯之国,国人惊其华贵艳丽,故作此歌来赞美她"。但他认为这个周王,不一定指的是周平王。他认为"平王"即"汾王""辟王",平与汾、辟"一声之转",可以做通假字用。正字为"辟王",辟是君主的意思,辟王是指天子。因此这里的"平王"泛指"周王",具体是哪一个王就不知道了。

由于史籍中没有周平王的女儿嫁给齐侯的记载,所以有学者对此有疑义。高亨的《诗经今注》认为应当是周平王的孙女嫁给齐侯。诗中的"平王之孙",是周桓王的女儿,周平王的孙女。因为是周桓王的女儿,所以称"王姬"。他说:"《春秋·庄公元年》:'王姬归于齐。'是周庄王四年,齐襄公五年,王姬嫁齐襄公。又《庄公十一年》:'王姬归于齐。'是周庄王十四年,齐桓公三年,王姬嫁齐桓公。此诗所写当是《春秋》所记两件事之一。王姬是周平王的孙女,桓王的女儿,庄王的姊妹。"据此,高亨也认为诗中的"平王之孙"和"齐侯之子"是两个人。"平王之孙"嫁了"齐侯之子"。除此之外,他认为这首诗还包含了另一层意思,"维丝伊缗,即丝做的钓鱼绳。诗以用丝绳钓鱼比喻以王姬齐侯之贵征求媵妾"。征求媵妾的地点即是召南地区。魏源说:"至齐襄取王姬,立已五年;齐桓取王姬,立已三年,而谓尚称'齐侯之子',尤乖君薨称世子、既葬称子、逾年称君之例。"两位王姬嫁到齐国的时候,既然齐襄公和齐桓公已经做君主数年了,他们就不能再称"齐侯之子"了,而应当称"齐君"或者"齐侯"。可见,高亨认为的王姬嫁给齐侯之子,是指嫁给齐襄公或者齐桓公,是错误的。

不过,《春秋》记载的历史始于鲁隐公元年,即公元前722年。而周平王在位的时间是公元前770年至公元前720年。所以,虽然《春秋》里只记载了周平王的孙女嫁到齐国的事迹,但不能表示周平王的女儿没有嫁到齐国。只是《春秋》中因为记载年代的局限,没有记载相应的事件而已。魏源说:"诸侯女适人,经例不书,且平王四十九年以前,未入《春秋》,安知无王姬适齐、而此则其所生之女别适它国者乎?"

四、嫡迎媵之礼

在前文阐释《硕人》这首诗的时候,我们已经注意到了庄姜作为嫡夫人和"庶姜"作为众位媵妾的婚姻制度。而《邶风·静女》这首诗则展现了嫡夫人和媵妾的互动。

> 静女其姝,俟我于城隅。爱而不见,搔首踟蹰。
> 静女其娈,贻我彤管。彤管有炜,说怿女美。
> 自牧归荑,洵美且异。匪女之为美,美人之贻。

王先谦根据《焦氏易林》的记载认为,三家诗的本义为"此媵俟迎而嫡作诗也"。《焦氏易林·师之同人》说:"季姬踟蹰,结衿待时;终日至暮,百两不来。"又《同人之随》说:"季姬踟蹰,望我城隅;终日至暮,不见齐侯,居室无忧。"又《大有之随》说:"踯躅踟蹰,抚心搔首;五昼四夜,睹我齐侯。"王先谦说:"盖焦氏多见古书,当日皆有事实足征,而今无可考,此诗为望媵未至时作也。"

据此,这是一首嫡夫人写给媵妾的诗歌,而不是情诗。诗中的静女和我都是女性。我指嫡夫人,静女指媵。我们在前文提到,根据古代的礼制,诸侯娶妻,会有一位正妻,即嫡夫人,另外嫡夫人的同父异母的妹妹或者叔叔家的妹妹也会跟着嫁过来,称为媵(也有同姓的其他国家的女子陪嫁的,甚至异姓的也有)。结婚的时候,作为新郎官的诸侯会亲自把嫡夫人迎接进城。陪嫁的媵会先在城外等着,等诸侯和夫人的婚礼举行完毕,然后再被迎接入城。

第一章写的是静女在城外等待"我"的情形。"静女其姝,俟我于城隅。"贞静的女子,她容貌美丽,正在城外的角楼下等"我"。"爱而不见,搔首踟蹰。""我"迟迟未出现在她的面前,她不禁挠起头来,她所乘坐的马车也踟蹰不前。戴震说:"此媵俟迎之礼。诸侯娶一国,二国往媵之。以姪娣从,冕而亲迎惟嫡夫人耳。媵则至乎城下,以俟迎者而后入。'爱而不见',迎之未至也。""我"作为嫡夫人,已经被新郎官,即国君迎入城举行婚礼。而与"我"关系很好、作为媵一起嫁过来的美好的静女还在城隅即城门口的角楼下等待国君派人来迎接。王先谦说:"'踟蹰'谓媵,《易林》云'季姬踟蹰'可证。盖夫人初至成礼,礼毕而后迎媵,故诗以'俟我'为词。媵在城外,俟迎乃入,致有终日至暮,不见国君之事。'搔首踟蹰',夫人代媵设想如此。"据此,则应该是作为嫡夫人的"我"在婚礼完成后再出城来迎接作为媵的静女。静女在城外等待"我"来迎她,心中焦急,所以感觉"我""爱而不见",她感觉"我"好像隐藏起来了一样,迟迟未能出现。"爱"通"薆",是隐藏的意思,但并不是"我"真的隐藏起来了,而是形容"我"未出现的样子和静女焦急等待的心情。

第二章写的是"我"和静女相见后,静女送给"我"彤管之事。"静女其娈,贻我彤管。"静女既有贞静的德行,又有美好的容貌,她送给我一支彤管笔。彤管笔是女史官用来记载后夫人的言行的,有警示作用,静女送给"我"彤管笔,是提醒"我"作为国君夫人要时刻注意自己的言行,因为国君夫人的一言一行都会被女史用彤管笔记录在史册上。又《毛诗传》云:"既有静德,又有美色。又能遗我以古人之法。可以配人君也。古者后夫人必有女史彤管之法。史不记过,其罪杀之。后妃群妾以礼御于君所,女史书其日月,授之以环以进退之。生子月辰,则以金环退之。当御者,以银环进之,着于左手。既御,着于右手。事无大小,记以成法。"静女送给"我"彤管笔,也说明她常以此自警,时时注意自己的言行,正说明她的德行也可以配得上君主。"彤管有炜,说怿女美。"彤管笔闪烁着光泽,"我"很喜欢你这美好的彤管笔。"我"喜欢彤管笔,是因为彤管笔本身的美。《毛诗传》云:"炜,赤貌。彤管,以赤心正人也。"另外,"我"喜欢彤管笔,也是因为这是静女送给"我"的。又郑玄《笺》云:"说怿,当作说释。赤管炜炜然,女史以之说释妃妾之德,美之。"据此,说释是说明、阐释的意思。这句话也可以理解为,彤管有光彩,女史可以用它来描绘你这位静女的美德。

第三章颇难理解。"自牧归荑,洵美且异。匪女之为美,美人之贻。"你从郊野回来,送给了"我"白茅草,那白茅草确实很美而且很奇异。并不是你这白茅草本身令"我"感到美,"我"之所以感到白茅草美,是因为它是静女送给"我"的。"我"和静女嫁给了国君,怎么会有静女从郊野回来送给"我"白茅草的事情呢? 王先谦说:"同是一国之女,又凤相见,故先有贻管归荑之事。"据此,我们可以理解为这是"我"在回忆出嫁之前在娘家时的事情,本来"我"和静女的关系就很好,是同族的姐妹,曾经发生过她从郊野归来带给"我"白茅草作为礼物的事情。那时"我"就很喜欢她,现在回想起来,仍然十分美好。另外,根据王先谦的理解,"贻我彤管"的事情也可能发生在出嫁前。那时"我"和静女都知道了要嫁给同一位国君,而"我"将成为嫡夫人,静女将会成为媵。静女"贻我彤管",有规劝和祝福"我"的意思。

那么这首诗中的新郎官是哪位国君呢?"我"和静女又是谁呢? 根据《焦氏

易林》所说的"季姬""孟姬"和"齐侯"来看,新郎官是齐国国君,"我"和静女是姬姓诸侯国的公主。"我"就是孟姬,是嫡夫人,"静女"就是"季姬",是媵。王先谦引陈乔枞说:"《左传》言齐桓公有长卫姬、少卫姬,疑《易林》所云'季姬',即指少卫姬。"那么"我"就是"长卫姬"。《静女》这首诗收入《邶风》,《邶风》是卫国的诗歌,正与此相合。王先谦说:"《易林》'望我城隅',即诗之'俟我城隅'也。又作'待孟城隅',明'我'为孟姬自称,则媵是少卫姬,而'孟'为长卫姬矣。""及孟已至国,季在城隅,孟思恋企望,愿其早见齐侯,共承恩遇。"

不过,《史记·齐太公世家》记载:"齐桓公之夫人三:曰王姬、徐姬、蔡姬,皆无子。桓公好内,多内宠,如夫人者六人,长卫姬,生无诡;少卫姬,生惠公元;郑姬,生孝公昭;葛嬴,生昭公潘;密姬,生懿公商人;宋华子,生公子雍。"那么,长卫姬与少卫姬似乎都是妾而非正室,故曰"如夫人"。这一点似乎与《焦氏易林》有矛盾。姑且记录于此,以待后续研读。

另外,关于这首诗的主旨,《毛诗序》认为:"《静女》,刺时也。卫君无道,夫人无德。"郑玄《笺》云:"以君及夫人无道德,故陈静女遗我以彤管之法。德如是,可以易之,为人君之配。"从郑玄的阐发来看,这首诗本身是一首通过赞美"静女"的德行来反衬和讽刺卫君及其夫人无道德的。诗中的"静女"本身是值得歌颂的。

宋欧阳修《诗本义》认为"此乃述卫风俗男女淫奔之诗",朱熹《诗集传》也以为"此淫奔期会之诗也",即认为这首诗写的是男女的约会,用我们今天的话来说,这是一首描写男女爱情的诗。

今天是一个力图对一切价值重估的时代,一个解构的时代,人们似乎热衷于嘲笑一切庄重严肃的事物,要用无厘头的方式、搞笑的方式对待一切。但这又是一个特别重视仪式感的时代,人们常常通过精心设计的仪式表达对生命的珍重和对生活的热爱。因此,古代的婚礼从精神到形式,对今天的人们仍富有启发意义。

▶ **诗选注**

卫风·硕人

硕人其颀,	美丽的人儿玉立亭亭,
衣锦褧衣。	身穿锦衣,和麻布的披风,
齐侯之子,	她是齐侯的爱女,卫侯的贤妻,

卫侯之妻。

东宫之妹，　　太子得臣是她的长兄，

邢侯之姨，　　她的一位姐妹嫁给了邢侯，

谭公维私。①　　另一位姐妹嫁给了谭公。

　　　　　　　她的额头像蝼首一样方正宽广，

手如柔荑，　　她的皮肤像凝脂一样洁白闪光，

肤如凝脂，　　她的脖颈像蝤蛴一样白皙修长，

领如蝤蛴，　　她的双手像柔荑一样光滑细腻，

齿如瓠犀，　　她的眉毛像蛾子的触角修长而细，

蝼首蛾眉，　　她的牙齿像瓠瓜的籽洁白整齐，

巧笑倩兮，　　她有两个酒窝，笑起来特别好看，

美目盼兮。②　　她的眼睛里有光，像是清澈的水泉。

硕人敖敖，　　美丽的人儿身材高挑，她嫁来时

说于农郊。　　车马驻扎在都城的近郊，

四牡有骄，　　驾车的四匹雄马强壮而高，

朱幩镳镳。　　马嚼子上的红绸带迎风飘飘。

翟茀以朝。　　卫侯出城亲迎，她坐在翟鸟的羽毛

大夫夙退，　　装饰的车篷下掩饰不住的羞娇。

无使君劳。③　　诸位大夫请你们速速退下，不要

　　　　　　　使我们远道而来的小君太过辛劳。

河水洋洋，　　她渡河而来，黄河的波涛浩浩汤汤，

北流活活。　　河水向北流入渤海，发出活活的声响，

施罛濊濊，　　濊濊，濊濊，是渔民撒下的网把水波激荡，

鳣鲔发发。　　发发，发发，鱼儿触网后尾巴拍打着水波，

葭菼揭揭，　　浅水处初生的芦荻高举着头上的绒花，

庶姜孽孽，　　一起嫁来的众位姜姓女子个个玉立挺拔，

庶士有朅。④　　送嫁的诸位齐国大夫个个勇武高大。

注释

① 硕人——即美人,这里指卫庄公的夫人庄姜。颀(qí)——本义指头颅生得好看,这里也可以理解为修长的样子。锦——锦衣,翟衣。衣锦——穿着锦衣。褧(jiǒng)衣——妇女出嫁时御风尘用的麻布罩衣,即披风。齐侯——齐庄公。子——这里指女儿。卫侯——卫庄公。东宫——太子居处,这里指齐太子得臣。邢——邢国,在今河北邢台。姨——男子称其妻子的姐妹为姨。谭——谭国,在今山东历城。维——其。私——女子称其姐妹的丈夫为私。

② 黄(tí)——白茅之芽。领——领为脖子的后面,颈为脖子的前面。蝤蛴(qiú qí)——天牛幼虫,白而长。瓠犀(hù xī)——瓠瓜之籽,色白整齐。蝝(qín)——似蝉而小,头宽广方正。蝝首,形容天庭饱满。蛾眉——蚕蛾触角,细长而曲,这里形容眉毛细长弯曲;一说同"娥眉","娥"有好的意思。倩——嘴角间好看的样子。盼——眼珠转动,一说眼珠黑白分明。

③ 敖敖——修长高大貌。说(shuì)——通"税",舍,住下;一说通"禭",更换整理服装。农郊——近郊,一说东郊,因齐国在卫国东面,庄姜自东来。牡——雄马。有——语助词。骄——马高六尺为骄,为诸侯所乘。有骄——这里可以理解为高大强壮的样子。朱幩(fén)——红绸布。镳镳(biāo)——镳本义为马嚼子,镳镳指四匹马皆有镳,并驾齐驱,形容盛美的样子。朱幩镳镳——这里指用红绸布包着马嚼子,马飞奔起来,红绸布迎风飘扬的样子。翟——重翟,王后所乘之车。茀(fú)——蔽,指车篷子。翟茀——以翟鸟羽毛装饰车篷子。朝——朝见卫庄公,庄姜来嫁,卫庄公亲迎。大夫——指卫国大夫,跟随卫庄公来迎接庄姜者。夙——早。君——女君,这里指庄姜。劳——劳累。

④ 河——指黄河。洋洋——水流浩荡的样子。北流——指黄河在齐、卫间北流入海。活活(guō)——水流声。施——张设。罛(gū)——一作"罟",鱼网。濊濊(huò)——撒网入水时,水激荡起来的声音。鳣(zhān)——鳇鱼,一说红鲤鱼。鲔(wěi)——鲟鱼,一说鲤属。发发(bō)——鱼触着渔网时,鱼尾击水之声;一说众多的样子。葭(jiā)——初生的芦苇。菼(tǎn)——初生的荻。揭揭——长长的高举的样子。庶姜——指随嫁的姜姓众女。孽孽——高大的样子,或曰盛饰貌。士——送嫁的齐国大夫。有朅(qiè)——即朅朅,勇武的样子。

齐风·著

俟我于著乎而，　他正在门屏之间等我，
充耳以素乎而，　帽子两边垂下宝石的充耳，
尚之以琼华乎而。①　那充耳用白色的丝纩系着。

俟我于庭乎而，　他正在等我，在庭院中，
充耳以青乎而，　垂下的充耳用宝石做成，
尚之以琼莹乎而。②　那系着充耳的丝纩，青青。

俟我于堂乎而，　他正在等我，在堂上，
充耳以黄乎而，　帽子两边垂下黄色的纩，
尚之以琼英乎而。③　丝纩上系着的充耳，宝石的闪光。

注释

① 俟——等待。著——门屏之间，近于门户，俗称影门墙。很多人家进了大门之后，有一面墙，绕过这面墙就到了庭院里了。这面墙就是屏，著就在大门和屏之间。乎而——语气助词。充耳——又名瑱，从帽子两边垂下来，正在耳旁，有使人不妄听的意思。素——白色，指白色的絖（纩 kuàng），下面可以缀充耳。尚——上，添加上，缀上。琼华——美石，石头的颜色有琼玉的光泽，此处即美石所做的充耳。素与琼华等皆为新郎所佩戴，非新娘所佩戴。
② 庭——庭院。青——青色的纩。琼莹——美石。
③ 堂——堂屋，犹如今天的客厅。黄——黄色的纩。琼英——美石。

召南·何彼襛矣

何彼襛矣？　那戎戎盛开的是什么花？
唐棣之华。　那戎戎盛开的是棠棣花。
曷不肃雝？　那雍容庄严的是什么车？

王姬之车。①	是王姬嫁来时所乘的车。
何彼襛矣？	那戎戎盛开的是什么花？
华如桃李。	那戎戎盛开的是桃李花。
平王之孙，	那新娘正是平王的外孙女，
齐侯之子。②	是齐侯和王姬的掌上明珠。
其钓维何？	那钓竿上的线是什么线？
维丝伊缗。	那是两根丝合成的一条纶。
齐侯之子，	那新娘正是平王的外孙女，
平王之孙。③	是齐侯和王姬所生之身。

注释

① 襛（nóng）——形容衣服厚的样子，通"穠"，形容花木茂盛。又，穠通"茂"，茂茂同戎戎，又写作茸茸，都是形容花木茂盛。唐棣（dì）——又称郁李，花朵大而美。华——通"花"。曷（hé）——何，为什么。肃——恭敬，庄严。雝（yōng）——本是形容鸟儿和鸣之声，引申为"和"的意思，形容雍容安详。王姬——周平王的女儿，姬姓，故称王姬。

② 华如桃李——犹如说"桃李之花"，为了押韵故采用倒装句。桃花李花皆极为茂盛。平王之孙——周平王的外孙女。齐侯之子——齐侯的女儿。

③ 钓——钓鱼的工具，这里专指钓鱼工具上的线。维——语助词，也有"为"的意思。丝——这里指单根丝。伊——是，为。缗（mín）——即纶，两根丝附在一起称纶。

邶风·静女

静女其姝，	贞静的女子，美丽的面容，
俟我于城隅。	驻车在城门外等我来迎，
爱而不见，	我来迟了，还没有出现，
搔首踟蹰。①	她抽簪搔首，车马不前。

静女其娈， 　　贞静的女子，美丽的容颜，
贻我彤管。 　　送给我女史所用的彤管，
彤管有炜， 　　彤管闪耀着红色的光泽
说怿女美。② 　你的美意令我心愉悦。

自牧归荑， 　　还记得你曾从郊外返回，
洵美且异。 　　带给我洁白的白茅的嫩芽，
匪女之为美， 　它确实有一种奇异的美；
美人之贻。③ 　但并非白茅本身令我惊讶，
　　　　　　　是你的心意令我倍感珍贵。

注释

① 静——贞静。姝(shū)——貌美。俟——同竢，等待。城隅——城上的角楼。爱——同"薆"，隐藏。搔首——用头上所佩戴的首饰挠头。古人用象骨制作一种首饰，称为搔(tì)，可以帮助把头发扎起来。古人在思考问题或想念亲朋的时候，把搔拿下来挠头。踟蹰(chíchú)——徘徊。

② 娈——美好。贻——赠送。彤管——红色的笔管，古时候女史用彤管来记载后宫中发生的事情。炜——红色的光彩。说怿(yuè yì)——通"悦怿"，喜悦之意。人喜悦则心情释然。女——同汝，你，指彤管。

③ 牧——郊外。牧为放牧的地方，放牧的地方在郊外，所以用牧来指郊外。归——通"馈"，赠送。荑——初生的茅草，一种香草。洵——信，确实。异——奇特，别致；一说异通"瘅"，喜悦，指所赠茅草的确美丽而且令人喜悦。匪——通"非"。女——通"汝"，指荑。

思考题

1. 谈一谈《硕人》《著》《何彼襛矣》《静女》这几首诗的主旨。

2. 上述四首诗体现了古代婚礼中的哪些内容？

3. 讨论：结合现代婚恋模式，谈谈你对古代婚姻遵循"父母之命、媒妁之言"的体会。

第四章

《诗经》中的亲情

亲情在儒家的思想中占有非常重要的地位。儒家讲"孝悌忠信",孔子的弟子有子说"孝弟(悌)也者,其为仁之本与"(《论语·学而》),孝悌是仁德的根本。孟子说"亲亲,仁也;敬长,义也"(《孟子·尽心上》),孝敬父母就是仁,尊敬兄长就是义。孟子又说"仁之实,事亲是也;义之实,从兄是也",仁的本质就是孝敬父母,义的本质就是尊敬兄长。他甚至认为真正的智慧和礼乐的产生都跟孝悌有关(《离娄上》)。孟子说"君子有三乐",其中第一种快乐就是"父母俱存,兄弟无故"(《尽心上》),他甚至指出,如果舜的父亲瞽瞍杀了人,舜宁愿放弃天子之位,也要偷偷地把他的父亲背出来,逃到遥远的海边,在那里给自己的父亲养老送终(《尽心上》)。

　　《礼记·中庸》说:"君子之道,辟如行远必自迩,辟如登高必自卑。"要想治国平天下,必须从修身齐家做起。孔子引用《尚书》的话说"孝乎惟孝,友于兄弟,施于有政"(《论语·为政》),用孝悌忠信来教育学生,会对政治产生积极的影响。孟子说"尧舜之道,孝悌而已矣"(《孟子·告子下》),"人人亲其亲长其长而天下平"(《离娄上》),所以他赞叹舜的孝是"大孝",他作为天子,能使本来处心积虑想要害他的父母安心,这就使"天下化",使"天下之为父子者定"(《离娄上》)。所以儒家认为能处理好亲情关系,才能做好治国平天下的工作。

　　本讲选了四首诗。《卫风·河广》表达了宋桓夫人对儿子宋襄公的思念。《邶风·凯风》表达了对亡母的怀念,并体现了对继母的孝敬。《王风·黍离》表达了弟弟对哥哥的思念。《秦风·渭阳》则是秦康公为太子时送别舅舅重耳的诗。

一、母亲对儿子的思念

　　《卫风·河广》这首诗写出了宋襄公的母亲对宋襄公的思念之情。作为母亲,有子不得见,不能承欢膝下;作为儿子,有母亲却不能献上自己的孝心,是多么令人心酸的事情。好在虽然天各一方,但都各自安好;虽然不能见面,但还能互相怀念。

> 谁谓河广?一苇杭之。谁谓宋远?跂予望之。
>
> 谁谓河广?曾不容刀,谁谓宋远?曾不崇朝。

《毛诗序》云:"《河广》,宋襄公母归于卫,思而不止,故作是诗也。"郑玄《笺》云:"宋桓公夫人,卫文公之妹,生襄公而出。襄公即位,夫人思宋,义不可往,故作诗以自止。"

宋襄公的母亲,是宋桓公的夫人、卫文公的妹妹,生下宋襄公后,与宋桓公离婚,回到了卫国的娘家。宋襄公名兹父,是一位孝子,在为太子的时候,经常来卫国看望他的母亲。后来,宋桓公生病将死,兹父请求辞去太子的名号,请立他的庶兄目夷为太子。兹父说:"我的舅舅很喜欢我,舅舅住在卫国,如果我继位为国君,就不能去卫国看望我的舅舅了。请立目夷为太子,他比我年长,而且很有仁爱之心。"兹父这样说,其实是因为他想去卫国看望他的母亲。但他不提他的母亲,而委婉地说想去看望他的舅舅,是因为怕他父亲伤心。目夷也推辞说:"兹父能把整个宋国让给我,这样的仁义之举才是无法比拟的。只有他才能担任太子之位。"宋襄公即位后,无法来卫国看望他的母亲。他的母亲十分思念他,就写了这首诗(见《说苑·立节》和《左传·僖公八年》)。

"谁谓河广?一苇杭之。"谁说黄河宽广?一束芦苇作船就可渡过。这两句是起兴,引出后面的两句。"谁谓宋远?跂予望之。"谁说宋国遥远?跂起脚尖就可以望见。黄河不能用一束芦苇作船渡过,宋国也不是跂起脚尖就可以望见的,但是宋襄公的母亲这样说,恰恰表达了她的急切思念之情。"谁谓河广?曾不容刀,谁谓宋远?曾不崇朝。"谁说黄河宽广,连一只小船也容不下。谁说宋国遥远,一个早上就可以到达。上一章的"跂予望之"是用空间来说宋国不远,这一章的"曾不崇朝"是从时间上来说宋国不远。两章诗歌表达的意思一样,但是又有变化,也可看出这首短诗艺术手法的高明。

朱熹《诗集传》引范氏说:

> 夫人之不往,义也。天下岂有无母之人欤?有千乘之国,而不得养其母,则人之不幸也。为襄公者,将若之何?生则致其孝,没则尽其礼而已。卫有妇人之诗,自共姜至于襄公之母,六人焉,皆止于礼义,而不敢过也。夫以卫之政教淫僻,风俗伤败,然而女子乃有知礼而畏义如此者,则以先王之

化犹有存焉故也。

宋桓夫人不前往宋国看望她的儿子宋襄公,这是合乎礼义的。天下的人,谁没有母亲? 宋襄公作为千乘之国的国君,却不能赡养自己的母亲,这是一件令人伤心的事情。作为襄公本人,又能如何呢? 母亲活着,就尽可能地表达自己的孝心,母亲去世了,就按时祭祀母亲的神灵而已。卫国的女子自共姜至宋桓夫人等六人,都能用礼义来节制自己的情感,不敢逾越。当时卫国受到卫宣公的影响,政教淫僻,风俗败坏,然而这几位女子都能坚守礼义,这是因为先王的教化还没有消亡。

关于此诗,南宋诗人王质(号雪山)认为:"此宋人而侨居卫地者也,欲归必有嫌而不可归。"(引自刘毓庆《诗经考评》)程俊英先生也认为:"这是住在卫国的一位宋人思归不得的诗。"(《诗经译注》)高亨先生说:"作者住在卫国,离宋国不远,仅一河之隔。他想到宋国去,但迫于环境,不能如愿。因作此诗。"(《诗经今注》)高亨先生虽不认为是宋人思念家乡的诗,但也是从思乡说演变而来的。刘毓庆先生也说:"在这简单的诗句中,我们可以想象出种种可能来。可能是卫人嫁宋者望情人来探望,也可能是自己钟情的女子远嫁宋国,自己碍于名分,不能探望,但这毕竟都是猜测。就诗之本义求之,此只是言卫宋两国之近,交往之便的。至于何种背景下产生的这种情感,则不得而知。"(《诗经考评》)可供参考。

二、子女对母亲的怀念

孟子曾说,君子有三种快乐,即使是身为天子拥有天下的快乐也不在这三种快乐之内。第一种快乐是"父母俱存,兄弟无故",即父母都健在,兄弟姐妹也都能安居乐业。第二种快乐是"仰不愧于天,俯不怍于人",抬头看天,不感到惭愧,因为没有做过什么伤天害理的事;低头看周围的人,也不感到内疚,因为没有做伤害他人的事情。第三种快乐是"得天下英才而教育之",即君子能遇到天下的英才,而教育他们成为君子,使自己所肩负的大道传承下去。(见《孟子·尽心上》)

既然说"父母俱存,兄弟无故"是君子三乐之一,那么无父无母、没有兄弟就成了人生的不幸。古人称年幼失去父亲的人为孤儿,与没有妻子的老年男子、没有丈夫的老年女子以及没有子女的老年人合称"鳏寡孤独"，周文王治理国家、施行仁政，首先就会加强对他们的照顾。(见《孟子·梁惠王下》)孔子的弟子司马牛，曾经忧伤地说"人皆有兄弟，我独无"(《论语·颜渊》)，就是感伤缺少兄弟。《邶风·凯风》这首诗就是一个失去母亲的孩子的心声。

> 凯风自南，吹彼棘心。棘心夭夭，母氏劬劳。
> 凯风自南，吹彼棘薪。母氏圣善，我无令人。
> 爰有寒泉，在浚之下。有子七人，母氏劳苦。
> 睍睆黄鸟，载好其音。有子七人，莫慰母心。

关于这首诗的主旨，《焦氏易林·咸之家人》说："凯风无母，何恃何怙？幼孤弱子，为人所苦。"这是《齐诗》的说法。《后汉书·姜肱传》李贤注引谢承《后汉书》说："肱性笃孝，事继母恪勤。母既年少，又严厉。肱感《恺风》之孝，兄弟同被而寝，不入房室，以慰母心。""恺风"即"凯风"。据此，魏源《诗古微》中编之二《邶鄘卫答问》说："明为事继母之诗，或未能慈于前母之子，故与《小弁》被后母谗，将见杀者，分过之大小，而《孟子》复以舜事后母例伯奇之事。"牟庭《诗切》申三家诗说："《凯风》为母没之后，七子不见爱于后母，而作诗以自责也。"据此，我们可以这样理解这首诗的主旨：

有兄弟姐妹七人，亲生母亲去世了，继母对他们不够慈爱，但他们对继母仍然很孝敬，没有任何不满和怨恨。但他们内心里也很难过，于是写了这首《凯风》来思念自己的亲生母亲，诗中赞颂自己的母亲辛苦、伟大，并深深自责，说自己没有什么才能，不能安慰已去世的母亲。

这首诗的核心内容是歌颂自己的亲生母亲并自责。但其背景是，其亲生母亲已经去世，而非在世；并且孩子们已经有了一位继母，这位继母对他们不太慈爱。但这一不慈爱只是小小的过错，比如继母对他们态度不好，不关心他们，或者继母有了自己的孩子后，有好的食物好的衣服都给自己的孩子，而不给他们等。他们在诗中只是歌颂了自己的生母，但并没有怨恨继母，而且还责备自己，说是自己不够好，所以才惹了继母生气，让生母在九泉之下还不能安心。从这个角度来讲，也可以体现子女对继母的孝敬。

第一章是对已去世的亲生母亲的感恩。"凯风自南，吹彼棘心。"凯风从南方吹来，吹着那酸枣树的尖刺。凯风即南风，能使万物欢乐生长。凯风比喻母亲的养育之恩，棘心比喻子女难以养育。用凯风吹拂小枣树，比喻仁爱的母亲辛苦抚养子女。"棘心夭夭，母氏劬劳。"酸枣树的尖刺那么多那么嫩小，母亲啊多么辛劳。酸枣树虽小但是茂盛，比喻母亲把子女养育得很好。酸枣树可能生长在坟墓边。我们可以想象一下，善良孝顺的孩子在继母那里受到了委屈，对继母没有任何抱怨，有苦只是往自己肚子里咽，他偷偷地来到母亲的坟墓旁，哭泣流泪。他看到坟墓旁的酸枣树在南风中轻轻摇摆，好像自己也感受到了母亲的灵魂对自己的安慰，于是深有感触，写了这首诗。母亲养育我们兄弟姐妹七人不容易，太辛苦了。

第二章赞颂母亲伟大并深深自责。"凯风自南，吹彼棘薪。"棘薪在这里只是用来比喻子女已经长成，并不是指已经被砍伐作为木柴的，而是指已经长成可以砍伐作为木柴的。明代钟惺评点此诗云："棘心、棘薪，易一字而意各入妙。用笔之工若此。"另外，枣树长成，只能作为木柴，而不是栋梁之材，比喻子女虽然长大了，但是并没有什么才能。这是子女的自责之词。"母氏圣善，我无令人。"这两句的意思是母亲很善良伟大，但是我们子女没有一个成才的，无以回报母亲的恩情。另外，这句诗似乎还说，继母对我们不够慈爱，不是继母的错，都是我们不好。是我们做得不好，所以才让继母生气，我们给死去的母亲丢人了，我们对不起母亲。

第三章表达了对亲生母亲的深深怀念和内心的悲伤。"爰有寒泉，在浚之下。"黄泉之下、九泉之下，都是指人死了以后被埋葬的大地之下。此处的寒泉，可以理解为寒冷的黄泉、寒冷的九泉，正是母亲去世后所埋葬的地方。这两句是说，在浚城的土地下，有寒冷的泉水，母亲正安息在黄泉之下。"有子七人，母氏劳苦。"母亲生前很辛苦，辛勤地抚育我们兄弟姐妹七人，死后所埋葬之地，也是寒冷的，母亲仍然很辛苦。这里还包含着一个比喻，那就是大地蕴含着寒泉，比喻母亲养育我们、保护我们；而寒泉能滋润着大地，比喻儿女应当回报母亲。但我们却不能报答母亲的养育之恩。所以这里也隐含了自责之情。

第四章描写子女在反省自己、责备自己。"睍睆黄鸟，载好其音。"颜色好看的黄鸟，它的声音多么好听。黄鸟或许也是子女在生母的坟墓边所见。"有子七人，莫慰母心。"小小的黄鸟尚能唱歌给它的母亲听，但我们兄弟姐妹七人却无法安慰母亲的心。意思是说，母亲已经去世了，但母亲的灵魂仍然在牵挂着我们，而我们却不争气，不能讨继母的欢心，让继母生气，也让母亲的在天之灵不得安宁。

清代刘沅《诗经恒解》评价此诗说："悱恻哀鸣，如闻其声，如见其人，与《蓼莪》皆千秋绝调。"

《后汉书·光武十王列传》记载,建初三年(78),汉章帝在南宫设宴招待卫士,跟随皇太后(汉明帝马皇后,汉章帝嫡母)游览掖庭池阁,观赏阴太后(光武帝光烈皇后,汉章帝祖母,汉明帝、东平王苍、琅琊王京生母)生前所用过的物品和穿过的衣服,"怆然动容,乃命留五时衣各一袭,及常所御衣合五十箧,余悉分布诸王主及子孙在京师者各有差",并特地给东平王苍和琅琊王京写了信,信中说:

> 间缘卫士于南宫,因阅视旧时衣物,闻于师曰:"其物存,其人亡,不言哀而哀自至。"信矣。惟王孝友之德,亦岂不然!今送光烈皇后假纷帛巾各一,及衣一箧,可时奉瞻,以慰《凯风》寒泉之思,又欲令后生子孙得见先后衣服之制。

信中提到"《凯风》寒泉之思",是指对已去世的亲生母亲的思念。光烈皇后是东平王苍和琅琊王京的亲生母亲,去世于永平七年(64),距此时已经十四年了。

东汉和帝永元十五年(103),因为发生了日食,有关官员奏请派遣诸王各自前往自己的封国。汉和帝于是诏曰:"甲子之异,责由一人。诸王幼稚,早离顾复,弱冠相育,常有《蓼莪》《凯风》之哀。选懦之恩,知非国典,且复须留。"(《后汉书·章帝八王列传》)《蓼莪》是《小雅》里的一篇,写的是对已故父母的怀念之情。此处把《凯风》和《蓼莪》并举,是为了替诸王表达对亡母的思念之情。和帝下此诏,以表达对兄弟们的眷恋之情,希望他们在离开国都前往封国前再停留一段时间。

为什么说这首诗不是纯粹歌颂母亲的呢?孟子曾评论过这首诗。《孟子·告子下》:

> (公孙丑)曰:"《凯风》何以不怨?"
>
> (孟子)曰:"《凯风》,亲之过小者也。""亲之过小而怨,是不可矶也。""不可矶,亦不孝也。"

孟子的学生公孙丑问他:"为什么《凯风》这首诗里没有怨恨之情?"孟子说:"这是因为诗中的母亲的过错比较小。父母的过错小,却去抱怨,则是自己不能被激怒。在父母面前受一点点小小的委屈,自己就容易被激怒了,也是不孝。"过错小指的是继母对子女不够慈爱。什么是过错大呢?《诗经》里有另一首诗《小弁》,写的是儿子受继母诬陷,被父亲赶出了家门。这是大过错。孟子说诗中母亲的过错小,所以这首诗不是纯粹歌颂母亲的诗。这位母亲是已经去世的生母,而现实生活中还有一位不够慈爱的继母。

孟子这样理解,必定有所根据。我们学习古代的经典,一定要读古代圣贤和学者们的注疏,而不能单就字面上的意思想当然地去理解,否则会犯历史虚无主义的毛病。

另外,《毛诗序》说:"《凯风》,美孝子也。卫之淫风流行,虽有七子之母,犹不能安其室,故美七子能尽其孝道以慰其母心而成其志尔。"郑玄《笺》说:"不安其室,欲去嫁也。成其志者,成言孝子自责之意。"如果母亲受"淫风流行"的影响"不能安其室",想要改嫁,抛弃自己的子女不管,又怎能符合孟子所说的"亲之过小"呢? 汉章帝、汉和帝又怎能把自己的母亲比作那位"不能安其室"的母亲呢? 因此,《毛诗》的说法不可取。

北宋以前,很多诗文用"《凯风》寒泉之思"来表达对亡母的怀念。古乐府《长歌行》更是用《凯风》这首诗的意思而写作的一首五言诗:"远游使心思,游子恋所生。凯风吹长棘,夭夭枝叶倾。黄鸟鸣相追,咬咬弄好音。伫立望西河,泣下沾罗缨。"当然这里可能已经没有继母的影子了。苏轼《胡完夫母周夫人挽词》一诗写道:"柏舟高节冠乡邻,绛帐清风耸搢绅。岂似凡人但慈母,能令孝子作忠臣。当年织屦随方进,晚节称觞见伯仁。回首悲凉便陈迹,凯风吹尽棘成薪。"如果《凯风》中的母亲是一位因受"淫风流行"的影响"不能安其室"的母亲,苏轼又怎么会写入诗中来送给胡完夫呢? 然而朱熹的《诗集传》是赞同《毛诗》对此诗的说法的,由于《诗集传》的巨大影响,南宋以后的文人就讳言此诗了。

三、兄 弟 之 情

兄友弟恭、"长幼有序"(《孟子·滕文公上》)、"兄弟怡怡"(《论语·子路》)是儒家对于兄弟之义、兄弟之情的规定和期待。同时,如前文所述,"兄弟无故"也是君子之乐的内容。而《王风·黍离》则体现了弟弟失去了哥哥、怀念哥哥、不断寻找哥哥的痛苦心情。

> 彼黍离离,彼稷之苗。行迈靡靡,中心摇摇。知我者,谓我心忧;不知我者,谓我何求。悠悠苍天,此何人哉!
> 彼黍离离,彼稷之穗。行迈靡靡,中心如醉。知我者,谓我心忧;不知我者,谓我何求。悠悠苍天,此何人哉!

　　彼黍离离，彼稷之实。行迈靡靡，中心如噎。知我者，谓我心忧；不知我者，谓我何求。悠悠苍天，此何人哉！

　　此诗是弟弟思念被父亲放逐的哥哥而作。《太平御览》九百九十三《羽族部》引曹植《令禽恶鸟论》文说："昔尹吉甫信后妻之谗而杀孝子伯奇，其弟伯封求而不得，作《黍离》之诗。"这是《韩诗》的说法。

　　周宣王有大臣名尹吉甫，尹吉甫听信后妻的谗言而放逐了前妻所生的儿子伯奇。伯奇是一位孝子，但由于被后母诋毁而不得不逃亡。传言伯奇逃到了洛邑（在今洛阳）。后来西周灭亡，周平王将都城从镐京（在今西安）迁到洛邑。伯奇的弟弟伯封也跟随周平王来到了洛邑。伯封一直都很想念他的哥哥伯奇。他也听说他的哥哥伯奇可能在洛邑。他在洛邑四处寻找，却怎么也找不到哥哥。他猜想也许他的哥哥在流亡中已经去世了，内心非常忧伤，写下了这首诗。伯奇虽不是被他的父亲直接杀死的，却是被他的父亲间接杀死的，因此《韩诗》说尹吉甫"杀孝子伯奇"，是指伯奇因被其父放逐而死。

　　本诗共三章，每章十句。每章的前面四句描写自己寻找哥哥时忧愁的样子。"彼黍离离，彼稷之苗"，那一行一行的黄米苗，由于诗人内心忧愁，竟然被认为是高粱苗了。这一句写出了人在忧愁时神志不清的样子，可见忧愁之深。"行迈靡靡"，一方面写出了自己在到处寻找哥哥，另一方面也是借着走来走去排遣心中的忧愁。"中心摇摇""如醉""如噎"则直抒胸臆，表达心中的忧愁。由于前三句做了铺垫，所以第四句的直抒胸臆就不会显得浅薄，而是恰如其分。"知我者，谓我心忧；不知我者，谓我何求。"这四句虽然没有任何诗的意象，但是在意思的强烈对比中凸显了诗意。不了解我的人以为我奔走来去是在追求什么名利，了解我的人才知道我心中的情意。诗人的思念之情又由于别人的不理解而更增添了一丝忧伤。但是诗人没有去辩解什么，也无须告诉别人他忧愁的原因。他接下来用了两句"悠悠苍天，此何人哉！"把他的忧愁向上天倾诉。伯封也是一个孝子，他知道自己的哥哥是冤枉的，但是又不能指责他的父母，只是委婉地说："悠悠的苍天啊，做了这样让我的哥哥逃亡，最终导致无法得知他的下落的事情的，是什么样的人啊！"司马迁《史记·屈原列传》里说："夫天者，人之始也；父母者，人之本也。人穷则反本，故劳苦倦极，未尝不呼天也；疾痛惨怛，未尝不呼父母也。"天是人的开始，父母是人的根本，人遇到非常困难的境地的时候就会想着返回到根本。所以人劳苦疲倦到了极点，没有不向上天呼告的，病痛悲惨到了不能忍受的时候，没有不呼唤父母的。伯封知道是他的父母放逐了他的哥哥，他无法向父母呼告，只好向苍天呼告了。但是他又不能控诉他的父母，只好含混地呼告一声"悠悠苍天，此何人哉！"这种忧愁无告的情形，更是增添了他内心的苦闷。清陈继揆《读风臆补》说："开口着一'彼'字，见他凄凉满目。结尾着一'此'字，见他怨恨满怀。中间着四'我'字，亦与'彼''此'二字紧相呼应者。"清末吴闿生《诗义会通》也引"旧评"说："起二句满目凄凉。结句含蓄无穷，欷歔欲绝。"

本诗的三章描写了黍从"苗"到抽"穗"到结"实"成熟的过程，也可见，伯封一直在寻找他的哥哥，足见他对哥哥的思念之深。方玉润《诗经原始》说："三章只换六字，而一往情深，低回无限。此专以描摹虚神擅长，凭吊诗中绝唱也。"当然，从诗歌主旨上，方玉润是按照《毛诗》来理解的。

《毛诗序》认为："《黍离》，闵宗周也。周大夫行役至于宗周，过故宗庙，宫室尽为禾黍。闵周室之颠覆，彷徨不忍去而作是诗也。"《郑笺》云："宗周，镐京也，谓之西周。周，王城也，谓之东周。幽王之乱而宗周灭，平王东迁，政遂微弱，下列于诸侯，其诗不能复《雅》，而同于《国风》焉。"《毛诗》认为这首诗是周平王东迁以后，镐京残破，东周的大夫行役到了镐京，为周朝的衰落而感叹，而写下了这首诗。这种对国家兴亡的感慨被称为"黍离之悲"。北宋灭亡，南宋时姜夔写了一首《扬州慢·淮左名都》：

> 淮左名都，竹西佳处，解鞍少驻初程。过春风十里，尽荠麦青青。自胡马窥江去后，废池乔木，犹厌言兵。渐黄昏，清角吹寒，都在空城。
>
> 杜郎俊赏，算而今，重到须惊。纵豆蔻词工，青楼梦好，难赋深情。二十四桥仍在，波心荡，冷月无声。念桥边红药，年年知为谁生？

姜夔在这首词的自序中说："淳熙丙申至日，予过维扬。"这几句犹如东周大夫经过镐京。又说："夜雪初霁，荠麦弥望。入其城，则四顾萧条，寒水自碧，暮色渐起，戍角悲吟。"这几句犹如东周大夫见宫室残破，尽为禾黍。又说："予怀怆然，感慨今昔，因自度此曲。"这几句犹如东周大夫心怀悲伤而作《黍离》之诗。因此序中又说："千岩老人以为有《黍离》之悲也。"

四、甥舅之谊

在所有的人伦关系中，儒家提出最基本的乃是"五伦"，即父子、君臣、夫妇、兄弟、朋友,被称为"天下之达道"(《中庸》)。儒家对这五伦的规定和期待是"父子有亲,君臣有义,夫妇有别,长幼有序,朋友有信"(《孟子·滕文公上》)。夫妇这一伦是其他四伦的基础和开始,而所有其他的人伦关系又都源自这五伦。如甥舅关系,有夫妇和父子则有母子,兄弟则包含了兄弟姐妹们间的所有关系,如此则有甥舅关系。我的外甥即是我的姐妹的儿子,我的舅舅则是我的母亲的兄弟。我因为爱我的姐妹而爱姐妹所生的孩子,我因为爱我的母亲而爱母亲的兄弟。因此,我作为舅舅对外甥的情谊则体现了我对我的姐妹的情谊,而我作为外甥对舅舅的情谊则体现了我对母亲的爱。《秦风·渭阳》就体现了外甥对舅舅的情谊,这一情谊则是源自对自己的母亲即舅舅的姐妹的爱。

> 我送舅氏,曰至渭阳。何以赠之? 路车乘黄。
> 我送舅氏,悠悠我思。何以赠之? 琼瑰玉佩。

这首诗是秦康公为太子时送别舅舅重耳的诗。晋献公的女儿嫁给秦穆公,后人称穆姬,生太子罃。重耳是晋献公之子,遭到晋献公宠幸的骊姬的陷害,流亡到了秦国,这时穆姬已经去世,太子罃见到舅舅重耳感到异常亲切,不禁深深地思念自己的母亲,因为思念母亲的缘故,对于舅舅也就格外爱戴。秦穆公护送重耳回到晋国,获取了国君之位,这就是晋文公。太子罃即后来的秦康公。《毛诗序》云:"《渭阳》,康公念母也。康公之母,晋献公之女。文公遭丽姬之难,未反(返)而秦姬卒。穆公纳文公。康公时为太子,赠送文公于渭之阳,念母之不见也,我见舅氏,如母存焉。及其即位,思而作是诗也。"《列女传·贤明传·秦穆公姬传》云:"穆姬死,穆姬之弟重耳入秦,秦送之晋,是为晋文公。太子罃思母之恩,而送其舅氏也,作诗曰:'我送舅氏,曰至渭阳,何以赠之? 路车乘黄。'君子曰:'慈母生孝子。'"《后汉书·马援传》注引《韩诗》曰:"秦康公送舅氏晋文公于渭水之阳,念母之不见也,曰:'我见舅氏,如母存焉。'"王先谦认为,《列女传》与《韩诗》都没有说这首诗是秦康公即位之后所作,因此《毛传》所说的"及其即位,思而作是诗也",可不必从。

第一章写太子罃送别舅舅时赠送给舅舅车马。"我送舅氏,曰至渭阳。"我送别舅舅,到了渭水的北面。"何以赠之? 路车乘黄。"我拿什么来赠送给舅舅呢? 我赠送给他高大的马车,由四匹黄色的马拉着。根据当时的礼制,父母在,不能赠送车马给别人;但向父母请示之后是可以的。陈奂云:"时穆公尚在。《坊记》:

'父母在,馈献不及车马。'此赠车马何也?《逸周书·太子晋篇》:'师旷请归,王子赠之乘车四马。'孔注:'礼,为人子三赐不及车马,此赐则白王然后行可知也。'然则康公亦白穆公而行与?"

第二章则点出了对母亲的怀念。"我送舅氏,悠悠我思。"我送别舅舅,因此想到了我的母亲,我对母亲的思念多么悠长啊。"何以赠之?琼瑰玉佩。"拿什么来送给舅舅呢?我送给他美玉、玉佩。对舅舅的情意体现了对已经去世的母亲的怀念,而因为对母亲的怀念,所以对和母亲有着至亲血缘的舅舅的爱戴溢于言表。

孔颖达《〈毛诗〉正义》云:"'悠悠我思',念母也。因送舅氏而念母,为念母而作诗。"方玉润《诗经原始》云:"见舅思母,人情之常。姚氏谓'非惟思母,兼有诸舅存亡之感'。盖'悠悠我思'句,情真意挚,往复读之,悱恻动人,故知其有无限情怀也。"

因为血缘关系的存在,亲情是无法割裂的。在短视频发达的今天,我们也许都刷到过动物之间浓浓的亲情。孟子说每个人都知道爱自己的父母兄弟姐妹,这是我们不用学习不用思考就都知道的,这就是我们心中的"良知良能"(《孟子·尽心上》)。以这样的仁德之本、良知良能为基础,我们才能培养出善良圆满的人格。

▶ 诗选注

卫风·河广

谁谓河广?	谁说黄河宽?一束芦苇
一苇杭之。	做成的筏子,也可以渡过。
谁谓宋远?	谁说宋国远?踮起脚尖
跂予望之。①	就可以望见宋国的屋舍。
谁谓河广?	谁说黄河宽?一只小船
曾不容刀,	竟然也难以容下,
谁谓宋远?	谁说宋国远?一个早上
曾不崇朝。②	都不用,就可以到达。

注释

① 河——黄河。一苇——一束芦苇。将一束芦苇捆扎起来,可以乘坐在上面渡河,犹如竹筏一样。不是指一根芦苇。杭——通"航",方舟,此处用作动词,渡过。宋——宋国。跂——通"企",踮起脚尖。

② 刀——小船。崇朝——即终朝,一整个早上,从太阳初升到早饭的时间。

邶风·凯风

凯风自南,	夏天的风从南方吹来,
吹彼棘心。	吹拂着、长养着酸枣树的尖刺。
棘心夭夭,	酸枣树的尖刺是那么纤小,
母氏劬劳。①	母亲养育我们是多么辛劳。

凯风自南,	夏天的风从南方吹来,
吹彼棘薪。	吹拂着、长养着酸枣树的树枝,
母氏圣善,	母亲是那么伟大、善良,
我无令人。②	我们做子女的却不太懂事。

爰有寒泉,	在浚地之下有汩汩的寒泉,
在浚之下。	滋润着土地,养育着人民,
有子七人,	我们七人却不能安慰母亲,
母氏劳苦。③	母亲养育我们是多么艰辛。

睍睆黄鸟,	你看那黄鸟多么好看,
载好其音。	向它的母亲唱着好听的歌声,
有子七人,	我们七个子女却不省心,
莫慰母心。④	不能安慰母亲的心灵。

注释

① 凯风——南风。凯同岂,有乐的意思。彼——那,那个。棘——酸枣树。心——指枣树初生时的纤小的尖刺。夭夭——少盛貌。母氏——母亲。劬(qú)劳——劳苦、病苦。

② 薪——木柴。棘薪——枣树长大可以砍伐作为木柴。令——善。

③ 爰——曰。寒泉——泉水名,因为泉水一年四季都是寒冷的,故称寒泉。浚——浚城,卫国的城邑。

④ 睍(xiàn)睆(huǎn)——疑作"睆睆",颜色好看。载——则。好其音——其音好,它的声音好听。

王风·黍离

彼黍离离,	你看那一行行黍苗排列得整齐,
彼稷之苗。	哦,不,那不是黍苗而是高粱。
行迈靡靡,	我慢慢地走啊走啊,走到了很远的地方,
中心摇摇。	忧愁在我的心中激烈地摇荡。
知我者,	了解我的人啊知道我内心的忧伤,
谓我心忧;	不了解我的人问我在寻求何物。
不知我者,	向着高远的天空我痛苦地哀呼:
谓我何求。	究竟是怎样的人啊造成了这样?
悠悠苍天,	
此何人哉!①	
彼黍离离,	你看那一行行黍秆在向天空招手,
彼稷之穗。	哦,不,那不是黍秆,而是高粱已抽穗。
行迈靡靡,	我慢慢地走啊走啊,走到了很远的地方,
中心如醉。	忧愁激荡在我的心中,如同喝醉。
知我者,	了解我的人啊知道我内心的忧伤,
谓我心忧;	不了解我的人问我在寻求何物。

不知我者，	向着高远的天空我痛苦地哀呼：
谓我何求。	究竟是怎样的人啊造成了这样？
悠悠苍天，	
此何人哉！	

彼黍离离，	你看那一行行黍秆上的黄米颗粒饱满，
彼稷之实。	哦，不，那不是黄米，而是高粱已成熟。
行迈靡靡，	我慢慢地走啊走啊，走到了很远的地方，
中心如噎。	我心痛得无法呼吸，如同被噎住。
知我者，	了解我的人啊知道我内心的忧伤，
谓我心忧；	不了解我的人问我在寻求何物。
不知我者，	向着高远的天空我痛苦地哀呼：
谓我何求。	究竟是怎样的人啊造成了这样？
悠悠苍天，	
此何人哉！②	

注释

① 黍——黄米。离离——黍成行成列的样子。稷——高粱。迈——远行。行
迈——可以理解为走啊走啊。靡靡——迟迟。中心——心中。摇摇——忧
愁无告的样子。
② 噎(yē)——忧愁得无法呼吸的样子。

秦风·渭阳

我送舅氏，	我送别敬爱的舅舅，
曰至渭阳。	在渭河的北部。
何以赠之？	用四匹黄色的骏马
路车乘黄。①	拉着的高大的马车
	作为赠别的礼物。

我送舅氏，　　看着我敬爱的舅舅，

悠悠我思。　　我想起了我的母亲，

何以赠之？　　至亲的血缘的亲人。

琼瑰玉佩。②　　我用琼瑰的玉佩

　　　　　　　作为赠别的礼品。

注释

① 舅氏——即舅舅。曰——发语词。渭——渭水，在秦国境内。阳——山的南面称阳面，水的北面也称阳面。这里指渭水北岸。路车——古代诸侯乘坐的车。朱熹《诗集传》："路车，诸侯之车也。"乘黄——四匹黄色的马。

② 悠悠——形容思绪悠长的样子。思——思念。思念舅舅，一说送舅舅时，联想到了自己的母亲。琼瑰——玉石。马瑞辰认为琼为"璚"之讹误，琼和璚的篆书字体形近易混淆。璚瑰是美玉的名字。

思考题

1. 谈一谈《河广》《凯风》《黍离》《渭阳》这几首诗的主旨。

2. 如何理解儒家所说的五种"天下之达道"？

3. 谈谈你对孟子所说的君子的三种快乐的体会。

第五章

《诗经》中的爱情

儒家似乎极少讲我们今天所说的"爱情"。儒家要么讲"夫妇",在讲"夫妇"时强调品德和责任;要么讲"食色",认为"食色"为男女之"大欲"。孔子还感叹"吾未见好德如好色者也"(《论语·子罕》)。朱熹则把我们今天认为自由恋爱的东西说成是"淫奔"。不过,在《孟子·梁惠王下》提到了周文王的祖父周太王,即古公亶父对他的妻子的爱。孟子说:"昔者太王好色,爱厥妃。《诗》云:'古公亶父,来朝走马,率西水浒,至于岐下,爰及姜女,聿来胥宇。'当是时也,内无怨女,外无旷夫。"周太王爱自己的妻子,他能够行忠恕之道,推恩于百姓,发展生产,避免战争,让百姓安居乐业,让百姓也都能像他那样夫妻相爱,白首不离。孟子在这里仍然把周太王夫妻间的爱情和仁政联系在了一起。

本讲选了四首诗。《鄘风·桑中》描写了秘密而快乐的男女幽会。《卫风·氓》描写了一位追求到了自己的爱情却在婚后被丈夫冷落甚至家暴的女性。《郑风·出其东门》表达了对所爱女子的忠贞不二。《郑风·溱洧》描写了社会所认可的特殊风俗下的男女的两情相悦。

一、秘密而快乐的幽会

《诗经》里很多被今人认为是爱情诗的作品,在汉代以前并不被认为是爱情诗。如我们都熟知的《关雎》,被理解为青年男女恋爱的诗歌,但其中所体现的男女关系并非如我们今天的自由恋爱。又如《蒹葭》,被理解为一个男子追求他的恋人而不得的诗,即把诗中的"伊人"理解为女性,但在汉代人的解释中,伊人乃是隐居水边的君子。又如《静女》被理解为热恋中的男女的约会,但汉代三家诗则认为是描写了国君的嫡夫人出城迎接媵妾的诗。又如《风雨》,自宋代以来被理解为相爱的男女的私奔的诗,但汉代以前人则认为是乱世中思念能坚守节操的君子的诗。如此这般,不一而足。不过,《诗经》中也有不少诗篇,无论在古代还是今天,都被认为与男女间的爱情相关。如《鄘风·桑中》这首爱情诗,无论是汉代《毛诗》所说的"男女相奔",还是宋人朱熹所说的"所思之人,相期会迎送",其实都是我们今天所说的相爱男女的约会。

> 爰采唐矣?沫之乡矣。云谁之思?美孟姜矣。期我乎桑中,要我乎上宫,送我乎淇之上矣。
>
> 爰采麦矣?沫之北矣。云谁之思?美孟弋矣。期我乎桑中,要我乎上宫,送我乎淇之上矣。
>
> 爰采葑矣?沫之东矣。云谁之思?美孟庸矣。期我乎桑中,要我乎上宫,送我乎淇之上矣。

这首诗中所描写的男女幽会,今天看来,似乎是很正常的男女恋爱。在这首诗里,卫国的卫、邶、鄘三个地方都写到了。这三个地方都有这种自由恋爱的风气,说明整个卫国都有这样的风气。男女婚配不再遵守古老的礼教,男女之间只要喜欢,就可以偷偷幽会。这到底是好事还是坏事呢?好的一方面,人能够充分考虑自己的情感需求,而不是听凭父母之命、媒妁之言。但坏的一方面也很明显,容易导致社会风气不正。比如现在的自由恋爱,乃至已经结婚的人也去追求他的情感自由,给很多人带来了伤害。因情感纠葛造成身败名裂乃至家破人亡的人不知道有多少。

其实,《毛诗》和朱熹《诗集传》都认为这首诗写的是"世族在位,相窃妻妾",即这是写士大夫与别人的妻妾幽会的诗,即使在今天看来也是不正之风。如《毛诗序》云:"《桑中》,刺奔也。卫之公室淫乱,男女相奔,至于世族在位,相窃妻妾,期于幽远,政散民流而不可止。"朱熹《诗集传》亦云:"卫俗淫乱,世族在位,相窃妻妾,故此人自言:将采唐于沫,所思之人,相期会迎送如此也。"这一不正之风导致的后果是"政散民流而不可止"。孔子说:"君子之德风,小人之德草,草尚之风必偃。"(《论语·颜渊》)"上梁不正下梁歪",统治阶层的士大夫不能修身立德,致使政治散乱,民众的风俗也流于败坏。

也许最好的方式是,男女之间还是要保持一定的距离,男女恋爱或者婚配时,一方面要考虑自己的感受,另一方面也要遵守一定的礼制。而对于已婚男女,更要注意保持一定的距离,所谓"发乎情,止乎礼义",不可逾越边界。"发乎情,民之性也;止乎礼义,先王之泽也。"(《毛诗大序》)遵从先圣先王所制作的礼制,这样不仅可以尊重自己的情感需求,也可以保护自己不受伤害。

这首诗描写男女的幽会,没有激烈的情感表达。每一章只用短短的三句话就描写了整个幽会的过程。先是"期我乎桑中",即在桑树林间等候我"我";接着"要我乎上宫",见了面后就来到了女子居住的地方;最后"送我乎淇之上矣",女子为男子送别。

另外,这首诗为何用采摘野草来起兴呢?也许用采摘女萝来比喻与女子幽会?这男子可以称为是古代的采花大盗吧。想到"路边的野花你不要采"这首歌,倒是和这首诗遥相呼应。

二、始乱终弃的爱情

《卫风·氓》就描写了因自由恋爱而结合,最后却被抛弃的爱情悲剧。

> 氓之蚩蚩,抱布贸丝。匪来贸丝,来即我谋。送子涉淇,至于顿丘。匪我愆期,子无良媒。将子无怒,秋以为期。

> 乘彼垝垣,以望复关。不见复关,泣涕涟涟。既见复关,载笑载言。尔卜尔筮,体无咎言。以尔车来,以我贿迁。

> 桑之未落,其叶沃若。于嗟鸠兮,无食桑葚!于嗟女兮,无与士耽!士之耽兮,犹可说也。女之耽兮,不可说也!

> 桑之落矣,其黄而陨。自我徂尔,三岁食贫。淇水汤汤,渐车帷裳。女也不爽,士贰其行。士也罔极,二三其德。

> 三岁为妇,靡室劳矣。夙兴夜寐,靡有朝矣。言既遂矣,至于暴矣。兄弟不知,咥其笑矣。静言思之,躬自悼矣。

> 及尔偕老,老使我怨。淇则有岸,隰则有泮。总角之宴,言笑晏晏,信誓旦旦,不思其反。反是不思,亦已焉哉!

关于这首诗的主旨,王先谦《诗三家义集疏》云:"弃妇自悔恨之词。"即是一位被丈夫抛弃的女子表达悔恨的诗。王先谦的这一说法来自《齐诗》,《齐诗》说云:"氓伯以婚,抱布自媒。弃礼急情,卒罹悔忧。"(见《焦氏易林》蒙之困、夬之兑)"弃礼急情"即是能"发乎情",但不能"止乎礼义",情感的洪流淹没了礼义的堤岸,从而造成了人生的灾难。《左传·成公八年》引《诗》"女也不爽"四句,杜预注:"《诗·卫风》,妇人怨丈夫不一其行。"即这位女子的悔恨里也包含了对丈夫的怨恨。

　　本诗共六章。第一章写两人通过自由恋爱的方式，男追女，自定了婚期。"氓之蚩蚩，抱布贸丝。匪来贸丝，来即我谋。"这位美貌的男子憨厚地笑着，带着钱来购买蚕丝。他不是来购买蚕丝，他是来接近"我"，与"我"商量着想和"我"成亲。"送子涉淇，至于顿丘。匪我愆期，子无良媒。""我"送你涉过淇水，一直到顿丘这个地方，不是"我"有意过了你想要的期限，是因为你没有好的媒人。从这里看，这位女子已经爱上了这位男子，当男子回去的时候，她涉过河流送他，可见依依不舍之情。这位男子希望尽快能够结婚。买丝的时间应该是孟夏时节，男子大概是希望在这个夏天就能与她结婚，但是她不想这么着急。为什么呢？因为这位女子还是希望能够通过正当的程序，明媒正娶，光明正大地嫁给这位男子。而这一过程是需要时间的。所以她对这位男子说："将子无怒，秋以为期。"请你不要生气啊，我们约定秋天的某个日子作为结婚的日期。王先谦说："此氓欲为近期，故妇言非我故欲过会合之期，因子尚无善媒耳，将子无怒，秋以为期可乎？初念尚知待媒，虽有成约，犹欲以礼自处也。妇欲待媒而氓怒。"

　　第二章写男子来迎娶女子。"乘彼垝垣，以望复关。不见复关，泣涕涟涟。既见复关，载笑载言。""我"登上那个毁坏的墙头，远远地望向复关，没有看到你在复关出现，"我"不禁泪水涟涟。你终于出现了，"我"已经见到你出现在复关附近，我不禁开怀欢笑，和你诉说衷情。这几句是写女子期待男子来迎亲。两人约好了秋天结婚，到了秋天的时候，女子就望向男子的来处，期盼着等待他。"尔卜尔筮，体无咎言。"你告诉我，你已经占卜了，你已经卜筮了，卜筮的结果显示没有什么不好的征象。当然这是这位男子告诉这位女子的，说，我占卜了，我们结婚是吉利的。于是女子相信了他，接下来的事情就是女子跟着这位男子走了："以尔车来，以我贿迁。"你驾驶着你的车子来到了我这里，我把我的财产和嫁妆装上车子，运到了你那里。这说明这位女子认定了这位男子，要和他好好过日子。

　　这第二章的后四句颇难理解。关键在于对"体"字的理解，一种如上所说，可以理解为"卦体"，即占卜时所表现出来的征象。则"体无咎言"是说占卜所表现出来的征象是好的，没有什么不好的事情。但《齐诗》"体"作"履"，《礼记·坊记》郑玄注云："履，礼也。言女乡卜筮，然后与我为礼，则无咎恶之言矣。言恶在己，彼过浅。"王先谦说："'履''礼'古通用，此妇人弃逐之后，追述往事，言己见复关，问知尔已卜矣，尔已筮矣，我仍惟礼是履，匪媒不嫁，则不至有后来咎恶之言，不应即以尔车来，以我贿迁耳。所谓过则称己，恶在己，彼过浅也。"这是说这位女主人公把错误归于自己,都是自己的错,男子在迎娶她时已经做好了占卜是吉利的,而且男子也是以符合礼的方式来迎娶她的。这是"过则称己",体现了诗人立言的"温柔敦厚"。但这样理解也有问题,因为诗的第四章说"士贰其行""士也罔极,二三其德""至于暴矣"等等很显然在批评这位男子始乱终弃的行为。所以还是以第一种解释为是。这样我们也可以理解为,这位男子只是用甜言蜜语的方式获得了女主人公的爱情,以神秘的占卜的方式获得了女主人公的信任,整个恋爱和结婚的过程,男子并没有遵循礼制的要求。这样正好为后面的始乱终弃做了铺垫。

第三章描写了女主人公后悔自己沉溺于对这位男子的爱情之中。"桑之未落,其叶沃若。于嗟鸠兮,无食桑葚!"当桑树叶子没有掉落下来的时候,桑树的叶子长得茂盛而有光泽。哎呀你鹁鸠啊,不要吃树上的桑葚。这两句是比喻,用鹁鸠来比喻女子,桑葚比喻男子,用鹁鸠贪吃桑葚比喻女子沉溺于对男子的感情。所以接下来说:"于嗟女兮,无与士耽!"哎呀你们女子啊,不要过度地沉溺于和男子的快乐之中。为什么呢?因为过度的沉溺往往会导致不符合礼的行为,从而为女人带来不好的名声。"耽"一方面有"快乐"的意思,另一方面,"耽"本义指耳垂过大,引申为"过大"的意思,在这首诗中指"乐之过",即"过度的快乐"。又,"过"有"过错"的意思,则"乐之过"也可以理解为因为沉溺于男女之乐而带来的过失、过错、名誉上的损伤等。所以接下来女主人公痛定思痛,以自己的切身体会劝告读者说:"士之耽兮,犹可说也。女之耽兮,不可说也!"男子过度地沉溺于男女之乐,给自己带来品行上的瑕疵,还可以通过在社会上建功立业的方式来解脱自己在男女关系方面的过失;如果女子过度地沉溺于男女之乐,给自己带来了品行上的瑕疵,就没有办法解脱和洗刷自己名誉上的污点了。为什么呢?郑玄《笺》云:"说,解也。士有百行,可以功过相除。至于妇人无外事,维以贞信为节。"这是把"说"理解为"脱",有"解脱"之意。也就是说,男人在社会上有很多事情要做,在一个男权社会,男女关系对于男人只是一件小事;而女子在古代主要是相夫教子,没有其他的事业,女子的贞洁在古人那里是一件非常重要的事情。王先谦也持类似观点,不过他把"说"理解为"解说":"言男子过行,犹有解说之词;妇人从一而终,失节则无可言矣。"

第四章接着第三章写了女主人公后悔的原因,即这位男子渐渐地忘记了初心,不再爱她了。"桑之落矣,其黄而陨。"桑叶从桑树上落下来了,它先是变黄,然后陨落下来。这两句用桑叶变黄陨落比喻女主人公因为美色衰退而被男子抛弃。为什么女主人公会美色衰退呢?因为:"自我徂尔,三岁食贫。"自从我嫁到你这里来，三年了，都居于贫困的境地。正是这样贫困的、劳苦的生活使得女主人公的容貌看上去变得憔悴了。虽然如此，女主人公并不后悔，她回想着男子来迎娶她，她义无反顾地跟随男子的情形："淇水汤汤，渐车帷裳。"记得那时候淇水水势浩荡，你用车来迎娶"我"，"我"坐上了马车，渡过淇水，淇水的水流打湿了套在马车车厢上的帷裳。女主人公是铁了心要跟定了这位男子啊！王先谦说："此妇更追溯来迎之时，秋水尚盛，已渡淇径往，帷裳皆湿，可谓冒险，而我不以此自阻也。"可是，结果如何呢？"女也不爽，士贰其行。""我"对你的心意没有差错和改变，你的德行却变坏了，你对我不像刚开始那样好了。接下来继续批评这位男子："士也罔极，二三其德。"你呀，不能坚守中正的行为，你不能专一你的品德言行，你变得三心二意，改变了原来的初衷。

第五章回忆了婚后的劳苦生活，以及被抛弃后的悲惨情形和悲伤心情。"三岁为妇，靡室劳矣。夙兴夜寐，靡有朝矣。"我三年作为你的妻子，和你共同分担家中的辛劳。我早起晚睡，不是一天两天了，而是一直都这样辛苦。这四句诗写女主人公嫁给这位男子之后的劳苦生活。但是这位男子是怎样对待她的呢？"言既遂矣，至于暴矣。""我"已经安于这样辛苦的生活，安心做你的妻子，不曾想到你却辜负了我，甚至于对我如此残暴。既然你如此无情，我只有离开你了。一方面是这位男子抛弃了女主人公，另一方面也是女主人公忍受不了家暴而离开了男子。离开男子之后，就只有回娘家了。但是娘家的兄弟是如何对"我"的呢？"兄弟不知，咥其笑矣。"兄弟不能了解我的心情，他们还咥咥然嘲笑我。女主人公被丈夫抛弃，回到娘家也得不到安慰，她的内心该是多么难过啊！"静言思之，躬自悼矣。""我"静下来回想我这几年的生活，自身不禁伤心不已。

第六章描写了对这位男子的抱怨以及自己无可奈何的心情。"及尔偕老，老使我怨。"你说"我"要和你一起白头到老，但是如今一想起你这句誓言，总是使"我"产生怨恨。王先谦认为，"及尔偕老"是从前男子对女主人公的誓言，"老使我怨"是女主人公被抛弃后的感慨。关键在于对第二个"老"字的理解。严粲云："诗言总角之宴，则此妇人始笄便为此氓之妇，三岁不应便老。"则第二个"老"字不是年老的意思，可以理解为"总是"的意思。比如我们说"你老是这样"，意思是"你总是这样"。"老使我怨"，可以理解为，"总是使我怨"。为什么总是使"我"怨呢？想当年你信誓旦旦，甜言蜜语，"我"多么幸福啊！但是和你结婚三年你就变心了，就抛弃了"我"，"我"又是多么凄惨啊！前后的对比，总是让"我"有一种被欺骗的感觉，一想起这样巨大的反差，怎么能够不怨恨你呢？接下来就写这位男子前后的反差。"淇则有岸,隰则有泮。"淇水有它的堤岸,原隰也有其边际。这两句是比喻,比喻人的心应当也有堤岸、有边际,不能放荡无边。这里反衬这位男子的心放荡不羁,不可信,不能给女主人公以安全感。他的心是怎样变化的呢?"总角之宴,言笑晏晏。"当"我"还是一位总角的女童的时候,你有说有笑,晏晏然对"我"非常温柔。而且你对"我""信誓旦旦",你向"我"发誓,说爱"我",语言非常地恳切诚挚。但你现在呢,忘记了你的誓言了,你"不思其反","不念覆其前言"(郑玄《笺》),即不想着回复到你当时的誓言了。"不思其反"这一句也可以理解为"不思其本恩之反覆"(《礼记·表记》郑玄注),即不承想违背了本来的恩情,不再爱我了。"反是不思",既然你违反了、违背了当初的誓言,我也就不去想了。"亦已焉哉!"犹如说"亦既然矣"(见《诗三家义集疏》之《邶风·北门》),意思是"已经这样了",可以理解为,那就这样吧,算了吧! 这几句表现了一种怨恨的心情和无可奈何的情绪。《礼记·表记》郑玄注云:"此皆与为婚礼而不终也。言始合会,言笑和悦,要誓甚信,今不思其本恩之反覆,反覆之不思,亦已焉哉,无如此人何。怨深也。"然而,真的就这样算了吗? 我们的女主人公能忘记爱情的伤痛吗? 方玉润《诗经原始》云:"虽然口纵言已,心岂能忘?"

又,关于这首诗的主旨,《毛诗序》云:"《氓》,刺时也。宣公之时,礼义消亡,淫风大行,男女无别,遂相奔诱。华落色衰,复相弃背,或乃困而自悔,丧其妃耦,故序其事以风焉。美反正,刺淫泆也。"《毛诗》认为这首诗不是弃妇本人所写,是诗人以弃妇的口吻所写,也能说得通。

朱熹在《诗集传》中说:"盖一失其身,人所贱恶,始虽以欲而迷,后必以时而悟,是以无往而不困耳! 士君子立身一败,而万事瓦裂者,何以异此? 可不戒哉!"朱熹以女子因被情欲所迷惑而陷入男子花言巧语编织的网中不能自拔,最终却被男子抛弃,悔恨不已,来告诫士君子应当以道义立身,切不可被外物所迷惑,否则一失足成千古恨,万事瓦裂,追悔莫及。理学家的分析引申可谓是深远了。

三、忠贞不二的爱情

如果说《卫风·氓》描写了一位痴心的女子,《郑风·出其东门》则描写了一位忠贞不二的男子。只可惜那位痴心的女子所遇到的男子是个负心人，而不是《出其东门》这首诗中那样的忠贞男子。

> 出其东门，有女如云。虽则如云，匪我思存。缟衣綦巾，聊乐我员。
> 出其闉阇，有女如荼。虽则如荼，匪我思且。缟衣茹藘，聊可与娱。

这首诗是一位恪守道德礼制的贤君子，见到当时郑国男女自由往来的风气盛行，而写作此诗抒发自己对所爱女子的忠贞不二。王先谦《诗三家义集疏》说："诗乃贤士道所见以刺时，而自明其志也。"诗中的"出其东门，有女如云"，点出城东门女子盛多，也暗含了男子盛多，男女相会，既是当时的郑国男女自由往来的情形，也是《齐诗》所说的"郑男女亟聚会，声色生焉，故其俗淫"（《汉书·地理志》）。而"虽则如云，匪我思存。缟衣綦巾，聊乐我员"则是诗人自明其志。

"出其东门，有女如云。"走出城东门，有很多年轻美丽的女子，像天上的云一样多。她们是来做什么的呢？也有很多的年轻的男子来这里，她们都是来这里寻找自己的意中人的。"虽则如云，匪我思存。"虽然有这么多年轻美丽的女子，但都不是"我"心中所想、不是"我"心中所存念的。为什么呢？因为"缟衣綦巾，聊乐我员"，那位穿着白色上衣、戴着苍青色佩巾的女子，即"我"的妻子，姑且可以让"我"感到快乐，安慰"我"的情感。诗人通过这两句表达了对妻子的一心一意。第二章和第一章的意思是一致的。

朱熹《诗集传》也说："人见淫奔之女，而作此诗，以为此女虽美且众，而非我思之所存，不如己之室家，虽贫且陋，而聊可以自乐也。是时淫风大行，而其间乃有如此之人，亦可谓自好，而不为习俗所移矣。羞恶之心，人皆有之，岂不信哉！"他在《朱子语类》卷八十中也盛赞道："《出其东门》却是个识道理底人做。"又说："如郑诗虽淫乱，然《出其东门》一诗，却如此好。"

《毛诗》序给出了另一种解释："《出其东门》，闵乱也。公子五争，兵革不息，男女相弃，民人思保其室家焉。"公子五争，指的是郑庄公去世后，太子忽、公子亹、公子婴先后为国君，公子突两度为国君。据此，则"出其东门，有女如云"是人们因为战乱而奔逃的表现，诗人看到这么多女子都无法在家中生活，不得不离家而去，于是也没有心情去看一眼这些女子，而是想到自己"缟衣綦巾"的妻子，希望能和她安定地生活在一起，"聊可与娱"，不受战乱影响，还能和她一起开开心心生活，因为只有她，才能"聊乐我员"，才能安慰诗人的情感。

清姚际恒《诗经通论》反驳《毛诗序》云："小序谓'闵乱'，诗绝无此意。"同时他也认为那些来到城东门的女子并不一定是来约会的,只是春天寻常出游的女子罢了,他说:"按郑国春月,士女出游,士人见之,自言无所系思,而室家聊足娱乐也。男固贞矣,女不必淫。以'如云''如荼'之女而皆谓之淫,罪过罪过! 人孰无母、妻、女哉!"据此,这只是一首平常的表达一个男子见到许多美丽的女子,但不为所动,而是一心一意爱着自己的爱人的诗歌。

刘毓庆先生《诗经考评》认为这首诗之所以说"出其东门",应该"是与古代春日大会男女的礼俗有些关系"。他说:

> 古人认为春天是随着东风从东方来的,如《礼记·月令》云:"立春之日,天子亲率三公九卿诸侯大夫迎春于东郊。"所以高禖祭祀以及有关春天的一些集会,多在城东进行。《出其东门》描写的当是春天东门外男女盛会的情景。诗当是当时由男子唱出的,内容是表示对情人忠贞的。诗中荡漾着崇高的生活理想和道德。清光绪间无名氏辑《四川山歌》有云:"太阳出来照白坡,照见白坡姐妹多,姐妹多了我不爱,我爱幺姑娘好人才。"此正与《出其东门》同一格调。

此说可供参考。

四、自由的欢爱

《郑风·溱洧》也写了男女的自由恋爱,这种恋爱是一见钟情的。诗中的女子是大胆的、主动的,她赢得了爱情。诗中只写到了欢乐,但没有写以后会怎样。诗中的男女不是《桑中》一诗里被认为的已婚男女,而是未婚也未有过婚约的单身青年男女。他们是自由的。他们的初见是那样美好而甜蜜,他们会相爱一生、相守一世吗? 诗中的男子会像《氓》中的男子始乱终弃呢,还是会像《出其东门》中的男子痴心不改呢? 这留给了读者无穷想象的空间。

> 溱与洧,方涣涣兮。士与女,方秉蕳兮。女曰观乎? 士曰既且。且往观乎? 洧之外,洵讦且乐。维士与女,伊其相谑,赠之以勺药。
>
> 溱与洧,浏其清矣。士与女,殷其盈矣。女曰观乎? 士曰既且。且往观乎? 洧之外,洵讦且乐。维士与女,伊其将谑,赠之以勺药。

　　《韩诗》说："溱与洧,说(悦)人也。郑国之俗,三月上巳之日于两水上,招魂续魄,拂除不祥。故诗人愿与所说(悦)者俱往观也。"(《太平御览》八百八十六引《韩诗内传》文)即这是一首表达男女两情相悦的诗歌。郑国风俗,农历三月上旬的第一个巳日,人们结伴来到溱水、洧水边上,通过沐浴洗涤身上的污垢,象征着去除不吉利的东西。这一节日被称为"上巳节"。魏晋时期,人们把这一活动定在了农历三月初三这一天,称为三月三,或者重三。这首诗写的就是在三月上巳日这一天,一对相互爱慕的男女相约一起到溱洧岸边参加民俗活动而后在河岸边隐秘之处戏谑调情的情形。

　　"溱与洧,方涣涣兮。"溱水与洧水,正当春天三月桃花盛开水势盛大的时候。"士与女,方秉蕑兮。"尚未结婚的男子和女子,手里都拿着兰草。这种香兰,放在衣服中间或者书中间,可以防止生虫。上巳日,男男女女拿着香兰来到水边,意在被除邪恶,祈求吉祥。另外,古人也用香兰调和食物的味道,所以此处手里拿着香兰也有祈求和谐的意思。"女曰观乎? 士曰既且。"这时候,女子主动发出了邀请,向她爱慕的男子说,一起去河边看看吗? 她想要去看的,即是人们在河边沐浴,举行仪式,驱邪求福的情形。男子回答说,我已经去看过了啊,现在要回去了。女子又说:"且往观乎?"姑且再去那边看一看,如何? 这是女子第二次发出了邀请,可谓热烈大胆了。这样大胆的邀请,总要有个理由吧,所以女子接着说:"洧之外,洵訏且乐。"在那洧水岸边,确实土地宽广,在那里一定能玩得很开心。因此,我们就一起去吧! 俗话说,女追男,隔层纱。这位女子如此大胆主动,那位男子的心又如何不会被俘获? 于是男子就和女子一起来到了洧水的岸边。"维士与女,伊其相谑,赠之以勺药。"那位男子与女子,因此相互嬉笑调情,临别时,男子赠送给女子勺药这种象征着离别和约定的香草。郑玄《笺》云:"士与女往观,因其戏谑,行夫妇之事。其别,则送女以勺药,结恩情也。"按照郑玄的看法,诗中的"伊其相谑"暗示了男子和女子在洧水岸边无人之处的野合。勺药一名可离,分别时赠送此物,表示离别,犹如希望对方回家,就送对方当归这种草药一样。据马瑞辰《毛诗传笺通释》考证,古代"勺与约同声,故假借为结约也",因此勺药又象征着约定和结下恩情。

　　第二章只有两句话的意思与第一章不同。"浏其清矣"是说溱水和洧水深而清澈。"殷其盈矣"是说男男女女人数众多,挤满了河水两岸。另一句"伊其将谑"意思即同第一章的"伊其相谑",因为将与相通用。

　　关于这首诗的主旨,《鲁诗》说:"郑国淫辟,男女私会于溱洧之上,有询讦之乐,勺药之和。"据此,点出了郑国盛行自由恋爱的风气,三月上巳之日,男女在溱洧岸边约会,两情相悦,情感和谐。《鲁诗》认为"洵讦"应作"询讦",形容快乐的样子,大概是形容男女两性之乐。而勺药是一种五味调料的合剂,有调和味道的功用,象征着男女情感的和谐。《汉书·司马相如传》云:"勺药之和具而后御之。"颜师古注云:"勺药,药草名。其根主和五藏,又辟毒气,故合之于兰桂五味以助诸食,因呼五味之和为勺药耳。"分别时,男子赠送女子勺药这种调和味道的调料,来表示两人情感的和谐,犹如在向对方告白:"你是我的菜!"《齐诗》在谈到此诗时认为"郑男女亟聚会,声色生焉,故其俗淫"(《汉书·地理志》),朱熹《诗集传》认为"此诗淫奔者自叙之辞",这些看法跟《鲁诗》是一致的。

《毛诗》序提出了不同的看法,认为这首诗的主旨是:"刺乱也。兵革不息,男女相弃,淫风大行,莫之能救焉。"《毛诗》大概认为此诗产生的背景也是郑庄公去世之后,郑国政治动荡,兵革不息,人们妻离子散,这些因战乱而分离的男男女女却在溱水洧水的岸边另外寻觅情投意合之人,却没有人能制止这种不良的风气。这种看法似乎过于曲折了,今不取。

爱情无疑是人的情感中最惊心动魄、最令人着迷的部分。无论是《汉乐府》中"上邪!我欲与君相知,长命无绝衰!"的誓言,还是古典小说和戏曲中的爱情故事,至今都深深地感动着我们。谁不渴望美好的爱情呢?就连一些想要修道的人甚至也难以割舍爱情,而慨叹着"世间安有双全法,不负如来不负卿"。至今,我们读《诗经》中的这些关于爱情的篇章,仍然深深感动。

▶ 诗选注

鄘风·桑中

爰采唐矣?	是谁在哪里采摘女萝?
沬之乡矣。	是她,在沬乡的乡野。
云谁之思?	你问我正在思念谁?
美孟姜矣。	美丽的孟姜曾把我心俘获。
期我乎桑中,	她曾在桑林中等待我,
要我乎上宫,	在她的住处把我邀约,
送我乎淇之上矣。①	在淇河边我们依依不舍地分别。

爰采麦矣?	是谁在哪里采摘麦子?
沫之北矣。	是她,在沫北的乡村。
云谁之思?	你问我正在思念谁?
美孟弋矣。	美丽的孟姒曾俘获我心。
期我乎桑中,	她曾在桑林中等待我,
要我乎上宫,	在她的住处把我邀约,
送我乎淇之上矣。②	在淇河边我们依依不舍地分别。

爰采葑矣?	是谁在哪里采摘芜菁?
沫之东矣。	是她,在沫乡的东方。
云谁之思?	你问我正在思念谁?
美孟庸矣。	美丽的孟庸令我思念得忧伤。
期我乎桑中,	她曾在桑林中等待我,
要我乎上宫,	在她的住处把我邀约,
送我乎淇之上矣。③	在淇河边我们依依不舍地分别。

注释

① 爰——在,在哪里。唐——女萝,菟丝子草。沫——同妹,沫乡,即妹邦,也就是商纣王的都城朝歌,后来是周代卫国的都城。云——发语词。思——思念。孟姜——女子名。古代女子没有名字,就用排行加上她的姓氏作为名字。该女子姓姜,排行老大,故称孟姜。周代的齐、申、吕、许等国的国君都姓姜。期——等待。桑中——桑树林中。因为树林里比较隐蔽,所以成为男女幽会的地方。要——约会。上宫——大概是孟姜居住的地方。送——送别。淇——淇水,卫国境内的河流。淇之上——淇水边上。

② 沫之北——朝歌的北边,指原来的邶地。弋(yì)——通"以",即姒(sì),夏朝的国君姓姒。

③ 葑(fēng)——菜名,芜菁,蔓菁。沫之东——朝歌的东面,即原来的鄘地。孟庸——即孟鄘,鄘地的女子,以地名为姓氏。

卫风·氓

氓之蚩蚩，	你带着钱来想要买丝，
抱布贸丝。	你笑嘻嘻的样子那么帅气，
匪来贸丝，	但其实你并非想要买丝，
来即我谋。	你借口来找我，想让我嫁给你。
送子涉淇，	我送你回去，涉过了淇河，
至于顿丘。	一直送到顿丘，仍依依不舍，
匪我愆期，	并不是我故意拖延婚期，
子无良媒。	你没有良媒帮我们说合。
将子无怒，	请你不要对我发怒，我愿意
秋以为期。①	在今年秋天嫁你为妻。

乘彼垝垣，	我登上那倾颓的垣墙，
以望复关。	望向你居住所靠近的复关，
不见复关，	在复关的近处看不到你，
泣涕涟涟。	思念的忧伤让我涕泪涟涟，
既见复关，	忽然我看见你从复关闪现，
载笑载言。	不禁转忧为喜，和你嬉笑言谈。
尔卜尔筮，	你已通过占卜询问了神灵，
体无咎言。	占卜的卦象幸好没有凶言。
以尔车来，	但悔不该这么情急让你驾车来
以我贿迁。②	把我接去，把我的财物运到你那边。

桑之未落，	当桑叶在树上尚未凋陨，
其叶沃若。	是那么茂盛，光泽而鲜润，
于嗟鸠兮，	你这小小的小小的鹘鸠啊，
无食桑葚！	不要贪吃树上的桑椹。
于嗟女兮，	我们柔弱的柔弱的女子啊
无与士耽！	不要沉溺于和男子的爱情。
士之耽兮，	如果男子沉迷于爱情，

犹可说也。　　他容易从爱的束缚中脱身，
女之耽兮，　　而一旦女子沉迷于爱情，
不可说也！③　就难以走出爱情的苦痛。

桑之落矣，　　桑叶变黄了，然后陨落，
其黄而陨。　　我青春的容颜也变成了黄脸婆。
自我徂尔，　　自从我往嫁于你，三年来
三岁食贫。　　一直受到贫穷的逼迫。
淇水汤汤，　　想当初，我乘车渡过淇河，
渐车帷裳。　　浩荡的水波打湿了车厢的帷幔。
女也不爽，　　我对你的心意从没有改变，
士贰其行。　　没想到你对我却变了心愿。
士也罔极，　　你呀，不能坚守行为的中正，
二三其德。④　你三心二意，竟改变了初衷！

三岁为妇，　　作为你的妻子，三年来
靡室劳矣。　　家中的大小事无不辛苦操劳，
夙兴夜寐，　　一直以来都是早起晚睡，
靡有朝矣。　　如此辛苦，并非一朝。
言既遂矣，　　我已如此甘心与你生活，
至于暴矣。　　你却辜负了我，竟至常常家暴，
兄弟不知，　　娘家的兄弟不理解我的痛苦，
咥其笑矣。　　反而把我咥咥然讥笑。
静言思之，　　每当我静下来一想到这几年的遭遇，
躬自悼矣。⑤　不禁暗自吞泪，为自己哀悼。

及尔偕老，　　你曾说想和我白头偕老，
老使我怨。　　一想到你的誓言总使我心生恨怨，
淇则有岸，　　淇河有堤岸，原隰也有边际，
隰则有泮。　　为什么你却信口开河，言行放荡无边，
总角之宴，　　想当初年少的时候多么快乐，

言笑晏晏，	你总来找我，一起开心地嬉笑言谈，
信誓旦旦，	你向我发誓，多么恳切诚挚，
不思其反。	没想到这么快就背叛了誓言，
反是不思，	你违反了誓言，我多想又有何用？
亦已焉哉！⑥	既然如此，那就算了吧，命运还得自己承担！

注释

① 氓——指外来之民，本诗中的男子的代称，犹如我们今天说的"外地人"。《韩诗》解释为俊美的样子。蚩（chī）蚩——一说意为"痴痴"，敦厚的样子；一说通"嗤嗤"，志意和悦的样子、笑嘻嘻的样子。布——即当时的货币，一说是布匹。贸——购买。"抱布贸丝"指拿着"布"这种货币来购买蚕丝。一说为交易，"抱布贸丝"是以物易物，即用布匹交换蚕丝。匪——通"非"。即——走近，靠近。谋——商量。淇——淇水，卫国河流名，今河南淇河。顿丘——地名，今河南清丰。愆（qiān）——过失，引申为延误。将（qiāng）——愿，请。

② 乘——登上。垝（guǐ）垣（yuán）——倒塌的墙壁。复关——犹如说"重门"，近郊之地，有重重关卡，诗中的男主人公即住在此附近。涟涟——泪水流下来的样子。载（zài）——则。卜——烧灼龟甲的裂纹以判吉凶。筮（shì）——用蓍（shī）草占卦。体——指占卜的预兆、征象。此处"体"一作"履"，有"礼"的意思。咎（jiù）——不吉利，灾祸。贿——财物，指嫁妆，妆奁（lián）。

③ 沃若——即"沃然""沃沃""有沃"。沃，本义是灌溉，树木得到灌溉之后，枝叶生长得茂盛。故沃引申为茂盛的意思。于——通"吁（xū）"。"于嗟"即"吁嗟"，感叹词。鸠——鸠有很多种，这里指鹘鸠。耽（dān）——过大。本义指耳垂过大，引申为"过大"的意思。这里指过于迷恋快乐，追求快乐过度，也引申为追求快乐带来了过失。说——解。一说通"脱"，解脱。一说为解说，言说。

④ 陨（yǔn）——坠落，掉下。徂（cú）——往。食贫——居贫，居于贫穷的境地，过着贫穷的生活。汤（shāng）汤——水势浩大的样子。渐（jiān）——浸湿。帷（wéi）裳（cháng）——也叫童容，指覆盖着车厢的帷幔。爽——差错。贰——本字为"貣（tè）"，误为"贰"字。貣即忒，意思同"爽"，差错。罔——无，没有。极——中。二三其德——德行不专一。

⑤ 靡室劳矣——王先谦说"言三岁之中,食贫同居,共室家劳瘁之事"。靡——《韩诗》解释为"共"。靡有朝——王先谦说"言不可以朝计也,犹易言非一朝之故",则此句的"靡"为"无"之意。遂——久,"既遂"是指我已经和你做了这么久的夫妻。一说为"安","既遂"是指我已经安于和你做夫妻了。咥(xì)——形容笑的样子。悼——伤心。

⑥ 及——与。隰(xí)——低湿的地方。泮(pàn)——边。总角——古代男女小时候把头发扎成丫髻,称总角。宴——快乐。马瑞辰认为通"娈",形容总角的样子。王先谦说"娈"与"宴"古音合。晏晏(yàn)——欢乐柔和的样子。旦旦——诚恳的样子。反——违反。一说通"返",指返回到最初的相爱时。亦已焉哉——也就算了吧。已——终止。

郑风·出其东门

出其东门,	当我走出这城市的东门,
有女如云。	看到了众多美丽的女子,
虽则如云,	她们犹如天上的彩云,
匪我思存。	虽然如同天上的彩云,
缟衣綦巾,	但没有一位令我倾心。
聊乐我员。①	只有那位白衣的女子,
	她戴着苍青色的佩巾,
	才能够安慰我的心魂。
出其闉阇,	当我走出城门外的小城,
有女如荼。	看到了众多美丽的女子,
虽则如荼,	她们犹如盛开的花丛,
匪我思且。	虽然如同盛开的花丛,
缟衣茹藘,	但没有一位令我钟情。
聊可与娱。②	只有那位白衣的女子,
	她戴着绛红色的佩巾,
	才能够愉悦我的心灵。

注释

① 东门——城东门,是郑国游人云集的地方。如云——形容女子像云彩一样多。虽则——虽然。匪——通"非"。思——思念,想念。存——想念。缟(gǎo)——白色。綦(qí)巾——苍青色佩巾。聊——且,愿。员(yún)——同"云",语助词。《韩诗》"员"作"魂",魂,即精神、情感。

② 闉(yīn)阇(dū)——城门外的护门小城,即瓮城门。荼——茅花,白色。茅花开时一片白色,形容女子众多。且(jū)——语助词。茹(rú)藘(lú)——茅茜,茜草,其根可制作绛红色染料,此处指用茜草染色的佩巾。娱——乐。

郑风·溱洧

溱与洧,	溱河与洧河从西南流过,
方涣涣兮。	春天的河水正浩荡地喧腾。
士与女,	一个个妙龄的青年男女
方秉蕳兮。	手持着兰草前去踏青。
女曰观乎?	女子问:"去看看吗?"
士曰既且。	男子答:"我已看过了呀。"
且往观乎?	"再一起去看看吧!
洧之外,	你看那洧河的岸边,
洵讦且乐。	确实是一个广阔的乐园!"
维士与女,	只见他们两情相悦,
伊其相谑,	走向了洧河边隐秘的角落,
赠之以勺药。①	他们在那里快乐地戏谑,
	一直到依依不舍地离别,
	他送给了她芍药
	定下了下一次的相约。
溱与洧,	溱河与洧河从西南流过,
浏其清矣。	春天的河水清澈而幽深。

士与女，	你看那众多的青年男女
殷其盈矣。	手持着兰草前去踏春。
女曰观乎？	女子问："去看看吗？"
士曰既且。	男子答："我已看过了呀。"
且往观乎？	"再一起去看看吧！
洧之外，	你看那洧河的岸边，
洵讦且乐。	确实是一个广阔的乐园！"
维士与女，	只见他们两情相悦，
伊其将谑，	走向了洧河边隐秘的角落，
赠之以勺药。②	他们在那里快乐地戏谑，
	一直到依依不舍地离别，
	他送给了她芍药
	定下了下一次的相约。

注释

① 溱(zhēn)、洧(wěi)——郑国两条河名,都流经郑国都城的西南门。方——正。涣涣——又作洹洹、灌灌、汏汏,皆是形容水势盛大的样子。士——尚未结婚的男子。秉——执,拿。蕳(jiān)——一种兰草。既——已经。且(士曰既且之且)(cú)——通"徂",去,往。且(且往观乎之且)——姑且。洵(xún)讦(xū)——实在宽广。洵,确实。讦,大,广阔。一说洵通询,洵訏即询讦,形容快乐的样子。维——发语词。伊——因。相谑——互相调笑。勺药——即"芍药",一种香草。

② 浏——水深而清的样子。殷——众多。盈——满。将——即"相"。马瑞辰云："将谑,犹相谑也。《尚书大传》'义伯之乐舞将阳',将阳,即'相羊'之叚(假)借。"

思考题

1. 谈一谈《桑中》《氓》《出其东门》《溱洧》这几首诗的主旨。
2. 讨论：谈谈你心中所向往的爱情。

第六章

《诗经》中的君子品格

君子本来是对贵族的称呼。"君"是君主,而"子",在周朝的爵位制度中是"公侯伯子男"中的一级,也是小诸侯国的君主。孔子把"君子"的概念改造为与德行相关,是指人格高尚、品德美好的人。

　　《论语》中所说的美好品德,可以说都是君子的品德,我们这里不妨梳理一下《论语》中直接提到"君子"的句子。《学而》篇说,君子能做到"人不知而不愠","君子务本",君子应当庄重,"主忠信,无友不如己者,过则勿惮改",应当做到"食无求饱,居无求安,敏于事而慎于言,就有道而正焉"。《为政》篇说,"君子不器",君子能"先行其言而后从之","君子周而不比"。《八佾》篇说,"君子无所争"。《里仁》篇说,"君子无终食之间违仁",君子能做到"义之与比","君子怀德","君子怀刑","君子喻于义",君子"讷于言而敏于行"。《公冶长》篇说,君子之道有四:"其行己也恭,其事上也敬,其养民也惠,其使民也义。"《雍也》篇说,"君子周急不继富",君子"文质彬彬","君子可逝也,不可陷也;可欺也,不可罔也",君子应当"博学于文,约之以礼"。《述而》篇说,"君子不党",君子应当"躬行"实践,"君子坦荡荡"。《泰伯》篇说,君子应当做到"笃于亲""故旧不遗",君子应当"动容貌""正颜色""出辞气",君子"可以托六尺之孤,可以寄百里之命,临大节而不可夺"。《乡党》篇指出"君子不以绀緅饰,红紫不以为亵服"。《颜渊》篇说,"君子不忧不惧","君子敬而无失,与人恭而有礼","君子成人之美,不成人之恶","君子之德风,小人之德草。草上之风,必偃","君子以文会友,以友辅仁"。《子路》篇说,"君子于其所不知,盖阙如也","君子名之必可言也,言之必可行也。君子于其言,无所苟而已矣","君子和而不同","君子易事而难说(悦)","君子泰而不骄"。《宪问》篇说,"君子上达","君子思不出其位","君子耻其言而过其行",君子能做到"仁者不忧,知者不惑,勇者不惧",君子能做到"修己以敬""修己以安人""修己以安百姓"。《卫灵公》篇说,"君子固穷",蘧伯玉这样的君子能做到"邦有道,则仕;邦无道,则可卷而怀之","君子义以为质,礼以行之,孙(逊)以出之,信以成之","君子病无能焉,不病人之不己知也","君子疾没世而名不称焉","君子求诸己","君子矜而不争,群而不党","君子不以言举人,不以人废言","君子谋道不谋食","君子忧道不忧贫","君子不可小知而可大受","君子贞而不谅"。

《季氏》篇说，"君子疾夫舍曰欲之而必为之辞"，"君子有三戒：少之时，血气未定，戒之在色；及其壮也，血气方刚，戒之在斗；及其老也，血气既衰，戒之在得"，"君子有三畏：畏天命，畏大人，畏圣人之言"，"君子有九思：视思明，听思聪，色思温，貌思恭，言思忠，事思敬，疑思问，忿思难，见得思义"，君子在教育上"远其子"。《阳货篇》说，"君子学道则爱人"，君子不靠近"亲于其身为不善者"，"君子义以为上"，君子"恶称人之恶者，恶居下流而讪上者，恶勇而无礼者，恶果敢而窒者"。《微子》篇说，"君子之仕也，行其义也"，"君子不施（弛）其亲，不使大臣怨乎不以。故旧无大故，则不弃也"。《子张》篇说，"君子尊贤而容众，嘉善而矜不能"，君子不为"小道"，"君子学以致其道"，"君子有三变：望之俨然，即之也温，听其言也厉"，"君子信而后劳其民""信而后谏"，"君子恶居下流"，"君子之过也，如日月之食焉：过也，人皆见之；更也，人皆仰之"，君子"言不可不慎"。《尧曰》篇说，"君子惠而不费，劳而不怨，欲而不贪，泰而不骄，威而不猛"，"君子无众寡，无小大，无敢慢"，"君子正其衣冠，尊其瞻视，俨然人望而畏之"，君子"知命"。

　　本讲选了三首诗。《卫风·淇奥》歌颂了卫武公的美好品德。《郑风·羔裘》歌颂了古代君子的高尚德行，以讽刺当时朝廷上的君臣。《唐风·蟋蟀》提倡一种在遵守道德礼节基础上的有节制的享乐，这是儒家君子对待生活的方式。

一、庄重严肃又温柔幽默的性格

　　《论语》中的孔子可以说具有庄重严肃而又温柔幽默的性格。如孔子闲居在家的时候"申申如也，夭夭如也"（《述而》），即仍然是恭敬整齐的，而不是随意邋遢的，这种恭敬整齐中又体现了和乐舒展放松的一面。孔子的形象是庄重的，同时又是温润的。《述而》的最后一章描绘孔子说："子温而厉，威而不猛，恭而安。"孔子在温和中又不失严厉，有威严但不刚猛，恭敬庄严却又安详而放松。我们前文所引子夏的话"君子有三变：望之俨然，即之也温，听其言也厉"，似乎就是对孔子形象的概括。

　　孔子同时又是幽默的。《论语·阳货》记载了这样一则故事：

　　　　子之武城，闻弦歌之声。夫子莞尔而笑，曰："割鸡焉用牛刀？"

子游对曰："昔者偃也闻诸夫子曰：'君子学道则爱人，小人学道则易使也。'"

子曰："二三子！偃之言是也。前言戏之耳。"

孔子的学生言偃（字子游）做武城县的县长，孔子来到武城，听到了弹琴瑟唱诗歌的声音。孔子莞尔而笑说："杀鸡焉用宰牛刀啊？治理这么小的地方，需要这么高的文化教导吗？"子游回答说："我以前听老师您说过，君子学习了礼乐文化，就会有仁爱之心；老百姓学习了礼乐文化就容易产生认同感从而容易听从指挥。这样高明的礼乐文化的教导总是好的。"孔子听后对随行的同学们说："同学们啊，言偃说得对，我刚才那句话不过是跟他开个玩笑罢了。"

孔子的庄重严肃而富有道德学问，令人肃然起敬；而他的温柔幽默，令人如坐春风，因此令人愿意亲近。

《卫风·淇奥》就描绘了一个庄重严肃而又不失温柔幽默的君子。

瞻彼淇奥，绿竹猗猗。有匪君子，如切如磋，如琢如磨。瑟兮僩兮，赫兮咺兮，有匪君子，终不可谖兮！

瞻彼淇奥，绿竹青青。有匪君子，充耳琇莹，会弁如星。瑟兮僩兮，赫兮咺兮，有匪君子，终不可谖兮！

瞻彼淇奥，绿竹如箦。有匪君子，如金如锡，如圭如璧。宽兮绰兮，猗重较兮，善戏谑兮，不为虐兮！

关于《淇奥》这首诗，《毛诗》序说："美武公之德也。有文章，又能听其规谏，以礼自防，故能入相于周，美而作是诗也。"徐干《中论·修本篇》云："卫武公年过九十，犹夙夜不殆，思闻训道。卫人诵其德，为赋《淇奥》。"这首诗是赞美卫武公的，卫武公有才能，又能虚怀纳谏，遵守礼制，后来被周天子任命为卿。卫武公九十多岁的时候还夙兴夜寐，努力修养自己的品德，相传《大雅·抑》就是卫武公所作的"自警"之诗。卫国人怀念他的恩德，写了这首《淇奥》。

"瞻彼淇奥，绿竹猗猗。"你看那淇水弯弯的岸边，长满了丰美而茂盛的王刍和编草。这两句中的"绿竹"指的是王刍和编草两种植物，后来人们理解成"绿色的竹子"了。但无论是丰美而茂盛的王刍和编草，还是刚劲挺拔、虚心有节的绿色的竹子，都可以用来比喻文质彬彬的君子。所以这两句既是兴，也是比。接下来就引出了对君子的赞美："有匪君子，如切如磋，如琢如磨。"有一个文采斐然的君子，这位君子就是卫武公，他就像那通过切磋琢磨而做成的骨器和玉器艺术品一样。切磋是打磨骨器艺术品,琢磨是打磨玉器艺术品。"如切如磋,如琢如磨"是说君子本来具有善的品质,经过努力学习礼乐,就会成为一个文质彬彬的君子;就像一块璞玉,加上切磋琢磨之功,就会成为精美的艺术品一样。"瑟兮僩兮,赫兮咺兮"意思是庄重严肃啊,严厉威猛啊,光明显著、富有威仪啊。这两句是直接赞美卫武公相貌堂堂,具有威严。"有匪君子,终不可谖兮",文采斐然、文质彬彬的君子啊,终究不会被人们忘记。《礼记·大学》云:"如切如磋者,道学也;如琢如磨者,自修也;瑟兮僩兮者,恂栗也;赫兮喧兮者,威仪也;有斐君子,终不可谖兮者,道盛德至善,民之不能忘也。"正是对这几句诗的最好阐释。

第二章的结构与第一章相同,用"绿竹青青"来比喻君子的品德美好。"充耳琇莹,会弁如星"是说君子用宝石和美玉做充耳,帽子的缝合处缀满了星星般晶莹灿烂的碎玉。这两句也是用君子优雅的服饰来衬托君子美好的道德品质。

第三章先是用"绿竹如箦"来兴起和比喻君子,接着用"如金如锡,如圭如璧"等四个比喻来赞美君子的德行像金锡一样坚固,像圭璧一样温润。接下来的四句"宽兮绰兮,猗重较兮,善戏谑兮,不为虐兮"跟前面两章相比句式有了变化。意思是说这位君子心胸宽广,心地柔和,他乘车时倚在车厢前左右两边伸出的弯木上,他很幽默,平易近人,善于开玩笑,他语言温柔,不会伤害别人。这几句具体写出了卫武公的温和君子的形象。

根据《史记·卫康叔世家》记载,卫武公(约852BC—758BC),名和,是卫釐侯之子。卫釐侯四十二年(813BC),卫釐侯去世,和的哥哥太子余继位,史称卫共伯。"共伯弟和有宠于釐侯,多予之赂;和以其赂赂士,以袭攻共伯于墓上,共伯入釐侯羡自杀。"和杀其兄而自立,是为卫武公。卫武公杀兄自立,犯下了重大的罪恶。也许后来他改过自新了,重新做人,成为一代杰出的君主。历史上没有说是什么原因使得他杀兄自立,如果纯粹是为了争夺国君之位,那么,这是绝对与儒家仁义礼乐的思想相违背的。不过《史记索隐》认为司马迁的记载有误:

> 和杀恭伯代立,此说盖非也。按:季札美康叔、武公之德。又《国语》称武公年九十五矣,犹箴诫于国,恭恪于朝,倚几有诵,至于没身,谓之睿圣。又《诗》著卫世子恭伯蚤卒,不云被杀。若武公杀兄而立,岂可以为训而形之于国史乎?盖太史公采杂说而为此记耳。

考《鄘风·柏舟》一诗,《毛诗序》说:"《柏舟》,共姜自誓也。卫世子共伯蚤死,其妻守义,父母欲夺而嫁之,誓而弗许,故作是诗以绝之。"《毛诗》认为卫共伯

是早死而不是被杀。如果《史记索隐》的说法能够成立,或许更有助于我们理解
《卫风·淇奥》这首诗。

二、守正不渝的高贵品格

君子不仅要有恭敬严肃而温柔敦厚的性格,还要有固守志向、至死不变的高
贵品格。《论语》中有几句话描述了君子的意志坚定、守正不渝:

> 子曰:"三军可夺帅也,匹夫不可夺志也。"(《子罕》)
>
> 子曰:"岁寒,然后知松柏之后凋也。"(《子罕》)
>
> 曾子曰:"可以托六尺之孤,可以寄百里之命,临大节而不可夺也。君子
> 人与? 君子人也。"(《泰伯》)
>
> 曾子曰:"士不可以不弘毅,任重而道远。仁以为己任,不亦重乎? 死而
> 后已,不亦远乎?"(《泰伯》)

孔子说:"对于一国的上、中、下三支军队,你可以夺取、俘虏它们的将领;但
对于一个人,你却不能夺取他的志向。"

孔子说:"到了一年里最寒冷的季节,才知道松柏是不会凋零的。"

曾子说:"可以把幼小的孤儿托付给他,可以把国家的命运交付给他,面临安
危存亡的紧要关头,没有人能夺取他的意志。这种人,是君子一样的人吗? 他是
君子一样的人啊!"

曾子说:"士君子不可以不志向宏大、意志坚定,因为他所担负的使命重大,
道路遥远。他以实现仁德为自己的任务,难道不重大吗? 一直到死才停下,难道
不遥远吗?"

《郑风·羔裘》这首诗就描绘了一个"洵直且侯""舍命不渝"的君子:

> 羔裘如濡,洵直且侯。彼其之子,舍命不渝。
>
> 羔裘豹饰,孔武有力。彼其之子,邦之司直。
>
> 羔裘晏兮,三英粲兮。彼其之子,邦之彦兮。

《毛诗序》说:"《羔裘》,刺朝也。言古之君子,以风其朝焉。"单看这首诗,看
不出讽刺的意思。大概当时朝廷上君臣无德无能,诗人作此诗,歌颂古代君子德

行高尚，以讽刺当时朝廷上的君臣。

王先谦认为："《笺》意首章指诸侯，故云诸侯朝服；二章指上大夫，故云豹饰；三章指列大夫。所云刺朝者，统王朝、诸侯朝言之。"这首诗共三章，第一章赞美了进入天子朝廷做卿士的诸侯，第二章赞美了诸侯国的上大夫，第三章赞美了诸侯国的列大夫。

第一章赞美了进入天子朝廷做卿士的诸侯。"羔裘如濡"，你看这位诸侯，他穿着柔软润泽的羔裘，他"洵直且侯"，确实是一位正直而有美德的人。"彼其之子"，这位君子啊，他能够做到"舍命不渝"，即哪怕舍弃生命也不改变自己的节操。郑玄《笺》云："是子处命不变，谓守死善道，见危授命之等。"朱熹在《诗集传》中说："彼服此服者，当生死之际，又能以身居其所受之理，而不可夺。"这样的一个人是什么人呢？这一章歌颂的是一位诸侯。第二句的"洵直且侯"，这个侯字也有"君"的意思，即是一位诸侯国的国君，他同时在周天子那里担任卿士这样的高官。

第二章赞美了诸侯国的上大夫。"羔裘豹饰"，这位上大夫穿着的羔裘跟国君穿着的羔裘不一样，国君的羔裘是纯羊皮做的，而上大夫穿的羔裘，袖口接了一圈豹皮。所以，既然说"豹饰"，那就不是国君，而是大夫所穿。王先谦认为，第二章是在赞美上大夫。"孔武有力"，这位上大夫非常勇武，力量很大。"彼其之子"，这位君子啊，他是"邦之司直"，即他是国家的表率，能够以他自己的君子之德，给人带来好的影响，能使周围的人改正错误。

第三章赞美了诸侯国的列大夫。上大夫即诸侯国的卿，列大夫，即是一般的大夫。"羔裘晏兮"，这位大夫穿着温暖的羔裘啊，其"三英粲兮"，他具有光明的德行，这些德行包括意志刚强、心地柔软善良、正直无私等"三德"。"彼其之子"，这位君子啊，他是"邦之彦兮"，是我们国家的有贤德、有才干的栋梁之材。

三、恪守职责而享乐有节的生活态度

君子对待工作和生活的态度是怎样的呢？君子对待生活是认真的，他热爱生活，因而努力工作，尽自己的责任；他也懂得享受生活，更懂得节制，不会追求放纵的快乐。《唐风·蟋蟀》就体现了这样的生活态度：

　　蟋蟀在堂，岁聿其莫。今我不乐，日月其除。无已大康，职思其居。好乐无荒，良士瞿瞿。

　　蟋蟀在堂，岁聿其逝。今我不乐，日月其迈。无已大康，职思其外。好乐无荒，良士蹶蹶。

　　蟋蟀在堂，役车其休。今我不乐，日月其慆。无已大康，职思其忧。好乐无荒，良士休休。

　　这首诗中的"职思其居"体现了儒家恪守职责的工作态度，而"无已大康""好乐无荒"则体现了儒家享乐有节的生活态度。

　　《论语》中反复提到的"忠"就体现了恪守职责的工作态度。如曾子说，我每天从三个方面反省自己，第一个需要反省的方面就是"为人谋而不忠乎"（《学而》），朱熹《四书集注》说："尽己之谓忠。"尽心尽力完成自己所应当做的工作就是忠。《八佾》篇中说"臣事君以忠"，也是说臣子应当尽职尽责地做好自己的工作，这就是最好的侍奉君主的方式。《公冶长》篇中说令尹子文被罢免的时候能做到"旧令尹之政，必以告新令尹"，即心中无怨恨，仍然很认真地做好职务交接工作，以方便接替他职位的人开展工作。孔子对令尹子文的评价就是"忠"。显然恪守职责的"忠"正是儒家推崇的工作态度。

　　又，儒家对于日常生活，则反对荒淫奢侈，同时也反对太过节俭。孔子曾经说过："奢则不逊，俭则固。与其不逊也，宁固。"（《论语·述而》）意思是，奢侈会让人变得骄傲无礼节，太节俭了就会让人感觉简陋寒酸。与其骄傲无礼节，宁可让人感觉简陋寒酸。可见儒家首先反对的是奢侈浪费。但是，当经济条件允许的时候，儒家也反对太节俭。儒家认为也要适当地懂得享乐。如孔子在经济条件允许时也会追求"食不厌精，脍不厌细"（《论语·乡党》）。但是儒家的享乐是建立在遵守道德礼节的基础上的。儒家追求的乃是在遵守道德礼节的基础上的一种有节制的享乐。如孔子也喜欢饮酒，《乡党》篇中说他"唯酒无量，不及乱"，孔子饮酒不限量，但能节制自己，不至于喝醉。

　　据说晋僖公就是一个节俭过度的君主。这首诗就是讽劝晋僖公要懂得在遵守礼制的情况下适当地享乐。《毛诗序》说："《蟋蟀》，刺晋僖公也。俭不中礼，故作是诗以闵（悯）之，欲其及时以礼自虞（娱）乐也。此晋也，而谓之唐，本其风俗，忧深思远，俭而用礼，乃有尧之遗风焉。"

　　《盐铁论·通有》说："古者，宫室有度，舆服以庸；采椽茅茨，非先王之制也。君子节奢刺俭，俭则固。昔孙叔敖相楚，妻不衣帛，马不秣粟。孔子曰：'不可，大俭极下,此《蟋蟀》所为作也。'"这是《齐诗》的说法。张衡《西京赋》说:"独俭啬以龌龊,忘《蟋蟀》之谓何。"这是《鲁诗》的说法。二者也认为这首诗有"刺俭"之义。

"蟋蟀在堂,岁聿其莫。"一年之中的农忙时节已经过去了,这一年也就快结束了。比喻人的一生也是有限的,生命已经进入暮年了。"今我不乐,日月其除。"现在如果我不去享乐的话,时间就要过去了。这一句一方面可以指,农闲的时间过去,又要到农忙的时间了,国君也要主持国事,忙着号召农民尽力于耕种之事,一忙起来就没有时间享乐了。另一方面可以指人生短暂,如果不及时享乐,人的一生也就要过去了。"无已大康,职思其居",意思是不要过分地太享乐,还要想着自己的职责。"好乐无荒,良士瞿瞿。""好乐",就是要懂得享乐,追求享乐,但是同时也要"无荒",不要因享乐而荒废国家政事。这正是儒家的"良士"君子所应当持守的。儒家的这种享乐观是值得处在今天这样一个太过于重视享乐的时代的我们所思考和效法的。

每个时代对成为什么样的人在细节上可能有不同的要求,但成为一个美好的人,成就完善的人格,应该是共同的要求。儒家的君子观以及《诗经》里对君子品格的描述,至今仍对我们有启发意义。

▶ 诗选注

卫风·淇奥

瞻彼淇奥,	你看那淇河转弯的地方,
绿竹猗猗。	生长着茂盛的王刍和萹竹,
有匪君子,	有一位文采斐然的君子,
如切如磋,	就像是精心雕琢的美玉,
如琢如磨。	就像是精心打磨的琼琚。
瑟兮僩兮,	多么庄重,多么威武,
赫兮咺兮,	多么光明,多么显著,
有匪君子,	这位文采斐然的君子,
终不可谖兮![1]	终究不会被遗忘和轻忽!
瞻彼淇奥,	你看那淇河转弯的地方,

绿竹青青。	王刍和萹竹多么茂盛，
有匪君子，	有一位文采斐然的君子，
充耳琇莹，	皮帽上的碎玉闪烁如星星，
会弁如星。	垂在耳旁的玉珠多么晶莹。
瑟兮僩兮，	多么庄重，多么威武，
赫兮咺兮，	多么光明，多么显著，
有匪君子，	这位文采斐然的君子，
终不可谖兮！②	终究不会被遗忘和轻忽！

瞻彼淇奥，	你看那淇河转弯的地方，
绿竹如箦。	王刍和萹竹一丛丛积聚。
有匪君子，	有一位文采斐然的君子，
如金如锡，	如锡金般光明，如青铜般坚固，
如圭如璧。	坚贞如方圭，温润如圆璧。
宽兮绰兮，	你看他倚靠在车厢的扶手上，
猗重较兮，	他是那么宽缓、从容而柔和，
善戏谑兮，	他言语中不时地迸发出幽默，
不为虐兮！③	他心地柔软，一点也不暴虐！

注释

① 奥（yù）——通"隩"，水边弯曲的地方。绿——同"菉（lù）"，王刍，一名荩草。竹——萹竹，编草。猗猗（yī）——美而茂盛的样子。匪——通"斐"，有文采。切——切割。磋——锉平。琢——雕琢。磨——打磨。切磋琢磨都是制造玉器、骨器的工艺，比喻人不断提高自身的学问和修养。瑟——庄重严肃。僩（xiàn）——严厉威猛。赫——明。咺（xuān）——光明显著。谖（xuān）——忘记。

② 青青——一作"菁菁"，枝叶茂盛的样子。充耳——冠两旁以丝悬挂至耳的玉石，以示不妄听。琇——宝石。莹——玉。会（kuài）——帽子缝合处。弁（biàn）——皮帽。如星——帽子缝合之处用玉装饰，晶莹如星。

③ 籑(zé)——聚积。圭——长方形玉器,上有尖端。璧——圆形玉器,中有圆
孔。宽——宽缓。绰——柔和。猗——通"倚",倚靠。重较(chóng
jué)——指古代卿士所乘车箱前左右两边伸出的弯木,可供倚靠,亦称"重
耳"。戏谑——开玩笑。虐——言语粗暴伤人。

郑风·羔裘

羔裘如濡,	柔软的羔裘闪耀着光泽,
洵直且侯。	他确实正直而有美德,
彼其之子,	他是这样的一位君子,
舍命不渝。①	舍弃生命也不会改变品节。

羔裘豹饰,	羔裘的袖口装饰着豹皮,
孔武有力。	他非常勇武而有力量,
彼其之子,	他是这样的一位君子,
邦之司直。②	他纠正着国家错误的方向。

羔裘晏兮,	柔软的羔裘多么温暖,
三英粲兮。	他具备三种光明的德行,
彼其之子,	他是这样的一位君子,
邦之彦兮。③	他是国家的杰出的梁栋。

注释

① 羔裘——羔羊的皮做的大衣。郑玄《笺》云:"缁衣羔裘,诸侯之朝服也。"根据
郑玄的看法,穿着羔裘的君子,是一位诸侯,且进入天子朝廷为卿士。不过
《论语·乡党》云:"缁衣羔裘。"可见孔子身为诸侯国的大夫,也可以穿着羔
裘。因此羔裘是诸侯、卿大夫所穿的朝服。濡(rú)——润泽,形容羔裘柔软
而有光泽。洵(xún)——信,确实。直——正直。侯——君也,美也。马瑞辰
云:"古字训'君'者多有'美'义。侯为君,又为美,犹皇与烝为君,又为美。"

其——语助词,一作"己"。舍命——舍弃生命。渝——改变。

② 豹饰——《毛诗》传:"缘以豹皮也。"王先谦引姚氏《识名解》云:"饰义通用,凡缘领、缘袖、缘履皆谓之饰。豹自指袖祛而言,裘惟有缘袖之制,未闻有缘领者。"所以这里的"豹饰"指的是用豹皮装饰羔裘的袖口。孔颖达《〈毛诗〉正义》认为狐青羔裘,君皆用纯,大夫、士杂以豹袖、豹饰为异。因此这一章的羔裘是臣子所穿,不是指诸侯。孔——甚,非常。武——勇武。司直——司,主也,直,正也。司直是说君子能正人,能使别人改正过错。

③ 晏——温燠。马瑞辰云:"今按《尔雅》:晏晏、温温,柔也。晏与温双声而义同,晏与燠亦双声。裘取其温,晏之义当为温燠。"三英——三德也,三德谓"刚克,柔克,正直也"。粲(càn)——光明。孔颖达疏云:"英,俊秀之名,言有三种之英,故《传》以为三德。"彦(yàn)——美士,指贤能之人。

唐风·蟋蟀

蟋蟀在堂,   蟋蟀在堂屋里鸣聒,
岁聿其莫。   已经到了年末的时光。
今我不乐,   现在啊我竟还不知享乐,
日月其除。   岁月就这样任其消亡。
无已大康,   但也不要过分地享乐,
职思其居。   心中应牢记自己的职责。
好乐无荒,   追求享乐,也不荒废工作,
良士瞿瞿。①   善良的君子有礼有节。

蟋蟀在堂,   蟋蟀在堂屋里鸣聒,
岁聿其逝。   一年的时间即将结束。
今我不乐,   现在啊我竟还不知享乐,
日月其迈。   岁月就这样任其消除。
无已大康,   但也不要过分地享乐,
职思其外。   心中应牢记四方的忧患。
好乐无荒,   追求享乐,也不荒废工作,
良士蹶蹶。②   善良的君子勤劳能干。

蟋蟀在堂，	蟋蟀在堂屋里鸣聒，
役车其休。	服役用的马车也已休息。
今我不乐，	现在啊我竟还不知享乐，
日月其慆。	岁月就这样任其逝去。
无已大康，	但也不要过分地享乐，
职思其忧。	还应常怀对人世的忧心。
好乐无荒，	追求享乐，也不荒废工作，
良士休休。③	善良的君子从容而谨慎。

注释

① 聿（yù）——语气助词。莫——通"暮"，晚。除——去。已——甚。大——通"太"。康——乐。职——主。居——所居的职位，职责。荒——荒废。瞿瞿——节俭。

② 迈——逝。外——国外至四境。蹶蹶——敏捷。

③ 役车——服役用的车马。休——停止，休息。慆（tāo）——去。忧——忧国忧民。休休——形容遵守礼节的君子外表谨慎朴实，内心宽裕闲适。

思考题

1. 谈一谈《淇奥》《羔裘》《蟋蟀》这几首诗的主旨。

2. 讨论：结合经典和事例，你认为君子品格有怎样的内涵？

第七章

《诗经》中守经达权的女子

上一讲是关于君子品格的,君子应该是可以做到守经达权的人,本讲我们专门谈论《诗经》中描述的那些守经达权的女子,她们可以称得上是"女君子"。

经,即"常",是儒家不变的原则;权,即变通之义,是在坚持原则的前提下能够根据实际情况而有所变通。在《孟子·离娄上》里,淳于髡问孟子,既然礼规定了"男女授受不亲",那么,如果嫂子掉进水里了,作为小叔子要不要"援之以手"呢?孟子说:"男女授受不亲,礼也;嫂溺,援之以手者,权也。"一般的情况下,都应当遵守"男女授受不亲"的原则,这是常礼,即"经";但是在嫂子溺水的情况下,这时候救命要紧,这就需要变通,即"权",就可以用手拉嫂子把她救上来。因为儒家的根本原则是"仁义",救嫂子的命才符合仁义;如果死守"男女授受不亲"的原则而致嫂子溺水而死,那就违背了仁义。因此孟子说:"嫂溺不援,是豺狼也。"孔子说:"君子之于天下也,无适也,无莫也,义之与比。"(《论语·里仁》)君子对于天下的事情,没有说一定要怎样,也没有说一定不能怎样,关键看是否符合"义"。《礼记·中庸》说:"义者,宜也。""义"可以理解为应该的或者合适的。这个应该或者合适,就需要在坚持原则的基础上能够有所变通,这即是"权"。当然,能做到"权"是很不容易的,孔子说:"可与共学,未可与适道;可与适道,未可与立;可与立,未可与权。"(《论语·子罕》)

本讲选了三首诗。《周南·汉广》描绘了一位能坚守礼节的女子,同时也展现了男子的温柔敦厚。《召南·野有死麕》赞美了一位坚守礼节的女子,同时批评了那位想要变通却违背了原则的男子。《鄘风·载驰》体现了许穆夫人能"行权而合道",是一位富有胆识和魄力的伟大女性。

一、守礼自持、不为非礼的周南女子

《周南·汉广》这首诗描绘了一位"不可求"的女子,一方面体现了爱慕这位女子的男子能"发乎情,止乎礼义",另一方面也体现了这位女子能够守礼自持,不为非礼。

> 南有乔木,不可休思;汉有游女,不可求思。汉之广矣,不可泳思;江之
> 永矣,不可方思。
>
> 翘翘错薪,言刈其楚;之子于归,言秣其马。汉之广矣,不可泳思;江之
> 永矣,不可方思。
>
> 翘翘错薪,言刈其蒌;之子于归,言秣其驹。汉之广矣,不可泳思;江之
> 永矣,不可方思。

关于《汉广》一诗的主旨,《毛诗序》说:"《汉广》,德广所及也。文王之道被于南国,美化行乎江汉之域,无思犯礼,求而不可得也。"郑玄《笺》说:"纣时淫风遍于天下,维江汉之域先受文王之教化。"根据《毛诗》的说法,这首诗产生于商纣王时期,当时天下风俗败坏,唯有江汉流域因为受到周文王的教化而风俗淳朴,一位男子虽然爱上了一位女子,但仍然能保持克制,女子也有贞洁的品行,能守礼不乱。

《韩叙》说:"《汉广》,说(悦)人也。"陈启源《毛诗稽古编》卷三十《附录·国风》说:"《(韩)叙》云'说(悦)人也',章句云'言汉神时见,不可得而求之'。夫说之必求之,然惟可见而不可求,则慕说益至。"王先谦说:"江汉之间被文王之化,女有贞洁之德,诗人美之,以乔木、神女、江汉为比。"由此可见,《韩诗》和《毛诗》的观点并不矛盾,而是相通的。这首诗中的男子对这位女子可谓是爱慕但却能克制自己的情感。

"南有乔木,不可休思;汉有游女,不可求思。"南方有一棵高大的树木,但是它树干高耸,树荫很少,不能在它的下面休息,因为它无法为你遮阴。汉江边上有两位在游玩的女神,但是无法求得她们的青睐。前两句用乔木下不可休息,比喻女子追求不到。根据三家诗的看法,后两句讲的是汉江女神的故事。刘向《列仙传·江妃二女》说:

> 江妃二女者,不知何所人也。出游于江汉之湄,逢郑交甫。见而悦之,不知其神人也。谓其仆曰:"我欲下请其佩。"仆曰:"此间之人,皆习于辞,不得,恐罹悔焉。"交甫不听,遂下与之言曰:"二女劳矣。"二女曰:"客子有劳,妾何劳之有?"交甫曰:"橘是柚也,我盛之以筥,令附汉水,将流而下。我遵其旁,采其芝而茹之。以知吾为不逊,愿请子之佩。"二女曰:"橘是柚也,我盛之以筥,令附汉水,将流而下。我遵其旁,采其芝而茹之。"遂手解佩与交

甫。交甫悦受，而怀之中当心。趋去数十步，视佩，空怀无佩。顾二女，忽然不见。

郑交甫想要得到两位女子，所以想索要她们身上的玉佩。在古代，如果女子把自己身上的玉佩送给男子，就代表她愿意和这位男子交好。但谁知这两位女子是汉江女神，她们只是想捉弄一下郑交甫，所以就把玉佩送给了郑交甫。当郑交甫得到玉佩并把玉佩放在怀中后，过了一会儿，竟然发现玉佩不见了，两位女子也不见了。也许这时候他才意识到这两位不是普通女子。这两句用汉江女神不可得到来比喻诗人心中的女子无法得到。

三家诗用此传说来解释《汉广》这首诗，对后世诗人产生了很大影响。陈子展《诗经直解》认为："曹植《洛神赋》、陈琳《神女赋》、郭璞《江赋》，莫不受三家说《汉广》一诗之影响。"

"汉之广矣，不可泳思；江之永矣，不可方思。"汉江很宽广啊，无法游泳渡过啊。长江水很长啊，没法乘坐竹筏渡过啊。这四句用汉江和长江都没法渡过来比喻诗人心中的女子无法得到。所以整个的第一章是重重比喻，写作手法高明。《毛诗》说："潜行为泳。永，长。方，泭也。"郑玄《笺》说："汉也，江也，其欲渡之者，必有潜行乘泭之道，今以广长之故，故不可也。又喻女之贞洁，犯礼而往，将不至也。"根据郑玄的笺释，"泳"和"方"是用来比喻"非礼而求"的。诗人心中的女子之所以求而不得，是因为如果以违反了礼的方式来求的话，是求不到的，这正衬托了该名女子的贞洁。

"翘翘错薪，言刈其楚。"长得茂盛的高高的草木，我割取那其中的牡荆。郑玄《笺》说："楚杂薪之中，尤翘翘者，我欲刈取之，以喻众女皆贞洁，我又欲取其尤高洁者。"这两句是比喻诗人想在众多贞洁的女子之中，娶到那位尤其高洁的女子。"之子于归，言秣其马。"这个女子出嫁了，我要喂那给她乘坐的马车拉车的马。郑玄《笺》说："之子，是子也。谦不敢斥其适己也，于是之子嫁，我愿秣其马，致礼饩，示有意焉。"诗人很谦卑，不敢说这位女子能嫁给自己，也就是说自己觉得配不上这位女子，于是说，当这位女子出嫁的时候，诗人愿意帮这位女子喂马，来表达对她的爱慕之情。我们也可以理解为，因为这位诗人求不到这位女子，他没有做出非礼之事，而是克制了自己内心的情感，并且在心中对这位女子说，当她出嫁的时候，他愿意帮她喂马。这种想法更体现了诗人的温柔敦厚。

总的来说，这首诗一是歌颂了文王的教化，二是赞美了女子的贞淑，同时也体现了诗人的温柔敦厚，能克制自己的欲望和情感，使之符合礼的规范。那么这位诗人为何求不到这位女子呢？难道他通过"父母之命、媒妁之言"，请人说媒不可以吗？也许这位女子已经有了夫家？或者已经定亲了？或者诗人自身已有家室？所以诗人虽然爱慕她，也只能克制自己的情感了。

方玉润《诗经原始》认为，这首诗的主旨是"江干樵唱，验（验）德化之广被也"。他说："此诗即为刈楚、刈蒌而作，所谓樵唱是也。近世楚、粤、滇、黔间，樵子入山，多唱山讴，响应林谷。盖劳者善歌，所以忘劳耳。其词大抵男女相赠答，私心爱慕之情，有近乎淫者，亦有以礼自持者。文在雅俗之间，而音节则自然天籁也。当其佳处，往往入神，有学士大夫所不能及者。愚意此诗，亦必当时诗人歌以付樵。故首章先言乔木起兴，为采樵地。次即言刈楚，为题正面。三兼言刈蒌，乃采薪余事。中间带言游女，则不过借以抒怀，聊写幽思，自适其意云尔。终篇忽叠咏江汉，觉烟水茫茫，浩渺无际，广不可泳，长更无方，唯有徘徊瞻望，长歌浩叹而已。故取之以况游女不可求之意也可，即以之比文王德广洋洋也，亦无不可。总之，诗人之诗，言外别有会心，不可以迹相求。"按照方玉润的理解，此诗是诗人以一个樵夫的口吻写的，写好之后送给樵夫，让他们可以在砍柴时歌唱。方玉润只是把男子的身份具体设置成了樵夫，主旨内涵的其他方面和《毛诗》以及三家诗并不冲突。

刘毓庆《诗经考评》认为这首诗涉及古代的"性隔离"风俗和将薪柴作为礼物送给女方的习俗。女子到了一定的年龄都要被隔离起来，被隔离期间会接受一些性方面的教育，这期间男女是不能相见的。中国古代"是在水中隔离"。"远古的性隔离制度演至周代，已蒙上了文明的幕纱，而为辟雍、泮宫所代替。《礼记·王制》提到辟雍、泮宫两种不同等级的大学的名称。所谓辟雍，乃是一个四面环水的高地，高地上建有厅堂式草屋。泮宫形式相同。周代学校的这种模式，乃是一种古老制度的沿袭。这种模式的前身，乃是女性隔离的宿舍或学校。根据文化人类学的调查与研究，女性成年期的性隔离，往往是伴随着性教育进行的。""所谓辟雍、泮宫，很可能是男女学校的通名。辟者，别也；泮者，分也。辟雍、泮宫皆蕴有隔离的意思。《诗经》中《关雎》《汉广》《兼葭》等，所描写的都有点学宫内外的恋情。《汉广》云江水长，江水广，不可泅渡，不可筏渡，其原因正在于'礼'制所然。因为礼的规定，性隔离期是不允许男女相会的，所以《诗序》说'无思犯礼'，怀春少年也只能隔着茫茫烟波长叹而已。"诗中的取薪是"备礼"。"在煤炭发现以前，薪柴可以说是文明社会的支柱。""因此古人对薪柴非常重视，为政者往往将采薪之便作为一项国策考虑。""我们可以想象，在远古时代，生产工具落后,钝刀重斧,采一担薪柴,要花费多大的精力! 因而薪便成了古人馈赠之品。"
他引用《〈毛诗〉后笺》说:"古婚礼或有薪刍之馈。"因此,诗中的"薪"是男子砍伐
来作为礼物送给女方的。而"秣马"则是指"迎娶"。女子出嫁要乘坐马车,这一
点无须多说了。根据刘毓庆先生的观点,我们可以这样理解《汉广》这首诗:因
为性隔离制度的约束,诗人无法与他爱慕的女子相见,这就是第一章所慨叹的。
第二章和第三章的前四句都是诗人想象他以薪柴作为礼物送给他爱慕的女子,
并想象他派马车迎娶这位女子;但因为这是想象,更加重了他对这位女子的思慕
之情,因此后四句都再次咏叹和抒发他无法与心上人相见的忧伤。这样理解的
话,"秣马"并不一定是诗人自己喂马,而是用喂马来表示他想象着用马车来迎娶
心上人。

　　牟庭《诗切》提出这首诗的主旨在于讽刺君主不能求贤,寻求到了无德无才
之人而自以为求到了贤者。他说:"鲁、韩诗皆谓游女为汉神。此诗家古义,传来
久矣。《文选》注引《韩诗》序曰:'汉广,悦人也。'既云汉水神,而又以为悦人者,
盖汉有游女,比义也。以神女之不可求,喻高贤之不可致。则所悦者,贤人也。
悦之而不能致,故诗人以为刺焉。"他认为诗人以汉水女神不可求,来比喻贤者无
法招致。诗中的汉广不可泳、江永不可方,是说"神女出没江汉之中,不可潜泳、
乘泭而求之,以比高贤所在深远,不可以苟简之礼而致之也"。意思是说神女不
可能以违背礼的方式求得,比喻高贤不可以傲慢的态度、简慢的礼节来求得。
"翘翘错薪,言刈其楚","此言翘翘众多杂薪之中,得楚木而刈之已足矣,为美薪
矣,喻于稠人之伍,择其劣有修名者而举之,则自以为得人矣"。在众多的草木之
中,收割牡荆就足够用了,比喻在人群之中,选择一位差不多的有点名声的人就
可以了。大概是因为君主求高贤而不得,只好退而求其次了。第三章的"蒌"跟
前面的"薪"联系起来,则是指粗老之蒌,而非初生香嫩可食用的蒿。"盖谓错薪
之中,尤不美者,蒌也,翘翘然众多,杂薪之中,妄得其蒌蒿而刈之,亦自以为得薪
矣;喻稠人之中,谬得其尤无节行者举之,亦自以为得人矣。"意思是说,这种粗老
的蒌蒿是薪柴之中更为下劣的,割取了作为薪柴使用,比喻在人群中找到了那种
无德无才之人,自以为得到了贤才。这样理解的话,就可以和牟庭说的"刺"说相
合了。"之子于归,言秣其马",是说"是子来嫁者,所乘一马,秣之已足,易为资
给;以喻士之应令来者,但须廪食之耳"。意思是说这位女子出嫁,所乘坐的马车
需要马来拉,只要把马喂饱了就可以了;比喻来应聘的士子,只要给他一定的粟
作为薪水就可以了。由于君主不能求贤,诗人在吟咏到"汉之广矣,不可泳思;江

之永矣，不可方思"这几句时，不免有些担忧和怅惘。也许诗人本人就是一位贤者，想得到君主的重用，无奈君主有眼不识泰山，不能寻找贤者并重用他。围绕在君主身边的都是无德无才的小人罢了。

刘向《列女传·辩通传·阿谷处女》记载：

> 阿谷处女者，阿谷之隧浣者也。孔子南游，过阿谷之隧，见处子佩瑧而浣，孔子谓子贡曰："彼浣者其可与言乎？"抽觞以授子贡曰："为之辞以观其志。"子贡曰："我北鄙之人也。自北徂南，将欲之楚，逢天之暑，我思谭谭，愿乞一饮，以伏我心。"处子曰："阿谷之隧，隐曲之地，其水一清一浊，流入于海，欲饮则饮，何问乎婢子？"授（受）子贡觞，迎流而挹之，投而弃之，从流而挹之，满而溢之，跪置沙上，曰："礼不亲授。"子贡还报其辞。孔子曰："丘已知之矣。"抽琴去其轸，以授子贡曰："为之辞。"子贡往曰："向者闻子之言，穆如清风，不拂不寤（忤），私复我心，有琴无轸，愿借子调其音。"处子曰："我鄙野之人也。陋固无心，五音不知，安能调琴？"子贡以报孔子，孔子曰："丘已知之矣。过（遇）贤则宾。"抽絺绤五两以授子贡曰："为之辞。"子贡往曰："吾北鄙之人也。自北徂南，将欲之楚，有絺绤五两，非敢以当子之身也，愿注之水旁。"处子曰："行客之人，嗟然永久，分其资财，弃于野鄙，妾年甚少，何敢受子。子不早命，窃有狂夫名之者矣。"子贡以告孔子，孔子曰："丘已知之矣。斯妇人达于人情而知礼。"《诗》云："南有乔木，不可休息（思），汉有游女，不可求思。"此之谓也。

《韩诗外传》也记载了这个故事。这个故事本与《汉广》这首诗无关，故事的末尾引用这首诗，只是为了赞美阿谷处女能以礼自持，不为非礼所动。

二、懂得变通而又能守礼不渝的召南女子

《召南·野有死麕》一诗中的女子提醒追求她的男子"无感我帨兮"体现了她的守礼不渝，而她对男子说"舒而脱脱兮"，提醒男子不要着急，婚姻大事要从长计议，说明她其实是同意了男子的求婚（但仍要完成婚礼所规定的程序），也体现了她的变通。

野有死麕，白茅包之。有女怀春，吉士诱之。

林有朴樕，野有死鹿。白茅纯束，有女如玉。

"舒而脱脱兮，无感我帨兮，无使尨也吠。"

《毛诗序》说："《野有死麕》，恶无礼也。天下大乱，强暴相陵，遂成淫风。被文王之化，虽当乱世，犹恶无礼也。"郑玄《笺》说："无礼者，为不由媒妁，雁币不至，劫胁以成昏。谓纣之世。"《毛诗》认为这首诗产生于商纣王时期，当时天下大乱，男子想要结婚，但不通过媒妁的介绍，也不为女方准备聘礼，而是想通过"劫胁"的方式获得女子。然而，召南地区的民众受到周文王的教化，痛恨这种违背礼的行为。这首诗写的就是一名遵守礼的女子对一位不遵守礼的男子的斥责和劝导。也可以理解为一个坚守礼教的人见到了有人企图破坏礼教，于是写作此诗，借诗中女子之口而对破坏礼教的男子作出批评。

朱熹《诗集传》认为这是赞美文王的教化和女子贞洁守礼的。他说："南国被文王之化，女子有贞洁自守，不为强暴所污者。故诗人因所见以兴其事而美之。"朱熹强调了对女子的赞美，同时也点出了诗中男子欲为"强暴"，该观点实际上与《毛诗》是一脉相承的。牟庭《诗切》也认为这首诗是"贞女词也"。陈子展《诗经直解》在引用了众多学者对第三章的不同观点之后，也说："愚见，则谓此章为贞女拒暴之词。最初，郑、孔之说未必为误，仍从其朔可也。"

三家诗在诗歌的主旨的解释上与《毛诗》是一致的，不过三家诗认为这首诗产生的时代是周平王时期，地点是原来西周的首都镐京一带。《韩诗》说："平王东迁，诸侯侮法，男女失冠昏之节，《野麕》之刺兴焉。"魏源认为这首诗是周平王东迁以后，居住在原来西都畿内（镐京）的人所作。王先谦《诗三家义集疏》说："此诗为东迁后西都畿内之人所作无疑。虽时当衰乱，犹知见不善而恶之，斯周初礼教之遗，圣主贤臣所化，入人为至深矣。"由于犬戎族的攻打，西周灭亡，周平王迁都洛邑，史称东周。原来西周的都城在周平王东迁之后，逐渐被落后的秦国占据。由于西周的灭亡，这一带地区的礼教有所衰败，但由于是原来西周的都城所在地，受到文武周公的礼乐教化比较深，因此仍有很多人愿意遵守礼教。

"野有死麕，白茅包之。"野外有一只死掉的鹿，用白茅草包着（它的皮）。古代婚礼中有纳征之礼，即男方向女方赠送聘礼。《白虎通》云："纳征，玄纁、束帛、离皮。"这里的离皮是指两张鹿皮。鹿皮是聘礼的重要组成部分。根据这两句诗，我们可以想象一个场景，即一个男子在树林里打死了鹿，剥下了鹿皮，用白茅草包好。这里白茅包的不是整个鹿，也不是鹿肉，而是鹿皮。他包着这鹿皮想要做什么？原来他是想去送给心仪的女子,作为聘礼。所以接下来就引出了"有女怀春,吉士诱之"这两句。有一个正值青春年华的少女,这位一表人才的男子爱上了她,带着白茅草包好的鹿皮作为聘礼想要进献给这位女子。这里的"诱"一方面可以理解为"进",即男子把鹿皮进献给女子,另一方面可以理解为"引导",即男子自己用此聘礼引导女子与自己成婚。该男子的做法不合礼法之处在于,纳征之礼,应当由"媒人导成之"(郑玄《笺》),即应当由媒人代表男方送给女方,而不应当"自相导诱"(马瑞辰语),即自己亲自送给女子。

另外,第一章还可以从比兴手法上来理解。"野有死麕,白茅包之"是说野外已经死掉的鹿,如果想拿回家的话,还要用白茅包裹一下再带回,以表示郑重。这两句是兴,接下来暗含的意思是,何况男女成婚呢? 如果男方想把女子娶回家,也要非常郑重,即要遵守圣贤制定的婚姻礼法才行。但是诗人看到的却是相反的现象:"有女怀春,吉士诱之。"对于一个怀春的少女,那男子竟然想以非礼来诱导她。这一章是对不遵守礼法的男子的讽刺。

"林有朴樕,野有死鹿。白茅纯束,有女如玉。"对于这几句,王先谦说:"言林有朴樕,仅供樵薪之需,野有死鹿,亦非贵重之物,然我取以归,亦需以白茅总聚而束之,防其坠失。今有女如无瑕之玉,顾不思自爱乎?"意思是说,林中的灌木,野外的死鹿,这些并不贵重的物品,都要用白茅捆扎,表示对这些物品的爱惜。言下之意是,何况现在有一个美好的、白璧无瑕的少女,怎么能随随便便对待自己的终身大事呢? 这也就引出了下一章,该女子没有随随便便对待自己的婚姻大事,当男子诱导她、想说服她嫁给自己的时候,她严词拒绝了该男子的无礼行为。

"舒而脱脱兮,无感我帨兮,无使尨也吠。"请你不要着急,婚姻大事要从长计议,请你慢慢来,按照礼节来向我求婚。请你不要动我身上的佩巾,请你与我保持距离,不要惊动了家里的狗,它的叫声会引起人们的注意。这里的"舒而脱脱兮",不是指女子让男子对自己慢慢动手动脚,也不是女子的半推半就之词,而是让男方"徐以礼来",即让男方在婚姻这件事情上慢慢来,按照礼法的要求去做。牟庭认为"古语轻而无礼曰脱,重言之则曰脱脱"。"舒而脱脱兮"是女子正色斥责男子"言汝举动脱脱然也",请"舒放汝手",不得无礼。这正是女子对男子非礼行为的拒绝。帨为女子身上的佩巾,虽然微不足道,但也仍不可乱动,何况女子的如玉之身,更不可乱碰乱动。这句话也是女子警告男子不要动手动脚。最后一句狗叫会惊动他人,如果他人知道了男子对女子的非礼行为,对该女子的名声是有损害的。所以该女子警告男子不要惊起狗叫。朱熹说："此章乃述女子拒之之辞。姑徐徐而来,毋动我之帨,毋惊我之犬,以甚言其不能相及也。其凛然不可犯之意,盖可见矣。"王先谦赞叹说："诗人代为女拒男之言,云士姑缓来,我帨本不可动,且无使犬吠而惊他人。既儆以礼之难越,又喻以人之可畏,词婉意严,可谓善于立言矣。"吴闿生《诗义会通》说："末章则托为贞女之词,有凛然不可犯之色,而化民型俗之意自在言外,乃古人文章之高致。"

现代学者多认为这是一首描写男女恋爱的诗篇。如程俊英说："这是描写一对青年男女恋爱的诗。男的是一位猎人,他在郊外丛林里遇见了一位似花如玉的少女,即以小鹿为赠,终于获得爱情。"又如高亨说："这首诗写一个打猎的男人引诱一个漂亮的姑娘,她也爱上了他,引他到家中相会。"一位男子带着鹿肉作为礼物来与他心仪的女子幽会,女子也爱上了这位相貌堂堂(娩娩)的男子。则最后一章就成了男子向女子求爱时,女子的半推半就之词。刘毓庆说:"在顾颉刚主编的《古史辨》第三册中,收录了三篇关于此诗的文章信函,一个基本的共识:这是一首爱情诗,甚至是写偷情的诗。如顾颉刚说:'这明明是一个女子为了得到性满足,对于异性说出的恳挚的叮嘱。'这个解释最符合性爱自由、个性解放的时代需求,因而也得到了大多学者的认同。"

前面无论是《毛诗》、三家诗、朱熹的观点,都认为诗中的男子是违背礼节的,而诗中的女子是贞洁守礼的。现代学者把此诗看作是爱情诗,其实里面也包含着诗中的女子自由叛逆、不守礼法的含义。

另有一种观点认为此诗中的男女都是守礼的,但根据实际情况,诗中的男女有些变通的做法。陈子展引宋儒王质《诗总闻》的观点说:"女至春而思有所归,吉士以礼通情而思有所偶,人道之常。或以怀春为淫,诱为诡;若尔,安得为吉士?吉士所求必贞女,下所谓如玉也。""当时在野而又贫者,无羔雁币帛以将意,取兽于野,包物以茅,护门有犬。皆乡落气象也。""寻诗,时亦正,礼亦正,男女俱无可讥者。""虽定礼有成式,亦当随家丰俭。夫礼惟其称而已,此即礼也。"陈子展说:"此当为姚际恒《诗经通论》'此篇是山野之民相与及时为婚姻之诗'一说所自出。且曰:'所谓吉士者,其赳赳武夫者流耶? 林有朴樕,亦中林景象也。总而论之,女怀士诱,言及时也。吉士玉女,言相当也。'"据此,则诗中称"吉士""玉女"是对男子和女子的赞美,诗中的男女都到了婚配的年龄,他们家境贫寒,财力不足,但是男子还是准备了麕、鹿作为礼物,来向女子求婚。诗中的女子也答应了男子的请求。

刘毓庆先生从社会学的角度出发,也认为这是男子向女子求婚、女子答应了男子并赞叹男子的诗。他说:"这是一篇写男子向女子求爱的诗,具有很高的社会学价值。在原始社会中,男子向女子求婚,往往猎取野兽献于女子,女子若收下猎物,便意味着接受了对方的爱情。""诗中所描写的正是男子向女子献猎物求爱的情景。古所谓'吉礼以鹿皮为贽',便是由这种礼俗发展而来的。"除了猎物,还有薪柴。"林有朴樕,野有死鹿,白茅纯束",是指男子用白茅把死鹿与砍下的樕木树枝捆扎起来送给女子。"《〈毛诗〉后笺》云:'古婚礼或有薪刍之馈。'其说甚是。今绍兴民间有'柴姑娘,炭新郎'之俗,即在迎娶时,男方把柴用红绒缠绕着,送到女家去。女家也把炭用红绒缠绕着,送到男家来。(见刘大白《白屋说诗·说〈毛诗·绸缪〉》),此或为古俗之遗存。""这男子向女子求爱的地方,不应当在野外,而是在女子家门前。因为柴与鹿这一担重物,女子是无法拿回家的,只有男子送上门才合适。这可以从五十年前的一些山村婚俗可以得到证明。在山区,男女青年在青春期,一般不直接接触。正常情况下,小伙子要是看中了哪家的姑娘,就要帮哪家挑水、打柴,向对方的父母献殷勤。如果对方接受了这种殷勤,就表示同意这门婚事,于是男方就可以差媒人说合。""此诗的末章,则是写男子向女子献殷勤后,女子对男子的好感:他举止安舒从容大方,没有轻薄之举,也没有惊扰守犬。"

方玉润《诗经原始》认为这是一首描写有德君子隐居山野、拒绝出仕的诗。他说:"《野有死麕》,拒招隐也。""唯章氏潢云'《野有死麕》,亦比体也。诗人不过托言怀春之女,以讽士之炫才求用,而又欲人勿迫于己'者,差为得之。"他说:"愚意此必高人逸士抱朴怀贞,不肯出而用世,故托言以谢当世求才之贤也。意若曰,惟野有死麕,故白茅纯以包之。惟有女怀春,故吉士得而诱之。今也'林有朴樕,野有死鹿'矣,然'白茅'则'纯束'也,而谁其包之?'有女如玉',质本无瑕也,而谁能玷之?尔吉士纵欲诱我,我其能禁尔以无诱哉?亦惟望尔入山招隐时,姑徐徐以云来,勿劳我衣冠,勿引我吠龙,不至使山中猿鹤共相惊讶云尔。吾亦将去此而他适矣。""或又谓文、武盛时,何劳肥遁?然巢、由并生尧、舜之世,何害其为尧、舜?即夷、齐同避文、武之朝,又何害其为文、武?安知孤竹二子外,不更有明贤遗老高尚其志,不肯出而食粟者哉?天地之大,何所不容?圣德如天,亦何所不容?然正唯有此高人逸士而能容之,乃所以成文、武之世之大也。"野有死麕,就可以用白茅来包裹它,比喻君子有才外露,则会有君主来寻求他;女子如果怀春,思念求得佳偶,那么就会有吉士来引诱她,比喻君子如果渴望出仕为官,那么就会吸引君主来聘请他。但是如果林野中的死鹿已经用白茅包裹好了,谁还能有机会来包裹它呢?如果一个女子德行洁白无瑕,犹如美玉,谁还能引诱得了她呢?比喻君子如果不愿意显露自己的才能,守德如玉,不愿意出仕为官,谁又能请他出山呢?于是君子敬告有国的君主:"如果您要是来山里聘请我的话,即使我不愿意,我又能如何呢?只希望您来的时候轻轻地,不要劳累我,使我衣冠楚楚来接待您,也不要惊动我的狗。而我也不会出山为官,我将要远去他方隐居了。"吴闿生《诗义会通》也说:"抑又疑此等诗或守道之士,不就当世禄仕,而托为男女之词。后世文家往往有然,古人盖亦如此也。"

三、怀其常道而挟其变权的许穆夫人

《鄘风·载驰》这首诗写的是许穆夫人因卫国被狄人所灭,忧心如焚,于是冲破许国人的阻挠,终于返回卫国吊唁的事。这首诗体现了许穆夫人既能遵守礼教,又能在特殊的情况下做出变通的选择。许穆夫人是一位能"怀其常道"而"挟其变权""行权而合道"的奇女子。

> 载驰载驱,归唁卫侯。驱马悠悠,言至于漕。大夫跋涉,我心则忧。
> 既不我嘉,不能旋反。视而不臧,我思不远?既不我嘉,不能旋济。视而不臧,我思不閟?
> 陟彼阿丘,言采其蝱。女子善怀,亦各有行。许人尤之,众稚且狂。
> 我行其野,芃芃其麦。控于大邦,谁因谁极?
> 大夫君子,无我有尤。百尔所思,不如我所之。

《左传·闵公二年》记载:"初,惠公之即位也少,齐人使昭伯烝于宣姜,不可,强之。生齐子、戴公、文公、宋桓夫人、许穆夫人。"许穆夫人是卫宣公之庶长子卫昭伯的女儿,嫁给了许穆公,故称许穆夫人。许穆夫人的母亲是宣姜。宣姜本为卫宣公夫人,和宣公生了两个儿子:公子寿和公子朔(即卫惠公)。卫宣公死后,宣姜又被安排嫁给了卫宣公的庶长子公子顽,即卫昭伯,生下三个儿子:齐子、公孙申(卫戴公)、卫文公,和两个女儿:宋桓公夫人和许穆夫人。

刘向《列女传·仁智篇》记载:

许穆夫人者,卫懿公之女,许穆公之夫人也。初许求之,齐亦求之,懿公将与许,女因其傅母而言曰:"古者诸侯之有女子也,所以苞苴玩弄,系援于大国也。言今者许小而远,齐大而近。若今之世,强者为雄。如使边境有寇戎之事,维是四方之故,赴告大国,妾在,不犹愈乎! 今舍近而就远,离大而附小,一旦有车驰之难,孰可与虑社稷?"卫侯不听,而嫁之于许。其后翟人攻卫,大破之,而许不能救,卫侯遂奔走涉河,而南至楚丘。齐桓往而存之,遂城楚丘以居。卫侯于是悔不用其言。当败之时,许夫人驰驱而吊唁卫侯,因疾之而作诗云:"载驰载驱,归唁卫侯。驱马悠悠,言至于漕。大夫跋涉,我心则忧。既不我嘉,不能旋反。视尔不臧,我思不远?"君子善其慈惠而远识也。

按,《列女传》说许穆夫人为卫懿公之女,不正确,应当从《左传》为卫昭伯之女。《列女传》中所说的"卫侯",也不是同一人。详见后文。

《左传·闵公二年》记载:"冬十二月,狄人伐卫。""及狄人战于荧泽,卫师败绩,遂灭卫。""及败,宋桓公逆诸河,宵济。卫之遗民男女七百有三十人,益之以共、滕之民为五千人,立戴公以庐于曹。许穆夫人赋《载驰》。"

许穆夫人是一位有远见的奇女子,在她未嫁之时,许国国君许穆公和齐国国君齐桓公都来求婚,卫国君主想把她许配给许国。考察年代,这时的卫国君主应当是她同母的哥哥卫惠公,但是按照父系来看,她需称呼卫惠公为叔叔。她通过傅母向父亲卫昭伯进言说:"古者诸侯之有女子也,所以苞苴玩弄,系援于大国也。今者许小而远,齐大而近,若今之世,强者为雄,如使边境有寇戎之事,维是四方之故,赴告大国,妾在不犹愈乎? 今舍近而就远,离大而附小,一旦有车驰之难,孰可与虑社稷?"大概这涉及两国的婚姻,卫昭伯是没有什么发言权的,卫惠公不听,还是把她嫁给了许穆公。鲁闵公二年(公元前660年)冬,狄人攻打卫国,这时候卫惠公已经去世了,当政的是卫惠公之子卫懿公。许国国小力弱,不能救援,齐桓公或许是因为还惦记着未能娶到许穆夫人一事,见死不救,导致卫国大败,卫懿公死于兵乱之中。许穆夫人的姐夫宋桓公迎卫国遗民,南渡黄河,在漕邑(今河南滑县旧城东)而立卫戴公。卫戴公即许穆夫人同父同母的哥哥。但戴公当年冬天就去世了,戴公的弟弟立,是为卫文公。卫文公也是许穆夫人同父同母的兄弟。当时由于信息不通畅,再加上许国人的阻挠,考察诗中所说的"言采其蝱""芃芃其麦"都是春天的景物,因此许穆夫人归唁卫国,应当是在第二年(鲁僖公元年,公元前659年)的春天了,这时候卫戴公已去世,在位的国君是她同父同母的兄弟卫文公。

诗的首章写许穆夫人乘坐马车回卫国归唁之事。

许穆夫人写这首诗的原因之一是许国的大夫们反对她回卫国吊唁。这涉及周礼,今文经和古文经的说法不同,清皮锡瑞对此有详细论证。根据古文经的说法,父母在世,国君夫人可以回国看望父母,父母去世后,只能派大夫去看望自己的兄弟。如《邶风·泉水》这首诗郑玄《笺》说:"国君夫人,父母在则归宁,没则使大夫宁于兄弟。"《左传》与此同。而根据今文经的说法,一国公主嫁给另一国为国君夫人,则一般情况下不能回国看望父母,只有一种情况能回国,那就是父母去世的时候。如《公羊传·庄公二十七年》何休《解诂》说:"诸侯夫人尊重,既嫁,非有大故,不得反。唯自大夫妻,虽无事,岁一归宗。"《疏》云:"其大故者,奔丧之谓。"这里的奔丧也不是一般的奔丧,而是父母之丧。《礼记·杂记下》说:"妇人非三年之丧,不逾封而吊。如三年之丧,则君夫人归。"这里的"三年之丧"是指父母去世,父母去世,国君夫人可以回国吊唁;如果不是父母去世,如兄弟去世之类,则不能越过国境回国吊唁。又如《谷梁传·庄公二年》说:"妇人既嫁不逾竟,逾竟非正也。"皮锡瑞据此说:"今文说以为国君夫人无论父母在不在,皆不得归宁,唯有大故得奔丧耳。"又如《战国策·赵策四》记载左师触詟对赵太后说:"父母之爱子,则为之计深远。媪之送燕后也,持其踵为之泣,念悲其远也,亦哀之矣。已行,非弗思也,祭祀必祝之,祝曰:'必勿使反。'岂非计久长,有子孙相继为王也哉?"赵太后的女儿嫁为燕王后,她希望女儿不要返回赵国。因为除了父母去世,国君夫人返回自己的国家还有一个原因,那就是和国君离婚了。皮锡瑞据此说:"盖战国时犹守母在不归宁之礼。"王先谦说:"'远父母兄弟',《风》诗屡有明文,合之《公》《谷》《国策》,足为国君夫人不得归宁之确证。"(见王先谦《诗三家义集疏》对于《邶风·泉水》的阐释)

许国人反对许穆夫人回国,如果根据古文经的说法,那一定是她的父母都已经不在世了。父母不在了,只能派一位大夫去吊唁自己的兄弟。《毛诗》认为许穆夫人的父母是卫昭伯和宣姜,但是《毛诗》没有给出此时许穆夫人的父母都已经不在世的证据。所以《毛诗》的说法是不能完全自洽的。

如果根据今文经的说法,许穆夫人只有在她的父亲去世或者母亲去世的时候,才能返回卫国,既然许国人反对,所以卫懿公就不是许穆夫人的父亲。如果卫懿公是许穆夫人的父亲,卫懿公此时被狄人所杀害,正符合国君夫人可以在"大故"即父母去世时回国。所以关于许穆夫人的身份,应当从《左传》,为卫昭伯和宣姜之女。《列女传》大概传写有误。

　　既然许穆夫人是卫昭伯和宣姜之女,此时并未有二人去世之说,经典中只记载卫懿公被杀,卫懿公是许穆夫人的哥哥,所以许国大夫根据的是今文经的说法,认为许穆夫人要求回国吊唁是违背礼的。

　　但许穆夫人认为,我此去卫国是吊唁卫之失国,并不是为了归宁兄弟。宗国破灭,宗族很多人死于非命,宗庙也被破坏,父母的牌位可能都被烧毁了,这不是比父母去世还要重大的"大故"吗? 我既然不能给予救援,从道义上讲应当去吊唁。我的做法虽然表面上不符合周礼,但却符合天理人情。因此许穆夫人坚持要回国吊唁。这里的"归唁卫侯""言至于漕",就是指到漕邑来吊唁卫文公。"大夫跋涉,我心则忧"则是点明原因。这里的大夫是指卫国的大夫。卫许两国结为婚姻,卫国有难,必定来告知许国,许穆夫人见卫大夫远道"跋涉"而来,料想一定有国难当头,因此心忧。

　　次章是许穆夫人知道了卫国的大难之后,回想出嫁前向父亲的进言,而心中想到:"我当时之所以请求嫁给齐国,就是为了系援于大国,我的谋虑是非常嘉美的,既不以我的谋虑为嘉美,现在国家发生大难,卫国君臣遁逃至漕邑而不能再北渡黄河、旋返于旧都,当时我就认为把我嫁给许国对卫国是无益的,我的思虑难道不深远周密吗?"这一章表达了许穆夫人悲叹至深又无能为力的心情。

　　第三章登山采蝱,蝱指贝母草。贝母可以治疗疾病,以登山采蝱起兴,比喻许穆夫人想要借助人力来安定卫国。"女子善怀"指女子常常会思念父母之国。"亦各有行",指许穆夫人说自己思念国家,也有自己的道理和方式。而许国大夫却用一般的礼制来责备我,是"稚且狂"也。

　　第四章是已经来到了卫国,见到卫国田野里的麦子长得非常茂盛,时间从冬天到第二年的春天了,可见卫国丧乱已有半年,但是还没有人来救援。故接下来呼吁慨叹:"控于大邦,谁因谁极?"我想要往赴大国求救,可是谁可以亲近,谁能至此来救呢? 当时要嫁给齐国而父亲不许,现在国家有难了,想要向齐国求救也没有那么容易啊。

　　《左传·闵公二年》在"许穆夫人赋《载驰》"一句后紧接着记载说:"齐侯使公子无亏帅车三百乘、甲士三千人以戍曹。归公乘马,祭服五称,牛羊豕鸡狗皆三百,与门材。归夫人鱼轩,重锦三十两。"也就是在许穆夫人写下《载驰》这首诗后不久,齐桓公派军队来救援卫国,帮助卫国复国了。齐桓公之所以来援救,是因为齐桓公作为春秋时期的霸主,有救援小国的公义。另外,也许,这与许穆夫人有一定的关系。也许是许穆夫人的勇气和见识打动了他？也许是许穆夫人的这首诗作唤起了他以前对许穆夫人的倾慕？这就不得而知了。

孔颖达《毛诗正义》对于《鄘风·定之方中》一诗的阐释中引《乐纬·稽耀嘉》说："狄人与卫战，桓公不救。于其败也，然后救之。"王先谦在对《载驰》的阐释中说："盖齐桓不救者，怀失妇之私嫌；败然后救者，存霸主之公义。向使女果适齐侯，卫可不至破灭，则许夫人之事关系至重，而经传不载，幸轶说犹见于三家耳。"当狄人攻打卫国之初，齐桓公可救可不救，如果当时许穆夫人嫁给了齐桓公，她一定能说服齐桓公拯救卫国，击退狄人，而不至于灭国。王先谦认为，或许正是因为当年齐桓公求亲，而卫国不许，所以齐桓公怀恨在心，不来救助。而当卫国已灭，宋桓公已经护送卫戴公和卫国遗民渡河南下，再加上许穆夫人赋《载驰》一诗，把当年的情事都暗暗写在了诗中，如果齐桓公再不来救助，一方面其作为霸主说不过去，无法对天下诸侯有所交代，另一方面则坐实了他因许穆夫人没能嫁给他而怀恨一事，所以他势必要出兵出财物帮助卫国复国。或许可以说，其中许穆夫人起了重要的作用。

末章"大夫君子"是指许国的大夫君子。许穆夫人说，许国的在位的大夫和不在位的君子们啊，你们不要责备我，根据现在的形势，我一定要回卫国，你们考虑得再多、责备我再多，都不对，而我归唁卫国这件事是正确的。许穆夫人在本诗的最后再一次强调，我的所为虽然表面上不符合礼制的规定，但是符合天理人情的。

《韩诗外传》卷二记载：

> 高子问于孟子曰："夫嫁娶者非己所自亲也，卫女何以得编于《诗》也？"
> 孟子曰："有卫女之志则可，无卫女之志则怠。若伊尹于太甲，有伊尹之志则可，无伊尹之志则篡。夫道二：常之谓经，变之谓权。怀其常道，而挟其变权，乃得为贤。夫卫女行中孝，虑中圣，权如之何？"《诗》曰："既不我嘉，不能旋反。视尔不臧，我思不远？"

孟子认为，许穆夫人请求嫁往齐国，虽然有悖于"父母之命"，但是她的目的在于结援大国，有此志，则是可以的。而她因为国家灭亡而坚持要回去吊唁的行为，虽然不符合周礼常经，但是符合权变之道。因此《载驰》这首诗被编入了《诗经》。

《毛诗序》说："《载驰》，许穆夫人作也。闵其宗国颠覆，自伤不能救也。卫懿公为狄人所灭，国人分散，露于漕邑。许穆夫人闵卫之亡，伤许之小，力不能救，思归唁其兄，又义不得，故赋是诗也。"《毛诗》认为许穆夫人想回国吊唁其兄，但于"义不得",也就是最终没有回到卫国。朱熹《诗集传》也说:"宣姜之女为许穆公夫人。闵卫之亡,驰驱而归,将以唁卫公于漕邑。未至,而许之大夫有奔走跋涉而来者。夫人知其必将以不可归之义来告,故心以为忧也。既而终不果归。乃作此诗,以自言其意尔。"又引范氏说:"先王制礼,父母没则不得归宁者,义也。虽国灭君死,不得往赴焉,义重于亡故也。"胡承珙《毛诗后笺》、陈奂《诗毛氏传疏》等也认为"陟彼阿丘,言采其蝱"与"我行其野,芃芃其麦"等皆为设想之词。对此,在对本诗最后一章的注释中,王先谦反驳说:

> 言尔无以非礼责我,今日之事,义在必归,虽百尔之所思,不如我所往之为是也。故服虔注《左传》云:"言我遂往,无我有尤也。是夫人竟往卫矣。"或疑夫人以义不果往而作诗,今案"驱马悠悠""我行其野",非设想之词,服说是也。如夫人未往,涉念即止,乌有举国非尤之事。若既已前往,则必告之许君而决计成行,亦无忽畏谤议,中道辄反之理。惟其违礼而归,许人皆不谓然,故夫人作诗自明其行权而合道,且其忧伤宗国,感念前言,信《外传》所谓"行中孝、虑中圣"者矣。

可见,许穆夫人不仅在思想上超出众人,而且她有极强的行动力,能够说到做到,令人钦佩。值得一提的是,许穆夫人是中国文学史上所见记载最早的几位女诗人之一,也是世界文学史上最早的几位女诗人之一。她是这样一位有远见、有勇气,能够"行中孝、虑中圣","行权而合道"的奇女子,因此不能不令我们感到钦佩。

"守经达权""行权而合道",启示我们遇事要懂得变通,同时也要注意,这变通是在坚持原则的基础上的变通。变通是为了更好地行道,如果是为了获取富贵名利而不择手段,就不是儒家所说的"权"了。孔子提醒子夏:"女(汝)为君子儒,无为小人儒!"(《论语·雍也》)或许就包含这个意思吧。

▶ 诗选注

周南·汉广

南有乔木,	生长南国的高耸的乔木,
不可休思;	无法到它的树荫下休息。
汉有游女,	那在江边游玩的汉江神女,

不可求思。①　　不会为人间的求爱者停下脚步。

汉之广矣，　　这宽广的汉江啊，无法游过，

不可泳思；　　这浩渺的长江啊，无法舟越。

江之永矣，

不可方思。②

翘翘错薪，　　交错生长的高高的草木，

言刈其楚；　　我在割取那高高的荆条。

之子于归，　　无法亲近的人啊，待她出嫁时，

言秣其马。③　　我愿为她驾车，把驾车的马儿喂饱。

汉之广矣，　　这宽广的汉江啊，无法游过，

不可泳思；　　这浩渺的长江啊，无法舟越。

江之永矣，

不可方思。

翘翘错薪，　　交错生长的高高的草木，

言刈其蒌；　　我在割取那高高的蒌蒿。

之子于归，　　无法亲近的人啊，待她出嫁时，

言秣其驹。④　　我愿为她驾车，把驾车的马驹喂好。

汉之广矣，　　这宽广的汉江啊，无法游过，

不可泳思；　　这浩渺的长江啊，无法舟越。

江之永矣，

不可方思。

注释

① 乔木——高耸的树木,树荫比较少,因此下一句说不能让人乘凉休息。休——休
息。思——语气助词。汉——汉水,长江支流之一。游女——汉水之神。
② 江——长江。永——长。方——将木头并排编在一起做成的桴(小木筏)。
这里指乘木筏渡江。

③ 翘翘（qiáo）——指草木茂盛而高。错——草木杂乱的样子。薪——柴火，这里指将要被割下来成为柴火的草木。虽然是草木，但是即将被割下来成为薪。刈（yì）——割。楚——灌木名，即牡荆。在茂盛而高的草木中收割那些尤其高的，比喻在众多美好的女子中娶其中品行尤其高洁的。归——指女子出嫁。秣（mò）——喂马。

④ 蒌（lóu）——蒌蒿。驹（jū）——两岁多的小马。

召南·野有死麕

野有死麕，	在郊野的树林，一位好青年
白茅包之。	用白茅包好猎获的死麕，
有女怀春，	一位怀春的少女想要嫁人，
吉士诱之。①	他便献上猎物想向她求亲。

林有朴樕，	砍伐林中的灌木作为柴薪，
野有死鹿。	从野外带来死鹿作为礼品，
白茅纯束，	那死鹿用白茅草包好、扎捆，
有女如玉。②	而那少女如玉般无瑕坚贞。

"舒而脱脱兮，	"你要从长计议啊，切莫着急，
无感我帨兮，	请不要扯动我身上的佩巾，
无使尨也吠。"③	不要让声响惊动了家中的狗，
	它的叫声会引来非议的人群。"

注释

① 麕（jūn）——同"麏（jūn）"，鹿之类的动物。比鹿小，无角。马瑞辰引李善《文选注》云："今江东人呼鹿为麕。"白茅——草名，一名菅。春天生芽，尖细如针，俗称茅针。夏天开白花，秋天枯萎，根至为洁白，味道甘美。怀春——思春，指少女情怀萌动。《鲁诗》说曰："春女感阳则思。"吉士——犹善士，对男

子的美称。诱——马瑞辰认为通"羑",有进善之意,引申为引导的意思。不
是指引诱、挑逗。

② 朴樕(sù)——小木,灌木。纯束——纯通"屯",聚也,总也,这里意思与束相
同。纯束即屯束,意思是汇总捆束在一起。

③ 舒——舒缓,一说为发语词。而——通"尔",你。脱脱(tuì)——同"娩娩",形容
舒缓从容的样子,一说意思为喜悦安好,仪态舒迟则容仪安好。感(hàn)——通
"撼",动。帨(shuì)——佩巾,用以擦手。尨(máng)——多毛的狗。

鄘风·载驰

载驰载驱,	乘坐车马驱驰向北,
归唁卫侯。	我要回卫国吊唁卫侯。
驱马悠悠,	策马走过悠悠的长路,
言至于漕。	我要到漕邑致以问候。
大夫跋涉,	是卫国的大夫长途跋涉
我心则忧。①	带来的消息,让我心忧。
既不我嘉,	想从前你们都不把我赞许,
不能旋反。	可如今再也难返旧都。
视而不臧,	你们当年的决定多么错谬,
我思不远?	我的考虑难道不深远长久?
既不我嘉,	想从前你们都不赞许我,
不能旋济。	可如今再也难以北渡黄河,
视而不臧,	你们当年的决定多么荒诞,
我思不閟?②	我的考虑难道不缜密周全?
陟彼阿丘,	登上阿丘采摘治病的贝母草,
言采其蝱。	我也多想有方法疗救我的祖国,
女子善怀,	身为女子容易怀念父母兄弟,
亦各有行。	但有她自己的道理和原则。
许人尤之,	你们许国人多么幼稚狂妄,

众穉且狂。③　　竟然在这样危难的时刻责备我!

我行其野，　　终于回到了卫国，走在田野上，
芃芃其麦。　　芃芃的麦子即将在风中成熟，
控于大邦，　　我要奔赴大国，发出求救的呼告，
谁因谁极?④　　究竟谁可以依靠? 谁能来救助?

大夫君子，　　许国在位的大夫和不在位的君子们，
无我有尤。　　请你们不要责备我;你们所有的思考，
百尔所思，　　你们死守礼制的想法是错的，
不如我所之。⑤　都不如我懂得权变而合乎大道。

注释

① 载——语助词。驰、驱——皆为驾驶马车。唁(yàn)——吊唁。悠悠——远
貌。漕——邑名,在卫国东部。大夫——指卫国的大夫。
② 嘉——赞许。旋反——返回。而——尔,你。臧——善。济——渡河。閟
(bì)——通"密",周密。
③ 陟——登。阿丘——一边偏高的山丘。言——语助词。蝱(máng)——贝母
草,采蝱治病,喻设法救国。怀——怀念。行——道。许人——许国人。
尤——非议,批评。众——众人。穉——通"稚",幼稚。
④ 芃芃(péng)——茂盛的样子。控——赴,赴告。因——亲也,依靠。极——至。
⑤ 大夫——指许国的大夫。尔——你们。之——往。

思考题

1. 谈一谈《汉广》《野有死麕》《载驰》这几首诗的主旨。
2. 讨论:结合事例谈一谈你对"守经达权"和"行权而合道"的认识。

第八章

《诗经》中对君子的向往

孔子说"吾十有五而志于学"(《论语·为政》),又说"志于道"(《述而》),孟子指出士应当做的事情就是要"尚志"(《孟子·尽心上》),即使自己的志向高尚。志向非常重要,我们最终能成为什么,决定于我们最初想要成为什么。伯牙鼓琴,钟子期听之,方鼓琴,志在山,钟子期曰:"善哉鼓琴!巍巍乎如太山。"志在流水,钟子期曰:"善哉鼓琴!洋洋乎若江河。"(《韩诗外传》卷九)仁者乐山,智者乐水,志在高山流水,才能培养自己宽广崇高的胸怀,才能成为仁者智者。种豆得豆,种瓜得瓜,我们的志向就是最初的种子。志在君子,才能成为君子。志在圣人,才能成为圣人。明代大儒王阳明反复劝学者要"立有必为圣人之志"(《答刘内重》),要有"真为圣人之志"(《寄邹谦之》)。他在《示弟立志说》中引用程子的话说:"有求为圣人之志,然后可与共学。"他称赞王天宇,说他"于是乎慨然有志于圣贤之学,非豪杰之士能然哉?"(《书王天宇卷》)读圣贤书,我们应当立下成为君子、成为圣贤的志向,志在君子、志在圣贤。孔子说"见贤思齐焉"(《论语·里仁》),又说学者应当"亲仁",即亲近有仁德的君子,应当"就有道而正焉"(《学而》),即靠近有道德的君子从而匡正自己的错误。孔子教导子贡,培养仁德的方法是,"居是邦也,事其大夫之贤者,友其士之仁者"(《卫灵公》)。孔子又指出交友应当"友直,友谅,友多闻"(《季氏》),才是有益的。孟子告诉我们要"友天下之善士",并"尚论古之人"(《孟子·万章下》),因此,亲近现实生活中的君子,学习历史上的往圣先贤,是我们成就自己的必由之路。

本讲选了四首诗。《召南·草虫》描写了对君子的向往和见到君子后的喜悦。《郑风·风雨》写出了君子在乱世中仍然不改变其节操的精神。《郑风·野有蔓草》写的是邂逅君子的喜悦心情。《小雅·隰桑》写出了希望能见到隐居在野的君子的心情。

一、未见之忧和既见之喜

《召南·草虫》这首诗描写了未见到君子时,对君子的思慕和向往之情以及见到君子之后的喜悦之情。

> 喓喓草虫，趯趯阜螽；未见君子，忧心忡忡。亦既见止，亦既觏止，我心则降。
>
> 陟彼南山，言采其蕨；未见君子，忧心惙惙。亦既见止，亦既觏止，我心则说。
>
> 陟彼南山，言采其薇；未见君子，我心伤悲。亦既见止，亦既觏止，我心则夷。

刘向《说苑·君道篇》记载，鲁哀公问孔子，我听说君子不喜欢下棋，这是为什么呢？孔子说，因为下棋这件事会引起人们的争强好胜之心，下棋时有"二乘"的现象，即双方互相侵凌以求胜过对方，君子认为这是"行恶道"，因此不喜欢下棋。鲁哀公很惊讶，说，君子厌恶"恶道"的心真是嫉恶如仇啊！孔子回答说：

> 恶恶道不能甚，则其好善道亦不能甚；好善道不能甚，则百姓之亲之也，亦不能甚。《诗》云："未见君子，忧心惙惙，亦既见止，亦既觏止，我心则说。"诗之好善道之甚也如此。

这是《鲁诗》的说法。孔子引用《草虫》这首诗来说明"君子好善道"，因此，这首诗的主旨是描写诗人仰慕道德高尚的君子，希望能遇到这样的君子并向他学习。未见到君子的时候，找不到学习的榜样而忧心忡忡；见到君子的时候，因为有了学习的榜样，可以提升自己的道德修养而感到高兴。我们心中或许也有敬仰的人物、崇拜的偶像，当我们想见他们而不得见的时候，就忧心忡忡，有机会见到他们的时候，心中的欢喜不言而喻。

"喓喓草虫，趯趯阜螽。"蝈蝈在喓喓地鸣叫，蚂蚱在趯趯地跳跃。蝈蝈鸣叫了，蚱蜢也跳起来了，这是昆虫的"同声相应、同气相求"，比喻朋友之间同道相合，以引起下文我急于见君子。"未见君子，忧心忡忡。"未见到君子的时候，我心中忧伤，犹如水波摇荡不止。这两句写出了对君子的仰慕与渴望。"亦既见止，亦既觏止，我心则降。"见是见到，"觏"通"遘"，是"遇"的意思。"遇"不仅仅是见，还有"合"的意思，即与所见到之人相"遇合"、志同道合。"怀才不遇"中的"遇"即是此意。孔子和孟子周游列国，"见"到过很多国君，但始终不"遇"，未遇到过一位志同道合的君主。而当我见到了这位君子，并与他志同道合时，便感到相见恨晚，自己一直渴慕的心也"降"下来了，犹如我们说的"心中像一块石头落了地"，心情平静了下来。"降"还包含"降低"的意思，即我见到君子后，对他很仰慕，在他面前我自然而然地心中很谦卑,对他很尊敬。

第二章仅前两句和第一章不同,后面几句只是换了两个字。"陟彼南山,言采其蕨。"登上南山,采摘山上的蕨菜。用蕨菜起兴,表示像蕨菜这样微不足道的东西,因为可以食用,我尚且不辞辛劳,登山采摘,何况君子对于我非常有帮助,我怎么能不急于求见呢?所以没有见到的时候心里忧愁,已经见到之后内心就非常喜悦。王先谦《诗三家义集疏》载,德行高尚,"义不食周粟"的伯夷、叔齐隐居首阳山时,没有粮食吃,就采摘蕨菜维生。清朝末年,北京人常用蕨菜招待客人,称之为"吉祥草",因为这是品德高洁的伯夷、叔齐穷困时吃的东西,人们因此赋予了美好的含义。第三章和第二章类似。

《左传·襄公二十七年(公元前546年)》记载了这样一则故事:

> 郑伯享赵孟于垂陇,子展、伯有、子西、子产、子大叔、二子石从。赵孟曰:"七子从君,以宠武也。请皆赋以卒君贶,武亦以观七子之志。"子展赋《草虫》,赵孟曰:"善哉!民之主也。抑武也不足以当之。"(中略)"子展其后亡者也,在上不忘降。"

郑简公设宴招待赵文子,即《赵氏孤儿》中的赵武,子展等七位大夫陪同。赵文子请这七个人各自朗诵一首诗,以观察他们的志向和情怀,其中子展朗诵了《草虫》这首诗。子展想用这首诗来告诉赵文子:您是品德良好的君子,我见到您很高兴。赵文子听了之后说:"您朗诵的诗中歌颂的君子可以为老百姓做主,我愧不敢当。但我从您的朗诵里可以看出,您很谦虚。您虽然官居大夫的高位,但能够降低自己的身份,渴望见到品德高尚的君子,我因此可以遇见您的子孙也会兴旺发达,您的子孙数代都能保持大夫的官位。"这是典型的春秋时期的赋诗言志的场景。

另,《毛诗序》认为:"《草虫》,大夫妻能以礼自防也。"《毛诗故训传》说:"卿大夫之妻待礼而行,随从君子。"郑玄《笺》认为这是描写大夫妻出嫁时的诗:"草虫鸣,阜螽跃而从之,异种同类,犹男女嘉时,以礼相求呼。未见君子者,谓在涂时也。在涂而忧,忧不当君子,无以宁父母,故心冲冲然,是其不自绝于其族之情。既见,谓已同牢而食也;既觏,谓已昏也。始者忧于不当,今君子待己以礼,庶自此可以宁父母,故心下也。"刘毓庆《诗经考评》在此基础上认为:"这首诗主要描写的是姑娘出嫁前的心理状态。但并不是实写,更不是新娘自己在诉说,而应当是一首流传于大众中的婚庆歌,是通过对新娘忧喜交加心情的描写,来增加婚庆的活跃气氛的。"

朱熹《诗集传》则认为这首诗写的是："南国被文王之化,诸侯大夫行役在外,其妻独居,感时物之变而思其君子如此。"后人多据此认为这是大夫的妻子思念行役在外的丈夫的诗。君子,即妻子对丈夫的称呼。草虫、阜螽是秋天的虫子,蕨菜、薇菜是春天的野菜,从秋天思念到春天,可以想见思念之深情、专一。

二、乱世中思念固守节操的君子

《孟子·梁惠王下》说:

《书》曰:"汤一征,自葛始。"天下信之。"东面而征,西夷怨;南面而征,北狄怨。曰,奚为后我?"民望之,若大旱之望云霓也。归市者不止,耕者不变。诛其君而吊其民,若时雨降,民大悦。《书》曰:"徯我后,后来其苏。"

夏朝末年,天下大乱,诸侯国的百姓听说商汤仁慈,都思念他,等待他的到来。

《资治通鉴》卷278记载:

帝(后唐明宗)性不猜忌,与物无竞,登极之年已逾六十,每夕于宫中焚香祝天曰:"某胡人,因乱为众所推;愿天早生圣人,为生民主。"在位年谷屡丰,兵革罕用,校于五代,粗为小康。

后唐明宗李嗣源生于乱世,因缘际会,做了皇帝,他知道自己不能平定天下,因此向上苍祝祷,希望天下能早日有圣人出现,为百姓作主。心中期待什么样的人,自己也会成为这样的人或者类似的人,所以后唐明宗本人在位时,也能够"性不猜忌,与物无竞",他当时统治的地区则"年谷屡丰,兵革罕用,校于五代,粗为小康"。

《郑风·风雨》这首诗就表达了乱世中思念君子的感情。

> 风雨凄凄,鸡鸣喈喈。既见君子,云胡不夷?
>
> 风雨潇潇,鸡鸣胶胶。既见君子,云胡不瘳?
>
> 风雨如晦,鸡鸣不已。既见君子,云胡不喜?

《毛诗序》曰:"《风雨》,思君子也。乱世则思君子不改其度焉。"这首诗写的是在乱世中对君子的思念和赞叹。君子虽然处于乱世但是不改变他的气节,正如郑玄所说"鸡不为如晦而止不鸣"。

《韩诗外传》说鸡有文、武、勇、仁、信等"五德":

> 头戴冠者,文也;足傅距者,武也;敌在前敢斗者、勇也;见食相呼者,仁也;守夜不失时者,信也。

因此,鸡在古人那里可以用来比喻君子。

"风雨凄凄,鸡鸣喈喈"是一种比喻。风雨象征着国家处于风雨飘摇的乱世,鸡具有耿介的特点,一只雄鸡在风雨中不停地鸣叫,象征着君子虽然处于乱世之中仍然保持自己的气节,为国家的前途和命运而奔走呼告。在国家遇到危难的时候,是需要能够力挽狂澜的贤德君子的时候。"既见君子,云胡不夷?"在这个时候,遇到了君子,怎么能不欢喜呢?

这首诗也常常被后世的君子引用,来表达自己的情怀。南朝刘宋时有个叫袁粲的人,仪表堂堂,风度翩翩。当时的皇帝宋后废帝刘昱非常昏庸无道,迫使袁粲在朝堂上光着身子行走。袁粲虽然受此侮辱,但是他面不改色,仍然很优雅地向前走着,而且一边走一边朗诵着这首诗。南朝梁简文帝在被权臣侯景幽禁时,作《幽絷题壁自序》云:"梁正士兰陵萧纲,立身行己,终始如一。风雨如晦,鸡鸣不已。"也是以此诗的含义来激励自己。抗日战争时期,著名画家徐悲鸿画了一幅《风雨鸡鸣图》,风雨交加中,一只雄鸡,不畏艰险,立于峻峭的巨石之上,挺胸仰望天空长鸣,表达了热烈的爱国情怀和中国人民顽强不屈的斗志。

唐朝诗人李贺《致酒行》中有一句诗"雄鸡一声天下白",也可以看作是对这首诗的意思的引申。虽然"风雨如晦",但是"鸡鸣不已",只要有君子的坚持,那么天下的太平就可以期待,"天下大白""海清河晏"的那一天就可以到来。这首诗不仅表达了乱世中君子的气节,也表现了我们民族的气节。有这种精神存在并鼓舞着我们,我们的民族才能绵延不绝。

不过,朱熹认为这是男女淫奔之诗。《诗集传》云:"风雨晦暝,盖淫奔之时。君子,指所期之男子也。淫奔之女,言当此之时,见所期之人而心悦也。""(二章)言积思之病,至此而愈也。"现代学者亦因此多主张"夫妻重逢"说或"喜见情人"说,认为此诗是一位女子见到久别的丈夫或情人而作的。

三、邂逅君子的欢喜之情

知道自己将要见到一向敬仰的君子，是令人激动的；而没有预兆、没有安排地和自己所敬仰的君子不期而遇，不更是令人惊喜吗？《郑风·野有蔓草》就表达了邂逅君子的欢喜之情。

　　野有蔓草，零露漙兮。有美一人，清扬婉兮。邂逅相遇，适我愿兮。
　　野有蔓草，零露瀼瀼。有美一人，婉如清扬。邂逅相遇，与子偕臧。

在对《召南·草虫》一诗的阐释中，我们提到《左传》里赵文子请郑国的七位大夫赋诗言志的故事。其中子太叔赋《野有蔓草》，赵文子说："吾子之惠也。"犹如我们今天说"谢谢您抬举我啊"，并说子太叔也是"数世之主也"。杜预注说："大（太）叔喜于相遇，故赵孟受其惠。"又《左传·昭公十六年（前526年）》记载，夏四月，郑国的六卿饯晋国执政韩宣子于城郊。韩宣子也请大家赋诗言志。子齹赋《野有蔓草》。韩宣子说："孺子善哉，吾有望矣。"从这个故事来看，《野有蔓草》也是一首表达渴望见到仁德君子的诗，而诗中说"邂逅相遇"，则道出了与渴望见到的仁德君子不期而遇的情形。

诗共两章，每章六句。"野有蔓草，零露漙兮"描写了在一个有露水的早上，在野外的情景。"有美一人，清扬婉兮"，是说遇到了一个眉清目秀的贤德之士。这里的"美"不是指美女，而是指相貌堂堂的彬彬君子。这一相遇不是约好的，而是"邂逅相遇"，是一种不期而遇。在我想遇到但是一直没有找到的时候，偶然间遇到了，这是一件多么令人开心的事情啊。所以诗人接着说"适我愿兮"。这恰恰是我一直以来的愿望啊，如今终于实现了。第二章的最后一句与第一章差别较大，用了一句"与子偕臧"，可以理解为，让我和你一起走向美好的未来。

《毛诗序》认为这是描写男女不期而会的诗："《野有蔓草》，思遇时也。君之泽不下流，民穷于兵革，男女失时，思不期而会焉。"《毛诗》认为，这首诗的写作背景是国家有战乱，动荡不安，适龄的男女无法正常结婚，因此希望邂逅相遇，不期而会。朱熹《诗集传》也认为这首诗描写了"男女相遇于野田草露之间"。不过，王先谦《诗三家义集疏》根据前文《左传》里的赋诗言志批驳了这种说法：

> 以郑国之人赋本国之诗,享钱大礼,岂敢赋不正之诗,以取戾于大国执
> 政?《有女同车》诸诗,宋人以为淫奔者,赖《毛诗》正之,读此诗为序说所累,
> 久蒙不美,然即赋推诗,其非男女之词决矣。

王先谦认为,如果这是一首表达男女之情的诗,特别是这样的野外邂逅,是为当时的礼制所反对的。在两国外交的正式而庄严的场合,本国的卿大夫面对大国执政,怎么可能朗诵这样一首写男女偶遇的情诗呢?所以,这首诗的本意绝不是表达男女之情的,而是表达了对贤德君子的思念和渴求。

又刘向《说苑·尊贤篇》记载:

> 孔子之郯,遭程子于涂,倾盖而语终日。有间,顾子路曰:"取束帛一以赠先生。"子路不对。有间,又顾曰:"取束帛一以赠先生。"子路屑然对曰:"由闻之,士不中而见,女无媒而嫁,君子不行也。"孔子曰:"由,《诗》不云乎:'野有蔓草,零露溥兮。有美一人,清扬婉兮。邂逅相遇,适我愿兮。'今程子天下之贤士也,于是不赠,终身不见。大德毋逾闲,小德出入可也。"

孔子在去郯地的路上遇到了著名的贤士程子,于是停下来和他聊了很久。孔子让子路取出一束帛作为礼物送给程子,但子路以孔子和程子的相见不符合君子相见的礼节,而表示拒绝。孔子则赋《野有蔓草》表达在路上偶遇贤士程子的喜悦之情。孔子告诉子路,程子为天下贤士,我们路上与他邂逅相遇,是我们的幸运,不可以被一般的礼节所束缚。这也体现了儒家"守经达权"的精神。这是《鲁诗》的说法,也认为《野有蔓草》表达的是思遇贤人君子。

王先谦认为我们今天所见到的《毛诗序》是东汉卫敬仲根据自己的理解而加以改写过的,已经失去原来的真面目。王先谦认为《毛诗序》中说的"思遇时也",尚是《毛诗》原文,其余的则是后人增窜。他说:"遇时之思,盖因兵革不息,民人流离,冀觏名贤以匡其主,如齐侯之得管仲,秦伯之得百里奚耳。"诗人所想邂逅的,不是男女爱情,而是能拯救家国的贤人君子。诗的最后一句"与子偕臧",表达了深深的喜悦,诗人似乎在说,国家有救了,民众有望了。

四、念念不忘,必有回响

孔子曾说:"甚矣吾衰也,久矣吾不复梦见周公!"(《论语·述而》)可见孔子

壮年时常常梦见周公。孔子十五岁而"志于学"(《学而》)、"志于道"(《里仁》),敬仰制礼作乐的圣人周公,心中常常思念,"精诚所至,金石为开",所以能梦见周公的形象和容貌。刘勰《文心雕龙·序志》说:"予生七龄,乃梦彩云若锦,则攀而采之。齿在逾立,则尝夜梦执丹漆之礼器,随仲尼而南行。"梦见登高采摘彩云,可能是无心之事;但梦见孔子,可能是因为他仰慕孔子,朝思暮想之故。今人说"念念不忘,必有回响",对君子的思慕藏在心中,念念不忘,就一定有机会遇到心中敬仰的君子。《小雅·隰桑》就表达了这种对君子念念不忘的感情。

> 隰桑有阿,其叶有难。既见君子,其乐如何?
> 隰桑有阿,其叶有沃。既见君子,云何不乐?
> 隰桑有阿,其叶有幽。既见君子,德音孔胶。
> 心乎爱矣,遐不谓矣! 中心藏之,何日忘之!

这首诗是对在野的君子贤人的思念。《毛诗序》云:"《隰桑》,刺幽王也。小人在位,君子在野,思见君子,尽心以事之。"周幽王时,朝政混乱,小人在位,君子在野。诗人忧念国家,希望能见到隐居在野的贤人。朱熹《诗集传》也说:"此喜见君子之诗。"但并不肯定是在野的君子:"然所谓君子,则不知其何所指矣。"

"隰桑有阿,其叶有难。"生长在洼地的桑树枝条婀娜,枝叶茂盛。茂盛的桑树生长在洼地,比喻有才德的贤人隐居在野。"既见君子,其乐如何?"已经见到了君子,是多么高兴啊。诗人见到了贤人,想到贤人若是能来辅佐君王治理国家,那么国家就有希望由衰转强,所以内心非常高兴。第二章和第一章意思相近而重复吟咏。第三章中的"德音孔胶"是说君子的道德教化非常盛大。"心乎爱矣,遐不谓矣!"我心仰慕这位贤人君子,太远了,无法告诉他啊。"中心藏之,何日忘之!"我心中善念这位君子,哪有过一天忘记过他呢!

这首诗一方面有《诗经》的反复吟咏的手法,另一方面又有变化。如前三章几乎一致,但第三章的最后一句"德音孔胶"便有所变化。第四章则是完全不同,直抒胸臆。但这种直抒胸臆并不令人感到太直白,反而有一种令人回味的袅袅余音。诗作常常需要比喻等手法和直抒胸臆相结合,运用比喻手法会使得诗有一种朦胧之美,富有我们所说的"诗意";直抒胸臆则会点名诗旨,令人豁然开朗。而比喻手法和直抒胸臆相结合,则会使诗在明白和朦胧之间,因而更加韵味悠长。

也有现代学者把这首诗看作是女子对男子的爱慕思念之诗。如程俊英《诗

经译注》认为："这是一位妇女思念丈夫的诗。"按照这样理解，"隰桑"旁被看作是
男女见面的地方，"德音孔胶"被理解为男子的情话绵绵。

我们从小就有心中仰慕的人，长大后很多人会追星；我们在自己喜欢的某个
领域也会对该领域的伟大人物产生崇敬和向往之情。我们生而为人，完善我们
的人格、提升我们的精神境界、实现自我价值，难道不是最重要的人生任务吗？
因此，对君子的向往、对圣贤人格的追求，必然成为我们经过反省的人生的最重
要的目标。

▶ 诗选注

召南·草虫

喓喓草虫，	蝈蝈在草丛中喓喓鸣叫，
趯趯阜螽；	蚱蜢在野地里趯趯跳跃，
未见君子，	你呀，我倾心仰慕的君子，
忧心忡忡。	对你的思念使我忧伤焦灼。
亦既见止，	如今多幸运，我得以有缘见到你！
亦既觏止，	更幸运的是，我们的心灵竟如此契合！
我心则降。①	我悬着的心啊，也像是有一块石头降落。
陟彼南山，	登上南山的山坡我采摘蕨菜，
言采其蕨；	那高洁的君子曾采摘它为食，
未见君子，	你呀，我倾心仰慕的君子，
忧心惙惙。	对你的思念使我如狂如痴。
亦既见止，	如今多幸运，我得以有缘见到你！
亦既觏止，	更幸运的是，我们的心灵竟如此相契！
我心则说。②	我曾经愁苦的心啊，如今满是欢喜。
陟彼南山，	登上南山的山坡我采摘薇菜，
言采其薇；	那高洁的君子曾以它维持生命。
未见君子，	你呀，我倾心仰慕的君子，

我心伤悲。	对你的思念曾使我哀伤悲痛。
亦既见止，	如今多幸运，我得以有缘见到你！
亦既觏止，	更幸运的是，我们有着契合的心灵！
我心则夷。③	我曾经动荡不安的心啊，如今已归于平静。

注释

① 喓喓（yāo）——昆虫鸣叫的声音。草虫——蝈蝈。趯趯（tì）——昆虫跳跃的样子。阜螽——蚱蜢。忡忡（chōng）——一作冲冲，冲冲形容水波摇动，忡忡形容心跳动不安的样子。止——语气助词，没有实义。觏（gòu）——一作遘，遇的意思。降——放下，安定。

② 言——语气助词，没有实义。蕨——蕨菜，刚生长起来时像幼儿的拳头，故称拳菜，蕨菜的茎是紫色的，又称紫蕨。惙惙（chuò）——忧愁的样子。说（yuè）——通"悦"，高兴。

③ 薇——野豌豆，生长于山上。夷——喜悦，一说为平静。

郑风·风雨

风雨凄凄，	风雨的声音多么凄凉，
鸡鸣喈喈。	鸡仍然在喈喈地鸣叫，
既见君子，	今天我见到了您这位君子，
云胡不夷？①	叫我怎能不喜上眉梢？
风雨潇潇，	潇潇，潇潇，风暴雨狂，
鸡鸣胶胶。	鸡仍然在喔喔地长鸣，
既见君子，	今天我见到了您这位君子，
云胡不瘳？②	瞬间痊愈了我心头的病痛。
风雨如晦，	天地在风雨中一片晦暗，
鸡鸣不已。	鸡仍然仰起头长鸣不已，

既见君子，　　今天我见到了您这位君子，
云胡不喜？③　叫我怎能不满心欢喜？

注释

① 喈喈(jiē)——鸡叫声。胡——何，为什么。夷——喜悦。
② 潇潇——风暴雨狂的样子。胶胶——通"嘐嘐(jiāo)"，鸡的鸣叫声。瘳
　（chōu）——病愈。
③ 如——而，而且。晦——昏暗。

郑风·野有蔓草

野有蔓草，　　秋天的草在野外蔓延，
零露溥兮。　　草叶上落满了露珠的晶莹。
有美一人，　　有一个人是那么美好，
清扬婉兮。　　他的眼睛清澈而真诚。
邂逅相遇，　　没想到在这里不期而遇，
适我愿兮。①　圆了我长久以来的美梦。

野有蔓草，　　秋天的草在野外蔓延，
零露瀼瀼。　　草叶上落满了露珠的闪光。
有美一人，　　有一个人是那么美好，
婉如清扬。　　他的眼睛真诚而明亮。
邂逅相遇，　　没想到在这里不期而遇，
与子偕臧。②　愿和你共赴美好的前方。

注释

① 蔓——草蔓延的样子。零——落。溥(tuán)——露珠圆润而盛多。清

扬——眼睛澄澈、安静而明亮的样子。婉——顺,眼睛美顺。邂逅(xiè hòu)——不期而遇。

② 瀼(ráng)——盛多。臧——善。

小雅·隰桑

隰桑有阿,	生长在低湿之地的桑树,
其叶有难。	枝叶婀娜,多么茂盛。
既见君子,	如今我见到您这位君子,
其乐如何?①	我的心中是多么高兴。

隰桑有阿,	生长在低湿之地的桑树,
其叶有沃。	枝条轻柔,多么繁茂。
既见君子,	如今我见到您这位君子,
云何不乐?②	快乐之光将我心照耀。

隰桑有阿,	生长在低湿之地的桑树,
其叶有幽。	枝叶扶疏,多么茂密。
既见君子,	如今我见到您这位君子,
德音孔胶。③	我早就听到过您盛大的声誉。

心乎爱矣,	一直以来,我心中仰慕着您,
遐不谓矣!	离您太远,我无法向您诉说。
中心藏之,	您正是我心中仁善的君子,
何日忘之!④	我虔诚的心又何曾忘却!

注释

① 隰(xí)——低洼之地。阿(ē)——形容美的样子。有阿,即"阿阿"。难(nuó)——多,茂盛的样子。

② 沃——柔软。有沃,即"沃沃"。

③ 幽——通"葽(yāo)",茂盛的样子。德音——道德教化。孔——甚,很。

胶——通"佼",盛大。

④ 遐——远。一说通"瑕",意为"胡",即"何"的意思。谓——告诉。藏——通

"臧",善,以之为善。

思考题

1. 谈一谈《草虫》《风雨》《野有蔓草》《隰桑》这几首诗的主旨。

2. 结合《左传》《诗三家义集疏》,说明为何不能将《野有蔓草》理解为"淫

奔之诗"?

第九章

《诗经》中君子乐天知命的思想

孔子说自己"五十而知天命"(《论语·为政》),并说"不知命,无以为君子"(《尧曰》)。《说文解字》说:"命,使也。从口从令。"《说文解字注》说:"令者,发号也。君事也。非君而口使之,是亦令也。故曰命者,天之令也。"在儒家看来,命即是上天的命令,上天使某人或某事如何如何,即是命。

一方面,命具有神秘莫测的特点。孔子在卫国不受重用,于是想到西方的晋国拜见晋国执政赵简子。孔子来到了黄河边上,而听说了晋国君子窦鸣犊、舜华被赵简子杀害的消息,于是面向着黄河感叹道:"美哉水,洋洋乎!丘之不济此,命也夫!"(《史记·孔子世家》)孟子说"莫之为而为者,天也;莫之致而至者,命也"(《孟子·万章上》),人的贫富贵贱寿夭穷通皆有命。另一方面,儒家把命和德行联系了起来,《礼记·中庸》说:"天命之谓性。"《小雅·天保》说:"天保定尔,亦孔之固。""言天之所以仁义礼智保定人之甚固也。"(《韩诗外传》卷六)上天赋予了我们善性,可以说,上天命令我们做君子,这就是我们的"天命"。

君子因为知命,所以不会患得患失,即"乐天知命故不忧"(《周易·系辞上》)。君子因为知命,也就不会妄求,正如"孔子进以礼,退以义,得之不得曰'有命'"(《孟子·万章上》)。君子因为知命,也就会无所畏惧,正如孔子所说:"知穷之有命,知通之有时,临大难而不惧者,圣人之勇也。"(《庄子·秋水》)

君子要做的就是依照仁义而行罢了。正如子夏所说,知道"死生有命,富贵在天",君子要做的不过是"敬而无失,与人恭而有礼"(《论语·颜渊》)。又如子思所说,君子应"居易以俟命","素其位而行,不愿乎其外"(《礼记·中庸》)。也如孟子所说,君子"存其心,养其性,所以事天也。夭寿不贰,修身以俟之,所以立命也"(《孟子·尽心上》),又说"君子行法,以俟命而已矣"(《尽心下》)。不可求的富贵,"求之有道,得之有命";而仁义善性"求则得之,舍则失之"(《尽心上》)。孔子说:"如不可求,从吾所好。"(《论语·述而》)知富贵之不可求,是知命;从吾所好之仁义善性,则是顺应天命。

本讲选了四首诗。《召南·小星》描写了一位辛劳奔波的下级官吏对命运的接受和感慨。《邶风·北门》描写了一位不被重用、遭遇贫困且不被家人理解的君子仍能乐天知命,安贫乐道,忠于职责。《邶风·雄雉》赞美了一位拥有"不忮不求"的知命君子品格的丈夫。《陈风·衡门》赞美了一位具有贫而乐道、不改其志的精神的君子。

一、安于命运,尽职尽责

《召南·小星》记载了一位安于命运、尽职尽责的下层官吏。

> 嘒彼小星,三五在东。肃肃宵征,夙夜在公。寔命不同。
>
> 嘒彼小星,维参与昴。肃肃宵征,抱衾与裯。寔命不犹。

《韩诗外传》卷一说:

> 曾子仕于莒,得粟三秉,方是之时,曾子重其禄而轻其身;亲没之后,齐迎以相,楚迎以令尹,晋迎以上卿,方是之时,曾子重其身而轻其禄。怀其宝而迷其国者,不可与语仁;窘其身而约其亲者,不可与语孝;任重道远者,不择地而息;家贫亲老者,不择官而仕。故君子桥褐趋时,当务为急。《传》云:不逢时而仕,任事而敦其虑,为之使而不入其谋,贫焉故也。《诗》云:"夙夜在公,实命不同。"

曾子为了奉养老母亲,即使很卑微的官职、很劳苦的事情他都去做;他母亲去世以后,齐国、晋国、楚国都想请他做卿相这样的高官,他也不为所动。这个故事主要说的是"不逢时"的情况下,君子如何处世。一般来说,儒家奉行的是"天下有道则见,无道则隐",但是如果在家庭贫困、需要赡养父母的情况下,即使是在天下无道的时候,即"不逢时"的时候,君子也会出来,到政府部门做事。因为儒家最重视的是亲情伦理。他宁肯委屈自己也要尽到赡养父母的责任。但他不会做大官,不会参与政府的政治决策,而只是做一名官职卑微、收入微薄的小官吏。但他会从容地接受自己的命运,把应该做的事情做好。

宋洪迈《容斋随笔》说:"《小星》'肃肃宵征,抱衾与裯',是咏使者远适,夙夜征行,不敢慢君命之意。"宋章俊卿、程大昌也认为"此为使臣勤劳之诗"(见王先谦《诗三家义集疏》),这些说法都来自《韩诗》。

综上所述,《召南·小星》这首诗描写了一位出使在外、辛劳奔波的下级官吏对命运的接受和感慨，在官职卑微、工作辛劳的情况下他仍然尽职尽责，没有丝毫懈怠。

"嘒彼小星，三五在东。"明亮的星星，三颗、五颗，在东方的天空上闪烁。古人认为天空有二十八星宿，东西南北各七大星宿。其中参星和昴星属于西方星宿，参星由三颗星星组成，昴星由五颗星星组成。参星和昴星在农历五月份时的清晨出现在东方。这两句点明了这位官员出使在外的时间。"肃肃宵征，夙夜在公。"早夜的时候就起床出发了，虽然很辛苦，但他仍然恭敬庄重，做好工作上的事情。他出差在外，并没有人监督他。但是他没有睡懒觉，而是天还没亮就起床了；他也没有随意地混日子，而是十分恭敬、庄重地对待自己的工作任务。他在努力做好当下应当做的事情。他似乎有一丝无奈和忧伤，他感慨："寔命不同！"不同的人有不同的命运，这是我的命运如此！但他并不是抱怨，他的对命运的感慨中也包含了对命运的接受。

孔子说："不知命，无以为君子也。"(《论语·尧曰》)一个人如果不能了解和接受自己的命运，就不足以称为君子。这种对命运的了解和接受，就是上不怨天，下不尤人，也不对未来存在不切实际的妄想，而是能够安于命运，活在当下，从而保持心灵的宁静。安于命运并不是安于现状、不思进取，而是在接受现状的基础上尽力做好目前应当做的事情。这也就是《中庸》所说的"君子素其位而行"的意思。

《文选》五臣注本魏文帝《杂诗》吕向注说："'嘒彼小星'，喻小人在朝也。"王先谦认为唐人吕向注《文选》诗，唯有《韩诗》存在，所以这应是《韩诗内传》的说法。

又《焦氏易林·大过之夬》说："旁多小星，三五在东。早夜晨行，劳苦无功。"这是《齐诗》的说法。"旁多小星"，正是比喻君主身旁有很多小人。正是因为小人的阻挠，所以使臣虽劳苦而无功，与《韩诗外传》所说的"为之使而不入其谋"相合。

《毛诗》把诗中的主人公定为国君的媵妾。《毛诗序》说："《小星》，惠及下也。夫人无妒忌之行，惠及贱妾，进御于君，知其命有贵贱，能尽其心矣。"朱熹《诗集传》引吕氏说："夫人无妒忌之行，而贱妾安于其命，谓上好仁而下必好义者也。"对于"抱衾与裯"这句，郑玄《笺》说："诸妾夜行，抱衾与床帐，待进御之次序。"王先谦反驳说："诸侯有一国，其宫中嫔御，虽云至下，固非闾阎微贱之比，何至于抱衾而行。况于床帐，势非一己之力所能致者，其说可谓陋矣。"

二、接受天命,无怨无尤

《邶风·北门》这首诗描绘了一位下层官吏,他起初因官职卑微、俸禄微薄、不能备礼行事、家人不能理解,而感到忧心,但经过思考后,他最终能接受天命、无怨无尤。

> 出自北门,忧心殷殷。终窭且贫,莫知我艰。已焉哉!天实为之,谓之何哉!
>
> 王事适我,政事一埤益我。我入自外,室人交遍谪我。已焉哉!天实为之,谓之何哉!
>
> 王事敦我,政事一埤遗我。我入自外,室人交遍摧我。已焉哉!天实为之,谓之何哉!

《毛诗序》说:"《北门》,刺士不得志也。言卫之忠臣不得其志耳。"郑玄《笺》说:"不得其志者,君不知己志而遇困苦。"三家诗无异义。这首诗描写的是,卫国的臣子不被重用,遭遇贫困,虽然公务繁重,家人不理解,但仍然能乐天知命,安贫乐道,忠于职责。

"出自北门,忧心殷殷。终窭且贫,莫知我艰。"我从北门走出城外,心中隐隐忧伤,既没有足够的财力举办日常生活中所需要做的礼,甚至又贫穷得没法生活了,但没有人知道我的艰难。首章的前四句直接点出了君子的贫穷和忧伤。王先谦说:"此言既窭不能为礼,且至贫无以自给也。"即从这句话中我们可以看出,这位君子不仅贫穷得无法按照礼的要求做事情,而且无法保证基本的温饱生活了。"已焉哉!天实为之,谓之何哉!"既然已经这样了,这是天命,上天令我如此,我又何必说什么呢?可见君子并没有抱怨别人,也没有怨恨国君不能重用他,而是把他的贫穷归结于自己的天命,体现了他安于贫穷的志向。子夏说:"死生有命,富贵在天。"(《论语·颜渊》)这是我的天命,我能奈何?唯有乐天知命,安贫乐道,做好自己应当做的工作,尽好自己应尽的责任。

"王事适我,政事一埤益我。"王事指"王命役使之事",即与周王朝相关的事务;政事指卫国的政事。王事都安排到我这里,国家的政事也都增加到我头上,让我去处理。这两句写出了公务繁重,君子多劳。"我入自外,室人交遍谪我。"当我从朝廷回到了家里,家里人也交替谴责我。为什么谴责我呢? 因为我的工作任务繁重,得到的报酬却很微薄,不足以养活家人。虽然我如此困窘,但仍然尽职尽责为国家做好自己应该做的工作。家人却希望我不要再做这个工作了,家人认为这时最重要的是要养活家人。这两句话写出了家人对我的不理解。但我仍然不改其志,安于天命:"已焉哉! 天实为之,谓之何哉!"还要说什么呢? 这是我的天命,孔子说:"君子固穷。"(《论语·卫灵公》)我不会因为贫困而改变自己的志向。第三章通过重复第二章的意思,加深了诗人情感的表达。

如何理解"已焉哉! 天实为之,谓之何哉"说的是安于天命呢? 诗人说这是上天让我如此,我还说它干什么呢? 诗人没有怨天尤人,也没有想着去通过不正当的手段,比如谄媚国君、投靠权臣来改变的自己处境,而是接受了自己的命运,听从天命,安于贫贱,固守道义。

我们如果把孔子和商鞅做一比较就更容易理解这几句诗了。孔子周游列国,当他通过正当的途径、用先王之道游说国君,而国君不能任用他时,他就宁肯离开这个国家,也不会放弃自己的原则。卫灵公的宠臣弥子瑕向他伸出橄榄枝,并通过他的学生子路告诉他,只要他能投靠自己,就能做上卫国的卿,但孔子决不愿意投靠他。这就是孟子说的孔子能"进以礼,退以义,得之不得曰'有命'"(《孟子·万章上》)。孔子的理想是用仁义礼乐来治国平天下,他不仅要实现目的正义,也要求自己做到途径正义。当他不被重用,他也许就会说:"已焉哉! 天实为之,谓之何哉!"他把这样的结果归之于命运,他所要做的就是按照道义而行,但行好事,莫问前程,接受天命,不会为了名利而改变自己的志向。商鞅则不同,当他分别用帝道和王道游说秦孝公,皆不被采纳后,他就用能迅速富国强兵的霸道来游说秦孝公,终于获得重用。可见,商鞅并不是心中有一治国平天下的高尚理想想要推行,而是为了获取名利富贵,为君主列出三个不同的菜单,只要能获得重用,无论君主选择哪个,对商鞅来说都无所谓。他坚守的不是理想,而是志在追求富贵。他接近秦孝公的方式也是通过秦孝公的嬖臣景监,这跟孔子不投靠卫灵公的宠臣弥子瑕也恰好相反。我们可以设想一下,当商鞅不被重用而处于贫贱的地位时,他绝不会说这是天命从而接受天命,而可能会说:"富贵名利,唾手可得,我有的是方法和手段,不用担心君主不重用我。"孔子能为了理想而固守贫贱,商鞅则是为了富贵名利而不择手段。孔子所担忧的是道不能实现或者不能坚守,商鞅则担忧的是不能获取富贵名利。

《潜夫论·赞学篇》云:"君子忧道不忧贫,箕子陈六极,《国风》歌《北门》,故所谓不忧贫也。岂好贫而弗之忧也? 盖志有所专,昭其重也。是故君子之求丰厚也,非为嘉馔、美服、淫乐、声色也,乃将以底(砥)其道而迈其德也。"此处的"志有所专"是忧劳国事,因此不以自己的贫困为忧。"底道迈德"是说君子致力于德行的磨砺和提升。孟子说:"君子有终身之忧,无一朝之患。"(《孟子·离娄下》)君子终身担忧的是自己的德行没有提升、君子之道没有实现,而不会因一朝名利的得失而忧伤。

诗的首章提到了"终窭且贫",并不是忧愁抱怨自己贫穷,而是阐述一个事实——自己的俸禄不足以养活家人。每一章的后三句"已焉哉! 天实为之,谓之何哉!"都表明了诗人乐天知命、安贫乐道的志向。所以王先谦赞叹说:"王事敦迫,国事加遗,任劳而不辞,阨穷而不怨,可谓君子矣。"

三、不贪不争,无往不善

能够接受天命、安于命运的君子,很显然是已经放下名利富贵之心的君子,因此他们能做到不贪不争,无往而不善,也就是《邶风·雄雉》所说的"不忮不求,何用不臧"。

> 雄雉于飞,泄泄其羽。我之怀矣,自诒伊阻。
> 雄雉于飞,下上其音。展矣君子,实劳我心。
> 瞻彼日月,悠悠我思。道之云远,曷云能来?
> 百尔君子,不知德行。不忮不求,何用不臧?

这首诗以一名大夫的妻子的口吻,表达了对行役在外的丈夫的思念和赞美,并对朝廷里的百官进行了讽刺。这首诗写于卫宣公时期,卫宣公荒淫无道,对行役在外的大夫的勤苦不能加以体恤,因此这首诗也间接表达了对卫宣公的讽刺。

"雄雉于飞,泄泄其羽。"一只雄雉在天空中飞翔,鼓动着它的翅膀。在《诗经》中,鸡、雉都是耿介之鸟,形容君子的品行高洁。如《韩诗》说:"雉,耿介之鸟也。"《仪礼·士相见礼》郑玄注云:"士挚用雉者,取其耿介,交有时、别有伦也。"此句以行役在外的大夫之妻子的口吻,赞美她的丈夫。她把她的丈夫比喻为雄雉。以雄雉的飞翔,比喻丈夫出差行役在外,为了国家的事务而勇于赴义,操心劳力。其中"泄泄"二字以雄雉的鼓动翅膀奋飞的样子比喻君子努力不殆,辛苦操劳。"我之怀矣,自诒伊阻。"我怀念着丈夫,自己给自己带来了(遗留了)忧愁。这种忧愁也来自卫宣公的荒淫无道,使行役在外的大夫不能及时回家。

"雄雉于飞,下上其音。展矣君子,实劳我心。"一只雄雉在天空中飞翔,它的鸣叫的声音随着雄雉的上下飞翔而忽上忽下。确实是你啊,我的君子,我的丈夫,实在让我的心牵挂、忧伤。"下上其音",用雄雉的上下翻飞鸣叫,比喻君子行役在外,不停地奔波,辛苦操劳不已。这一章的意思与上一章意思相似而有所递进。

"瞻彼日月,悠悠我思。道之云远,曷云能来?"瞻望着天边的太阳和月亮,我对君子的思念绵绵不断。道路那么遥远,你何时能够回来? 日月在这里有两层比喻,一是以日月比喻君子,形容君子的品行高尚,光明如日月;二是以日月的遥远,可望而不可即,比喻君子远在外地,不能回来。这里以"日月"来比喻自己的丈夫,王先谦认为"非所宜喻而取为喻,故以为急且甚之辞尔,望君子之切也"。妻子太想念自己的丈夫了,以至于比喻失当,言语来不及修饰了,表明了内心的急切。

"百尔君子,不知德行。不忮不求,何用不臧?"朝廷里的你们这些众多的官员大人们,你们都不知道我的丈夫的德行。我的丈夫不嫉恨,也不贪求,何所施行而不吉、何所往而不利呢!这一章讽刺卫宣公及朝中的官员,正是这些达官贵人们的败坏国政,导致自己的丈夫在外受苦,久不能归。但最终还是回到对自己的丈夫的赞颂上来了。虽然你们都不知道我丈夫的德行,但是我的丈夫仍然"不忮不求",安之若素而已。自己的丈夫可以说是不怨天、不尤人,能够素位而行的君子。

《韩诗外传》卷一说:

> 《传》曰:喜名者必多怨,好与者必多辱,唯灭迹于人,能随天地自然,为能胜理,而无爱名。名兴则道不用,道行则人无位矣。夫利为害本,而福为祸先,唯不求利者为无害,不求福者为无祸。《诗》曰:"不忮不求,何用不臧。"

> 《传》曰:聪者自闻,明者自见,聪明则仁爱著而廉耻分矣。故非道而行之,虽劳不至;非其有而求之,虽强不得。故智者不为非其事,廉者不求非其有,是以害远而名彰也。《诗》云:"不忮不求,何用不臧。"

> 《传》曰：安命养性者，不待积委而富；名号传乎世者，不待势位而显；德义畅乎中而无外求也。信哉，贤者之不以天下为名利者也。《诗》曰："不忮不求，何用不臧。"

"不忮不求"，就是不与人争，就可以远离祸患。不贪求，也体现了君子的廉洁。君子能做到这些，都是因为君子所在意的是内心的道德的追求，因此不在乎外在的境遇。正像孟子所说的："君子行法，以俟命而已矣。"(《孟子·尽心下》)君子所要做的就是守住并遵行他的道，以等待天命的降临。这首诗中，妻子所思念的这位丈夫，正是这样的君子。

《毛诗序》说："《雄雉》，刺卫宣公也。淫乱不恤国事，军旅数起，大夫久役，男女怨旷，国人患之，而作是诗。"郑玄《笺》说："淫乱者，荒放于妻妾，烝于夷姜之等。国人久处军役之事，故男多旷女多怨也。男旷而苦其事，女怨而望其君子。"然而，《雄雉》这首诗中并没有涉及卫宣公淫乱之事，《毛诗》的说法可以认为是这首诗产生的背景。方玉润《诗经原始》说此诗为"期友不归，思而共勖"而作，认为是朋友互勉的诗，可视为妻子思念丈夫之说的变种。可作参考。

四、安贫乐道，知命不忧

《中庸》说：

> 君子素其位而行，不愿乎其外。素富贵，行乎富贵；素贫贱，行乎贫贱；素夷狄，行乎夷狄；素患难，行乎患难。君子无入而不自得焉。在上位，不陵下；在下位，不援上；正己而不求于人则无怨。上不怨天，下不尤人。

君子在现在所处的地位上依照道义而行事，不羡慕外在的富贵名利。当君子处于富贵地位时，他能做到"富贵不能淫"而借助富贵的力量推行道义；当君子处于贫贱地位时，他能做到"贫贱不能移"，虽然身处贫贱，仍然能行符合道义之事。当他处在夷狄之地，不会被夷狄落后的文化所化，而是能在夷狄之中推行君子之道；当他处在患难之中时，他能做到"威武不能屈""颠沛必于是"，在患难之中仍然能固守道义而行事。因此，君子无论进入何种境地都能自得其心中的道义，自得其乐。当君子处于上位的时候，他不会凌辱处在下位的人；当君子处在下位的时候,他不会去谄媚讨好处在上位的人。君子只是端正自己的言行,无求于人,因此内心里没有怨恨之情,脸上没有怨恨之色。君子向上不怨恨上天,而接受天命的安排;向下不责备别人,以恕道对待一切。君子之所以能做到这样,乃是因为君子懂得天命。《周易·系辞上》说:"乐天知命故不忧。"正是此义。

《陈风·衡门》这首诗就描写了一位"素贫贱,行乎贫贱"的安贫乐道、知命不忧的君子。

> 衡门之下,可以栖迟。泌之洋洋,可以乐饥。
> 岂其食鱼,必河之鲂? 岂其取妻,必齐之姜?
> 岂其食鱼,必河之鲤? 岂其取妻,必宋之子?

这是一首描写"贤者乐道忘饥"(王先谦《诗三家义集疏》)的诗,诗中赞美了君子贫而乐道、不改其志的精神。《韩诗外传》卷二说:"子夏读《书》已毕。夫子问曰:'尔亦可以言于《书》矣。'子夏对曰:'书之于事也。昭昭乎若日月之光明,燎燎乎如星辰之错行,上有尧舜之道,下有三王之义,弟子所受于夫子者,志之于心不敢忘。虽居蓬户之中,弹琴以咏先生之风,有人亦乐之,无人亦乐之,亦可发愤忘食矣。《诗》曰:"衡门之下,可以栖迟。泌之洋洋,可以疗饥。"'"

第一章写的是君子的居所简陋,饮食简单,但是君子处之泰然自乐。"衡门之下,可以栖迟。"横木为门的简陋居所,可以悠游歇息其中。"泌之洋洋,可以乐饥。"泌泉的水汩汩流淌,可以疗治"我"的饥饿,即可以充饥。诗人是一位君子,他居住在泌丘旁边,房屋简陋,泌泉水从旁边流过,他悠游其间,丝毫不觉得困苦。朱熹《诗集传》说:"此隐居自乐,而无求者之词。言衡门虽浅陋,然亦可以游息。泌水虽不可饱,然亦可以玩乐而忘饥也。"班固《汉书·叙传》说:"栖迟于一丘,则天下不易其乐。"王先谦说:"此贤人栖迟泌丘之上,居室不蔽风雨,横木为门,若汉申屠蟠之因树为屋,箪食瓢饮,不改其乐,自道如此。"

孔子说:"君子食无求饱,居无求安,敏于事而慎于言,就有道而正焉,可谓好学也已。"(《论语·学而》)又说:"贤哉回也! 一箪食一瓢饮,在陋巷,人不堪其忧,回也不改其乐。贤哉回也!"(《雍也》)又说:"饭疏食饮水,曲肱而枕之,乐亦在其中矣。不义而富且贵,于我如浮云。"(《述而》)又说:"君子固穷。"(《卫灵公》)又说君子"贫而乐(道)"(《学而》)。君子之所以居于陋巷,箪食瓢饮不改其乐,是因为他一心一意在追求圣贤之道,君子乐在道中,因此不以贫穷为意,或者说忘掉了贫贱。

　　第二章进一步写君子对外在生活的要求不高。"岂其食鱼，必河之鲂？"难道说吃鱼，一定要吃河里的鲂鱼吗？这是反问句，答案自然是：不一定！只要是美味可口就可以了。"岂其取妻，必齐之姜？"难道说娶妻，一定要取齐国姜姓的公主吗？答案是：不一定！只要妻子温柔贞洁就可以了。郑玄《笺》说："此言何必河之鲂然后可食，取其美口而已；何必大国之女然后可妻，亦取贞顺而已。"为什么君子对外在的生活要求不高呢？因为君子"乐道"。第三章与第二章意思相近。

　　《古文苑》蔡邕《述行赋》说："甘衡门以宁神兮，咏都人以思归。"又《焦君赞》说："衡门之下，栖迟偃息。泌之洋洋，乐以忘饥。"《汉书·韦玄成传》说："宜优养玄成，勿枉其志，使得自安衡门之下。"《汉处士严发残碑》说："君有曾闵之行，西（栖）迟衡门。"《武梁碑》说："安衡门之陋，乐朝闻之义。"以上都是用的《衡门》这首诗的典故。

　　方玉润《诗经原始》赞此诗说："《陈》之有《衡门》，亦犹《卫》之有《考槃》、《秦》之有《蒹葭》，是皆从举世不为之中而已独为之，可谓中流砥柱，挽狂澜于既倒，有关世道人心之作矣。"

　　关于本诗的主旨，《毛诗序》说："《衡门》，诱僖公也。愿而无立志，故作是诗以诱掖其君也。"王先谦驳之说："无诱进人君之意。即为君者感此诗以求贤，要是旁义，并非正义也。"

　　儒家对于命运的论述并非迷信，也不是消极的躺平，反而有一种知命之后的无惧无求、淡定从容。真正的知命君子，恰恰有一种能做到"但行好事，莫问前程"的积极平和的心态。有了对圣贤智慧的深刻理解，"但行好事，莫问前程"就不再是廉价的鸡汤，而是生命的真言和真谛。

▶ 诗选注

召南·小星

嘒彼小星，	三颗，五颗，星星在东方
三五在东。	闪烁着微微的光芒。
肃肃宵征，	早夜时分就已起床
夙夜在公。	恭敬地，为公事而奔忙。

| 寔命不同。① | 唉，每个人的命运不一样！ |

嘒彼小星，	参星，昴星，在东方的天空
维参与昴。	闪烁着微微的光芒。
肃肃宵征，	随从抱着被子和单帐
抱衾与裯。	跟随我，恭敬地在夜幕下行进。
寔命不犹。②	唉，每个人的命运不相同！

注释

① 嘒（huì）——通"暳"，星光明亮。肃肃——恭敬庄重的样子。宵——夜晚。征——行走。夙（sù）——早。夙夜——早夜，即凌晨，天还没亮。寔——通"是"。一说通"实"，意思是有。

② 维——语气助词，没有实义。抱——抱着，拿着。衾（qīn）——被子。裯（chóu）——通"裯"，一作"帱"，单帐。早夜就起床出发，仆夫抱持着被子、帐子等跟随在后面，说明非常辛苦，无法好好休息。犹——若。不犹，即不若，不如。

邶风·北门

出自北门，	缓缓地走出了北门，
忧心殷殷。	我的心中忧思深深。
终窭且贫，	家中清贫，无法依礼而行，
莫知我艰。	没有人知道我的艰辛。
已焉哉！	既然如此，那就这样吧！
天实为之，	这是天意，是我的命运！
谓之何哉！①	我又何必多言，何必多问！

| 王事适我， | 王室的杂役都安排给我， |
| 政事一埤益我。 | 国家的杂务也一股脑儿加给了我， |

我入自外,	当我疲劳地回到家中,
室人交遍谪我。	家人一个个轮番把我数落。
已焉哉!	既然如此,那就这样吧!
天实为之,	这是天意,是我的命运!
谓之何哉!②	我又何必多言,何必多问!

王事敦我,	王室的杂役时时催逼着我,
政事一埤遗我。	国家的杂务也一股脑儿扔给了我,
我入自外,	当我疲劳地回到家中,
室人交遍摧我。	家人一个个轮番把我讥讽。
已焉哉!	既然如此,那就这样吧!
天实为之,	这是天意,是我的命运!
谓之何哉!③	我又何必多言,何必多问!

注释

① 殷殷——同慇慇,一作隐隐。形容忧愁的样子。终窭且贫——王先谦引《仓颉篇》云:"无财曰贫,无财备礼曰窭。"贫指的是没有钱,窭指的是因没有钱而无法按照礼的要求去做事。艰——艰难。已焉哉——一作"亦已焉哉"。"已焉"即"既然",既然如此。谓——奈。或解释为"说"。

② 适——之,到。一——皆,都。埤——厚,增。益——加。室人——家人。交遍——更迭,交替。谪——同讁,亦作适,谴责、数落。

③ 敦——敦促,逼迫。遗——给。摧——一作誰,意为蹙,讥刺、谴责。

邶风·雄雉

雄雉于飞,	雄雉在天空中飞翔,
泄泄其羽。	舒展着它的翅膀。
我之怀矣,	我心中想念着你啊,
自诒伊阻。①	给自己带来了忧伤。

雄雉于飞,	雄雉在天空中飞舞,
下上其音。	飞上飞下,叫声断续,
展矣君子,	亲爱的君子啊,你确实
实劳我心。②	让我思念得忧苦。
瞻彼日月,	你看天上日月飞逝,
悠悠我思。	我的思念悠长不止,
道之云远,	道路相隔得多么遥远,
曷云能来?③	你何时才能返回家园?
百尔君子,	你们朝堂上的诸位官员
不知德行。	不知道什么是真正的德行,
不忮不求,	真正的君子心无嫉恨,也不贪恋,
何用不臧?④	无往而不善,又怎会不高兴?

注释

① 雉——野鸡。泄泄——同洩洩,有舒散的意思,此处形容雄雉鼓动翅膀而奋
  飞的样子。怀——怀念,思念。诒——同"贻",遗留。伊——同"繄",是的意
  思。阻——险阻,险难,引申为忧愁。

② 下上其音——形容雄雉的叫声随飞翔而忽上忽下。展——诚,确实。劳——
  操劳,忧愁。

③ 瞻——视,看。悠悠——绵绵不断。云——两个"云"字皆为语气助词。曷
  (hé)——何,此处指何时。

④ 百——形容多。尔——你们。君子——有官职的人。忮(zhì)——忌恨,疾
  害。求——贪求。何用——何所施用,何所施行。臧(zāng)——善。

陈风·衡门

衡门之下,	简陋的房屋,横木为门,

可以栖迟。　　　　也可以居住休息，
泌之洋洋，　　　　而有时,那直流的泉水
可以乐饥。①　　　也可以聊以充饥。

岂其食鱼，　　　　难道说吃鱼非得要
必河之鲂?　　　　吃河中的鲂鱼?
岂其取妻，　　　　难道说娶妻非得要
必齐之姜?②　　　娶齐国的公主?

岂其食鱼，　　　　难道说吃鱼非得要
必河之鲤?　　　　吃河中的红鲤?
岂其取妻，　　　　难道说娶妻非得要
必宋之子?③　　　娶宋公之女?

注释

① 衡门——横木做成的门,指简陋的居所。衡,通"横"。栖迟——游息。泌——泉水直流的样子,这里是一条泉水的名字。洋洋——水流不息的样子。乐——通"疗",意思同"疗",治,疗治。

② 鲂(fáng)——鱼名。取——通"娶"。齐之姜——齐国姓姜的女子,齐国国君姓姜。

③ 宋之子——宋国姓子的女子,宋国国君姓子。

思考题

1. 谈一谈《小星》《北门》《雄雉》《衡门》这几首诗的主旨。

2. 讨论：谈谈你对命运的看法。

第十章

《诗经》中的君子出处仕隐之道

出处仕隐的选择是古代读书人生命中的一个重要课题。孔子说:"天下有道则见,无道则隐。"(《论语·泰伯》)"邦有道则仕,邦无道则可卷而怀之。"(《卫灵公》)孟子说:"天下有道,以道殉身;天下无道,以身殉道。""穷则独善其身,达则兼善天下。"(《孟子·尽心上》)当国家政治清明时,就努力出仕为官,做一番利国利民的事业;当国家政治黑暗的时候,就隐居不仕,做一个守道的君子。《韩诗外传》卷一说:"任重道远者,不择地而息;家贫亲老者,不择官而仕。""不逢时而仕,任事而敦其虑,为之使而不入其谋,贫焉故也。"即使处于天下无道的时期,但如果家里贫穷,需要赡养年老的父母,也可以"辞尊居卑,辞富居贫"(《孟子·万章下》),做一个小官吏,以获取微薄的俸禄来孝敬父母。

本讲选了四首诗。《周南·汝坟》体现了在商纣王的暴虐统治下,妻子为赡养父母,虽思念、担心丈夫,但仍然不得不叮嘱丈夫安心工作。《邶风·匏有苦叶》体现了根据时势的变化而做出仕进还是退隐选择的原则,并告诉读者应趁着有利的时势及时仕进以实现自己的理想抱负。《魏风·汾沮洳》则歌颂了一位隐居的贤者。《小雅·鹤鸣》也体现了贤者能待时而动,虽然隐居乡野,却仍然有治国安邦的本领在身。

一、家贫亲老,不择官而仕

《周南·汝坟》体现了"家贫亲老,不择官而仕"的情形。诗中的丈夫虽然处于商纣王统治时期,或许应当遵循"天下无道则隐"的原则辞官回家,然而因为"父母孔迩",即家中的父母迫近饥寒的境地,因此他的妻子劝他回到工作岗位上好好工作。

> 遵彼汝坟,伐其条枚。未见君子,惄如调饥。
> 遵彼汝坟,伐其条肄。既见君子,不我遐弃。
> 鲂鱼赪尾,王室如燬。虽则如燬,父母孔迩。

　　《周南·汝坟》这首诗写的是一位大夫之妻对其丈夫的思念和叮嘱。思念是因为爱和远离，叮嘱是因为担心。刘向《列女传·贤明传》说："周南之妻者，周南大夫之妻也。大夫受命平治水土，过时不来，妻恐其懈于王事，盖与其邻人陈素所与大夫言。国家多难，勉强为之，无有谴怨，遗父母忧。"这是《鲁诗》的说法。

　　此诗盖产生于周文王时代，诗中的"君子"是周国之南的某个诸侯国的人，该国受到文王的教化，隶属于周国，因此属于"周南"地区。但由于周文王仍然奉事商纣王，因此周南地区的这位大夫还是要受到商纣王的调遣。大夫的妻子叮嘱他：因为家中有老人要赡养，因此你需要出仕以养活父母；又因为商王暴虐，因此你要好好工作，不要有怨言，以免招致杀身之祸，以免让父母担心。

　　第一章写妻子对丈夫的思念。"遵彼汝坟，伐其条枚。"你沿着汝河的大堤行走，砍伐堤岸上草木的枝干治理大堤。这两句写的是妻子想象丈夫带领工人砍伐草木来治理水土的劳苦状况。古人治水用薪柴，如史籍记载汉武帝时曾命群臣从官负薪填河。古人为什么要用树木的枝条来治理河水呢？古人大概是把枝条和泥土掺杂在一起，犹如我们今天把钢筋和混凝土掺杂在一起，可以使堤岸更为牢固。"未见君子，惄如调饥"，我很久没有见到你了，心中想你，思念得忧伤，就像早晨饿了想吃饭一样。人在因为想念一个人时而忧伤的那种沉醉迷离的感觉和饥饿的时候的那种晕晕乎乎的感觉有点相似，这一比喻很特别、很形象地写出了对丈夫的思念。这也与《鲁诗》所说的"过时不来"相合。俄国形式主义评论家什克洛夫斯基曾提出"陌生化"的文学理论，这一理论强调文学要在内容与形式上脱离人们习见的常情、常理、常事，同时在艺术上超越常境。把忧伤比作早上很饥饿，虽然是三千多年前的比喻，但至今读起来颇有"陌生化"的效果。

　　第二章写丈夫抽空回家来看望妻子，妻子知道丈夫不会抛弃自己，她心中的思念得到了安慰。"遵彼汝坟，伐其条肄。"你沿着汝河的大堤行走，砍伐堤岸上草木的枝条和砍伐之后新生的小枝治理大堤。"肄"是树木砍伐后再生的小枝，诗人用这个字，暗示了时间的流逝，丈夫去治理水土，已经很长时间了。"既见君子，不我遐弃。"如今你回家了，我已经见到了你，才知道你并没有把我永远地抛弃。"遐"本义是"远"，这个字写出了妻子对丈夫的担心，"远远地抛弃"即是"永远地抛弃"，因为商纣王统治的暴虐，妻子担心丈夫会死在外面回不来了。现在丈夫偷偷回来了，妻子第一反应是喜悦，丈夫还活着，还想着她，没有抛弃她。

　　但第三章她接着又劝丈夫回去好好工作。"鲂鱼赪尾"，古人认为，鲂鱼尾巴本来不红,因为劳累才变红,比喻丈夫工作劳累而脸色憔悴。丈夫这么憔悴都是因为"王室如燬",即商纣王的统治暴虐,如烈火一般。虽然商纣王的统治暴虐,但是妻子还是劝丈夫好好出去工作。为什么呢?因为"父母孔迩"!因为父母迫近饥寒的境况。为了赡养父母,只好冒着危险而出仕,并且念在父母的份上,不要懈怠,以免触犯君王之怒而危及身家性命。

关于这首诗,《毛诗序》说:"《汝坟》,道化行也。文王之化行乎汝坟之国,妇人能闵其君子,犹勉之以正也。"《毛诗》的解释似乎可以作为《鲁诗》的补充。丈夫思念妻子,偷偷回家来,妻子思念丈夫,也怜爱丈夫,所以说"能闵(悯)其君子",但仍然劝他回去工作,这就是"犹勉之以正"。

二、随水深浅,与时偕行

《周易·乾卦》初九爻辞说:"潜龙在渊。"九二说:"见龙在田。"九四又说:"或跃在渊,无咎。"乾卦启示我们要"与时偕行"(《乾文言》),即根据所遇到的实际情况审慎地选择自己的人生道路。《邶风·匏有苦叶》就体现了这个道理。

> 匏有苦叶,济有深涉。深则厉,浅则揭。
> 有瀰济盈,有鷕雉鸣。济盈不濡轨,雉鸣求其牡。
> 雝雝鸣雁,旭日始旦。士如归妻,迨冰未泮。
> 招招舟子,人涉卬否。人涉卬否,卬须我友。

王先谦《诗三家义集疏》说,《匏有苦叶》这首诗是"贤者不遇时而作也"。又引徐璈说云:"此是士之审于出处,而讽进不以道者。济涉济盈,大《易》涉川之象;求牡归妻,《孟子》有家之喻。全诗以二者托兴。吕祖谦云'此诗皆以物为比,而不正言其事'是也。其曰'迨冰未泮','卬须我友',则出处之间,待时而动,信友获上,有其道矣。"按照这一说法,这首诗的作者或许是一位不得志的君子,他看到很多人通过不正当的途径(如谄媚君主或权臣、投靠君主宠幸的嬖臣等)获取官位,于是写了这首诗,告诉人们应当谨慎地对待出仕或隐居之事。在时机到来时,要及时把握住机会出仕为官,实现自己的政治理想。在时机未到时,不要为了荣华富贵而通过不正当的途径出仕为官,而应当隐居不仕。而他本人正是一位因为时机未到、不能得到君主赏识而隐居不仕的君子。

本诗共四章，表达了丰富的含义。

第一章是说可以把匏瓜系在腰间渡河的情况，指君子出仕为官、治国安邦。"匏有苦叶，济有深涉。深则厉，浅则揭。"匏瓜的叶子干枯了，可以摘下匏瓜系在腰间，作为徒步渡水之用。那边有正在渡水的人，正在涉过深深的水流。如果水深没过了衣带，就浸湿了衣服过河；如果水很浅，还没有到膝盖，就可以提起衣裳到膝盖、蹚水过河。这一章是比，用涉水之事来比喻出仕做官。王先谦说："水深浅随时，故厉、揭无定，喻涉世浅深，各有时宜也。"即根据水的深浅来决定是和衣过河，还是褰裳过河；比喻根据社会的情况，来决定出仕为官时根据时机进取。渡河或许是比喻治理国家，水的深浅，比喻国家的政治情况的不同，不同的渡河方式则比喻治理国家的不同手段。《论语·宪问》载，孔子击磬于卫，有荷蒉者经过孔子门前，听到了孔子演奏的音乐，说道："莫己知也，斯己而已矣。深则厉，浅则揭。"在这里荷蒉者正是提醒孔子要懂得深则厉浅则揭的道理，根据时势决定自己如何涉足卫国的政治。

第二章是说水没过了车轴头因而不能渡河的情况，是说在国家政治黑暗的时候不能出仕为官。但如果能遇到有道的君主，则可以出仕为官来辅佐他。"有瀰济盈，有鷕雉鸣。济盈不濡轨，雉鸣求其牡。"此处"不"可以理解为语气词，"济盈不濡轨"即"济盈濡轨"。河水茫茫，看上去很深的样子；有一只雌雉在鸣叫。水深沾湿了车轴头，雌雉鸣叫在寻求它心爱的雄雉。这一章也是比。王先谦说："雉必其牡然后求之，喻臣当择主也。水深濡轨则不济，'危邦不入'之义。雉非其牡则不求，'非君不事'之义。"济盈濡轨则不渡水，比喻政治黑暗，国君昏庸，君子应当隐居不仕。而雌雉鸣叫寻求雄雉，比喻臣子出仕为官要寻求到合适的君主，即这位君主一定是能够亲近重用贤臣的。虽然处于"无道"之天下，如果能求得合适的君主，即仁义开明的君主，则可以开"有道"之政治，就可以出仕辅佐他。如伊尹在夏桀之时，天下无道，因而隐居不仕，这就是"非君不事"；后来他遇到了商汤，商汤有道，可以开有道之政治，于是他出仕为官，辅佐商汤，灭夏建商。又如东汉末年，天下大乱，可谓是"济盈濡轨"，诸葛亮躬耕南阳，后来遇到刘备，刘备具有仁义之风，礼贤下士，可谓有道之君，于是诸葛亮出山辅佐刘备。

第三章忽然用了一个与涉水无关的比喻，用男子要及时娶妻，来劝告士人要及时仕进，建功立业。"雝雝鸣雁，旭日始旦。士如归妻，迨冰未泮。"雁，指

家里养的鹅,作为男女定亲纳采时男方送给女方的礼物。这几句是说,雁鸣雝
雝,音声相和。旭日东升,天已大亮。男子如果要娶妻啊,要抓紧时间趁着冰
未融化的时候。春秋时民间嫁娶在秋冬季节,所谓"古者霜降迎女,冰泮杀
止"(见《周礼·媒氏》疏引《韩诗传》文)也。王先谦说,这里是用"婚不可过
期,喻仕不可过时",即作为一个士君子在政治清明的时候要时时刻刻想着
出仕为官,寻找机会兼善天下,就像结婚要抓紧时间不要过了季节一样,出
仕为官也要抓紧时机不要荒废了大好时光。

第四章可以认为是接着第三章来说的,即虽然要及时仕进,但不可贸然前
行,更不可通过不正当的途径,而是要通过正直君子的介绍才可以。"招招舟
子,人涉卬否。人涉卬否,卬须我友。"摆渡的船夫在向要过河的人们招手,别
人都在过河,我暂时不过河。别人都去过河我不过河,因为我在等待我的朋
友,等朋友来了,我再和他一起过河。这一章同样是比。用我等我的朋友一起
过河来比喻我要寻找到志同道合的朋友,通过他的介绍而出仕为官。王先谦
评价说:"其抱道自重,不轻一试,可谓贤矣。"说明这位谋求出仕为官的君子固
守着道义,非常慎重,在等待时机,寻求志同道合的朋友,可以说是一位有贤德
的君子了。如孔子初到卫国,卫灵公的宠臣弥子瑕希望孔子投靠他,如果孔子
投靠他,他则会向卫灵公极力推荐孔子,那么孔子就很容易成为卫国的卿大
夫。但弥子瑕是以色事君的小人,孔子不愿投靠他。孔子后来住在卫国的大
夫蘧伯玉家里,通过蘧伯玉的介绍而接近卫灵公。这位君子蘧伯玉可以说就
是孔子在河边想要渡河时所等待的朋友。张衡在《应间》一文中说:"捷径邪
至,我不忍以投步;干进苟容,我不忍以歙肩。虽有犀舟劲楫,犹人涉卬否,有
须者也。"(《后汉书·张衡列传》)张衡所表达的意思,正与孔子不通过"捷径邪
至"以"干进苟容"的志向相同。

在孟子眼里,孔子是一个深谙出处之道的圣人,是"圣之时者"。孟子说:"可
以速而速,可以久而久,可以处而处,可以仕而仕,孔子也。"(《孟子·万章下》)在
出处的问题上,孔子为后人做了最好的榜样。

关于此诗,《毛诗序》认为是讽刺卫宣公的,"公与夫人并为淫乱"。郑玄《笺》
认为这里的夫人是指夷姜。夷姜本为卫宣公之父卫庄公的姬妾,卫庄公死后,太
子完即位,是为卫桓公。夷姜与卫桓公之弟公子晋有私情,并生下三子,一名伋、
一名黔牟、一名顽。公子晋即后来的卫宣公。现代学者如余冠英、程俊英等则认
为这是一位女子在河岸边等待未婚夫时所唱的歌。

三、隐居水边采蔬自给的贤者

君子隐居不仕，一方面是因为天下无道或者邦无道，君子虽有大才、有晋升的通道却不愿意同流合污而主动退出政治舞台；另一方面，也有可能是因为君子没有晋升的通道，又不愿枉道求容而不得不选择一种隐居的方式。如《魏风·汾沮洳》或许就反映了后一种情况。

> 彼汾沮洳，言采其莫。彼其之子，美无度；美无度，殊异乎公路。
> 彼汾一方，言采其桑。彼其之子，美如英；美如英，殊异乎公行。
> 彼汾一曲，言采其藚。彼其之子，美如玉；美如玉，殊异乎公族。

这是一首赞美诗。它赞美的是有德行、有才华但隐居在乡野的贤者。《韩诗外传》卷二云："君子有主善之心，而无胜人之色；德足以君天下，而无骄肆之容；行足以及后世，而不以一言非人之不善。故曰：君子盛德而卑，虚己以受人，旁行不流，应物而不穷，虽在下位，民愿戴之，虽欲无尊，得乎哉！《诗》曰：'彼己之子，美如英，美如英，殊异乎公行。'"魏源《诗古微》中编之三《魏唐答问》说："《韩诗》盖叹沮泽之间，有贤者隐居在下，采蔬自给。然其才德实出乎在位'公行'、'公路'之上。故曰：虽在下位而自尊，超乎其有以殊世。盖春秋时，晋官卿之适子为之田以为公族，又官其余子而使庶子为公行，赵盾以庶子为耗车之族即公路，皆贵游子弟，无材世禄，贤者不得用，用者不必贤也。"因为晋国的官位都被贵族子弟所把持，《汾沮洳》诗中的贤者没有晋升的通道，又不愿意枉道求容，因此不得不隐居水边，采蔬自给。

"彼汾沮洳，言采其莫。"这位贤者隐居在乡野，在汾水之滨采摘羊蹄菜。身处乱世，这位贤者并不汲汲于功名利禄，而是甘于寂寞，过着平平淡淡的日子。接下来，诗人用最直接的词语赞颂这位隐居的贤者。"彼其之子，美无度。"那个人啊，相貌堂堂，才德内蕴，真是无人能比啊！"美无度，殊异乎公路。"他的才华德行，和当世的高官达人判然有别，迥然相异。当世在位的这些"公路""公行""公族"只不过是靠着祖上的功德而享有高官厚禄的庸碌之人罢了，他们怎能和这位贤者相比呢？

孟子说:"穷则独善其身,达则兼善天下。"(《孟子·尽心上》)贤德君子有机会掌握权力的时候,就会努力为天下百姓服务;当没有机会在位时,就会甘于穷困,好好地增进自己的德行。这首诗让我们想起孔子、孟子、庄子、伯夷、叔齐、颜回、原宪等众多圣贤君子,他们没有机会在政治上施展自己的抱负,但是能够独善其身,成为后世人们瞻仰和学习的榜样。

《周易·乾文言》解释"潜龙勿用"说:"龙德而隐者也。不易乎世,不成乎名;遁世而无闷,不见是而无闷,乐则行之,忧则违之;确乎其不可拔,潜龙也。"那具有伟大品德的隐士,不会被世俗所改变,不会被名利所诱惑,隐居山野但不会感到郁郁不得志,不被世人理解也不会感到抑郁。符合道义的,他就会高高兴兴地去做;不符合道义的,他就坚决不去做。他有一种坚韧的意志和崇高的品德,这就是隐居的贤德君子! 如果说这段话是圣人对"潜龙勿用"的哲理阐释,那么《汾沮洳》可以说是对"潜龙勿用"的诗意表达。

关于这首诗也有不同的看法。如《毛诗序》说:"《汾沮洳》,刺俭也。其君子俭以能勤,刺不得礼也。"朱熹《诗集传》云:"言若此人者,美则美矣,然其俭啬褊急之态,殊不似贵人也。"闻一多在《风诗类钞》中首先提出"这是女子思慕男子的诗",可备一说。

四、是金子终究会发光

孟子说:"得志,与民由之;不得志,独行其道。"(《孟子·滕文公下》)又说:"古之人,得志,泽加于民;不得志,修身见于世。"(《尽心上》)能够得以实现自己的政治理想,就能恩泽天下,被天下人所知。如果不能够得以实现自己的政治理想,就隐居不仕,守道不渝,通过道德的修养来影响周围的人,也必能让世人认识自己。是金子终究会发光,真君子必定为后人所铭记。《小雅·鹤鸣》说"鹤鸣于九皋,声闻于野",可以理解为隐居的君子因为他的盛德大才而被天下人所知;而"鹤鸣于九皋,声闻于天",则可以理解为君子因为他的盛德大才而终能被天子所赏识重用。

> 鹤鸣于九皋,声闻于野。鱼潜在渊,或在于渚。乐彼之园,爰有树檀,其下维萚。它山之石,可以为错。

> 鹤鸣于九皋,声闻于天。鱼在于渚,或潜在渊。乐彼之园,爰有树檀,其下维榖。它山之石,可以攻玉。

这是一首劝天子征召在野隐居的贤人的诗歌。《毛诗序》说:"《鹤鸣》,诲宣王也。"郑玄《笺》云:"诲,教也,教宣王求贤人之未仕者。"

"鹤鸣于九皋,声闻于野。"鹤鸣叫于弯曲幽深的沼泽地中,而声音却传达到广袤的原野,比喻贤人虽然隐居在人所不知的穷乡僻壤,但声名却流传在外。"鱼潜在渊,或在于渚。"鱼有的时候潜入深渊之中,有的时候游到浅滩边。一般来说,天冷的时候,鱼会待在水深的地方;天暖的时候,鱼会游到水浅的地方。比喻贤人待时而动,如果国家太平,政治清明,贤人就会出来做官;如果国家混乱,政治腐败,贤人就会隐居起来。"乐彼之园,爰有树檀,其下维榖。"很喜欢那个园子,因为园子里有檀树,檀树下有落叶。园子比喻国家,檀树比喻君子,落叶比喻小人。园子里檀树生长茂盛,落叶在下,比喻这个国家亲近君子,远离小人,君子和小人各得其所。说明这个国家政治清明,所以君子乐于来这个国家。"它山之石,可以为错。"其他山上的石头,可以用来做打磨玉器的工具。"为错"就是用来"攻玉"的。打磨玉器比喻治理国家,它山之石可以比喻隐居的贤人。用"它山之石"来"攻玉"比喻征兆隐居的贤人来做官,就可以治理好国家。为什么用石头来比喻贤人呢? 我们似乎可以这样理解:贤人隐居乡野,一般人不知道他是贤人,以为他也只是一个普通人,所以用我们看起来普通的石头来比喻贤人;但是这位贤人毕竟不是普通人,如果任用他来治理国家,他就会显现出他的治国的品德和才干,就会知道他就像一块可以用来打磨玉器的石头一样,原来他是一位能治理好国家的栋梁之材。

这首诗通篇用比喻,充满了象征意味,是一首艺术水准很高的诗歌。正是因为这种象征手法,使得这首诗有了很广阔的阐释空间。如宋代理学家朱熹在《诗集传》中说:"盖鹤鸣于九皋,而声闻于野,言诚之不可揜也;鱼潜在渊,而或在于渚,言理之无定在也;园有树檀,而其下维榖,言爱当知其恶也;他山之石,而可以为错,言憎当知其善也。由是四者引而伸之,触类而长之,天下之理,其庶几乎?"在朱熹看来,这首诗可以体现天下之理。"鹤鸣于九皋,声闻于野"说明人心中本来具有的真诚不会被埋没,就像人性本善,总能显露出来。"鱼潜在渊,或在于渚"说明"理"或者说"道"存在于万事万物之中,"理"的表现形式是多种多样的,就像鱼有的时候潜入深渊,有的时候游到浅滩一样,"理"也可以表现在一枝摇曳的花中,也可以体现在一只奔跑的动物身上。"乐彼之园,爰有树檀,其下维榖。"

檀树是好的东西,园子里有檀树,人人都喜欢,但是檀树下面也有落叶,这提醒我们喜欢一个东西也要看到它还有不好的一面。"它山之石,可以为错。"石头很普通,一般很难引起人们的喜爱,但是它却可以用来作为打磨玉器的工具,这提醒我们不喜欢一个东西甚至讨厌一个东西时,也要知道它有好的一面。关于"它山之石,可以攻玉",朱熹引用程子的话说:"玉之温润,天下之至美也。石之粗厉,天下之至恶也。然两玉相磨,不可以成器,以石磨之,然后玉之为器,得以成焉。犹君子之与小人处也,横逆侵加,然后修省畏避,动心忍性,增益预防,而义理生焉,道理成焉。"玉比喻君子,石比喻小人。以石攻玉,即用石头来打磨玉器,比喻君子和小人相处的时候,小人会侵扰欺负君子,但是君子在此情况下能够自我反省、忍耐,反而能不断地提升自己的道德。当然,这些阐释已经离诗的本意很远了,但是对我们修身养性却有很好的启发意义。

今天的读书人,仕进不再是唯一出路,甚至也不是最重要的出路,但《诗经》中关于士君子出处仕隐的诗篇,对今天的我们选择人生道路仍然有宝贵的启发意义。

▶ **诗选注**

周南·汝坟

遵彼汝坟,	此刻的你正沿着汝河边行走,
伐其条枚。	砍伐树枝修筑溃决的堤坝,
未见君子,	你这一走不知何时才能回家,
惄如调饥。①	对你的思念有如早晨饥饿般忧愁。

遵彼汝坟,	此刻的你正沿着汝河边行走,
伐其条肄。	砍伐枝条修筑溃决的堤坝,
既见君子,	如今你偷偷从前方脱身回家,
不我遐弃。②	见到你让我确信你没有把我抛下。

鲂鱼赪尾,	你看那鲂鱼摇摆着红色的尾巴,
王室如毁。	朝廷的暴虐就好像漫天的大火,
虽则如毁,	可是啊!年迈的父母正迫近冷与饿,

父母孔迩。③　　　　　你快快回去啊，小心保住你的工作。

注释

① 遵——循，顺着行走。汝——汝河，源出河南省。坟（fén）——大堤。条——
树枝。枚——树干。愬（nì）——忧伤。调——通"朝"，早晨。饥——饥饿。
② 肄（yì）——树砍后再生的小枝。遐（xiá）——远。弃——抛弃。
③ 鲂（fáng）鱼——鳊鱼，又称赤尾鱼。赪（chēng）——浅红色。燬（huǐ）——火，齐
人谓火为燬，如火焚一样。孔——甚，很。迩（ěr）——近，此指迫近饥寒的境况。

邶风·匏有苦叶

匏有苦叶，　　　　　匏瓜的茎叶干枯了，坚实的匏瓜
济有深涉。　　　　　拴在腰间，可渡过深深的流水。
深则厉，　　　　　　水深过膝盖，就和衣蹚过它，
浅则揭。①　　　　　水未到膝盖，就把裙角稍稍提起。

有渳济盈，　　　　　济河渳渳，水流盈满了河岸，
有鹭雉鸣。　　　　　没过了马车的车轴头，请小心点！
济盈不濡轨，　　　　一只雌雉发出鹭鹭的鸣叫声，
雉鸣求其牡。②　　　她在寻求一只雄雉的呼应。

雝雝鸣雁，　　　　　鹅鸣雝雝，可作为定亲的礼物，
旭日始旦。　　　　　早晨的太阳升起了，曙色已显现，
士如归妻，　　　　　优秀的青年啊，如果你要娶妻，
迨冰未泮。③　　　　请趁着霜降之后冰还未化之前。

招招舟子，　　　　　摆渡的船夫在远远地招手，
人涉卬否。　　　　　人们纷纷渡河，我却在岸边等候，
人涉卬否，　　　　　我在等待一位志同道合的朋友，

印须我友。④　　　　　　我愿意和我的朋友风雨同舟。

注释

① 匏（páo）——葫芦瓜。初长成时可以食用，味道甘美。深秋时葫芦枝叶全部干枯的时候，葫芦就变得很坚硬了，摘取煮熟后，可以从中间剖开做瓢使用，其瓜瓢可以食用。不剖开的可以系在腰间，渡水时用，防止沉溺。苦——通"枯"。指葫芦叶枯成熟，可以作渡水工具。济（jì）——渡水。涉——徒步涉水过河。厉——韩说曰，至心曰厉。此处指水比较深，已经到胸口了，即到衣带以上了，没过衣带了，这个时候不得不浸湿衣服过河了。即所谓"以衣涉水"。揭（qì）——提起下裳渡水。这时候水比较浅，在膝盖以下，可以稍微把衣服提起过河，相当于我们现在的把裤脚管卷起来以免沾湿裤子。即所谓"褰裳涉水"也。

② 有渳（mí）——即渳渳，形容水深的样子。盈——满。这里指水深。有鷕（yǎo）——即鷕鷕。雌雉的叫声。不濡（rú）——不，语词；濡，沾湿。不濡即濡。轨——车轊（wèi）头，车轴头，即套在车轴末端的金属筒状物。牡——鸟曰雌雄，兽曰牝牡，有时可以通用。此处指雄雉。

③ 雝雝（yōng）——大雁鸣叫声音相和。雁——指家里养的鹅，作为男女定亲纳采时男方送给女方的礼物。旭日——初升的太阳。旭一作煦，暖和。旦——天明。归妻——娶妻。女子出嫁曰归，从男方来说，娶妻是"来归"，这里归妻指亲迎之礼，即男方亲自到女方家里迎娶。迨（dài）——及，等到。一说意思为愿。泮（pàn）——散也，此处指冰融化。

④ 招招——招手的样子。舟子——摆渡的船夫。人涉——他人要渡河。卬（áng）——代词，表示"我"。否——不。此处指不渡河。须——等待。友——同志曰友，志同道合的朋友。

魏风·汾沮洳

彼汾沮洳，	在汾河沿岸的低湿之地，
言采其莫。	他正在采摘羊蹄菜这种野蔬。
彼其之子，	这是一位隐居在乡野的君子，

美无度；	他的德行之美难以量度。
美无度，	他的德行之美无法量度，
殊异乎公路。①	截然不同于那些王公贵族。
彼汾一方，	在汾河沿岸的某个地方，
言采其桑。	他正在采摘嫩绿的桑叶。
彼其之子，	这是一位君子隐居在乡野，
美如英；	他的德行之美如花般芬芳。
美如英，	他的德行之美如花般芳香，
殊异乎公行。②	与那些王公贵族完全不一样。
彼汾一曲，	在汾河沿岸的某个转弯处，
言采其藚。	他正在采摘泽泻草，新鲜嫩绿，
彼其之子，	这是一位君子在乡野隐居，
美如玉；	他的德行之美温润如玉。
美如玉，	他的德行之美坚贞如玉，
殊异乎公族。③	与那些王公贵族截然相殊。

注释

① 汾(fén)——汾水，在今山西省。沮洳(jù rù)——水边低湿的地方。莫——酸模，又名羊蹄菜，一种有酸味的草。美无度——无比地美好。殊异——特别不同，指人才出众。公路——官名，掌管国君之路车，主居守。

② 英——花。公行(háng)——官名，掌管国君之戎车，主从行。

③ 曲——河水弯曲处。藚(xù)——泽泻草，可吃，也可药用。公族——公属，掌管国君宗族事务。又，《左传·宣公二年》："及成公即位，乃宦卿之适子而为之田，以为公族。"

小雅·鹤鸣

鹤鸣于九皋，	白鹤在弯曲的水泽长鸣，

声闻于野。	声音遍布在广袤的原野。
鱼潜在渊,	鱼儿时而潜藏于深渊,
或在于渚。	时而在清浅的水边跳跃。
乐彼之园,	我多么喜爱那个园子,
爰有树檀,	园中生长着挺拔的檀树,
其下维萚。	树下堆积着枯黄的落叶。
它山之石,	你看那深山中深藏的石头。
可以为错。①	可用作打磨玉器的石错。
鹤鸣于九皋,	白鹤在弯曲的水泽长鸣,
声闻于天。	声音上达高远的天空。
鱼在于渚,	鱼儿在清浅的水边跳跃,
或潜在渊。	有时又潜入渊深的水中。
乐彼之园,	我多么喜爱那个园子,
爰有树檀,	园中生长着挺拔的檀树,
其下维穀。	树下生长着低矮的灌木。
它山之石,	你看那深山中深藏的石头,
可以攻玉。②	可用来打磨精美的宝玉。

注释

① 九皋——九折之泽,弯弯曲曲的沼泽地。渚——水中的陆地。爰——曰,乃。
　树——种植。萚(tuò)——落叶。错——砺石,可以打磨玉器。
② 穀(gǔ)——楮(chǔ)树。攻——治。这里指打磨玉器。

思考题

1. 谈一谈《汝坟》《匏有苦叶》《汾沮洳》《鹤鸣》这几首诗的主旨。
2. 古代的君子是如何对待"仕隐""出处"的?
3. 讨论:如何选择自己的人生道路?

第十一章

《诗经》中的家国天下情怀

儒家总是关心社会、心怀家国天下的。《大学》的八个条目是格物、致知、诚意、正心、修身、齐家、治国、平天下。修身为本,目的是要治国平天下。儒家也有隐居,但儒家的隐居和道家不同。道家的隐居可以远离人群,忘掉世俗的一切,然后专心修道。而儒家的隐居并不是脱离人群,而是仍然身处人群之中,只是不求仕进,但仍然在父子、兄弟、夫妻、朋友的伦常关系之中,尽自己的责任。孔子说:"鸟兽不可与同群,吾非斯人之徒与而谁与?"(《论语·微子》)孔子周游列国,希望以尧舜之道、礼乐政治来平治天下。孔子晚年回到鲁国,虽然不再在鲁国政府做官了,但他仍然关心鲁国和天下的事情,他的学生子路、冉有等人,遇到国家的重大事务,仍然来向孔子请教咨询,孔子也会发表自己的看法,给出建议或者批评。孔子仍然编订六经、教育弟子,以惠后世。孟子指出:"人人亲其亲,长其长,而天下平。"(《孟子·离娄上》)他希望齐宣王能信任他、重用他,他说:"王如用予,则岂徒齐民安,天下之民举安。王庶几改之! 予日望之!"(《公孙丑下》)又说:"天下溺,援之以道。"(《离娄上》)皆体现了他的家国天下情怀。

本讲选了四首诗。《卫风·有狐》写出了国君对民众婚姻的关心。《魏风·园有桃》体现了魏国的一位士大夫对国家现状的忧虑之情。《秦风·无衣》表达了秦国人保护周王室安全、抵御外族入侵的勇气和决心。《豳风·鸱鸮》表达了周公辛苦捍卫周王室、维护天下安定的诚心。

一、爱护民众,如保赤子

《孟子》里说:"保民而王,莫之能御也。"(《梁惠王上》)又说:"儒者之道,古之人若保赤子。"(《滕文公上》)又说:"民为贵,社稷次之,君为轻。"(《尽心下》)儒家是爱护民众的,民众是家国天下的基础,无论是爱国还是爱天下,其归根结底是爱民众,并且是爱每一个具体的人。如果只爱抽象的国,而不爱具体的民众、不爱具体的人,那就不是真正的爱国,很有可能是假借爱国的名义做危害民众之事。《梁惠王下》说：

> 昔者文王之治岐也，耕者九一，仕者世禄，关市讥而不征，泽梁无禁，罪人不孥。老而无妻曰鳏，老而无夫曰寡，老而无子曰独，幼而无父曰孤。此四者，天下之穷民而无告者。文王发政施仁，必先斯四者。《诗》云："哿矣富人，哀此茕独。"

儒家思想旨在"修身齐家治国平天下"，治国平天下即通过施行仁政，实行爱护百姓的政策，实现国家安定、天下太平。《卫风·有狐》就体现国君对民众的关心。

> 有狐绥绥，在彼淇梁。心之忧矣，之子无裳。
> 有狐绥绥，在彼淇厉。心之忧矣，之子无带。
> 有狐绥绥，在彼淇侧。心之忧矣，之子无服。

这是一首以国君的口吻写他担心所统治的国家里的男女不能及时婚配的诗。王先谦《诗三家义集疏》说："时当贫困，故昏（婚）礼不举，男女失时，欲君人者不忘国本，急于养民也。"因为国家遭遇了贫困，百姓无财力举行婚礼，男女到了一定的年龄不能及时婚配，故此诗以国君的口吻表达了国君对百姓的关心，实际上是作者希望以此来提醒国君不要忘了国家的根本在于民众的富足与幸福，国君应当保护和养育百姓，让他们安居乐业。

"有狐绥绥，在彼淇梁。"有一只狐狸慢慢地走着，在那淇水的河梁上。王先谦说："诗盖以狐之舒迟自得，兴无室家者之失所耳。"这两句用狐狸的孤独缓慢地行走，比喻男子孤独无妻，想要寻找一位妻子。"心之忧矣，之子无裳。"我的心里很忧虑啊，担忧着你没有下裳。忧虑的人是国君，他担忧这位男子没有下裳穿。马瑞辰《毛诗传笺通释》说"古者上衣而下裳，以喻先阳而后阴。首章'无裳'，盖以喻男之无妻。"古人用阴阳来阐释世界，男为阳，女为阴；上为阳，下为阴。上衣在上为阳，比喻男子；下裳在下为阴，比喻女子。故"之子无裳"比喻男子没有妻子。故第一章是对男子无妻者的关心和担忧。

第二章则是国君对于女子没有丈夫这一事情的关心和担忧。"有狐绥绥，在彼淇厉。"有一只狐狸独自缓慢地行走在淇水的浅滩上。这只狐狸比喻的是没有丈夫的女子。为什么呢？我们从接下来的两句"心之忧矣，之子无带"可以看出。这两句的意思是，我的心里担忧啊，你没有上衣的衣带。衣带在上，系在上衣上的带子，可以代指上衣，因此可以比喻代表阳性的男子；另外，古代女子嫁给男子,依附于男子,如菟丝子草依附于女萝上,带子系属在人身上,就比喻女子系属于她的丈夫。马瑞辰说:"'无带'示无所系属,盖以喻妇人无夫也。"

最后一章是总的对没有成家的男女的关心和担忧。"有狐绥绥,在彼淇侧。"淇侧即淇水的岸边。"心之忧矣,之子无服。"我很忧虑啊,你没有衣服穿。没有衣服,是指的没有室家,没有对象。衣服兼上下衣而言,故此处没有室家,是对男女统而言之的。

这首诗的写法很有特色。首先,诗中的三个"有狐绥绥",分别比喻男子、女子以及统言男女。在彼"淇梁""淇厉""淇侧",分别说的是淇水的深处、浅处和岸边。用"无裳""无带""无服"分别比喻男子无妻、女子无夫,以及统言男女无家室。整首诗的层次是很分明的,三章虽然是叠唱,但在内涵上又富有变化。

古人非常重视男女的婚配,可以从两个方面来理解:一是国家实行仁政,关心老百姓的生活,老百姓能够安居乐业是国家的目标,而百姓能够适时婚配、成家立业是生活幸福的表现之一;二是一个国家的人口数量的多少是评价这个国家繁荣衰落的重要标志,人口众多是国家繁荣的表现,故国家很重视男女的婚配问题。《孟子·滕文公下》云:"丈夫生而愿为之有室,女子生而愿为之有家。父母之心,人皆有之。"所以男女到了一定的年龄及时嫁娶,是人之常情。儒家特别重视"推己及人"的"絜矩之道",作为国君,也应当体会这一人之常情,由己及人,实行"推恩",这样才能获得民众的拥护。所以《韩诗外传》卷三云:"昔者不出户而知天下,不窥牖而见天道,非目能视乎千里之前,非耳能闻乎千里之外,以己之情量之也。己恶饥寒焉,则知天下之欲衣食也;己恶劳苦焉,则知天下之恶安佚也;己恶衰乏焉,则知天下之欲富足也。知此三者,圣王之所以不降席而匡天下。故君子之道,忠恕而已矣。"这里,《韩诗外传》把《道德经》里的"不出户,知天下;不窥牖,见天道"做了基于儒家思想的阐释。国君治理国家要用忠恕之道,也就是要能够推己及人,孟子说"推恩足以保四海,不推恩无以保妻子"(《孟子·梁惠王》),只有能够"推恩"才能治理好天下国家。我作为国君,到了一定的年龄,就希望能够有妻子儿女;以此推己及人,百姓无论男女到了一定的年龄,也会想要成家立业。所以,当国家贫困的时候,国君想到很多自己的子民到了一定的年龄无法结婚,基于一颗仁者之心,他不禁为百姓感到担忧,这一担忧表现了他对百姓的关心。而把这样一颗心扩展开来,就是实行仁政的道德基础。孔子说"为政以德,譬如北辰,居其所而众星共之"(《论语·为政》),又说"修己以安百姓"(《宪问》),可见,这样一颗仁心对于治国安邦来说是非常重要的。

二、忧国情怀

民众是国家的基础,爱国就要爱民众,爱具体的人;同时,国家也是民众的保障,爱民众、爱具体的人,必然也会爱那可以保护民众、保护一个个具体的人的国家。《魏风·园有桃》就表达了深切的爱国情怀。

园有桃,其实之肴。心之忧矣,我歌且谣。不我知者,谓我士也骄。彼人是哉?子曰何其?心之忧矣,其谁知之?其谁知之?盖亦勿思!

园有棘,其实之食。心之忧矣,聊以行国。不我知者,谓我士也罔极。彼人是哉?子曰何其?心之忧矣,其谁知之?其谁知之?盖亦勿思!

《园有桃》这首诗抒发的是魏国的一位士大夫对国家现状的忧虑之情。《毛诗序》云:"《园有桃》,刺时也。大夫忧其君,国小而迫,而俭以啬,不能用其民,而无德教,日以侵削,故作是诗也。"

魏国是一个小国,国君不懂得行德政,也不懂得怎样爱护和调动老百姓的积极性,又受到周边国家的侵扰,因此魏国日益衰弱。有士大夫见到这样的情形,无法改变现状,写了这首诗表达心中的忧思。

本诗共两章,每章十二句。"园有桃,其实之殽。心之忧矣,我歌且谣。"诗人担忧国家,是怎么做的呢?他没有什么好的政策可以使国家由弱转强,他无法力挽狂澜,他只好在自家的花园里,从果树上摘下几颗果实,摆上一张桌子,也许还倒上一杯酒,一边喝酒,一边吃着水果,一边唱着歌,来抒发他心中的忧愁。唱歌确实是一种宣泄不良情绪的好方法。但是,不了解他的人呢?还以为他是一个骄慢之人,不好好地去干正事,却在这里喝着小酒,唱着小调,自顾自地享乐。所以诗人说:"不我知者,谓我士也骄。"不了解我的人,却说我这个人很骄傲。接下来诗人反问那质问他的人:"彼人是哉?子曰何其?"彼人,是指那些当政者,他们果真做得对吗?他们没把国家治理好啊!"子曰何其"中有省略,即"子曰我骄何其",你反而说我骄慢,到底是什么用意呢?你是误解了我啊!诗人也知道别人无法理解他的忧思,所以他说:"心之忧矣,其谁知之?其谁知之?盖亦勿思!"我内心的忧伤谁能够理解呢?没有人能够理解啊,还不如不去想了吧!

第二章写心中忧伤的诗人,离开国都,来到了乡下散心,却被人认为是游手好闲,违背了士大夫的行为准则。诗人对此的反应跟第一章相同。

清陈继揆《读风臆补》引姜白岩云:"是篇一气六折。自己心事,全在一'忧'字。唤醒群迷,全在一'思'字。至其所忧之事,所思之故,则俱在笔墨之外、托兴之中。"清代姚际恒《诗经通论》也赞美此诗说:"诗如行文,极纵横排宕之致。"

在现实社会中,诗人好像是最没用的一种人,他们做不了什么实际的事情,但他们却是历史的记录者、见证者,也代表着一个时代的良心。

三、天下兴亡,匹夫有责

《诗经》里的诗篇所产生的时期——从周文王统治时期至春秋后期,具有家国天下一体的观念。周天子作为天下的共主,是天下的象征。天下分众多的诸侯国,国中又有很多卿大夫的采邑。儒家认为,天子的权力来自上天的命令,上天的命令体现了民心所向。诸侯的权力来自天子的授予,而卿大夫的权力又来自诸侯的授予。周天子担负着保护天下、为诸侯主持公道的义务,诸侯也有共同拱卫周王室、拥护周天子的义务。诸侯和卿大夫之间的关系也是如此。当周边的蛮夷入侵周朝的时候,诸侯就要合力保卫周王室、共同担负起击退敌人的责任。周王室和周天子是凝聚天下力量的核心,保卫了周王室和周天子,也就保护了天下,保护了天下,也就保护了诸侯自己的国家。《秦风·无衣》这首诗中的"我"可以认为是秦国国君,"子"可以认为是另一国国君,秦国国君心忧天下,心向王室,号召其他诸侯国的国君一同保卫周王室。另外,这首诗中的"我"也可以认为是秦国的某个将领或士兵,"子"可以认为是秦国的另一个将领或士兵,或其他诸侯国的将领或士兵,这就体现了"天下兴亡,匹夫有责"的情怀。保卫了周王室,保护了天下,也就保护了自己的国家。

> 岂曰无衣?与子同袍。王于兴师,修我戈矛,与子同仇。
> 岂曰无衣?与子同泽。王于兴师,修我矛戟,与子偕作。
> 岂曰无衣?与子同裳。王于兴师,修我甲兵,与子偕行。

这首《无衣》可以说是一首爱国主义诗篇,更是一首表达"天下兴亡,匹夫有责"的关怀天下安危的诗篇。

诗中的"王"指的是周天子。如上文所说,"我"指的是秦国人,"子"可以指共同维护周王朝的人,可以是秦国人,也可以是其他诸侯国的人。公元前771年,犬戎族的军队攻进镐京,西周灭亡,周幽王也被犬戎的军队追杀于骊山脚下。公元前770年,秦襄公辅佐周平王东迁建立东周,对抗犬戎,因此被封为诸侯。秦国本来就离犬戎很近,因此秦国奉周天子的命令讨伐犬戎,不仅是保护周王室的安全,同时也是保护自己的安全。周天子是天下的共主,犬戎是周王室的敌人,也就是各个诸侯国的敌人,保护周王室的安全也是各个诸侯国的责任和义务。这首诗表达了秦国人听从周天子的命令,与愿意一同保护周王室安全的诸侯国同仇敌忾,共同讨伐外族入侵的勇气和决心。

"岂曰无衣? 与子同袍。"怎么能说没有衣服? 和你同穿一件长袍。并不是我秦国人没有衣服穿,而是说,我们都是周天子的子民,情感深厚,这种情感好到愿意和你同穿一件长袍。正是因为有这样的感情,所以当"王于兴师"即周天子要发动军队讨伐外族入侵的时候,我秦国人会"修我戈矛,与子同仇",我们愿意拿起武器,和你一起同仇敌忾,共同抵抗外族的入侵,保卫周王室的安全,维护天下的安定。这首诗写得气概豪迈。吴闿生《诗义会通》引"旧评"说此诗:"英壮迈往,非唐人《出塞》诸诗所及。"陈继揆《读风臆补》亦云:"开口便有吞吐六国之气,其笔锋凌厉,亦正如岳将军直捣黄龙。"当然,若根据前文所说,这首诗并非意在"吞吐六国",而是欲联合诸侯"尊王攘夷"。

诗分三章,每章五句。每一章的意思基本上差不多,但是每章的最后一句"与子同仇""与子偕作""与子偕行"有递进之意。"与子同仇"还是在情感上同仇敌忾,也是合作的情感基础;"与子偕作"则是开始准备好了合作;"与子偕行"则是一同出发上战场。

这首诗意气风发,豪情满怀,正是秦国尚武风气的体现。《汉书·赵充国辛庆忌传赞》云:"山西天水、陇西、安定、北地处势迫近羌胡,民俗修习战备,高上(尚)勇力鞍马骑射。故《秦诗》曰:'王于兴师,修我甲兵,与子皆(偕)行。'其风声气俗自古而然,今之歌谣慷慨,风流犹存耳。"按,《汉书》的作者班固是东汉时人,他所研习的《诗经》是《齐诗》的传统,即西汉时齐地的辕固生对《诗经》的阐释。班固在此《赞》中引用《无衣》中的诗句,表达了对西北地区人民尚武精神的赞美。因此,陈乔枞说:"据班说,知《齐诗》不以《无衣》为刺。"(引自王先谦《诗三家义集疏》)或者可以说,《齐诗》认为《无衣》是一首赞美人民同仇敌忾保家卫国的诗篇。

另，《毛诗序》说："《无衣》，刺用兵也，秦人刺其君好攻战，亟用兵而不与民同欲焉。"王先谦《诗三家义集疏》说："毛谓《诗》之篇第以世为次，此在穆公后，宜为刺康公诗。其世次之说，出毛武断，而审度此诗词气，断从齐说。"《毛诗》认为《秦风》中的诗是按照秦国国君的在位次序而排列的，《无衣》这首诗在《秦风》中排在《黄鸟》和《晨风》之后，黄鸟是秦穆公时的诗，《晨风》是秦穆公之子秦康公时的诗，因此《无衣》这首诗也是秦康公时的讽刺诗。王先谦认为，这种看法是《毛诗》的臆测，而且品读原文，《无衣》这首诗没有讽刺的意思。因此，对本诗的解释还是遵照《齐诗》的说法。

四、周公捍卫周王室的苦心

前述三首诗中的主人公都是无名的。而《豳风·鸱鸮》这首诗在三家诗看来，其作者则是一位具体的历史人物，那就是伟大的周公。这首诗反映了周公辅佐周成王，在周初动荡不安的政治环境中，苦心捍卫周王室的情形。

> 鸱鸮鸱鸮，既取我子，无毁我室。恩斯勤斯，鬻子之闵斯。
>
> 迨天之未阴雨，彻彼桑土，绸缪牖户。今女下民，或敢侮予？
>
> 予手拮据，予所捋荼。予所蓄租，予口卒瘏，曰予未有室家。
>
> 予羽谯谯，予尾翛翛，予室翘翘。风雨所漂摇，予维音哓哓。

这首诗颇难理解。关键要弄清"鸱鸮"的含义。朱熹以为是恶鸟，一名"鵂鹠"。今人多以鸱鸮为猫头鹰，诗中的"我"指一种小鸟，猫头鹰把小鸟的孩子抓走了。但这种理解跟三家诗及《毛诗》都不相合。《鲁说》曰："鸱鸮，鸋鴂。"《毛诗传》也以鸱鸮为鸋鴂。根据《陈风·墓门》一诗中王先谦的解释，鸱与鸮是两种不同的鸟。鸱是指"枭"。按枭被古人认为是一种"恶鸟"，有"食母"的不良品性。而鸮则是一种"恶声之鸟"，即鸣叫的声音不好听，但并没有说它是一种"恶鸟"。鸮也叫"鸲鹠""繁鸟""巧妇""桃虫"，形状如斑鸠，绿色，一说形状如鹦鹉。马瑞辰《毛诗传笺通释》卷十三对《陈风·墓门》的注释说："鸮之言呼号也，繁之言繁器也，盖皆状其恶声，因以命名。"我们且不管其声音如何，鸮是一种形体比较小的鸟,是无疑的,因此不是什么"恶鸟",不是"既取我子"的被控诉的对象。既然鸱与鸮是两种鸟,为什么这里称"鸱鸮"呢?我们认为这里是偏义词,偏指"鸮"。朱骏声《说文通训定声》云:"凡鸿鹄连文者,即鹄也。"(见杨伯峻《孟子译注·告子上》第九章注释)因此这里的"鸱鸮"连文,也是指"鸮"。

关于这首诗的主旨,《史记·鲁周公世家》云,武王崩,周公当国,管、蔡、武庚等率淮夷而反,"周公乃奉成王命兴师东伐","遂诛管叔,杀武庚,放蔡叔","宁淮夷东土,二年而毕定","周公归报成王,乃为诗贻王,命之曰《鸱鸮》"。此为《鲁诗》的说法。王先谦《诗三家义集疏》云:"明为诗贻王在诛管蔡之后。"又引黄山说云:"周公大义灭亲,又专行黜陟,非常之举,朝廷所疑,故事定献诗,藉明己意。以鸱鸮小鸟自比,引咎于己之谋王室者,本有未善,致贻朝廷忧,而心实无他也。"周武王去世后,周公辅佐成王。此时管、蔡、武庚流言周公将不利于成王,并趁机发动叛乱。周公平定了叛乱,但是由于管、蔡、武庚等的流言,成王和朝廷上对周公有所怀疑。周公因此在平定叛乱后,写了这首《鸱鸮》献给成王,一方面表明自己如鸱鸮小鸟一样能力弱小,致使朝廷动荡,另一方面也表明自己辛苦捍卫王室,诚意至极,并无二心。

第一章描写管、蔡、武庚之乱以及周公维护周王室的诚心。"鸱鸮鸱鸮,既取我子,无毁我室。"可怜我鹞鹰啊,可怜我鹞鹰啊,你们已经骗取了我的孩子,不要毁坏我的家室。"鸱鸮"(偏指"鸮")小鸟比喻周公自己,"既取我子"比喻管、蔡、武庚等散布的流言骗取了成王的相信,让成王对周公有所怀疑,"无毁我室"比喻周公控诉管、蔡、武庚等不要毁坏了周王室的基业。王先谦云:"鲁韩遗说,皆谓流言反间已得行于冲人,惧将倾覆王室,故闵之而力征卫国,比于小鸟之坚固其巢也。"故这里的"既取我子",应当理解为管、蔡、武庚的流言反间之计已经将成王迷惑。"恩斯勤斯,鬻子之闵斯。"我爱护着、我担心着,这年幼的孩子令人哀怜。这两句比喻周公辛勤为周王室工作,爱护周成王出于至诚。方玉润云《诗经原始》:"首章悔已往之过。"因此这一章也有周公将管、蔡、武庚之乱归咎于自己所作所为不够完善的意思。

关于鸱鸮,《文选》卷十七《洞箫赋》李善注引《韩诗》曰:"夫为人父者,必怀慈仁之爱,以畜养其子也。"又卷四十四《檄吴将校部曲文》注引《韩诗》曰:"鸱鸮,所以爱养其子者,适以病之。爱怜养其子者,谓坚固其窠巢。病之者,谓不知托于大树茂枝,反敷之苇菰,风至苕折巢覆,有子则死,有卵则破,是其病也。"周公以鸱鸮小鸟比喻自己,一方面惭愧自己不够智慧,一开始没有能维护好周王室的安全,即前面黄山所说的"引咎于己之谋王室者本有未善,致贻朝廷忧";另一方面也表达了周公对成王的爱护,如鸱鸮之"爱养其子",如黄山所说的"心实无他"。鸱鸮想把自己的巢窠建筑得坚固,也比喻周公想把周王室维护得安全稳定。鸱鸮因为把巢窠系在芦苇上,致使大风吹来,巢覆子死。周公则在此反其意而用之,用的是鸱鸮努力坚固其巢这一方面,来比喻自己努力维护周王室的安全。从鸱鸮这种鸟本身来看,它们将巢窠建筑在芦苇上,虽然有很多遇到大风巢覆子死,毕竟还有很多活了下来,继续繁衍,生生不息。否则鸱鸮早就绝种了。所以,这首诗中周公以鸱鸮小鸟来比喻自己,是很恰切的。周朝建立以后,一开始并不稳固,管、蔡、武庚之叛,使周王室处于风雨飘摇之中,周公诛灭管、蔡、武庚,维护周王室的安全,用鸱鸮在风雨飘摇中坚固其巢来比喻,是很贴切的。

第二章"戒未来之祸"(方玉润《诗经原始》),即吸取管蔡武庚之乱的教训,做好未雨绸缪的准备。"迨天之未阴雨,彻彼桑土,绸缪牖户。"趁着天还没有阴云,还没有下雨,剥取桑树根的皮,缠绕在我的巢穴的通气之处和出入口,使巢穴变得坚固,以防备阴雨之患。"今女下民,或敢侮予?"现在你们这些巢下之人,谁敢欺侮我! 这里用鸱鸮辛苦筑巢,来比喻周公辛勤维护周王室,预防患难的发生。孔子读诗至此,赞叹说:"为此诗者,其知道乎! 能治其国家,谁敢侮之!"(见《孟子·公孙丑上》)

第三章回想从前缔造周王室的艰难。"予手拮据,予所捋荼,予所蓄租。"我用我的嘴和爪子劳作,建筑巢穴,我取来萑苕柔软的花,把它们蓄积起来,铺垫在巢穴中。我如此辛勤劳作,以至于"予口卒瘏",即我的嘴巴生病了。"曰予未有室家。"那个时候我还没有巢窠。这一章用鸱鸮建造巢窠的艰难困苦来比喻从前缔造周王室的艰难。

第四章写周公永远怀着戒慎恐惧之心,战战兢兢,如临深渊,如履薄冰,担心周王室再次发生灾难。"予羽谯谯,予尾翛翛。"我的羽毛困苦憔悴,我的尾巴干燥萎缩。为什么呢? 因为我的巢窠悬系在苇苕上,我时刻担心警惕。"予室翘翘,风雨所漂摇。"我的巢窠处于危险之中,在风雨中漂浮摇荡。我内心恐惧不安,"予维音哓哓",我因恐惧而发出了焦急的叫声。这一章形容周公对未来的担心。方玉润云:"三、四章以下极言缔造平乱之难,如闻羁鸟悲鸣,恒有毁巢破卵之惧,其自警者深矣。"

朱熹《诗集传》认为这首诗中的"鸱鸮"比喻武庚,"鸱鸮""既取我子",比喻武庚败管、蔡。马瑞辰《毛诗传笺通释》也认为这首诗中的"鸱鸮"比喻武庚,"既取我子"中的"我子"指的是管叔、蔡叔,而"鬻子之闵斯"中的"鬻子(稚子)"指成王。但是,这样理解就无法解释《韩诗》所说的"鸱鸮,所以爱养其子者,适以病之",因此不取此说。

在这首诗中,周公正是把自己比作鸱鸮小鸟,以"鸱鸮,所以爱养其子者",比喻自己对周成王的爱护,对周王室的维护。"适以病之"比喻周公引咎于自己的谋略不当,致使发生管、蔡、武庚之乱。这恰好能表达出周公的惭愧之情,体现诗人温柔敦厚的情感。鸱鸮的巢窠悬系在苕苕上,处于风雨飘摇之中,比喻周王室时时刻刻面临着危险,正体现圣人朝乾夕惕、戒慎恐惧、战战兢兢、临深履薄的忧患意识。而鸱鸮在筑巢时期的"予口卒瘏",筑巢之后的"未雨绸缪"正比喻周公为周王室鞠躬尽瘁、死而后已的精神。

随着交通、通讯逐渐发达,时空被压缩了,地球也成了"地球村",且随着经济的不断发展,生态环境问题成为全球性问题,原子弹等核武器的存在,更是把所有的国家紧紧地捆绑在了一起。今天的家国天下,可以说扩展到了整个世界。甚至由于科技的发展,人们不断地探索太空,古人的家国天下情怀,扩展到了对整个宇宙的关心。古人说"心包太虚",诚哉斯言!

▶ 诗选注

卫风·有狐

有狐绥绥,	一只雄狐缓缓地走在
在彼淇梁。	淇河深处的石梁。
心之忧矣,	我的心啊,在为他担忧,
之子无裳。①	担忧他没有蔽体的裙裳。
有狐绥绥,	一只雌狐缓缓地走在
在彼淇厉。	淇河水边的浅濑。
心之忧矣,	我的心啊,在为她担忧,
之子无带。②	担忧她没有束衣的绅带。

有狐绥绥，	一只白狐缓缓地走在
在彼淇侧。	淇河的岸边，形只影单。
心之忧矣，	我的心啊，在为他们担忧，
之子无服。③	担忧他们没有衣服避寒。

注释

① 绥（suí）绥——行迟貌，即孤独地慢慢地行走的样子。淇——卫国河流名。淇水在今河南浚县东北。梁——"石绝水曰梁"，这里指水深处。之子——这个人，那个人。裳（cháng）——下身的衣服。上曰衣，下曰裳。

② 厉——"水绝石曰厉"，厉通"濑"，这里指水浅处。带——束衣的带子。

③ 侧——水边，岸上。王先谦《诗三家义集疏》引胡承珙云："濑为水流沙石间，当在由深而浅之处。上章石绝水曰梁，为水深之所；次章言厉，为水浅之所；三章言侧，则在岸矣，立言次序如此。"服——衣服。

魏风·园有桃

园有桃，	园中的桃树结满了圆桃，
其实之肴。	摘下几颗果实，作为佳肴。
心之忧矣，	我心中充满了对国事的担忧，
我歌且谣。	但又有何用？于是我唱起歌谣
不我知者，	以纾解我心中浓郁的忧愁。
谓我士也骄。	不了解我的人，却说我太骄傲，
彼人是哉？	但那些掌权的人难道不荒谬？
子曰何其？	你这样说多愚蠢，你才是胡闹！
心之忧矣，	我心中的忧伤啊，有谁能知道？
其谁知之？	唉，没有人知道。我不如不去思考！
其谁知之？	
盖亦勿思！①	

园有棘,	园中的酸枣树结满了酸枣。
其实之食。	摘下它的果实,作为饮酒的佐料。
心之忧矣,	我心中充满了对国事的担忧,
聊以行国。	但又有何用?于是我离开城邑的监牢,
不我知者,	来到了空旷的原野,让我的心好受些。
谓我士也罔极。	不了解我的人,却说我没有原则。
彼人是哉?	但那些掌权的人难道就正确?
子曰何其?	你这样说多愚蠢,简直胡说八道!
心之忧矣,	我心中的忧伤啊,有谁能知道?
其谁知之?	唉,没有人知道。我不如不去思考!
其谁知之?	
盖亦勿思!②	

注释

① 肴——吃。"其实之肴",即"肴其实"。歌、谣——曲合乐曰歌,徒歌曰谣,此
处指唱歌。是——正确。其——语气助词。盖(hé)——通盍,何不。亦——
语气助词。

② 棘——酸枣。食——吃。聊——姑且。行国——离开城邑,城邑称国,乡下
称野。罔极——无极,没有准则。

秦风·无衣

岂曰无衣?	难道说我们没有更多的衣服?
与子同袍。	竟然和你穿着同一件战袍!
王于兴师,	天子要兴师讨伐不仁的君主,
修我戈矛,	我在修缮我的干戈和长矛!
与子同仇。①	我愿意和你对付共同的寇仇!
岂曰无衣?	难道说我们没有更多的衣服?

与子同泽。	竟然和你穿着同一件长襦！
王于兴师，	天子要兴师讨伐不仁的君主，
修我矛戟，	我在修缮我的长矛和画戟！
与子偕作。②	我愿意和你合作，风雨同路！

岂曰无衣？	难道说我们没有更多的衣服？
与子同裳。	竟然和你穿着同一件裙裳！
王于兴师，	天子要兴师讨伐不仁的君主，
修我甲兵，	我在修缮我的盔甲和刀枪！
与子偕行。③	我愿意和你共同迈向前方！

注释

① 岂——难道。袍——长袍，战袍。兴师——发动军队，准备作战。戈矛——皆为兵器。戈长六尺六寸，矛长二丈。同仇——有共同的仇敌，这里指共同对付敌人。

② 泽——通"襗"，长襦，穿在里面的上衣。戟——兵器，长丈六。偕——共同。作——起，这里指准备出发。

③ 裳——下衣，这里指战裙。甲兵——铠甲和兵器。行——前行，前往战场。

豳风·鸱鸮

鸱鸮鸱鸮，	可怜我鸱鸮，可怜我鸱鸮！
既取我子，	你们已骗取我的孩子，
无毁我室。	不要再毁坏我的家室。
恩斯勤斯，	我爱护着他，为他而忧劳，
鬻子之闵斯。①	这令人爱怜的年幼的稚子！

迨天之未阴雨，	趁着天还没有阴雨，
彻彼桑土，	我剥取桑树根的皮，

绸缪牖户。	把门窗缠绕得严实坚固,
今女下民,	现在你们这些巢下之人,
或敢侮予?②	谁还敢再把我欺侮?!
予手拮据,	我用我的嘴和爪子筑巢,
予所捋荼。	我取来萑苕的柔软的花,
予所蓄租,	我蓄积它们,铺垫在巢中,
予口卒瘏,	我的嘴也累病了,那时候
曰予未有室家。③	我还没有把巢窠筑成。
予羽谯谯,	我的羽毛困苦憔悴,
予尾翛翛,	我的尾巴干枯萎颓,
予室翘翘。	我的巢窠岌岌可危,
风雨所漂摇,	它在风雨中漂浮摇荡,
予维音哓哓。④	我焦急的呼叫多么恐慌!

注释

① 鸱(chī)鸮(xiāo)——鸱即"枭",是一种恶鸟;鸮则是一种小鸟,与"鸱"不同,鸮也叫鹩鹠,形状如斑鸠,绿色。这里鸱鸮连用,偏指"鸮"。恩——爱。《鲁诗》作"殷",尽心的样子。斯——语助词。勤——劳,担忧。马瑞辰说:"勤当读'昔公勤劳王家'之勤,勤、劳皆忧也。"一说为笃厚、辛勤。鬻(yù)——稚,一说为养育。闵——病,一说为怜悯、担忧、忧恤。

② 迨(dài)——及,趁着。彻——通"撤",取,剥。土——通"杜",即"根",《方言》:"东齐谓根曰杜。"桑土,即桑根,此处指桑根之皮。绸缪(móu)——缠绵,缠缚,密密缠绕。牖(yǒu)——窗,这里指鸟巢的通气处。户——屋门,这里指鸟巢的出入口。女(rǔ)——通"汝",你,你们。下民——下面的人。或——有,有谁。

③ 拮(jié)据(jū)——《毛诗》:通"撷挶"。《韩诗》:"口足为事曰拮据。"朱熹《诗集传》:"手口并作之貌。"这里形容鸱鸮用嘴和爪子筑巢的样子。捋

（luō）——取，摘取。荼（tú）——此处指萑苕，即芦苇、芦荻之类。蓄——积蓄。租（jū）——通"菹"，也写作"苴"，"藉也"，荐也，荐席也。这里指鸱鸮取来柔软的萑苕之花铺垫在巢窠里。卒（cuì）——通"悴"，也写作"颣"，病。瘏（tú）——患病。室家——指鸟窝。

④ 谯（qiáo）谯——杀也，悴也，形容困苦憔悴的样子。翛（xiāo）翛——敝也，意思同"消消""脩脩"，脩，缩也，这里形容鸱鸮的羽毛干燥而萎缩的样子。翘（qiáo）翘——举也，悬也，危也。这里形容鸱鸮的巢窠悬系在苇苕上危险的样子。马瑞辰说："《广雅》：'峣峣，危也。'翘与峣声近而义同。"漂——漂浮，摇动。哓（xiāo）哓——惧也，急也，形容因恐惧而发出的焦急的叫声。

思考题

1. 谈一谈《有狐》《园有桃》《无衣》《鸱鸮》这几首诗的主旨。

2. 谈一谈儒家的"推恩"思想和忠恕之道。

3. 讨论：谈一谈爱天下、爱国家和爱民众、爱具体的人的内涵和相互关系。

第十二章

《诗经》中的时代背景下的「个人」

我们熟知儒家的民本思想和"民为贵"的说法，但我们常常忽略了如我们前文所讲的，儒家其实也是非常重视每一个个体的生命存在的。孟子引用《尚书》的话说："天降下民，作之君，作之师，惟曰其助上帝宠之。"（《孟子·梁惠王下》）上天是爱护人民的。《尚书·康诰》说："若保赤子。"君主爱护人民应当像父母呵护自己的孩子一样。孟子说伊尹、伯夷和孔子相同的地方是"行一不义，杀一不辜，而得天下，皆不为也"（《公孙丑上》），孟子指出，君子应当高尚其志、"居仁由义"，他对"仁"的解释是"杀一无罪非仁也"（《尽心上》）。每一个人的生命都是宝贵的，君子宁肯舍弃富贵，也不愿杀害一个无辜之人。《礼记·中庸》说："喜怒哀乐之未发谓之中，发而皆中节谓之和。"儒家重视每一个人的喜怒哀乐，儒家的目标就是要以善性为宗，用中庸之道使每个人的喜怒哀乐都达到"乐而不淫，哀而不伤"的中和境界。

《诗经》中有许多诗篇为我们展现了时代大背景下的个人的喜怒哀乐。本讲选了四首诗。《邶风·击鼓》描写了一个普通士兵对战争的厌恶。《豳风·东山》描写了战士对家乡和妻子的思念。《小雅·小宛》描写了周幽王时代一个无端遭遇牢狱之灾的贫苦之人。《小雅·何草不黄》则描写了行役在外的征夫的哀思和控诉。

一、不义战争的受害者

与《秦风·无衣》中的主人公的同仇敌忾的气概、保国保天下的情怀不同，《邶风·击鼓》中的主人公则是一位被卷入不义战争的士兵，是不义战争的受害者，心中充满了对战争的厌恶。

> 击鼓其镗，踊跃用兵。土国城漕，我独南行。
> 从孙子仲，平陈与宋。不我以归，忧心有忡。
> 爰居爰处，爰丧其马。于以求之？于林之下。

> 死生契阔，与子成说。执子之手，与子偕老。
> 于嗟阔兮，不我活兮。于嗟洵兮，不我信兮。

这首诗写的是一位士兵在一场不义战争中的抱怨。《毛诗序》云："《击鼓》，怨州吁也。卫州吁用兵暴乱，使公孙文仲将而平陈与宋。国人怨其勇而无礼也。"

公元前 735 年，卫庄公去世，太子完继位，是为卫桓公。卫桓公的弟弟州吁是卫庄公宠幸的嬖妾所生，受到卫庄公的宠爱，平时骄横奢侈。公元前 733 年，卫桓公罢免了州吁的职务，州吁逃出卫国。公元前 722 年，郑庄公的弟弟共叔段谋反，意图夺取郑国国君之位，被郑庄公打败，也逃出了郑国。州吁请求与共叔段为友。公元前 719 年春，州吁联合逃亡在外的卫国人，袭击并杀害卫桓公，自立为君。当年夏天和秋天，州吁为了给好友出头，也为了转移国内矛盾，就派兵联合陈、宋、蔡三国共同攻打郑国。四国的军队包围了郑国都城的东门，五天后才撤军而回。(见《左传·隐公四年》)这完全是一场不义的战争，当然也没有取得什么成果。《击鼓》这首诗的主人公就是参加了这场战争的士兵。由于州吁好战，再加上他国君的位子来得不正当，无法得到卫国臣民的拥护，当年九月就被推翻了。

诗的第一章写我随大军去讨伐郑国。"击鼓其镗，踊跃用兵。"这两句写出发前的练兵，击鼓欢呼，振奋军心。"土国城漕，我独南行。"我的同乡们都去建造护城墙、挖护城河去了，唯独我向南方行进。郑国在卫国的西南方，故说"南行"。

第二章写我内心的忧伤。"从孙子仲，平陈与宋。"我们跟随着将军孙子仲，与陈国、宋国和好，一同去攻打郑国。"不我以归，忧心有忡。"我不能回家，因此忧心忡忡。可见我对战争的厌恶。一开始是不想参战，然后到了战场上就想回家。

第三章是说我逃离了战场。"爰居爰处，爰丧其马。"于是我停了下来，于是我留在了某地，于是我丢失了我的马匹。这两句话可以看出他消极怠战的样子。也可见这支军队的凝聚力和战斗力都不强。因为这是不义之战，士兵消极厌战倒反而是件好事。"于以求之？于林之下。"到哪里去寻找我的马？到林中的树下。他找到马，并不是要重回战场，而是极有可能想逃跑。

第四章是他想到了与战友的约定："死生契阔，与子成说。执子之手，与子偕老。"对于"契阔"的解释众说纷纭，笔者更倾向于《韩诗》的解释。"契阔"即约束，引申为约结，即我们今天说的约定。"死生契阔"即"生死约定""生死之约"。关于"成说",王先谦《诗三家义集疏》说:"犹成言,谓与之约定相存救。"这几句话的意思是说,我们做了一个互相救助的"生死之约",我和你如此说好了:我要拉着你的手,和你一起保住性命以至于老。"生死之约"指的是,在战场上,即使在生死的关头,我们都要互相救助,不要丢弃另一个人。

第五章写我离战友遥远,感到自己不能信守诺言了。"于嗟阔兮,不我活兮。"哎呀,我们相离散了啊,我无法和你再相会了。"于嗟洵兮,不我信兮。"哎呀,我们相隔遥远啊,我无法信守诺言了啊。或许是我逃跑成功了,而战友死在了战场上,我没能去救助他,所以说我违背了诺言。这也许是诗人从战场上逃跑之后,写下的对战友的愧疚之诗。据此,"活"应该理解为"佸","不我活"即我不能和你相会了,因为我逃跑了,而你仍然在战场上。如果把"活"理解为"死活"的"活","不我活"指我死了,不能和你"偕老"了,那么又怎么可能写出这首诗呢?当然,你也可以理解为这是诗人以某个士兵的口吻写的诗,并不是这个士兵本人写的诗。

《焦氏易林·家人之同人》说:"击鼓合战,士怯叛亡。威令不行,败我成功。"这是《齐诗》的说法。"击鼓合战",是指击鼓演练士兵以前往征战。"士怯叛亡",与诗中所说的"爰居爰处,爰丧其马""不我活兮""不我信兮"相合。

"死生契阔,与子成说。执子之手,与子偕老。"这四句画面感很强。《毛诗》认为,这是诗人和他的战友之间的相互约定:一定要活着回来,保住性命,终老家乡,不要枉死在战场上。《齐诗》似乎没有明确的指向。孔颖达《毛诗正义》引王肃云:"言国人室家之志,欲相与从生死,契阔勤苦而不相离,相与成男女之数,相扶持俱老。"认为是士兵出征前和他妻子的约定。钱钟书《管锥编·毛诗正义·一六·击鼓》赞同此说:"王说是也,而于'契阔'解亦未确。盖征人别室妇之词,恐战死而不能归,故次章曰:'不我以归,忧心有忡'。'死生'此章溯成婚之时,同室同穴,盟言在耳。然而生离死别,道远年深,行者不保归其家,居者未必安于室,盟誓旦旦,或且如镂空画水。故末章曰:'于嗟阔兮,不我活兮。于嗟洵兮,不我信兮!'"

孔颖达认为王肃的说法"此似述毛,非毛旨也"。孔颖达认为:"卒章传曰'不与我生活',言与是军伍相约之辞,则此为军伍相约,非室家之谓也。"王先谦也说:"王肃以为'国人室家之志',泥'偕老'为词,非诗恉。"另外,诗中的我厌恶战争,在我的战友激战而且可能已阵亡的时候,我临阵脱逃并没有死在战场上,那么我就可以逃回家中。既然已经逃回了家,不就见到自己的妻子了吗?所以以

《击鼓》为写给自己妻子的诗,是说不通的。

二、正义战争中思念妻子的士兵

　　不义的战争是战士们厌恶的,正义的战争就是战士们所欢迎的吗?虽然战士们愿意为正义的战争努力作战,但他们并不喜欢战争,因为战争迫使他们不得不离开自己的家园和亲人,使他们饱受离别之苦。《豳风·东山》中涉及的战争是周公东征、平定叛乱的正义的战争,但诗中并没有歌颂战争的正义和胜利的喜悦,而是写出了士兵对妻子的思念。战争的宏大叙事没有淹没具体个人的情感表达。这是《诗经》最富有人性、最迷人的部分之一。

　　我徂东山,慆慆不归。我来自东,零雨其濛。我东曰归,我心西悲。制彼裳衣,勿士行枚。蜎蜎者蠋,烝在桑野。敦彼独宿,亦在车下。

　　我徂东山,慆慆不归。我来自东,零雨其濛。果臝之实,亦施于宇。伊威在室,蟏蛸在户。町畽鹿场,熠耀宵行。不可畏也,伊可怀也。

　　我徂东山,慆慆不归。我来自东,零雨其濛。鹳鸣于垤,妇叹于室。洒扫穹窒,我征聿至。有敦瓜苦,烝在栗薪。自我不见,于今三年。

　　我徂东山,慆慆不归。我来自东,零雨其濛。仓庚于飞,熠耀其羽。之子于归,皇驳其马。亲结其缡,九十其仪。其新孔嘉,其旧如之何?

　　关于此诗的主旨,《毛诗序》云:"《东山》,周公东征也。周公东征三年而归,劳归士。大夫美之,故作是诗也。一章言其完也,二章言其思也,三章言其室家之望女也,四章乐男女之得及时也。君子之于人,序其情而闵其劳,所以说之,'说以使民,民忘其死',其唯《东山》乎?"朱熹以为"此周公劳归士词,非大夫美之而作"。王先谦亦云:"诗为周公劳归士作,毛云大夫美之,殆非。以序代归士述室家想望之情,大夫不能如此立言也。"

　　《焦氏易林·屯之升》说:"东山拯乱,处妇思夫。劳我君子,役无休止。"又《家人之颐》说:"东山辞家,处妇思夫。伊威盈室,长股蠃户。叹我君子,役日未已。"这是《齐诗》的说法。从诗本身来看,是以一位归士的口吻写的,表达了士兵思念家中的妻子,和妻子思念丈夫的心情。我们尊重古人的观点,认为,这首诗是周公以一位归士的口吻写的,贴切地表达了归士的心情。士兵平常不太方便表达的观点,周公通过这首诗帮助士兵们说了出来,因此可以认为是周公劳归士作。

第一章写准备回家以及回家途中所见所感。"我徂东山,慆慆不归。我来自东,零雨其濛。"我跟随军队前往东山平定叛乱,时间漫长,尚未回家。如今我准备从东山归来家中,天上落下了濛濛的雨水。好久没有回家了,正体现思念家乡的急切心情。回家的路上下着雨,增添了归士的忧伤。"我东曰归,我心西悲。"我在东山的时候就常常说要回家,我的心则想念着在西方的家人而不禁悲伤。如今终于要回去了:"制彼裳衣,勿士行枚。"制作回家的路上所穿的衣裳,不要再做行军途中嘴里衔着用来止语的枚这件事情了,即不用再行军打仗了,我们要回家了。马瑞辰云:"制彼裳衣者,制古'製'字,制其归途所服之衣也。'勿士行枚'者,喜今之不事战阵,谓横衔于口用枚也。""蜎蜎者蠋,烝在桑野。"你看那蠕动的野蚕,乃处于桑野之中。这两句是比喻,用野蚕行于桑野之中,看上去也是很劳苦的,比喻战士的劳苦。"敦彼独宿,亦在车下。"我们这些归途的士兵啊,到了晚上,我敦敦然独自歇宿在战车之下。这两句直接点出了旅途的劳苦。

第二章描写归士在途中想象家中的情形,同时表达了对家乡的怀念。因为这种怀念,而不惧怕日夜兼程。"果臝之实,亦施于宇。伊威在室,蟏蛸在户。"你看那栝楼的果实,延伸在屋檐下。土鳖虫居处于房间里,长腿的蟏蛸也在屋门上结网。这四句写的是归士在途中想象家中现在的情景。前人认为这四句以及"町畽鹿场,熠耀宵行"这两句合在一起描写了士兵因为三年没有回家,家中无人长时间没有人居住而导致的冷清荒凉的情形。郑玄、朱熹、王先谦皆持此看法。这种看法似乎有误。因为,这位士兵虽然三年没有回家了,但是他的妻子还在家中,不可谓"室中久无人"。结合生活经验,前面四句是写的家中日常的情形。"果臝之实,亦施于宇",正是家中有人,在房屋旁种了很多栝楼,栝楼爬到屋檐上,结出了果实。小时候,我家里就常常将丝瓜种在墙边,丝瓜秧爬上墙头,结出了很多丝瓜,悬挂在墙上。我们也经常看到很多人把爬山虎、爬墙虎种在房屋边,爬山虎、爬墙虎蔓延爬上屋顶,覆盖了整面屋墙的情形,颇为壮观。"伊威在室,蟏蛸在户"更是农村常见的情形了。古代的农村并不一定是每天都打扫卫生的,我老家的农村过年前的几天通常会大扫除一番,说明平时打扫卫生并不彻底。家中有蜘蛛网,角落缝隙里有个土鳖虫,也是很正常的现象。因此这四句写的是归途中的士兵想念家中的情形。这里没有描写他的妻子,而是描写了家里种的栝楼,房间里的昆虫,颇有亲切的生活情味。而关于"蟏蛸",《尔雅·释虫》云:"蟏蛸,长踦。"郭璞注:"小蜘蛛长脚者,俗呼为喜子。"陆玑《毛诗草木鸟兽虫鱼疏》卷下云:"此虫来着人衣,当有亲客至,有喜。"可见,古人认为,蟏蛸的出现预示着家中有人来了,有"亲客至,有喜"。诗中写"蟏蛸在户"不正是为了预示士兵要回家了吗?接着士兵的思绪又回到眼前的现实:"町畽鹿场,熠耀宵行。"你看这眼前的空地,有鹿践踏过的踪迹,是鹿出没的场所,萤火闪烁,我们在黑夜里前行。士兵们回家的愿望迫切,可谓是日夜兼程,夜里的时间也没有全部用来休息,而是用来赶路了。"不可畏也,伊可怀也。"荒野中这种荒凉的景象并不可怕,因为在我们的心中家乡值得怀念。我们因为思念家乡,急于回家,所以就不害怕荒凉的路途了。

第三章写士兵回到了家中,见到了自己的妻子,妻子正打扫房间迎接丈夫归来。"鹳鸣于垤,妇叹于室。"蚂蚁都爬出了蚁冢,鹳鸟就来到蚁冢上采食蚂蚁,这预示着将要下雨。妻子在家中想到远征受苦的丈夫,不禁叹息担心。妻子在等待丈夫的归来,于是"洒扫穹窒",即洒水、扫地,找到屋中所有的缝隙和洞穴,把它们堵塞住。而这时,丈夫正好回到了家中:"我征聿至。"我远征在外,如今回到了家中。回到家中见到了"有敦瓜苦,烝在栗薪"。我看到家中有一些敦敦然的苦瓜,放在苦菜(蓼菜)的薪柴上。用苦菜和苦瓜形容人生之苦。马瑞辰云:"《毛传》盖以栗为(蓼)之假借,以苦瓜而乃在苦蓼之上,犹我之心苦而事又苦,故曰'言我辛苦,事又苦也'。"接着点出:"自我不见,于今三年。"已经三年没有见面了,妻子在辛苦地经营着这个家,经常打扫好房屋和庭院,等待着我随时能够回来。这些瓜果蔬菜也都是妻子辛勤所种。

第四章写夫妻相见之乐。夫妻相见的时候,这位回到家中的士兵想到了他三年前和妻子刚刚结婚时的情形。"仓庚于飞,熠耀其羽。之子于归,皇驳其马。"仓庚在空中飞翔,翅膀上闪耀着光芒。那时候你嫁给了我,送你来的马车,驾车的有皇马,有驳马。"亲结其缡,九十其仪。"我亲自给你系上蔽膝的带子,婚礼上的礼仪有很多,很隆重。"其新孔嘉,其旧如之何?"我们刚结婚的时候很美好,现在三年过去了,这么久了,我们将会怎么样呢?还会像当初那样美好吗?《毛传》云:"言久长之道也。"郑玄《笺》云:"嘉,善也。其新来时甚善,至今则久矣,不知其如何也。又极序其情乐而戏之。"根据郑玄的意思,这两句话是丈夫在跟妻子开玩笑的话。王先谦云:"前此新昏既甚嘉矣,其久长之道又如之何?欲其同保家室,以乐太平。《易·序卦传》:'夫妇之道,不可以不久也,故受之以恒。'《序》云:'四章乐男女之得及时也。'谓及男女壮盛、天下渐定之时。"根据王先谦的意思,则这两句诗表达了丈夫想要和妻子共同维护好家庭、共享太平生活的愿望。

关于"其新孔嘉,其旧如之何?"这两句,朱熹有不同的看法:"言东征之归士,未有室家者,及时而昏姻,既甚美矣;其旧有室家者,相见而喜,当如何邪?"方玉润《诗经原始》也认为:"旧有室家者,其既归而相见固可乐,未有室家者,其既归而新昏尤可乐。"这种解释,一方面跟第三章的处妇思夫不合,诗虽然是"周公劳归士",但也是以某一个士兵的口吻写的,如果第四章写了不同的士兵,似乎不符合诗歌创作的规律;另一方面,王先谦云:"《东山》一篇,所记时物皆非春日,故以为推言始昏时之时物。《孔疏》申毛,以为(仓庚于飞,熠耀其羽)兴嫁子衣服鲜明,毛无此意也。"因此我们不取此种解释。

关于此诗主旨,也有不同的看法。崔述《丰镐考信录》卷四云:"此篇毫无称美周公一语,其非大夫所作显然;然亦非周公劳士之诗也。细玩其词,乃归士自叙其离合之情耳。"即认为这是归士自己创作的诗篇,不是周公劳归士之作。不过,方玉润力主此诗为周公所作。方玉润认为:"然非公曲体人情,勤恤民隐,何能言之亲切如此?""呜乎! 非公之作而孰作之乎? 假使此诗出于旁代之手,则不过一篇《从军行》《汉铙歌》而已,乌足以见圣德之感人于无间哉?"

三、无道之世的无妄之灾

当统治失序、社会动荡之时,法律不再被遵守,礼制不再被推崇,人们无所措手足,动辄得咎。《小雅·小宛》中的"哀我填寡,宜岸宜狱。握粟出卜,自何能谷"就描写了人们在无道之世遭受无妄之灾的情形。

> 宛彼鸣鸠,翰飞戾天。我心忧伤,念昔先人。明发不寐,有怀二人。
> 人之齐圣,饮酒温克。彼昏不知,壹醉日富。各敬尔仪,天命不又。
> 中原有菽,庶民采之。螟蛉有子,蜾蠃负之。教诲尔子,式谷似之。
> 题彼脊令,载飞载鸣。我日斯迈,而月斯征。夙兴夜寐,毋忝尔所生。
> 交交桑扈,率场啄粟。哀我填寡,宜岸宜狱。握粟出卜,自何能榖?

温温恭人,如集于木。惴惴小心,如临于谷。战战兢兢,如履薄冰。

《毛诗序》说:"《小宛》,大夫刺幽王也。"这首诗因为周幽王昏庸,诗人怀念周文王、周武王而作,以劝周幽王努力为善。诗中提到"哀我填寡,宜岸宜狱"可以理解为诗人本人遭受了无妄之灾,也可以理解为诗人哀伤着当时的很多弱者遭受了无妄之灾。在这种情况下,诗人虽然伤心,但仍然没有绝望,他期待着以周幽王为首的统治阶层能改过自新。

"宛彼鸣鸠,翰飞戾天。"那短尾巴的鸤鸠,努力高飞也能飞到高空。这两句比喻即使我们能力很小的人,只要努力为善,也能成为一名贤人。这是在劝国君努力为善,成为贤君。"我心忧伤,念昔先人。明发不寐,有怀二人。"我心中忧伤啊,怀念昔日的先王。我通宵达旦睡不着觉,怀念着周文王、周武王两位贤君。这是因为周幽王不能行文武之道,诗人怀念文武二王,就是希望幽王能学习文武之道。

"人之齐圣,饮酒温克。"能"速通""大通"的圣贤之人,在饮酒这件事上,能够温和含蓄,克制自己。这里是说像周文王、周武王这样的圣贤君主不会沉湎于酒,不会因为喝酒而耽误国家政务。"彼昏不知,壹醉日富。"那个昏庸的人却无所知,只知道一醉方休,而且日益变本加厉。这样的人怎么知道为善呢?怎么知道修身养性、培养道德呢?这两句说的是周幽王,与前面两句赞美文武二王的诗恰成鲜明对比。"各敬尔仪,天命不又。"你们君王和臣子各自都要敬畏慎重你们的威仪,天命一旦离开了你们,就不会再降临到你们身上,不会保佑你们了。因为"天道无亲,常与善人",天命不会亲近谁,但常常帮助有道德的人啊!这两句是在警告周幽王和他的臣子们:你们这样酗酒纵欲,天命怎么会保佑你们呢!

"中原有菽,庶民采之。"田野里有大豆的叶子,百姓们来采摘它们。大豆的叶子谁都可以来采摘,比喻王位属于谁家不是一定的,有道德的人将会得到它,也暗含了无道德的人将失去它的意思。"螟蛉有子,蜾蠃负之。"桑虫的孩子们,细腰蜂偷走了它们并背负着它们而去,当成了自己的孩子。这两句比喻如果国君不能教化自己的百姓,那么将会有一位有道德的圣贤来代替你做国君,教化你的百姓。古人认为细腰蜂都是雄性的,没有雌性的,它们靠偷取别的虫类的孩子作为自己的孩子。细腰蜂会用泥土垒成半寸大小的圆孔形的窝,取花树上的青虫、灰白色的蝇虎及长脚绿蜘蛛的孩子放入窝中,然后对着圆孔嗡嗡作声良久,再用土封好窝。细腰蜂每天都会对它的窝嗡嗡作声,一连十天左右,就不再来了。然后窝里面的虫子就都飞出来了,都成了细腰蜂了。有人把细腰蜂对着它的窝的嗡嗡声联想成祷告的声音,认为细腰蜂在对那些不同种类的虫卵说:"似我似我。"(即长得像我长得像我)因为这样不停祝祷,它们就成细腰蜂了。"教诲尔子,式榖似之。"现在有教诲你的子民,遵循善道的人,也和细腰蜂相似。这两句是说会有圣贤之人用道德来教导百姓,他将得到你的百姓的支持,从而代替你成为新的君主,就像细腰蜂代替桑虫等虫子的父母成为它们的父母一样。

"题彼脊令,载飞载鸣。"看看那鹡鸰,一边飞一边鸣叫。这也是比喻,我们人也要向它学习,日夜努力为善,不要懈怠。"我日斯迈,而月斯征。"我每一天都向前迈一步,你每月也都向前行进。这两句是说只要努力向善、努力向上,就会不断进步。也是劝君主勉力为善。"夙兴夜寐,毋忝尔所生。"早起晚睡,不要辱没了你的父母。这也告诫我们,每天都努力进德修业,提升自己的道德品行,不仅仅是为了自己的完善进步,也是为了显扬自己父母的名声,为父母乃至先祖争光,光耀门楣。

"交交桑扈,率场啄粟。"那小小的青雀,沿着晒谷场啄食小米。青雀因为喜欢吃肉,常常偷窃膏脂吃,因此又名"窃脂"。本来肉食的鸟来吃小米,是因为无肉可食而乱了常态,比喻本来应该有道德的国君却无道德而祸乱朝政。"哀我填寡,宜岸宜狱。"悲哀啊,我这样的病苦贫穷之人,又遭受诉讼和牢狱之灾。这两句正是承接上两句而来。上两句说朝政混乱,进而导致这两句所说的穷苦之人遭受危难。"握粟出卜,自何能榖?"我拿着一些小米作为报酬去请人为我占卜,看看从哪里能有活路?为什么要占卜呢?因为这个人无权无势,又没有人为他伸张正义,叫天天不应,叫地地不灵,只好想到了去算算命,看看什么时候能摆脱危难。人在穷愁无告的时候,要么呼爹喊娘,要么呼天抢地,要么去算卦占卜,以求得心理安慰,这是人之常情。这一章说的是在国君昏庸的情况下,弱小民众的悲哀无告的状况,是对昏君的指责。

"温温恭人,如集于木。惴惴小心,如临于谷。战战兢兢,如履薄冰。"温和恭敬之人,就像站在树上一样,非常小心,怕从树上掉下来。也会惴惴不安,非常小心,就像站在山谷边一样,怕从山上跌落到谷底。恐惧、警戒,就像踩在薄薄的冰上一样,怕冰碎裂了掉进水里。这一章写的是一个人如何小心谨慎的。可以理解为在昏庸的国君的统治下,他的子民不得不小心谨慎,以免丢失性命。诗人这样写也是讽刺昏君:你看你把国家搞成了什么样子,老百姓都战战兢兢的,非常害怕,人心不安。我们也可以理解为这是诗人对昏君的劝诫:国君啊,你应当有敬畏之心,要遵守道德,要诚惶诚恐、小心谨慎地来治理国家,要好好约束自己,不能为所欲为，只有这样才是一个国君应当做的，才能赢得民众的信赖和支持，才能使国家立于不败之地。

这首诗苦口婆心，劝国君为善，只有国君努力为善，才能振兴国运。这也启发我们普通人，在人生的道路上也要努力为善，所谓"但行好事，莫问前程"，不是不让我们问前程，而是圣贤已经在告诉我们，只要我们努力修德行善，就必定会有一个美好的前程。

朱熹《诗集传》认为"此大夫遭时之乱，而兄弟相戒以免祸之诗"，可供参考。

四、旷野征夫的哀思之音

唐朝诗人曹松有诗说："凭君莫话封侯事，一将功成万骨枯。"（《己亥岁二首》）当我们翻阅历史著作，只看到那些帝王将相在历史的舞台上大放异彩，而那些悲哀的下层民众，他们的死亡只不过是一个数字，个人的悲欢都被抹去了。而诗歌却真实地记录了这些无名的小人物的情感。从这一意义上来说，诗歌也承载了历史，诗歌比历史更真实。《小雅·何草不黄》就响彻着旷野征夫的哀思之音。

> 何草不黄？何日不行？何人不将，经营四方？
> 何草不玄？何人不矜？哀我征夫，独为匪民。
> 匪兕匪虎，率彼旷野。哀我征夫，朝夕不暇！
> 有芃者狐，率彼幽草。有栈之车，行彼周道。

这是一首行役在外的征夫的哀思控诉之词。《毛诗序》云："《何草不黄》，下国刺幽王也。四夷交侵，中国背叛，用兵不息，视民如禽兽。君子忧之，故作是诗也。"周幽王时期，周边的少数民族频繁骚扰中原，周王室与周边的戎狄之间战争不断。国家于是常常征发百姓行军打仗，民不聊生。这首诗就是对当时情况的反映。

诗的前六句连用了五个"何人不"，意思是没有一个不，都是这样。"何草不黄？"草儿都枯黄了，可见离家行役在外的时间很久了。"何日不行？"没有一天不在外出行，可见旅途的辛苦劳累。"何人不将，经营四方？"所有的人都奔走到了四面八方,都离开了家乡。"经营四方"点出了"行"的目的。我们为什么出行在外呢?是为了从军作战,抵抗四面八方入侵而来的戎狄的军队。

"何草不玄?"草由"黄"到"玄"点出行役的时间过了秋天,又到了冬天,说明常年在外,不得回家。"何人不矜?"哪一个人不是孤身一人呢?常年在外作战,有家室的人无法回家与妻子儿女团聚,无家室的也没法娶妻生子。经过这一系列的反问后,诗人直接点出了"哀我征夫,独为匪民"!悲哀啊,我们这些征夫!别人都是人,都过着人的生活,唯独我们活得不像个人样啊!正是由于前面六句的五个反问,这两句的悲叹才显得悲壮有力。

"匪兕匪虎,率彼旷野。"既不是兕也不是虎,行进在旷野之中。只有兕和虎这些野兽才出没在旷野,我们这些征夫又不是野兽,却也这样行进在旷野之中。这两句是说我们的命运就和那野兽的命运一样。"哀我征夫,朝夕不暇!"悲哀啊,我们这些征夫,从早到晚没有一刻空闲。

"有芃者狐,率彼幽草。有栈之车,行彼周道。"这一章也是比喻,用狐狸奔走在幽深的草丛中,兴起和比喻征夫乘坐的车子行进在旷野的大路上。方玉润《诗经原始》说,这是"亡国之音哀以思","诗境至此,穷仄极矣"。千载而下,我们似乎还能隐隐听到征夫行走在旷野中的脚步声和车轮驶过的声音。

人们的情感千古相通,生活在现代世界的我们,通过《诗经》体会到了两三千年之前的历史滚滚车轮之下的小人物的忧乐悲欢,这正是《诗经》最打动人心的地方。

▶ 诗选注

邶风·击鼓

击鼓其镗,	镗镗,镗镗,你听,击鼓的声音,
踊跃用兵。	将士们奋勇跳跃,准备出征。
土国城漕,	同乡的好友们留下来建筑城池,
我独南行。[①]	唯有我跟随大军向南行进。
从孙子仲,	跟随我们卫国的将军公孙文仲,
平陈与宋。	和好陈国与宋国共同攻郑,

不我以归，　　战争没有结束无法回家，
忧心有忡。②　　对战争的厌恶使我忧心忡忡。

爰居爰处，　　战争是邪恶的，我不愿冲在前头，
爰丧其马。　　我停了下来，马也已经跑丢，
于以求之？　　我逃离了军队到处寻找，
于林之下。③　　终于在树林里把它找到。

死生契阔，　　"无论生死聚散，"我们曾这样说过，
与子成说。　　"我们要永远地携手一起生活。"
执子之手，　　但如今永别了，我们再也无缘相见，
与子偕老。④　　离你如此遥远，请原谅我已不能信守诺言。

于嗟阔兮，
不我活兮。
于嗟洵兮，
不我信兮。⑤

注释

① 镗(tāng)——击鼓的声音。踊——跳起。跃——奋迅。兵——武器。前两句描写士兵随着鼓声的节奏，喊着口号，挥舞着兵器的样子。土——做土功。国——都城。城——筑城。漕——卫国的邑名。南行——士兵是卫国人，跟随军队去攻打郑国。郑国的国都新郑在卫国的国都朝歌的南方，都在今天的河南省境内。

② 从——跟随。孙子仲——即公孙文仲，统兵的主帅。平——和好。陈国和宋国原来有矛盾，现在卫国使两国和好，并联合它们一起攻打郑国。不我以归——不以我归，不让我回家。

③ 爰——于是。居——住下。处——留下。丧——丢失。于——往，到。

④ 契阔——《韩诗》认为通"挈括"，意为约束、约结，即相约的意思。《毛诗》解释

为"勤苦"。朱熹解释为"隔远"。马瑞辰解释为"合离聚散",契为契合、相聚,
阔为疏阔、离散。成说——成言,即相互说好、约定。偕——偕同,一起。

⑤ 于嗟——同吁嗟,感慨之词。阔——离散。活——通"佸",相会合;刘毓庆认
为可以理解为"死活"之"活"。洵(xún)——通"敻(xiòng)",远。即相离得远
了。信——守信。

豳风·东山

我徂东山,	我跟随东征的军队前往东山,
慆慆不归。	多么久了还没有回家。
我来自东,	如今我终于走上返程,
零雨其濛。	迷蒙的雨水从空中落下。
我东曰归,	我在东山时就常想回家,
我心西悲。	我心念西方而常怀伤悲。
制彼裳衣,	准备好归途所需的衣服,
勿士行枚。	不用再使用止语的行枚。
蜎蜎者蠋,	野蚕在桑叶上缓缓蠕动,
烝在桑野。	桑树生长在归途的原野,
敦彼独宿,	晚上我们在原野上歇宿,
亦在车下。①	我独自蜷缩在车下,挨过长夜。
我徂东山,	我跟随东征的军队前往东山,
慆慆不归。	多么久了还没有回家。
我来自东,	如今我终于走上返程,
零雨其濛。	迷蒙的雨水从空中落下。
果臝之实,	遥想庭院中栝楼的果实
亦施于宇。	挂在延伸到屋檐下的藤上,
伊威在室,	土鳖虫藏身于房屋的角落,
蟏蛸在户。	长腿的蟏蛸在屋门上结网。
町畽鹿场,	我还在群鹿奔跑过的旷野
熠耀宵行。	在萤火闪耀的黑夜里前行。

不可畏也，	无边的荒凉和黑夜并不可怕，
伊可怀也。②	回家的信念给了我无限光明。

我徂东山，	我跟随东征的军队前往东山，
慆慆不归。	多么久了还没有回家。
我来自东，	如今我终于走上返程，
零雨其濛。	迷蒙的雨水从空中落下。
鹳鸣于垤，	我远征在外，如今终于到家，
妇叹于室。	我看到鹳鸟在蚁冢上啼鸣，
洒扫穹窒，	妻子在想念我，在房间里叹息，
我征聿至。	她正在洒扫，堵上所有的鼠洞。
有敦瓜苦，	院子里晒干的苦菜茎上
烝在栗薪。	放着一只只大个儿的苦瓜。
自我不见，	自从我东征离开了家乡，
于今三年。③	三年的时间过去了，犹如刹那。

我徂东山，	我跟随东征的军队前往东山，
慆慆不归。	多么久了还没有回家。
我来自东，	如今我终于走上返程，
零雨其濛。	迷蒙的雨水从空中落下。
仓庚于飞，	想当初你嫁来，乘坐着马车，
熠耀其羽。	驾车的有皇马，也有驳马，
之子于归，	仓庚在天空中飞来飞去，
皇驳其马。	翅膀上闪耀着熠熠的光辉。
亲结其缡，	我亲自给你系上蔽膝的带子，
九十其仪。	我们举行了隆重的婚礼。
其新孔嘉，	刚结婚时生活多么美好，
其旧如之何？④	多年过去了，我们是否 还会像当初那样甜蜜？

注释

① 东山——在今山东境内,周公伐奄驻军之地。即"孔子登东山而小鲁"之东山,也称蒙山。徂(cú)——往,到。慆(tāo)慆——意同"悠悠",长久的样子。士——通"事"。行枚——行军时衔在口中以避免发出声音的竹棍。蜎(yuān)蜎——虫蠕动的样子。蠋(zhú)——一种长在桑树上的虫,即野蚕。烝(zhēng)——乃。一说"久"。敦——孤独的样子。

② 果蠃(luǒ)——也叫"栝楼",蔓生葫芦科植物。施(yì)——蔓延。伊威——俗称土鳖虫,喜欢生活在潮湿的地方。蟏蛸(xiāo shāo)——俗称喜子,一种长脚蜘蛛。町畽(tǐng tuǎn)——禽兽践踏过的地方。熠(yì)耀——闪闪发光的样子。

③ 鹳——水鸟名,形似鹤。喜欢水,将要下雨的时候就会鸣叫。垤(dié)——小土丘。穹——穷,穷尽,全部。窒——堵塞,塞住。聿——语气助词,有将要的意思。栗薪——即蓼薪,苦菜(蓼菜)的薪柴。

④ 皇驳——皇马和驳马。皇通"騜",毛色黄白的骊马。毛为赤色的骊马叫驳马。九十——言其多。新——指刚结婚时。孔——很。嘉——善,美。旧——指结婚三年后的现在。

小雅·小宛

宛彼鸣鸠,	那尾巴短小的鸤鸠鸣叫着
翰飞戾天。	高飞到高高的蓝天之上,
我心忧伤,	我的心中满怀着忧伤
念昔先人。	深深地怀念昔日的先王。
明发不寐,	黎明时我仍然睡不着觉,
有怀二人。①	怀念着往昔的两位圣王。
人之齐圣,	你看那通晓大道的圣人,
饮酒温克。	他们温和克制,从不酗酒,
彼昏不知,	而那昏庸的人多么无知,

壹醉日富。	日甚一日，不醉不休。
各敬尔仪，	请你们将威仪各自恭敬，
天命不又。②	天命失去了，不会再次保佑。

中原有菽，	田野之中生长着大豆，
庶民采之。	众人都赶着前来摘取。
螟蛉有子，	桑虫生下了自己的孩子，
蜾蠃负之。	却被细腰蜂偷偷背去。
教诲尔子，	将有人教诲你的子民，
式穀似之。③	用善道俘获他们的心意。

题彼脊令，	你看空中那小小的鹡鸰
载飞载鸣。	一边飞翔着一边啼鸣，
我日斯迈，	我每天都向前迈进一步，
而月斯征。	你也要每月都努力前行。
夙兴夜寐，	早早地起床，深夜才睡去，
毋忝尔所生。④	不要辱没了父母的名声。

交交桑扈，	你看那小小的肉食的青雀，
率场啄粟。	却沿着晒谷场啄食粟米，
哀我填寡，	可怜我这样的贫苦之人，
宜岸宜狱。	却曾无端地被抓进牢狱。
握粟出卜，	我拿着粟米请人占卜，
自何能穀?⑤	从哪里才能够找到活路？

温温恭人，	如此温良而恭敬之人
如集于木。	如同在树上一样谨慎，
惴惴小心，	又像站立在山谷之上，
如临于谷。	怀着惴惴的敬畏之心。
战战兢兢，	他总是战战兢兢地活着，
如履薄冰。⑥	如同脚踩着薄冰的裂纹。

注释

① 宛——尾巴短小的样子。鸠——鹝(qū)鸠。翰——高。戾——至。一说戾通"厉",厉,附丽。厉天,犹说"摩天"。先人——先王。发——旦。明发——黎明,这里可以理解为通宵达旦。二人——指周文王、周武王。

② 齐——快速。"速通"为齐,"大通"为圣。齐圣——圣贤之人。温——温和。克——克制。壹醉——一醉,每次喝酒只知道一味地喝醉。富——盛、甚,可以理解为变本加厉地酗酒。又——复,再。不又——指天命离开了,不会再降临。

③ 中原——原中,田野之中。菽——豆。螟蛉——桑虫。蜾蠃(guǒ luǒ)——细腰蜂。负——背。尔——你,指现在的国君。子——子民,老百姓。式——用。穀——善。这里指圣贤用善道来教化老百姓。似——像。

④ 题——一作"相",意思是看。脊令——即"鹡鸰(jī líng)"。载——则、且。斯——乃、则。迈——前行。征——前行。忝(tiǎn)——辱没。所生——指父母。

⑤ 交交——形容小的样子。桑扈——鸟名,一名"窃脂",俗名青雀。率——循、沿着。场——打谷场。填——一作"疹(zhěn)",通"瘨(diān)",意思是病、苦,此处指穷苦。寡——指寡于钱财,贫穷。宜——乃。岸——通"犴",牢狱。"乡亭之系曰犴,朝廷曰狱"。犴相当于今天所说的派出所、公安局,狱相当于今天所说的监狱。卜——占卜。穀——生,活下去,一说为善。

⑥ 温温——温和的样子。恭——恭敬谦逊。惴(zhuì)惴——恐惧而警戒的样子。履——踩。

小雅·何草不黄

何草不黄?	秋天深了,什么草不会枯黄?
何日不行?	哪一天,我们不在路上奔忙?
何人不将,	我们之中又有谁不在前行,
经营四方?①	拖着疲惫的身躯奔波四方?

何草不玄？	寒冬降临，什么草不会黑枯？
何人不矜？	远离妻子，又有谁不像个鳏夫？
哀我征夫，	身为征夫的我们多么悲伤，
独为匪民。②	唯独我们活得不像个人样。

匪兕匪虎，	不是犀牛，也不是老虎，
率彼旷野。	我们却游荡在荒凉的旷野。
哀我征夫，	身为征夫的我们多么悲哀，
朝夕不暇！③	从早到晚没有片刻闲暇。

有芃者狐，	孤单的狐狸披着茂盛的毛发
率彼幽草。	穿行在衰枯的幽深的草丛，
有栈之车，	我们乘坐着高高的战车，
行彼周道。④	行驶在无尽的荒凉的途中。

注释

① 经营四方——指奔波在四面八方。

② 玄——黑色，冬天草枯萎后的颜色。矜——通"鳏"（guān），单身男子，因行役在外，有妻子者也犹如没有妻子。征夫——行役者。

③ 匪——通"非"。兕——类似犀牛的一种异兽。率——循，这里指行走。暇——闲暇。不暇——没有空闲。

④ 有芃——即"芃芃"，草茂盛的样子，这里指狐狸的毛丛杂茂盛。有栈——即"栈栈"，这里形容战车高大的样子。

思考题

1. 谈一谈《击鼓》《东山》《小宛》《何草不黄》这几首诗的主旨。

2. 讨论：中国文化是注重集体主义吗？中国文化重视具体的个人吗？结合经典中的语句，谈谈你的理解。

第十三章

《诗经》中的尊贤思想及君臣之道

《礼记·中庸》指出,治理天下国家有"九经",即九条基本原则,其中有三条是"尊贤""敬大臣""体群臣"。"尊贤则不惑","敬大臣则不眩","体群臣则士之报礼重"。作为君主,除了不断提升自己的德行之外,最重要的是能够尊重贤者、发现人才、恰当地任用人才。如孟子说:"尧以不得舜为己忧,舜以不得禹、皋陶为己忧。"(《孟子·滕文公上》)尧的时代,天下发生了大洪水,人民生活困苦,尧"举舜而敷治焉","舜使益掌火","禹疏九河","后稷教民稼穑","使契为司徒",这都是圣人发现人才、重用人才的例子。孔子的学生宓不齐治理单父这个地方,他说:"此地民有贤于不齐者五人,不齐事之而禀度焉,皆教不齐之道。"因为宓不齐能发现贤者、尊重贤者,并向贤者请教治理之道,从而能把单父治理得很好,因此孔子赞叹地说:"惜乎不齐之所以治者小也。"(《孔子家语·辩政》)汉高祖刘邦能重用萧何、张良、韩信三杰,而项羽有一范增而不能用,因此刘邦终能战胜项羽,也体现了儒家的尊贤理念,并成为了历史上的佳话。

君主对臣子的尊重也赢得了臣子对君主的忠心。孔子说:"君使臣以礼,臣事君以忠。"(《论语·八佾》)孟子也说:"君之视臣如手足,则臣视君如腹心。"(《孟子·离娄下》)又说"君臣有义"(《滕文公上》),这就是儒家的君臣之道。刘备三顾茅庐拜访诸葛亮,诸葛亮在隆中为刘备分析天下形势,并为之"鞠躬尽瘁死而后已"的历史故事,就生动地体现了君臣之道。

本讲选了四首诗。《周南·卷耳》是周文王的求贤诗。《卫风·木瓜》体现了君臣之好。《秦风·蒹葭》是诗人劝告秦襄公要礼贤下士的诗。《小雅·鹿鸣》描绘了君主宴请群臣时的欢乐景象。

一、周文王远行求贤

关于《卷耳》这首诗的主旨,高亨《诗经今注》说:"这首诗的主题不易理解,作者似乎是个在外服役的小官吏,叙写他坐着车子,走着艰阻的山路,怀念着家中的妻子。"他认为第一章是丈夫想象家中的妻子在采卷耳的时候怀念自己的情形,而后三章则是丈夫在行役途中对妻子的思念。程俊英《诗经译注》则恰好相反,认为:"这是一位妇女想念她远行的丈夫的诗。她想象他登山喝酒,马疲仆病,思家忧伤的情景。"则第一章是妻子对丈夫的思念,后三章则是妻子想象丈夫在行役途中对自己的思念。二人虽对作者身份的认识不一致,但都认为,第一章是妻子思念丈夫,后三章是丈夫思念妻子。

这些观点其实都是受了朱熹的影响。朱熹《诗集传》认为这是周文王的夫人太姒所作的怀念周文王的诗:"后妃以君子不在,而思念之。""嗟我怀人"一句中的"我"即是太姒,"人"即是周文王。朱熹认为,这首诗体现了太姒的"贞静专一",大概是太姒在文王被商纣王关押于羑里时所作。不过朱熹认为整首诗都是太姒怀念周文王的,其中后三章是太姒想象自己登山以望所怀之人的情形。

但以上观点有一个解释不通的地方。"嗟我怀人,置彼周行"中的"周行"被理解为"大道"(朱熹、程俊英),或"往周国去的大道"(高亨)。然而妻子采卷耳似乎应是在田野上,当她怀念丈夫时,放下了筐子,应该放在田野上或者小路边,怎么会放在大道上呢?

根据王先谦《诗三家义集疏》中对三家诗关于此诗观点的阐释,《周南·卷耳》是一首周文王的求贤诗。

> 采采卷耳,不盈顷筐。嗟我怀人,寘彼周行。
> 陟彼崔嵬,我马虺隤。我姑酌彼金罍,维以不永怀。
> 陟彼高冈,我马玄黄。我姑酌彼兕觥,维以不永伤。
> 陟彼砠矣,我马瘏矣。我仆痛矣,云何吁矣!

《淮南子·俶真训》说:

> 《诗》云:"采采卷耳,不盈顷筐。嗟我怀人,寘彼周行。"以言慕远世也。

高诱注说:

> 言采采易得之菜,不满易盈之器,以言君子为国,执心不精,不能以成其道,采易得之菜,不能盈易满之器也。"嗟我怀人,寘彼周行",言我思古君子官贤人,置之列位也。诚古之贤人各得其行列,故曰慕远也。

这是《鲁诗》的说法。

据此,王先谦认为:"此诗为慕古怀贤,欲得遍置列位,思念深长。"又"嗟我怀人"一句,王先谦说:"我者,文王自我。"则《卷耳》可以理解为一首周文王所作的诗。

周文王是儒家推崇的圣王。尧、舜、禹、汤、文、武、周公,是儒家经典中反复称道的先王。《中庸》说:"仲尼祖述尧舜,宪章文武;上律天时,下袭水土。"孔子效法天地之德,传述的是尧、舜、文、武等先王之道。孔子在被围困于匡地时也说:"文王既没,文不在兹乎?天之将丧斯文也,后死者不得与于斯文也;天之未丧斯文也,匡人其如予何?"(《论语·子罕》)可见孔子认为自己有传承和弘扬周文王所开创的礼乐制度的责任。

周文王在为政治国的许多方面都是后世的榜样。在《论语·颜渊》中,孔子曾对君主的智慧做了说明。弟子樊迟问孔子怎样才算有智慧,孔子说:"知人。"即作为君主,要知道大臣中哪些是正直的、有德行和才干的君子,哪些是邪恶的、谄曲的小人。孔子进一步说:"举直错诸枉,能使枉者直。"把正直的君子提拔到谄曲的小人的位置之上,就能使谄曲的小人也变得正直。弟子子夏进一步举例说明道:"舜有天下,选于众,举皋陶,不仁者远矣。汤有天下,选于众,举伊尹,不仁者远矣。"舜和商汤做天子的时候,分别提拔皋陶和伊尹这样德才兼备的君子,那些谄曲的小人就远离了。周文王在用人上也是如此。他四处求访,寻找到了姜子牙、颠夭等贤者来辅佐自己,终于使周国变得强大。

《卷耳》这首诗就表达了周文王想要效法古代的君主,礼贤下士,求得具有贤德的人并把他们都安排在合适的官位上,请他们辅佐自己治理好国家的愿望。这是周文王称王之前所作的诗歌。

本诗共四章,每章四句。其中中间两章意思相近,首尾两章不同。

"采采卷耳,不盈顷筐。"这两句是兴,卷耳是容易采到的野菜,顷筐是容易装满的筐子,但如果不用心采摘,就采不满筐子,比喻国君如果不用心,就治理不好国家。"嗟我怀人,寘彼周行。"怎样才能治理好国家呢?作为国君主要是要会用人,要能招揽到天下的贤德之人来辅佐他,贤德之人愿意来为国效命,国家就会昌盛兴隆。此句的"我"指的是周文王自己,"人"指的是古代的贤圣君主,"彼"指的是贤德之人,"周行"指的是国家的所有官位。这句话的意思是我思念那些古代的贤圣君主,我愿意效法他们,求得天下的贤人,把他们安排在国家的各个官位上,好让他们来辅佐我治理国家。

接下来的三章都是周王文外出求贤的描述。"陟彼崔嵬,我马虺隤。"登上那崎岖的高山,我的马都生病了。接下来的两句"我姑酌彼金罍,维以不永怀",可以从两种相反的情况来理解。一是尚未求得贤人,我内心忧伤,姑且斟满金罍中的酒,通过饮酒来让我暂时忘却对贤人的悠长的思念。另一种理解是,登上高山,千辛万苦,求得了一位贤人,接下来怎么办呢?(这一章的中间有省略,暗含求得了一位贤人)姑可通"沽",买酒的意思。"彼"是指求得的那位贤人。我买酒来好好招待这位贤人一番,同时也安慰我自己怀念贤人的心。因为周文王远行求贤,并未随身携带酒水,所以寻找到贤人后,在附近的酒店购买,也符合当时的情形。第三章和第二章意思相同而反复咏叹。最后一章进一步写自己远行求贤的辛苦经历。"陟彼砠矣",又是登上石山,"我马瘏矣。我仆痡矣"我的马和仆从都生病了,走不动了。"云何吁矣"! 思念着贤德之士,不知道哪里才能寻找到他们,我极目远望,心情忧伤。

当时周文王的迫切任务是访求天下贤人,但是很多贤人都隐居在山谷、河边,不是轻易就能找到他们并请他们出来辅佐自己的。如姜子牙、颠夭两位贤人,就是周文王分别从磻溪、山林中寻访到的。这首诗如果是按照三家诗的解释,意思就很明白。所以王先谦说:"故知不通三家,未可言《诗》也。"

《左传·襄公十五年》记载:

> 楚公子午为令尹,公子罢戎为右尹,蒍子冯为大司马,公子橐师为右司马,公子成为左司马,屈到为莫敖,公子追舒为箴尹,屈荡为连尹,养由基为宫厩尹,以靖国人。君子谓:"楚于是乎能官人,官人,国之急也。能官人,则民无觎心。《诗》云:'嗟我怀人,寘彼周行。'能官人也。王及公、侯、伯、子、男,甸、采、卫、大夫,各居其列,所谓周行也。"

杜预注说:

> 行,列也。周,遍也。诗人嗟叹,言我思得贤人,置之遍于列位。

王先谦说,《左传》引《诗经》虽然常常断章取义,但此处说"周行"与《鲁诗》合,是《卷耳》这首诗的本义如此。

《艺文类聚》卷三十引西晋时期的文学家束皙的诗文说:"咏《卷耳》则忠臣喜。"君主吟咏《卷耳》这首诗,说明他想效法古代的圣贤君主,寻找贤人君子来帮助自己治理国家,如此则国家将会兴盛。因此那些忧国忧民的忠臣就感到欣喜。

《毛诗》认为《卷耳》表达了后妃辅佐君主求贤之诗。《毛诗序》说:"《卷耳》,后妃之志也,又当辅佐君子求贤审官,知臣下之勤劳,内有进贤之志,而无险诐私谒之心,朝夕思念,至于忧勤也。"《毛诗》把诗中的"我"理解为国君夫人,而其"求贤审官"的说法和《鲁诗》一致。《毛诗》之所以把"我"理解为国君夫人，是因为把"采采卷耳，不盈顷筐"看成了实际发生的事情、是赋的手法；而《鲁诗》则是把"采采卷耳，不盈顷筐"看作比兴的手法。

二、礼贤下士的求贤之道

《三国志·蜀书·诸葛亮传》载：

> 时先主屯新野。徐庶见先主，先主器之，谓先主曰："诸葛孔明者，卧龙也，将军岂愿见之乎？"先主曰："君与俱来。"庶曰："此人可就见，不可屈致也。将军宜枉驾顾之。"由是先主遂诣亮，凡三往，乃见。

建安六年（201 年），刘备为曹操所败，到荆州投奔刘表，屯兵于新野。后来，当地名士司马徽曾向刘备推荐诸葛亮和庞统，并称他们为卧龙、凤雏。建安十二年（207 年），徐庶又向刘备推荐诸葛亮，刘备希望徐庶带诸葛亮来和他见面，但徐庶却建议刘备亲自去拜访诸葛亮。刘备三顾草庐，终于见到了诸葛亮，并虚心向诸葛亮请教。诸葛亮也受到感动，当即向刘备分析了天下的局势，这就是著名的《隆中对》。后来刘备能建立蜀汉政权，与曹丕、孙权三分天下，诸葛亮对他的辅佐至为关键和重要。

刘备三顾草庐的真实故事，生动地说明了君主礼贤下士的重要性。这也深合孟子所说的：

> 故将大有为之君，必有所不召之臣；欲有谋焉，则就之。其尊德乐道，不如是，不足与有为也。故汤之于伊尹，学焉而后臣之，故不劳而王；桓公之于管仲，学焉而后臣之，故不劳而霸。（《孟子·公孙丑下》）

《秦风·蒹葭》就告诉我们，君主想要求得贤才，不可以高高在上的姿态征召他们，而应当以谦卑的姿态去亲自向他们请教。

> 蒹葭苍苍，白露为霜。所谓伊人，在水一方。溯洄从之，道阻且长。溯游从之，宛在水中央。
>
> 蒹葭萋萋，白露未晞。所谓伊人，在水之湄。溯洄从之，道阻且跻。溯

游从之,宛在水中坻。

蒹葭采采,白露未已。所谓伊人,在水之涘。溯洄从之,道阻且右。溯游从之,宛在水中沚。

《毛诗序》说:"《蒹葭》,刺襄公也。未能用周礼,将无以固其国焉。"郑玄《笺》说:"秦处周之旧土,其人被周之德教日久矣。今襄公新为诸侯,未习周之礼法,故国人未服焉。"在《蒹葭》这首诗中,诗人批评秦襄公不能用周礼治国,并提醒秦襄公,要主动依照礼去寻找隐居的贤者来辅佐自己。

秦国本为西周西部靠近西戎的附庸国。公元前771年,犬戎攻入镐京,灭西周。公元前770年,秦襄公护送周平王至洛邑,建立了东周。于是"平王封襄公为诸侯,赐之岐以西之地"。这些地方本来受到西周的教化,懂得道德礼教。秦国本来在西方,风俗接近戎狄,崇尚蛮力,未受到道德礼义的教化。秦襄公急于称霸西方,认为只有靠强力政治才能战胜戎狄,就没有致力于用道德礼教来治理国家,反而用戎狄风俗来统治新占领的西周旧土。因此诗人就写了这首诗来讽劝秦襄公,希望他能去寻找西周故都的贤人,用礼教治国。

"蒹葭苍苍,白露为霜。"芦苇长得很茂盛,比喻西周故土本来懂得礼教,是君子之国。白露凝结为霜,象征着秋天的肃杀之气,使芦苇枯黄。比喻秦国用有肃杀之气的戎狄之风改变了西周故土原来的彬彬君子之风。"所谓伊人,在水一方。"伊人,指的是那些贤德之士。由于秦国的这种政策,西周故都的遗老贤人都隐居在了薮泽之地。诗人认为必须礼贤下士,请这些贤德之士来辅佐治理国家。但怎么去寻找他们呢?"溯洄从之,道阻且长。"如果是逆流而上去寻找他们,道路就会漫长并充满险阻。这里的逆流而上比喻崇尚强力和阴谋,不能礼贤下士,不能用尊敬的礼貌的态度去请他们。这样的话,贤德之士不会出山。"溯游从之,宛在水中央。"如果是顺流而下去找他们,他们就会宛然出现,好像在水的中央。这里的顺流而下寻找比喻国君能持守道德礼制,礼贤下士,用尊敬谦恭的态度迎请他们,他们就会愿意现身,来辅佐国君。后两章的意思与第一章相似。

魏源《诗古微》中编之四《秦风答问》说:"《毛诗》刺襄公不用周礼,大旨得之。盖襄公初有岐西之地,以戎俗变周民也。豳、邠皆公刘、太王遗民,久习礼教,一旦为秦所有,不以周道变戎俗,反以戎俗变周民,如苍苍之葭,遇霜而黄。肃杀之政行,忠厚之风尽,意谓非此无以自强于戎、翟乎? 不知自强之道,在于求贤。其时故都遗老,隐处薮泽,文、武之道未坠于地,在人。特时君尚诈力,则贤人不至,故求治逆而难;尚德怀,则贤人来辅之,故求治顺而易。溯洄不如溯游也。襄公急霸西戎,不遵礼教,远开武灵骑射之风,近启孝公富强之渐,流至春秋,诸侯终以夷狄摈秦,故诗人兴霜露焉。"王先谦《诗三家义集疏》说:"魏说于事理《诗》义皆合,三家义或然。"

今人多把这首诗看作是情诗。如程俊英《诗经译注》说:"这是一首描写追求意中人而不得的诗。""意中人"说得还比较含蓄。刘毓庆《诗经考评》则明确地说:"此诗所写,与《汉广》相近。"于《汉广》,他说:"这是一篇恋歌。"

陈子展《诗经直解》说:

> 《蒹葭》一诗,无疑地是诗人想见一个人而竟不得见之作。这一个人是谁呢? 他是知周礼的故都遗老呢,还是思宗周、念故主的西周旧臣呢? 是秦国的贤人隐士呢,还是诗人的一个朋友呢? 或者诗人自己是贤人隐士一流、作诗明志呢? 抑或是我们把它简单化、庸俗化,硬指是爱情诗,说成诗人思念自己的爱人呢? 解说纷歧,难以判定。

陈子展认为如果把《蒹葭》看成是情诗,则是简单化、庸俗化了。可见他并不以为这是一首情诗。因此,王秀梅《诗经》则说得比较保守:

> 这是一首写追求心中思慕的人而不可得的诗。思慕的是谁呢? 历来众说纷纭。一说是思念贤才的,一说是招求隐士的,还有认为是想念朋友或追求情人的,这些说法都在似与不似之间。朱熹的说法则比较客观,他说:"言秋水方盛之时,所谓彼人者,乃在水之一方,上下求之而皆不可得。然不知其何所指也。"解释不清就阙疑,这才是实事求是的态度。

然而朱熹说"上下求之而皆不可得"值得商榷。到底"伊人"有没有寻找到? 要看寻找的方式。如果"溯洄从之",则"道阻且长",寻找不到;如果"溯游从之",则伊人"宛在水中央",就会出现在水中的小岛上,那就是寻找到了。

对于这首诗的艺术风格,前人有很多的赞誉。牛运震《诗志》评价此诗说:

> 《国风》第一篇缥缈文字。极缠绵,极惝恍,纯是情,不是景,纯是窈远,不是悲壮。感慨情深,在悲秋怀人之外,可思不可言,萧疏旷远,情趣绝佳。

方玉润《诗经原始》说:

> 此诗在《秦风》中气味绝不相类,以好战乐斗之邦,忽遇高超远举之作,可谓鹤立鸡群,翛然自异者矣。

陈继揆《读风臆补》评价此诗说：

> 意境空旷，寄托玄淡。秦川咫尺，宛然有三山云气，竹影仙风。故此诗在《国风》为第一篇缥缈文字，宜以恍惚迷离读之。

王国维《人间词话》也说：

> 《诗·蒹葭》一篇，最得风人深致。晏同叔之"昨夜西风凋碧树。独上高楼，望尽天涯路"，意颇近之。但一洒落，一悲壮耳。

王国维在《人间词话》中曾说："古今之成大事业、大学问者，必经过三种之境界：'昨夜西风凋碧树。独上高楼，望尽天涯路'，此第一境也。'衣带渐宽终不悔，为伊消得人憔悴'，此第二境也。'众里寻他千百度，回头蓦见，那人正在、灯火阑珊处'，此第三境也。此等语皆非大词人不能道。"王国维对于人生境界的论述非常高妙，不过他把《蒹葭》所表达的意思等同于第一重境界，其实也是犯了和朱熹同样的疏忽。仔细体会《蒹葭》一诗，实际上包含了王国维所说的全部三重境界。"所谓伊人，在水一方"，知道了目标之所在而心向往之，是第一重境界；"溯洄从之，道阻且长"，在追求的过程中不断试错、不断纠正，是第二重境界；"溯游从之，宛在水中央"，找到了正确的道路而终于达到了目的地，是第三重境界。

另外，如方玉润所说，为何这首诗不同于《秦风》中的其他诗篇呢？笔者认为，因为这首诗的作者应是西周的遗民。西周灭亡后，有一部分贤者君子不愿意随周平王东迁，留在了西周旧土，隐居于山林河边。他们受到西周近三百年的礼义教化，故所作诗篇典雅超群。

三、君 臣 之 礼

孟子说："君臣有义。"（《孟子·滕文公上》）君臣应当以道义相合。不过，人毕竟是有情感的动物，也需要通过恩情相结。就像在今天，在某个单位工作，领导者和其下属之间，不仅要做好各自应当做的工作、尽到各自应当尽到的责任，还要通过情感的联络，加深情谊，以便于更好地开展工作、更好地在工作关系中实现人生的意义和价值。单位里组织的各种活动、聚餐、旅游都是联络和加深领导和下属之间以及同事们之间情感的方式（当然这些都要控制在合理合规的范围之内）。我们不能只把工作看成是谋生的手段，工作并不只是为了给我们的生活提供金钱和创造物质财富，它也是我们生活中的重要组成部分。如果只把工作看成谋生的手段，把自己的领导、同事、下属看成冷冰冰的合作关系，那么，当我们的生活被工作时间占据时，就会变得索然无味，甚至面目可憎。工作本身也是生活，在工作中以仁义之道、友善之心和自己的领导、同事、下属相处，也是生活的重要内容，也是提升自己的道德修养和实现人生意义和价值的重要途径。孔子说君臣、父子、夫妇、昆弟、朋友这五者是"天下之达道"，知（智）、仁、勇三者，是"天下之达德"（《中庸》）。即我们可以通过君臣、父子、夫妇、昆弟、朋友这五条通达的大道来培养我们知（智）、仁、勇等德行。也可以说，我们通过知（智）、仁、勇等德行，使我们更好地走在君臣、父子、夫妇、昆弟、朋友这五条通达的大道上，不断地提升自己，使自己成为真正的君子，乃至圣人。《卫风·木瓜》这首诗就体现了古代君臣之间的相处之道。

> 投我以木瓜，报之以琼琚。匪报也，永以为好也。
> 投我以木桃，报之以琼瑶。匪报也，永以为好也。
> 投我以木李，报之以琼玖。匪报也，永以为好也。

西汉贾谊《新书·礼》引用由余的话说：

> 干肉不腐，则左右亲；苞苴时有，筐篚时至，则群臣附；官无蔚藏，腌陈时发，则戴其上。《诗》曰："投我以木瓜，报之以琼琚。匪报也，永以为好也。"上少投之，则下以躯偿矣。弗敢谓报，愿长以为好。古之蓄其下者，其报施如此。

苞苴，是指用茅草苇叶包裹鱼肉，筐篚，是指用竹筐盛放物品。君主时常赏赐给臣下一些物品，臣下就会对君主怀有感恩之心，甚至会为君主赴汤蹈火。《毛诗传》说："孔子曰：'吾于《木瓜》，见苞苴之礼行。'"《中庸》说："凡为天下国家有九经"，其五曰"体群臣也"，"体群臣则士之报礼重"，正与此合。

贾谊认为，这首诗写的是君臣之好，君主能以礼对待臣子，臣子就会尽力报答君主。王先谦《诗三家义集疏》说，贾谊本人是一位经学大师，与荀子渊源相接，贾谊所说应是传承自古训。当时唯有《鲁诗》，这应当是《鲁诗》的观点。

"投我以木瓜，报之以琼琚。"赠送给我木瓜，我回报以琼琚。木瓜是轻微的水果，琼琚是贵重的玉石。说的是君主赏赐给臣子少量的东西，臣子就会给以贵重的报偿。"匪报也，永以为好也。"不是为了回报，是想永结君臣之好。

孟子说："禹恶旨酒，而好善言。"（《孟子·离娄下》）这是君好臣。君主应当喜欢的是对修身齐家治国平天下有价值的"善言",君主应当喜欢的是能提供这样的善言的臣子。又说:"畜君者,好君也。"(《孟子·梁惠王下》)臣子喜欢君主、对君主好,是要能蓄止、劝阻君主追逐不正当的欲望。

鲁定公问孔子:"君使臣,臣事君,如之何?"孔子回答说:"君使臣以礼,臣事君以忠。"(《论语·八佾》)

孟子告诉齐宣王说:"君之视臣如手足,则臣视君如腹心;君之视臣如犬马,则臣视君如国人;君之视臣如土芥,则臣视君如寇仇。"(《孟子·离娄下》)

君主只有对臣子以礼相待,臣子才会感激君主、报答君主,乃至献出生命。古人说"士为知己者用",乃至"士为知己者死",就是这个意思。

另,《毛诗序》说:"《木瓜》,美齐桓公也。卫国有狄人之败,出处于漕,齐桓公救而封之,遗之车马器服焉。卫人思之,欲厚报之,而作是诗也。"狄人灭卫,杀卫懿公。宋桓公护送卫国遗民南渡黄河,拥立卫戴公在漕邑重新立国。齐桓公派公子无亏率领战车三百辆、披甲战士三千人守护漕邑,又赠送很多车马器服。《毛诗》的说法存在两个问题。一是齐桓公一开始没有来救助卫国,而宋桓公护送卫国遗民的功劳也很大,为何卫国人不作诗感谢宋桓公,而只感谢齐桓公?二是,齐桓公对卫国的帮助是巨大的,卫国人以"投我以木瓜""木桃""木李"来比喻齐桓公对自己的恩情,是不是比喻不当?所以把这首诗看作是卫国人报答齐桓公的诗,似乎不能成立。

朱熹曾以此诗为"寻常施报之言"(见王先谦《诗三家义集疏》),后著《诗集传》,则认为"疑亦男女相赠答之辞"。姚际恒《诗经通论》说:"以为朋友相赠答亦奚不可,何必定是男女耶!"如果从文字本身来看,都能自圆其说。

刘毓庆《诗经考评》认为:"这实在是一篇有极高民俗学价值的诗。"他赞同闻一多《诗经新义》十五《摽》中的说法:

> 女之求士者,相投之以木瓜,示愿以身相许之意,士亦嘉纳其意,因报之以琼瑶以定情也。

> 意者,古俗于夏季果熟之时,会人民于林中,士女分曹而聚,女各以果实投其所悦之士,中焉者或以佩玉相报,即相约为夫妇焉。

刘毓庆认为"此说最为得之",并进一步伸说曰:

> 在人类的原始分工中,男子从事狩猎,女子从事采集,瓜果之属为女子所有,故《春秋元命苞》云:"织女星主瓜果。"男悦女相赠以猎物,如云"野有

死鹿,白茅纯束,有女如玉";女悦男则赠以果属,如《左传·庄公二十四年》云:"女贽不过榛栗枣脩。"今西双版纳傣族中,女子求爱,往往唱情歌与男子答对,相邀其坐于自己身边,以槟榔果相敬。《晋书》言:潘岳少时,挟弹出洛阳道,妇人遇之者,见其貌美,投之以果,遂满载以归。清田雯《苗俗记》云:"用绿巾编为小圆球,如瓜,谓之花球,视欢者掷之。在室奔而不禁,嫁乃绝之。"通俗小说如《绣球缘》《南唐演义》等,皆有抛绣球招婿之事。此类当即投瓜、投桃古俗之遗存。《木瓜》诗即男女相爱投瓜报琚之歌。

此说可供参考。

四、君主宴请群臣

宴饮也是古代君臣结恩义、融洽关系的一种方式。《大雅·公刘》中提到"执豕于牢,酌之用匏。食之饮之,君之宗之",是公刘通过宴饮的方式凝聚宗族关系的重要方式。《小雅·鹿鸣》就描绘了君主宴请群臣的情形,体现了融洽的君臣关系,也体现了君主对群臣的尊重。

> 呦呦鹿鸣,食野之苹。我有嘉宾,鼓瑟吹笙。吹笙鼓簧,承筐是将。人之好我,示我周行。
> 呦呦鹿鸣,食野之蒿。我有嘉宾,德音孔昭。视民不恍,君子是则是效。我有旨酒,嘉宾式燕以敖。
> 呦呦鹿鸣,食野之芩。我有嘉宾,鼓瑟鼓琴。鼓瑟鼓琴,和乐且湛。我有旨酒,以燕乐嘉宾之心。

《史记·十二诸侯年表》说:

> 仁义陵迟,《鹿鸣》刺焉。

《太平御览》卷五七八引蔡邕《琴操》文说:

> 《鹿鸣操》者,周大臣之所作也。王道衰,君志倾,留心声色,内顾妃后,设旨酒嘉肴,不能厚养贤者,尽礼极欢,形见于色。大臣照然独见,必知贤士幽隐,小人在位,周道陵迟,自以是始。故弹琴以风谏,歌以感之,庶几可复。

歌:"呦呦鹿鸣,食野之苹。我有嘉宾,鼓瑟吹笙。吹笙鼓簧,承筐是将。人之好我,示我周行。"此言禽兽得美甘之食,尚知相呼,伤时在位之人不能,乃援琴以刺之,故曰《鹿鸣》也。

以上是《鲁诗》的观点。《鲁诗》认为,诗人看到君主沉溺于声色,虽有酒食,却不能厚待贤者,担心朝政衰落,于是写了这首诗,以劝君主能厚养贤者、礼遇贤者。

《毛诗序》说:"《鹿鸣》,燕群臣嘉宾也。既饮食之,又实币帛筐篚,以将其厚意,然后忠臣嘉宾得尽其心矣。"《礼记·学记》郑玄注说,《鹿鸣》《四牡》《皇皇者华》,"此皆君臣宴乐相劳苦之诗,为始学者习之,所以劝之以官,且取上下相和厚"。又《仪礼·乡饮酒》郑玄注说:"《鹿鸣》,君与臣下及四方之宾燕,讲道修政之乐歌也。"王先谦《诗三家义集疏》说,郑玄注《礼》时用《齐诗》,故二者皆《齐诗》的观点。又《后汉书·明帝纪》永平十年:"召校官弟子作雅乐,奏《鹿鸣》,帝自御埙篪和之,以娱嘉宾。"《三国志·魏书·任城陈萧王传》所载曹植《疏》说:"远慕《鹿鸣》君臣之宴。"汉明帝和曹植皆习《韩诗》,可见《毛诗》《齐诗》《韩诗》都认为《鹿鸣》为君主设宴招待群臣的诗歌。诗中的"我"指周天子。

《毛诗》《齐诗》《韩诗》和《鲁诗》并不矛盾。诗人作诗的背景和目的当如《鲁诗》所说,但如果我们离开诗歌产生的背景,单看文字本身,则如《毛诗》等所说。

"呦呦鹿鸣,食野之苹。"这两句是起兴。鹿得到苹草作为美食,呦呦鸣叫呼朋引伴,非常快乐,比喻君主有好酒好菜,招待群臣宾客,相互之间真诚相待,共享宴乐。"我有嘉宾,鼓瑟吹笙。吹笙鼓簧,承筐是将。""我"指的是君主。君主款待群臣,命令奏乐,而且还命令奉上礼品,赏赐给他们。"人之好我,示我周行。"群臣嘉宾也都爱戴我,指示给我国家应当行的善道。由此看来,君主宴飨群臣嘉宾是待臣之道,群臣嘉宾则辅助君主治理国家,是臣子报答君之道。

"我有嘉宾,德音孔昭。视民不恌,君子是则是效。"我的群臣嘉宾,他们所陈述的先王的道德教令非常光明,能够昭示天下百姓,使他们不浇薄于礼义,可以作为君子学习效法的榜样。"我有旨酒,嘉宾式燕以敖。"我有好酒,宴飨嘉宾,遨游共乐。这一章先写群臣嘉宾可以为国为民树德立行,然后写君主宴飨群臣,正好与上一章相反。

第三章只写君主款待群臣嘉宾。"和乐且湛",和谐而快乐。"我有旨酒,以燕乐嘉宾之心",我有好酒,宴飨群臣嘉宾,使他们心情愉悦。因为这首诗主要是写君主对群臣嘉宾的款待,所以第三章与第二章不同的是,没有写群臣报答君主之道,而只进一步强调君主款待群臣。君主能使群臣嘉宾愉悦,就可以笼络群臣嘉宾的心,群臣嘉宾就能够为国家竭心尽力。结尾提出一个"心"字,突出了获得人心的重要性。孟子说:"天时不如地利,地利不如人和。"(《孟子·公孙丑下》)又说,得天下之道在于得民,得民之道在于得民之心(《离娄上》)。作《鹿鸣》一诗的人,一定是懂得"人和"和得民心的道理吧!

当然,我们今天已经没有了"君臣"关系这一伦,但是《诗经》中体现尊贤思想和君臣之道的诗歌,对于我们在单位中处理上下级关系,仍旧有一定的启发意义。

诗选注

周南·卷耳

采采卷耳,	采呀,采呀,采卷耳,
不盈顷筐。	采不满浅浅的顷筐。
嗟我怀人,	啊,我心中充满了怀念,
寘彼周行。①	远方的人令我朝思暮想。

陟彼崔嵬,	登上那崔嵬的高山,
我马虺隤。	马儿已累得病弱恹恹,
我姑酌彼金罍,	我且斟满金罍而痛饮,
维以不永怀。②	以安慰心中悠长的思念。

陟彼高冈,	登上那高高的山冈,
我马玄黄。	马儿已病得毛色萎黄。
我姑酌彼兕觥,	我且斟满兕觥,一饮而尽,
维以不永伤。③	以消灭我心中的忧愁悲伤。

陟彼砠矣,	登上那陡峭的石山,
我马瘏矣。	马儿已累得病弱不堪。
我仆痡矣,	同行的人啊,也已累倒,
云何吁矣!④	我望向远方,不禁忧满心间。

注释

① 采采——采了又采。卷耳——又叫苓耳,枲耳,王先谦认为是苍耳。盈——满。顷筐——前低后高的斜口筐,浅而容易装满。嗟——叹息。怀——想,思念。寘(zhì)——放置。周行(háng)——周,遍,全部;行,列,列位。

② 陟(zhì)——登上。崔嵬(wéi)——山势高低不平。虺隤(huī tuí)——疲乏而生病。姑——姑且。王先谦认为通"沽",指买酒。金罍(léi)——青铜酒杯。维——语气助词,无实义。永——长久。

③ 玄黄——马因病而改变颜色。兕觥(sì gōng)——犀牛角做成的酒杯。伤——思念。

④ 砠(jū)——有土的石山。瘏(tú)——马疲劳而生病。痡(pū)——人生病而不能走路。云——语气助词,没有实义。何——多么。吁(xū),通"盱"——因忧愁而远望的样子。

秦风·蒹葭

蒹葭苍苍,	那河边曾经青青的芦苇
白露为霜。	在白露和寒霜之下凋枯。
所谓伊人,	我们所说的那位君子
在水一方。	就在河流的一方居住。
溯洄从之,	如果逆流而上去寻找他,
道阻且长。	道路将险阻而且漫长。
溯游从之,	如果顺流而下把他找寻,
宛在水中央。①	他就会宛然出现在水的中央。
蒹葭萋萋,	那河边曾经茂盛的芦苇,
白露未晞。	白露在枯黄的叶子上闪光。
所谓伊人,	我们所说的那位君子
在水之湄。	就住在岸边高高的地方。
溯洄从之,	如果逆流而上去寻找他

道阻且跻。	道路将险阻而且高峻。
溯游从之，	如果顺流而下把他找寻，
宛在水中坻。^②	他就会宛然出现在水的中心。

蒹葭采采，	河边的芦苇曾多么丰茂！
白露未已。	白露在叶子上尚未蒸发。
所谓伊人，	我们所说的那位君子，
在水之涘。	就隐居在河流的一涯。
溯洄从之，	如果逆流而上去寻找他，
道阻且右。	道路将险阻而且迂曲。
溯游从之，	如果顺流而下把他找寻，
宛在水中沚。^③	他就会宛然出现在水中的岛屿。

注释

① 蒹葭（jiān jiā）——芦苇。苍苍——茂盛的样子。为——变为，此处可理解为白露凝结为霜。伊——是。伊人——是人，那个人。一方——一边，此处指在大河的另一边，非常遥远。溯（sù）洄——逆流而上。从——追寻。阻——险、难，令人心忧。溯游——顺流而下。宛——宛然，容易看见的样子。

② 萋萋——茂盛的样子。晞（xī）——干。湄——岸边的高地。跻（jī）——升，高起来。坻（chí）——水中的高地。

③ 采采——众多的样子。已——止，干。涘（sì）——涯，水边。右——迂回曲折，周朝人崇尚左边，故以右为迂回。沚（zhǐ）——小渚，水中小块陆地。

卫风·木瓜

投我以木瓜，	你赠给我甘甜的木瓜，
报之以琼琚。	我回赠你精美的琼琚。
匪报也，	我并非怕相欠而单纯地回报，
永以为好也。^①	我只愿能和你永远地交好。

投我以木桃，　　　　你赠给我多汁的蜜桃，
报之以琼瑶。　　　　我回赠你温润的琼瑶。
匪报也，　　　　　　我并非怕相欠而单纯地还债，
永以为好也。②　　　愿我们能永远友好地往来。

投我以木李，　　　　你赠给我甜甜的木李，
报之以琼玖。　　　　我回赠你坚贞的琼玖。
匪报也，　　　　　　我并非怕相欠而单纯地还礼，
永以为好也。③　　　愿我们永葆这美好的情谊。

注释

① 投——投送、赠送。报——回报。琼——美玉。琚——佩玉。匪——非。
② 瑶——美石。
③ 玖——玉石。

小雅·鹿鸣

呦呦鹿鸣，　　　　　呦呦，呦呦，你听,鹿在野外鸣叫，
食野之苹。　　　　　它在呼唤同伴,一起来享用苹草，
我有嘉宾，　　　　　多么荣幸,来了这么多嘉宾，
鼓瑟吹笙。　　　　　我命令乐工鼓瑟吹笙招待他们，
吹笙鼓簧，　　　　　乐工们吹起了笙,又鼓奏起了簧，
承筐是将。　　　　　我又令人将装满了礼品的筐子献上。
人之好我，　　　　　嘉宾们也爱戴我,对我很好，
示我周行。①　　　　指示给了我治理国家的善道。

呦呦鹿鸣，　　　　　呦呦，呦呦，你听,鹿在野外鸣叫，
食野之蒿。　　　　　它在呼唤同伴,一起来享用青蒿，
我有嘉宾，　　　　　多么荣幸,来了这么多嘉宾，

德音孔昭。	他们的道德声誉如日月般光耀，
视民不恌，	他们昭示着人们不要轻薄礼义，
君子是则是效。	这值得君子学习和仿效，
我有旨酒，	我也为嘉宾们准备了美酒佳肴，
嘉宾式燕以敖。②	嘉宾们一起宴会，欢乐，嬉戏游遨。

呦呦鹿鸣，	呦呦，呦呦，你听，鹿在野外鸣吟，
食野之芩。	它在呼唤同伴，一起来享用黄芩，
我有嘉宾，	多么荣幸，来了这么多嘉宾，
鼓瑟鼓琴。	我命令乐工鼓瑟弹琴招待他们，
鼓瑟鼓琴，	乐工们弹起了瑟，又弹奏起了琴，
和乐且湛。	多么和谐，多么快乐，多么温馨，
我有旨酒，	我也为嘉宾们准备了美酒佳肴，
以燕乐嘉宾之心。③	我们宴会，欢乐，赢得了嘉宾们的深心。

注释

① 苹——艾蒿。簧——笙上的簧片。承——承接，接受。筐——筐子，里面装有礼品。将——献上。周行——大道，引申为善道，好方法。

② 蒿——青蒿。德音——先王的道德教化，这里指嘉宾指示给我的先王的道德教化。孔——很。昭——明。视——昭示。恌（tiāo）——通"佻"，轻佻，德行轻薄。则——效法。效——效法。旨酒——美酒。式——语气助词。燕——宴乐。敖——遨游嬉戏。

③ 芩（qín）——黄芩。湛（dān）——持久的欢乐。

思考题

1. 谈一谈《卷耳》《蒹葭》《木瓜》《鹿鸣》这几首诗的主旨。

2. 讨论：古代的尊贤思想和君臣之道对今天有什么启示意义？

第十四章

《诗经》中的德政

儒家提倡德政、仁政。孔子说:"为政以德,居其所而众星共之。"(《论语·为政》)孟子更明确提出"仁义而已矣""仁者无敌"(《孟子·梁惠王上》)。儒家的德政一方面要求君主要有德行,君主能修身齐家,方能治国平天下。如孔子赞美禹"菲饮食而致孝乎鬼神,恶衣服而致美乎黻冕,卑宫室而尽力乎沟洫",赞美文王"三分天下有其二,以服事殷",其德可谓"至德"(《论语·泰伯》)。另一方面,儒家的德政是爱护民众的。孟子说:"民为贵,社稷次之,君为轻。"(《孟子·尽心下》)国家和政府应当以义为利、藏富于民,使民众安居乐业,进而以孝悌忠信培养淳朴的民风。《诗经》作为儒家六经之一,很多诗篇都强调了德政的理念。

本讲选了三首诗。《周颂·敬之》记载了年幼的周成王敬畏天命、努力提升自己德行的宣言。《大雅·文王》称赞文王的德行,告诫统治者应当效法文王,同时要以商纣王为鉴。《大雅·荡》则借文王之口,批评了商纣王的荒唐行为,意在告诫周厉王。

一、恭敬好学,进德修业

儒家所说的德政首先体现在君主要有美好的德行。《周颂·敬之》就体现了周成王恭敬好学的态度和努力进德修业的决心。

敬之敬之,天维显思。命不易哉! 无曰高高在上。陟降厥士,日监在兹。

维予小子,不聪敬止。日就月将,学有缉熙于光明。佛时仔肩,示我显德行。

东汉蔡邕《独断》说此诗是"群臣进戒嗣王之所歌也"。这是《鲁诗》的说法。《毛诗序》亦云:"《敬之》,群臣进戒嗣王也。"周武王去世,周成王继位,群臣进诚成王,要有敬畏之心,顺应天命,砥砺德行,谨慎从政。

　　这首诗可以看作是成王和大臣的对话。前六句是大臣进戒成王要敬畏天命,后六句是成王表达努力学习先王、树立德行的决心。

　　"敬之敬之,天维显思。命不易哉!"这是大臣告诫成王:要敬畏啊,要敬畏啊!天道是显赫光明的啊!但是天命又是不容易遵守的啊!天道光明显赫,值得敬;天道不容易遵守,值得畏。"无曰高高在上。陟降厥士,日监在兹。"不要说天道高高在上,离我们很远,管不着我们。天道升降往来地运行,施行它的事情。它监视的目光每天都在这里。这三句是设想有人反问:管他什么天道?天那么高那么远,怎么会管得着我们人间的事情呢?对此的回答是:天道每天都在运行,每天都在监视着我们。好像有一个天神上帝在掌管着人间。其实天道就在我们身边,在我们的心上,在我们所做的每一件事情上。我们的言行举止如果符合道德,就是符合天道;如果违背道德,就是违背天道。天道看似高远,其实就体现在我们自己身上。

　　"维予小子,不聪敬止。"这是成王回答大臣们:啊,我这个小孩子,不够聪明,还不懂得敬畏天命。"小子"是谦辞,是说自己年幼无知,缺乏经验。"日就月将,学有缉熙于光明。"我会努力进德修业,每一天都有所成就,每一月都有所进步,向那些道德品行光明正大的圣贤学习,学习他们的光明正大的道德品行。为什么要"日就月将"呢?因为要想成就大的事业,不是一朝一夕就可以完成的,需要日积月累的工夫。圣贤道德品质的铸就,也是靠在日常生活中一言一行时时遵守道德来完成的。"佛时仔肩,示我显德行。"请各位大臣辅佐我,担当这个治理国家的重任,教导我显赫光明的德行。这一段是成王表达决心,就像说:我才能小而德行浅,请各位大臣辅佐我,指示我光明的德行,我一定好好努力,向圣贤学习,日积月累,努力做一个明君,担负好治理国家的重任。

　　道德是一个人立身的根本,国君的道德则是这个国家繁荣昌盛的根本。这首颂歌进戒成王,什么都不说,只说要好好进德修业,可见古人对德行的重视。

二、敬畏天命,效法文王

　　敬畏天命,是君主提高个人德行、施行德政的重要前提;而向先王学习,是君主提高个人德行、施行德政的最直接的也是最重要的路径。在《诗经》的诗篇产生的时代,周文王就是那个最值得学习的圣王。《大雅·文王》一诗中,作者就提醒周天子要敬畏天命、效法文王。

> 文王在上,於昭于天。周虽旧邦,其命维新。有周不显,帝命不时。文王陟降,在帝左右。
> 亹亹文王,令闻不已。陈锡哉周,侯文王孙子。文王孙子,本支百世,凡周之士,不显亦世。
> 世之不显,厥犹翼翼。思皇多士,生此王国。王国克生,维周之桢;济济多士,文王以宁。
> 穆穆文王,於缉熙敬止。假哉天命,有商孙子。商之孙子,其丽不亿。上帝既命,侯于周服。
> 侯服于周,天命靡常。殷士肤敏,裸将于京。厥作裸将,常服黼冔。王之荩臣,无念尔祖。
> 无念尔祖,聿修厥德。永言配命,自求多福。殷之未丧师,克配上帝。宜鉴于殷,骏命不易!
> 命之不易,无遏尔躬。宣昭义问,有虞殷自天。上天之载,无声无臭。仪刑文王,万邦作孚。

这是一首歌颂周王朝的奠基者周文王禀受天命而兴盛周国的诗歌。《毛诗序》说:"《文王》,文王受命作周也。"郑玄《笺》说:"受命,受天命而王天下,制立周邦。"朱熹《诗集传》说:"周公追述文王之德,明周家所以受命而代商者,皆由于此,以戒成王。"朱熹认为这首诗的作者是周公,他说:"东莱吕氏曰:'《吕氏春秋》引此诗,以为周公所作。'味其词意,信非周公不能作也。"

本诗共七章,每章八句。第一章写的是周文王的道德上闻于天,上天命令他兴盛周国。"文王在上,於昭于天。"文王处在周国君上的位置,啊,他的德行昭明于上天。"周虽旧邦,其命维新。"周国虽然自后稷以来就是旧有的古老的邦国,但直到文王时期,才新近禀受天命而称王。周国本为商朝的一个侯国,国君称西伯侯,周文王继位第四十二年开始称王,被认为是周国禀受天命的开始。古人信奉天命。周文王修养德行,励精图治,使周国强大,因而称王。我们会觉得与天命并没有什么关系。但是古人认为,是周文王的德行含弘光大,上合天命,故上天(上帝)命他为王,也就是说他禀受天命而为王。"有周不显,帝命不时。文王陟降,在帝左右。"周王朝的道德是光明的,上帝的天命是美好的。文王去世之后，他的神灵上升到天上，也下来人间，但无论升降都在上帝的左右。这一章将文王和天命紧密结合，旨在强调文王的生前身后所作所为都是符合天命的，所以周国能够兴盛，也给予后来周王朝的建立以合法性。

第二章写文王的功德恩泽后代子孙。"亹亹文王，令闻不已。"勤勉的文王，美好的声名被人称颂没有停止。这两句概括地写文王的德行。"陈锡哉周，侯文王孙子。文王孙子，本支百世。凡周之士，不显亦世。"文王能给予众多的恩赐利益于天下，赢得了天下的拥戴，从此增长了周国的实力，也使上天任命文王的子孙为天下人的君主。文王的子孙中，嫡长者为天子，庶出者为诸侯，都能绵延百世。凡是周王朝的那些有贤德的臣子，也得以世世代代在位。以上六句写的是文王的德行惠及子孙后世，乃至他的大臣。正所谓"积善之家必有余庆""一人有庆，天下赖之"之意。古人认为一个人如果道德高尚，他的子孙后代就会兴旺发达。比如孔子的德行为万世师表，他的子孙后代绵延不绝。

第三章写周王朝能笼络人才。国家为什么能够长治久安？前面说了一个原因是文王的德行和功业，这里则说的是人才的重要性。"世之不显，厥犹翼翼。"世世代代都在位荣显，为国家谋划非常恭敬。"思皇多士，生此王国。王国克生，维周之桢。"愿皇天多生贤人于此王国，这个王国能生下众多贤人，他们都是周王朝的骨干大臣。据说周国人丁兴旺，生双胞胎的概率很大，称为"骈孕"，而且长大后都是栋梁之材。"济济多士，文王以宁。"众多有威仪有德行的贤士，使文王得以安宁。这两句可以理解为对文王的在天之灵的告慰。结合整章的意思可以这样理解：国家一直在任用贤人，以保持国家的长治久安，文王您的在天之灵可以安息了。

第四章又从周朝和商朝的关系上再一次阐述周王朝是禀受天命取代了殷商。"穆穆文王，於缉熙敬止。"美啊，文王，道德光明，能敬畏天命。这两句再一次叙述文王的德行，这也是文王获得天命的原因。"假哉天命，有商孙子。商之孙子，其丽不亿。"伟大的天命，这个天命本来在殷商的子孙那里，殷商的子孙，其数量众多。这四句是向前追述殷商。"上帝既命，侯于周服。"上帝命令殷商的子孙臣服于周王朝。殷商的子孙虽然众多，但后来因为商纣王的失德，天命已不在殷商，而转移到了周国。本来周国是殷商王朝的一个邦国，现在由于天命的转移，殷商的后人建立的宋国成了周王朝的一个邦国了。

第五章由上一章的周取代商而慨叹天命无常，进而提醒臣子们不要忘记先祖的德行。"侯服于周，天命靡常。"殷商的后代臣服于周王朝，说明天命无常啊。

"殷士肤敏,祼将于京。厥作祼将,常服黼冔。"归顺的殷贵族相貌堂堂,动作敏捷,来周朝的首都助祭。他来助祭的时候,常常穿戴的还是殷商时期的衣冠。这四句是对殷商后裔来周朝首都助祭的具体描写,表现在三个方面:一是来助祭的,处于从属地位;二是助祭时非常殷勤,可见对周王朝的忠心;三是还穿戴着殷商传统的服装,表明了周王朝的宽容大气。这四句突出表现了原本统治天下的殷商现在已经变成了周朝的一个小诸侯国。"王之荩臣,无念尔祖。"周天子的勤勉进取的臣子们啊,不要忘了你们祖先的德行。为什么不要忘呢?因为天命无常啊,如果你们忘记了祖先的德行,做出了种种失德的事情,就会失去天命的保佑,就会像殷商一样失去统治天下的权力,由一个统治天下的王朝变成新王朝的属国,你的后代也会像现在殷商的后人一样,在祭祀中处于助祭的地位。

第六章接着写,要以殷商为鉴,修德配命。"无念尔祖,聿修厥德。永言配命,自求多福。"不要忘记先祖的德行,要称述他们的德行,并修养你自己的德行。长久地与天命相配,从你自己身上去求得众多的幸福。怎样才是与天命相配?其实就是修养道德。遵守道德,就是符合天命;违背道德,就是违背天命。求福不是向外求,也不是向上帝求,求福是向自己求,向自己的德行求。如果一个人作恶多端,求上帝也没有用;如果一个人积德行善,就是与上帝的天命相配,上帝自然就会保佑他。"殷之未丧师,克配上帝。宜鉴于殷,骏命不易。"殷商在纣王以前还没有丧失民心的时候,是能够与上帝的天命相配的。但是后来纣王作恶多端,就丧失了民心,也就失去了天命的保佑。应当以殷商的兴衰成败作为镜子,时时提醒自己,因为天命是伟大的,能够一直持守天命是一件不容易的事情。天命与民心密不可分,修养道德,赢得民心,就与天命相符;败坏道德,就会失去民心,从而失去天命。前面四句是从正面说要修德配命,后四句是以殷商的例子从反面来说要修德配命。反复陈述,可谓苦口婆心。

第七章归结为要效法文王。"命之不易,无遏尔躬。"持守天命是不容易的,你自身不要停止。"宣昭义问,有虞殷自天。"向天下人明白昭示你美好的道德声誉,又揣度考虑到殷商的兴亡是来自天命。前面两句是说要不停地持守天命,这两句则是说持守天命的方法。"上天之载,无声无臭。"天道难以知晓,上天的行事,没有声音可以让我们听到,没有气味让我们闻到。这两句是说向上天学习也是很困难的事情。虽然困难,也要学习,那该怎么办呢?这就引出了诗的最后两句:"仪刑文王,万邦作孚。"我们要效法文王,这样天下万国都会信服归顺了。天道难知,文王能知;天命难守,文王能守。我们直接去寻天命,很困难;直接探求天道,不容易。因此,我们直接效法文王,就可以了解天道、符合天命,从而赢得民心,归化万国,保证周王朝的长治久安。

这首诗的内容可以用八个字来概括:敬天法祖,修德配命。这对我们自身的道德提升也有启发意义。这首诗也很有艺术特色。如果以每四句为一小节来看,它每一小节一换韵。而且每一小节的第一句往往与上一节的最后一句相承接。这是一种连珠顶针的修辞手法,使整首诗显得章法严谨。刘毓庆《诗经考评》引孙月峰的话评论这首诗说:"全只述事谈理,更不用景物点注,绝去风云月露之态,然词旨高妙,机轴浑化,中间转折变换略无痕迹,读之觉神采飞动,骨劲而色苍,真是无上神品。"评价可谓至高。

三、以史为鉴,善始善终

君主培养自己的德行,施行德政,不仅要向现代圣王学习,还要学会以史为镜,吸取历史上那些失败的教训。《大雅·荡》一诗就体现了诗人意欲通过周文王之口提醒周厉王要吸取商纣王覆灭的教训,要能以史为镜,做事情善始善终。

荡荡上帝,下民之辟。疾威上帝,其命多辟。天生烝民,其命匪谌。靡不有初,鲜克有终。

文王曰咨,咨女殷商!曾是强御?曾是掊克?曾是在位?曾是在服?天降滔德,女兴是力。

文王曰咨,咨女殷商!而秉义类,强御多怼。流言以对,寇攘式内。侯作侯祝,靡届靡究。

文王曰咨,咨女殷商!女炰烋于中国,敛怨以为德。不明尔德,时无背无侧。尔德不明,以无陪无卿。

文王曰咨,咨女殷商!天不湎尔以酒,不义从式。既愆尔止,靡明靡晦。式号式呼,俾昼作夜。

文王曰咨,咨女殷商!如蜩如螗,如沸如羹。小大近丧,人尚乎由行。内奰于中国,覃及鬼方。

文王曰咨,咨女殷商!匪上帝不时,殷不用旧。虽无老成人,尚有典刑。曾是莫听,大命以倾。

文王曰咨,咨女殷商! 人亦有言:颠沛之揭,枝叶未有害,本实先拨。

殷鉴不远,在夏后之世。

这是一首借文王批评商纣王来影射批评周厉王荒淫无道的诗篇。《毛诗序》云:"《荡》,召穆公伤周室大坏也。厉王无道,天下荡荡,无纲纪文章,故作是诗也。"周厉王荒淫无道,群臣不敢直接批评他,故把他比作商纣王,借文王之口来批评商纣王,希望他能醒悟。

本诗共八章,每章八句。第一章是总写。"荡荡上帝,下民之辟。"法度败坏的上帝,是处在下位的民众的君主。这里的上帝不是古人所说的上天、天帝,因为古人心目中的上帝不可能变坏,这里的上帝是比喻君王,即周厉王。诗人不敢直接批评周厉王,故以上帝为比喻。"疾威上帝,其命多辟。"这个昏庸残暴的君主啊,他的本性已经变得非常邪恶偏僻了。命是指人的天性,《中庸》说:"天命之谓性。"人的天性本善,但现在这个君主变坏了。"天生烝民,其命匪谌?"上天生下了众多的人,他们的本性难道不是诚恳善良的吗? 这两句就是说人性本善的意思。"靡不有初,鲜克有终。"没有人不是本性善良的,但是很少有人能够一直保持着这个善良的本性到最终。人性本善是指人具有善良的本性,但是他能否把这个本性开发出来,还要后天的努力,需要后天的学习和修身养性的工夫。就像一只鸟卵,具有鸟的因子,但还需要雌鸟的孵化才能真正变成一只鸟。这一章是说周厉王就像所有人一样,本性也应该是善良的,但是他没有好好地修养自己的德行,所以现在变成一个昏庸残暴的君主了。

接下来的第二到八章都以"文王曰咨,咨女殷商"开头,是借周文王之口来批评商纣王,指出商纣王种种值得警惕的过失。

第二章是说商纣王任用残暴的小人为官。"文王曰咨,咨女殷商!"文王说:唉! 唉,你殷商!"曾是强御? 曾是掊克? 曾是在位? 曾是在服?"怎么会是这样强暴? 怎么会是这样聚敛害人? 怎么会是这样做官的? 怎么会是这样从事政治的?"天降滔德,女兴是力。"上天降下了怠慢的品德,你又助长了它很多。

第三章是说小人势力强大,排挤陷害君子。"而秉义类,强御多怼。"你应该任用善人君子做把持朝政的大臣,但你却任用了强暴的、常常怀有怨恨之心的小人。小人怨恨,必然陷害君子。接下来四句是具体如何陷害君子的:"流言以对,寇攘式内。侯作侯祝,靡届靡究。"向外界制造流言来遂了他谗毁君子的恶意,在内又强取豪夺,而且诅咒君子,以至于无穷无尽。

第四章是说之所以贤臣远离,是因为商纣王无德。"女炰烋于中国,敛怨以为德。"你咆哮暴虐于国中,招来了很多怨气,反而认为自己很有德行。"不明尔德,时无背无侧;尔德不明,以无陪无卿。"黑暗败坏是你的德行,因此你的背后没有贤臣,你的身边也没有贤臣;你的德行黑暗败坏,因此没有人来辅佐陪伴你,也没有贤明的公卿来支持你。也可以理解为因为道德不明,因此不能识别身边的悖逆倾仄的小人,也不能识别能担当辅佐大任堪为卿大夫的君子。这一章也是对前面两章的总结,不管是小人为官,还是小人排挤君子能够得逞,都是因为天子的道德"不明"。

第五章接着上一章,给出了"不明"的原因在于沉湎于酒。"天不湎尔以酒,不义从式。"上天不曾让你酗酒,你却酗酒,这是不宜效法的事情。"既愆尔止,靡明靡晦。式号式呼,俾昼作夜。"你已经因为酗酒而变坏了你的仪容礼节,不分白天黑夜你都喝得大醉,喝醉了以后还号叫呼喊,使白天都做了夜晚(即夜晚饮酒,白天也饮酒而不问政事)。

第六章说的是商纣王的荒唐的德行带来的巨大危害。"如蜩如螗,如沸如羹。"你的败坏德行引起了民众的悲叹声,那悲叹声就像蝉和螗的鸣叫一样;你的败坏德行引起了民众心中的忧伤,那心忧伤烦乱得就像煮沸的羹汤一样。这两句说的是对民众的影响。"小大近丧,人尚乎由行。"大大小小的事态都近乎丧亡了,你们这些君臣还仍然助长这样的行径。这是对政事的影响。"内奰于中国,覃及鬼方。"在内引起了国中民众的愤怒,在外延伸到了鬼方等边远的少数民族那里,即也引起了远方的愤怒。这两句是说商纣王的败坏德行使国内外都愤怒。

第七章是寻找病因,商纣王为什么会道德败坏,荒淫无道呢?因为他不能够效法祖先。"匪上帝不时,殷不用旧。"并不是因为上帝不对,不是因为上帝不眷顾商纣王,而是商纣王不能效法先王的旧有的典章制度。"虽无老成人,尚有典刑。"虽然国家已没有像伊尹这样的有经验有道德的老成人,但是还有典章法度可以参考学习。"曾是莫听,大命以倾。"怎么会是这样不肯听从效法先王,国家的天命因此倾覆了。

最后一章进行了总结,你商纣王应当以夏朝的最后的一个王夏桀为借鉴,不要重蹈国破身死的覆辙。"人亦有言:颠沛之揭,枝叶未有害,本实先拨。"人们也有这样的说法:树木的根揭然翘举倒下之前,枝叶还没有受到伤害,树根实在是已经先受伤毁坏了,然后枝叶随着树根的毁坏一起倒下。树根比喻商纣王,枝叶比喻百官臣民,商纣王如果倒台了,整个国家就灭亡了。"殷鉴不远,在夏后之世!"殷商的镜子不远,就在夏桀身上。夏桀就是一面镜子,商纣王应当照一照,吸取教训,不要像夏桀那样。诗人其实也在警告周厉王:商纣王就是你的镜子,你应当照一照，不要像商纣王那样昏庸残暴，否则将重蹈他的覆辙而身死国灭。

这首诗不仅层次分明，而且构思非常巧妙。清钱澄之《田间诗学》云："托为文王叹纣之词。言出于祖先，虽不肖子孙不敢以为非也；过指夫前代，虽至暴之主不得以为谤也。其斯为言之无罪，而听之足以戒乎？"借文王之口来批评商纣王，批评的语言来自圣明的先祖，周厉王再残暴也不能反对文王；骂的是商纣王，商纣王是前代王朝商朝的天子，周厉王再残暴也不能认为这是骂他的。而且周厉王亲小人、远贤臣等与商纣王相符，这一对商纣王的指责恰好可以作为对周厉王的警戒。历史的巧合是因为人性的贪婪是相似的。可惜的是周厉王并没有醒悟，最终引起了百姓的反叛，周厉王逃到彘地（今山西霍州市东北），失去了天子的位置，最终死在了那里。

儒家认为人为天地所生，同时是天地之灵。天、地、人被合称"三才"。天是爱护人的，上天通过选择有德行的君主和师长来教化和保护民众。一个君主德行好，能施行德政，则会被上天选定作为天下的王，这就是天命。而"天命靡常""骏命不易"，所以君主应当时时刻刻提醒自己要居仁由义、施行德政，才会得到上天的垂青。

▶ **诗选注**

周颂·敬之

敬之敬之，	"要敬畏啊，要敬畏啊，
天维显思。	不容易啊，想要守住天命！
命不易哉！	不要说天高高在上，遥不可及，
无曰高高在上。	天道是多么显赫光明！
陟降厥士，	上天每一天监视着这里，
日监在兹。①	掌管着人事，下降又上升。"
维予小子，	"我还是一个蒙昧的孩子，
不聪敬止。	不聪明，不知道敬畏天命。
日就月将，	请帮助我，担当起重任，
学有缉熙于光明。	请教导我光明的德行。
佛时仔肩，	我愿向伟大的圣贤学习，
示我显德行。②	月月能成就，日日能奉行！"

注释

① 天——天道，天命。维——语气助词。显——明显。思——语气助词。
命——天命。不易——不容易，很艰难，这里指遵守天命是不容易的，是要努
力去遵守的。陟——上升。降——下降。厥——其。士——通"事"。
监——监视。兹——此，这里。

② 止——语气助词。就——成就。将——行，奉行。缉熙——光明，指光明的
德行。光明——指有光明德行的圣贤。佛——辅佐。时——是，这个。仔
肩——责任、任务。示——昭示，教导。

大雅·文王

文王在上，	伟大的文王高高在上，
於昭于天。	上天知道他光明的德行。
周虽旧邦，	周国虽是个古老的家邦，
其命维新。	如今已秉受崭新的天命。
有周不显，	文王的德行多么光明，
帝命不时。	天帝的命令多么美好。
文王陟降，	文王去世后，他的神灵
在帝左右。①	一直陪伴在天帝的左右。
亹亹文王，	伟大的文王多么勤勉，
令闻不已。	他美好的声名流传至今。
陈锡哉周，	他恩泽百姓，使周国强大，
侯文王孙子。	上天赐福于他的子孙。
文王孙子，	文王的子孙世代贵显，
本支百世，	树干和枝叶都多么茂盛！
凡周之士，	那些贤臣的子子孙孙，
不显亦世。②	也世世代代受人尊重。

世之不显，	世世代代都在位荣显，
厥犹翼翼。	为国家谋划非常恭敬。
思皇多士，	愿高远的皇天为此周国
生此王国。	生下众多的君子贤圣，
王国克生，	周国的恩德能使它降生！
维周之桢；	众多的国士是国之梁栋，
济济多士，	众多的国士威仪堂堂，
文王以宁。③	使忧劳的文王得以安宁。

穆穆文王，	伟大的文王多么庄严，
於缉熙敬止。	他德行光明，能敬畏天命。
假哉天命，	伟大的天命曾在殷商，
有商孙子。	商汤的子孙曾保有珍重。
商之孙子，	商汤的家族兴旺发达，
其丽不亿。	商汤的子孙多如星辰，
上帝既命，	上帝如今已命令他们
侯于周服。④	臣服于周王的仁德统领。

侯服于周，	商汤的子孙相貌堂堂，
天命靡常。	臣服于周王的仁德统治，
殷士肤敏，	他们仍穿戴故国的衣冠，
裸将于京。	协助周天子在镐京祭祀。
厥作裸将，	周王的祖先曾协助商汤，
常服黼冔。	天命不常在某一个家族；
王之荩臣，	勤勉进取的周王的臣子啊，
无念尔祖。⑤	请时时念着你们仁德的先祖！

无念尔祖，	时时念着仁德的先祖，
聿修厥德。	修养你们自身的德行，
永言配命，	永远地顺从伟大的天命，
自求多福。	从自身去寻求福禄光明！

殷之未丧师，	当殷商尚未丧失民心，
克配上帝。	尚能顺从伟大的天命，
宜鉴于殷，	应当吸取殷商的教训，
骏命不易！⑥	保有天命没那么轻松！

命之不易，	保有天命没那么轻松，
无遏尔躬。	请不要停止你自身的德行！
宣昭义问，	将你的德行昭示天下，
有虞殷自天。	时刻记住殷商的教训！
上天之载，	上天的行事神秘莫测，
无声无臭。	没有气味也没有声音，
仪刑文王，	应当效法仁德的文王，
万邦作孚。⑦	天下万邦将信服归顺！

注释

① 於（wū）——感叹辞，相当于"啊"。昭——显现。邦——邦国。命——天命。维——语气助词。有周——即"周"。不——有多种解释，此取"语气助词"义。不显——即"显"，光明显耀。不时——即"时"，通"是"，正确，恰当。陟——升。左右——身边。

② 亹亹（wěi）——水向前流的样子，形容勤勉。令闻——美好的名声。不已——没有停止。陈锡——同"申赐"，申：一再，重复；申赐：反复的很多的赐予。哉——同"栽"，繁殖，增长，丰盛，这里指使周国壮大。侯——使成为君主侯王。孙子——子孙。本——指嫡系子孙。支——指庶出的子孙。士——公侯卿士。不显——即"显"。亦——通"奕"，累，重。亦世——累世，世世代代。

③ 厥——其。犹——通"猷"，谋划。翼翼——小心翼翼，恭敬的样子。思——愿。皇——天。多士——众多的贤士。克——能。桢——骨干，栋梁之材。济济——众多而且有威仪的样子。

④ 穆穆——美好的样子。於——语气助词。缉熙——光明。敬止——犹如"敬之"。假——大。有商——即"商"。孙子——子孙。丽——数量。不亿——

即"亿"。服——王畿以外的九等地区。

⑤ 靡——无。殷士——归顺周朝的殷商贵族。肤——美。敏——敏捷。祼
(guàn)——古代一种祭礼,在神主前面铺白茅,把酒浇茅上,像神在饮酒。
将——行。京——京师,都城。常服——祭祀专用的服装。黼(fǔ)——花纹
色彩白黑相间的衣服。冔(xǔ)——冠冕。荩——通"进";进臣:国君所进用
的大臣,忠臣。无——发语词,无实际意义。无念——即"念"。

⑥ 聿——述,称述,一说为发语辞。厥——其。永——长久。言——语气助词。
配——配合。命——天命。师——民众。克——能。骏——大。易——容易。

⑦ 遏——止,不能力行。躬——身体。宣——遍。义——善。问——通"闻",
声名。有——又。虞——审察、考量。殷——殷商,一说通"依"。载——通
"縡(zài)",事,行事。臭(xiù)——气味。刑——通"型",法则。仪刑——效
法。孚——相信,信任。

大雅·荡

荡荡上帝,	上帝的法度已被破坏,
下民之辟。	下民的君王已偏离正轨,
疾威上帝,	威严的上帝啊请掷下雷霆,
其命多辟。	君王的性情已邪僻多非。
天生烝民,	上天生下了众多的人民,
其命匪谌?	其本性岂非善良诚信?
靡不有初,	没有谁不是本性善良,
鲜克有终。①	少有人能永葆初心。

文王曰咨,	文王说:哎呀,哎呀!
咨女殷商!	怎么会如此凶残?
曾是强御?	你统治天下的商王,
曾是掊克?	怎么会如此贪婪?
曾是在位?	怎能够如此为官?
曾是在服?	怎能够如此从政?
天降滔德,	你的德行已经怠慢,

女兴是力。②	你所作所为又加重了病症。

文王曰咨，	文王说：哎呀，哎呀！
咨女殷商！	你统治天下的商王，
而秉义类，	应该用贤人秉持朝政，
强御多怼。	为何让小人祸乱朝纲？
流言以对，	他们在朝堂上抢夺权力，
寇攘式内。	又制造流言诋毁君子，
侯作侯祝，	他们还做出恶毒的诅咒，
靡届靡究。③	卑劣的手段从不停止。

文王曰咨，	文王说：哎呀，哎呀！
咨女殷商！	咆哮于国中，招来怨恨，
女炰烋于中国，	你统治天下的商王
敛怨以为德。	反认为自己很有德行！
不明尔德，	黑暗败坏是你的德行，
时无背无侧；	贤人都远离你的身边，
尔德不明，	你的德行黑暗败坏，
以无陪无卿。④	谁愿意把你辅佐陪伴？

文王曰咨，	文王说：哎呀，哎呀！
咨女殷商！	你统治天下的商王，
天不湎尔以酒，	上天未让你沉湎于酒，
不义从式。	酗酒放纵不应该效仿。
既愆尔止，	你已经败坏了仪容礼节，
靡明靡晦。	不分昼夜都喝得酩酊；
式号式呼，	喝醉以后还号叫呼喊，
俾昼作夜。⑤	夜晚如此，白天也相同。

文王曰：咨！	文王说：哎呀，哎呀！
咨女殷商！	你统治天下的商王，

如蜩如螗,	民众的悲叹如蝉嘶鸣,
如沸如羹。	民众的忧伤如煮沸的羹汤。
小大近丧,	小事大事都近乎丧亡,
人尚乎由行。	你却仍然由此而行,
内奰于中国,	你不仅激起了中原的愤怒,
覃及鬼方。⑥	还使怒火燃烧在边境。
文王曰：咨！	文王说：哎呀,哎呀！
咨女殷商！	你统治天下的商王,
匪上帝不时,	不是上天不眷顾你,
殷不用旧。	是你未能够效法先王。
虽无老成人,	虽然没有伊尹在世,
尚有典刑。	仍然有典章流传至今,
曾是莫听,	你为何不能倾心听从,
大命以倾。⑦	致使天命倾覆无存。
文王曰：咨！	文王说：哎呀,哎呀！
咨女殷商！	你统治天下的商王,
人亦有言：	当树木倒下,树根拔起,
颠沛之揭,	枝叶未坏,而树根先伤。
枝叶未有害,	请记住这谚语的智慧,
本实先拨。	国家和民众也是这样！
殷鉴不远,	你要吸取夏桀的教训,
在夏后之世！⑧	在镜子中照出你的模样！

注释

① 荡荡——法度废坏的样子。上帝——比喻君主,这里指周厉王。辟（bì）——君主。疾威——残暴。命——本性。辟——通"僻",邪僻。烝（zhēng）——众多。谌（chén）——诚信。靡——无,没有。初——开始。鲜（xiǎn）——

少。克——能。终——最后。

② 咨——叹词。女(rǔ)——通"汝",你。曾(zēng)是——怎么如此。御——与强同义。强御——强梁,强暴。掊(póu)克——聚敛,搜括。在位——在君主之位。服——任,从事政事。滔——通"慆",怠慢。女——通"汝"。兴——助长。女兴是力可以理解为"女力兴是",你很卖力地做这件事情,即助长这种怠慢的败坏的品性。

③ 而——尔,你。秉——把持,这里指把持朝政的大臣。义——宜,应该。类——善类。强御——这里指强梁小人。怼(duì)——怨恨。对——遂。寇——盗贼。攘——夺取。式——用。内——朝廷内。侯——犹如"乃"。作——做,进行。祝——诅咒。侯作侯祝——即"乃作祝"。靡——无。届——尽。究——穷。

④ 咆然——通"咆哮"。背——背后,指背后支持君主的贤臣。侧——身边,指身边支持君主的贤臣。陪——陪伴,辅佐,这里指可以辅佐君主的贤臣。

⑤ 湎(miǎn)——沉湎,沉迷。义——宜,应该。从式——效法。愆——过错。靡——无论,不分。明——白天。晦——夜晚。式——犹如"是""乃"。俾(bǐ)——使。作——为。

⑥ 蜩(tiáo)——蝉。螗——蝘,一种形体较小的蝉。如沸如羹——即"如沸羹"。近——接近。丧——亡。尚——尚且,仍然。由行——由此而行,按照这样的方式去做。奰(bì)——愤怒。覃(tán)及——延及。鬼方——活动在商朝西北方的少数民族。

⑦ 匪——通"非"。上帝——上天,天帝。时——是,善,正确。旧——旧有的典章制度,先王法式。老成人——指道德高尚、治国经验丰富的大臣。刑——通"型"。莫——不。听——听从,效法。大命——天命。倾——倾覆。

⑧ 颠——颠仆,倒下。沛——拔起。揭——树倒下后见到根翻出来的样子。本——根。拨——绝,一作"败",意为坏。鉴——镜子,借鉴。夏后——夏朝的君王,这里指夏朝的末代君王桀。世——时代。

思考题

1. 谈一谈《敬之》《文王》《荡》这几首诗的主旨。

2. 讨论:你认为历史可以借鉴吗?人们能从历史中汲取经验或教训吗?举例说明。

3. 谈谈你对"天命"的理解。

第十五章

《诗经》中的历史

孟子说:"王者之迹熄而《诗》亡,《诗》亡然后《春秋》作。"(《孟子·离娄下》)孟子认为孔子因担心"世衰道微,邪说暴行"流而不返而"作《春秋》"(《滕文公下》)。《春秋》本是鲁国的史书,孔子进行了删削;孟子认为《春秋》是继承了《诗经》的事业,似乎可以说孟子也认为《诗经》也可以作为一部史书来读。清代史学家章学诚认为"六经皆史",指出"六经皆先王之政典"(《文史通义·易教》)。《诗经》作为六经之一,主要记载了周代的历史,《商颂》中也追述了商朝的历史。

本讲选了三首诗。《豳风·七月》记载了周代的先公先王重视农业生产的历史。《大雅·公刘》记载了周的先祖公刘带领周族迁徙到豳地,并创建国家的历史。《商颂·玄鸟》主要记载了商高宗武丁的功业,但是也追溯到了殷商的始祖契和商王朝的建立者成汤。

一、社会生活的史诗

《豳风·七月》这首诗描写的不是具体的某个历史事件,而是描写了周民族重视农业生产的社会现实,它是一首关于周民族社会生活普遍现象的史诗。正是因为有这样的诗篇存在,才能让我们看到三千多年前的普通民众的日常生活景象。

七月流火,九月授衣。一之日觱发,二之日栗烈。无衣无褐,何以卒岁?三之日于耜,四之日举趾。同我妇子,馌彼南亩,田畯至喜。

七月流火,九月授衣。春日载阳,有鸣仓庚。女执懿筐,遵彼微行,爰求柔桑。春日迟迟,采蘩祁祁。女心伤悲,殆及公子同归。

七月流火,八月萑苇。蚕月条桑,取彼斧斨,以伐远扬,猗彼女桑。七月鸣鵙,八月载绩。载玄载黄,我朱孔阳,为公子裳。

四月秀葽,五月鸣蜩。八月其获,十月陨萚。一之日于貉,取彼狐狸,为公子裳。二之日其同,载缵武功,言私其豵,献豣于公。

　　五月斯螽动股,六月莎鸡振羽,七月在野,八月在宇,九月在户,十月蟋蟀入我床下。穹窒熏鼠,塞向墐户。嗟我妇子,曰为改岁,入此室处。

　　六月食郁及薁,七月亨葵及菽,八月剥枣,十月获稻,为此春酒,以介眉寿。七月食瓜,八月断壶,九月叔苴,采荼薪樗,食我农夫。

　　九月筑场圃,十月纳禾稼。黍稷重穋,禾麻菽麦。嗟我农夫,我稼既同,上入执宫功。昼尔于茅,宵尔索绹。亟其乘屋,其始播百谷。

　　二之日凿冰冲冲,三之日纳于凌阴。四之日其蚤,献羔祭韭。九月肃霜,十月涤场。朋酒斯飨,曰杀羔羊。跻彼公堂,称彼兕觥,万寿无疆。

　　关于此诗主旨,东汉王符《潜夫论·浮侈篇》云:"明王之养民也,忧之劳之,教之诲之,慎微防萌,以断其邪。""《七月》诗,大小教之,终而复始。由此观之,民固不可恣也。"王符习《鲁诗》,这应当是《鲁诗》的观点。《汉书·地理志》云:"昔后稷封斄,公刘处豳,大王徙郊,文王作酆,武王治镐,其民有先王遗风,好稼穑,务本业,故《豳诗》言农桑衣食之本甚备。"班固习《齐诗》,这可以认为是《齐诗》的观点。综上,我们可以认为,这首诗描写的是周之先公先王教导老百姓勤于农桑、致力于本业的诗。"大小教之","大谓耕桑之法,小谓索绹之类"(《后汉书·王符传》李贤注)也。

　　首章侧重写农耕之事。"七月流火,九月授衣。"夏历七月的黄昏,大火星运行到了西方,到了秋天了,天气开始变凉了。到了九月的时候,是霜降的时候,天气开始变寒冷了,这时候蚕桑和绩麻织布的事情已经完成,可以授予农妇布帛,以用来做衣服作御寒之用了。此处的"授衣",马瑞辰《毛诗传笺通释》云:"凡言'授'者,皆授使为之也。此诗'授衣',亦授冬衣使为之,盖九月妇功成,丝麻之事已毕,始可为衣,非谓九月冬衣已成,授衣之人也。"即"授衣"不是指给人冬衣,而是指给人丝麻布帛用来制作冬衣。"一之日觱发,二之日栗烈。"夏历的十一月(周历一月)已经非常寒冷了,夏历的十二月(周历二月)则寒气逼人了。天气这么冷,"无衣无褐,何以卒岁"? 没有衣服,没有粗布可以做衣服,怎么才能过完这一年呢? 即怎么才能度过这寒冷的时光呢?"三之日于耜,四之日举趾。"夏历的正月(周历三月),春天到来了,我修理我的耒耜,好准备用来翻地掘土;夏历的二月(周历四月),该耕地了,我来到田地里,抬起双脚,努力耕田。耕田的时候大概是脚的前部着地,脚跟微微抬起,以便于用力的动作,故诗中说"举趾"。"同我妇子,馌彼南亩,田畯至喜。"我在家南边的田里耕地,我的妻子和孩子一同来田地里,来给我送饭。这时候劝勉我们耕田的田大夫也来到了我的地头,我把妻子带来的酒食用来招待他。郑玄《笺》云:"耕者之妇子俱以饟来,至于南亩之中,其见田大夫,又为设酒食焉。言劝其事,又爱其吏也。"

第二章侧重写采桑养蚕之事。"七月流火,九月授衣。"前两句与首章相同。"春日载阳,有鸣仓庚。"春天的农历二月份,天气温暖,黄莺鸣叫。这时候正是蚕初生的时节。"女执懿筐,遵彼微行,爰求柔桑。"女子们拿着深深的可以盛很多桑叶的筐子,沿着那条墙边的小路,去寻求和采摘柔嫩的桑叶,用来饲养初生的小蚕。不仅采桑,还要采蘩:"春日迟迟,采蘩祁祁。"春天,白天变得漫长了,众多的女子在采摘白蒿,用来促进蚕的生育。《毛诗传》云:"蘩,白蒿也,所以生蚕。"可见蘩有促进蚕生育的作用。"女心伤悲,殆及公子同归。"这些女子们的心中是悲伤的,希望能和诸侯的女儿在同一时间及时出嫁。采桑采蘩养蚕的事情是很辛苦的,这些养蚕的女子们还没有出嫁,她们感到了生活的辛苦,因此想到了出嫁的事情。为什么在春天想到出嫁呢? 一是因为女子思得男子,是情感的自然表现。古人认为春天阳气上升,阳气代表男性,"春女感阳气而思男"(郑玄《笺》),春天,女性有感于阳气而思念男性,所以女性有"怀春"之说。二是因为生活的困苦导致她们想着出嫁,大概是希望换一种生活的环境。郑玄《笺》云:"悲则始有与公子同归之志,欲嫁焉,女感事苦而生此志,是谓《豳风》。"为什么希望与"公子"同归呢? 即为什么想要与诸侯的女儿同时出嫁呢? "子"在古代可以指男子也可以指女子,"公子"可以指诸侯的儿子也可以指诸侯的女儿,指诸侯的女儿时也可以称"女公子",本章中的"公子"即指"女公子"。王先谦云:"公子嫁不愆期,故冀庶几与女公子同时得嫁也。"诸侯的女公子大概一般在春天出嫁,所谓"仲春昏期"(《诗三家义集疏》),而且不会错过结婚的时机,所以采桑女采蘩女希望自己也能在这个时间及时出嫁。

第三章写丝麻之功,即关于养蚕以及绩麻织布之事。"七月流火,八月萑苇。"夏历七月的黄昏,大火星运行到了西方,到了秋天了,天气开始变凉了。八月的时候,芦苇长成了,可以收割下来,编织成养蚕的器具。"萑苇"一方面体现了时间,另一方面也与养蚕的事情联系了起来。"蚕月条桑,取彼斧斨,以伐远扬,猗彼女桑。"到了夏历三月,摘取桑叶,拿着圆孔的斧头和方孔的斧头,砍伐那些高高的远远扬起的枝条,攀折那些初生的小桑树上的叶子。以上写蚕桑之事。接下来写绩麻之事:"七月鸣鵙,八月载绩。"七月份的时候伯劳鸣叫起来,预示着天气将要变凉了,八月份的时候,人们开始绩麻,把剥下来的麻皮搓成麻线。"载玄载黄,我朱孔阳,为公子裳。"把蚕丝织成的布帛和麻线织成的麻布染成黑色中带有红色的布帛,染成黄色的布帛,我拿来朱红色的非常明亮的布帛,为公子做成下裳。这一章中的"公子"则既可以指男公子也可以指女公子了。

第四章侧重写田猎之事。"四月秀葽,五月鸣蜩。八月其获,十月陨箨。"夏历四月的时候葽草结穗,五月蝉儿鸣叫,到了八月份的时候则收获粮食,十月树叶陨落。以上四句写夏秋的气候表现,天气渐渐寒冷了。"一之日于貉,取彼狐狸,为公子裘。"到了夏历的十一月份,射猎貉子,射猎狐和狸,取下狐和狸的皮,为公子做成狐裘,用来御寒。郑玄《笺》云:"于貉,往搏貉以自为裘也。狐狸以共尊者。"即取貉皮为自己做裘,取狐和狸的皮为贵族们做裘。"二之日其同,载缵武功,言私其豵,献豜于公。"夏历十二月份的时候,同众人一起去打猎,继续武的方面的事情,捕捉到了一岁大小的野猪就私自留下来,捕捉到了三岁大小的野猪就献给君主。《毛诗传》云:"大兽公之,小兽私之。"即是此意。

第五章侧重写人们居住的情况。"五月斯螽动股,六月莎鸡振羽,七月在野,八月在宇,九月在户,十月蟋蟀入我床下。"夏历的五月,蝗虫跃动着它的双腿发出声音,六月纺织娘振动着翅羽发出鸣声,七月蟋蟀在野外,八月蟋蟀来到了屋檐下,九月蟋蟀来到了房门前,十月的时候,到了冬天了,蟋蟀来到了我卧室的床下。可见天气渐渐寒冷了。于是人们"穹窒熏鼠,塞向墐户"。找到屋中所有的缝隙和洞穴,把它们堵塞住,以防止寒气进入室内。如果在洞穴内发现有老鼠,则用烟熏的方式将它们赶出屋外。又把朝北的窗子堵塞住,把草木编织的门涂上泥土,以抵挡寒风的侵袭。"嗟我妇子,曰为改岁,入此室处。"啊,我的妻子儿女啊,现在将要到改换年岁的时候,农事结束了,新的一年就要开始了,我们进入到这间屋子里居住,度过这严寒的冬天。这一章的前面提到"十月蟋蟀入我床下",已经进入冬天了,接下来的"穹窒熏鼠,塞向墐户"都是十月份要做的事情,这些做好了,正好迎接夏历十一月也就是周历正月的到来。根据周朝的历法,夏历的十月就是周历的十二月,是一年的最后一个月,接下来夏历的十一月就是周历的正月,是新的一年的开始,所以说是将要"改岁"。

第六章侧重写不同月份的农业生产的情况。"六月食郁及薁,七月亨葵及菽,八月剥枣,十月获稻。"夏历的六月份可以吃车下李和薁李,七月份烹饪葵和大豆,八月份扑打树上的枣儿,十月份收获稻谷。以上是四个月份及其相关的食物。"为此春酒,以介眉寿。"用收获的稻米酿造春酒,以祈求长寿。《毛诗传》云:"眉寿,豪眉也。"孔颖达疏云:"人年老者,必有豪毛秀出者,故知眉谓豪眉也。"人到了老年时眉毛会变得长而浓密,称为秀眉,因此长寿也称为眉寿。为什么用春酒来祝福长寿呢? 因为古人认为"酒所以养老也"(王先谦《诗三家义集疏》),酒具有养老的作用,可以用来养生。"七月食瓜,八月断壶,九月叔苴。"七月份吃瓜,八月份摘下葫芦,九月份收取麻籽。"采荼薪樗,食我农夫。"采摘苦菜,砍伐臭椿树枝作为薪柴,来养活我们这些农夫。这里的"我农夫",应当是"我们这些农夫",农夫即是指我,而不应当理解为"我的农夫"。

第七章主要写秋天收获庄稼,冬天修缮房屋。"九月筑场圃,十月纳禾稼。"夏历的九月份,在原来的田圃上把土地夯筑结实,用来作为打谷场。到了十月份,谷物都成熟了,收割了,都收纳汇聚到打谷场上来。这些谷物禾稼包括"黍稷重穋,禾麻菽麦",即黄米、高粱、先种后熟的谷、后种先熟的谷,以及粟米(小米)、麻、豆类、麦子。"嗟我农夫,我稼既同,上入执宫功。"哎呀,我们这些农夫,我们的庄稼谷物已经汇同、收聚到一起了,放进仓库里了,于是进入到房屋里,做一些在房屋里做的事情,或做一些与房屋有关的比如修缮房屋的事情。于是"昼尔于茅,宵尔索绹",白天你们就去取茅草,晚上就用这些茅草制作绳索。"索绹"就是在室内做的事情。"于茅""索绹"都可以看作是修缮房屋的准备工作,所以接下来说"亟其乘屋",即抓紧时间、及时地覆盖好你的房屋。乘有"覆"的意思,覆有"盖"的意思。所以乘屋即是盖屋,也就是我们说的盖房子。笔者认为可以理解为盖新房子,也可以理解为用茅草覆盖、修缮原有的房子。为什么"亟"呢? 因为冬天很快就会过去,到了春天,又要"其始播百谷"了,即到了春天要开始忙着播种各类谷物,所以要趁着冬天抓紧时间修盖房屋。

最后一章转到豳国国君,在百姓收获之后,宴飨群臣。郑玄《笺》云:"十月,民事男女俱毕,无饥寒之忧,国君闲于政事而飨群臣。""于飨而正齿位,故因时而誓焉。饮酒既乐,欲大寿无竟,是谓《豳颂》。""二之日凿冰冲冲,三之日纳于凌阴。"夏历十二月(周历二月)的时候到山间凿去冰块,在夏历正月(周历三月)的时候将冰块储藏在冰室里,以备以后使用。"四之日其蚤,献羔祭韭。"到了夏历二月,国君早朝的时候,献上羔羊,用韭菜来祭祀,行了这样的礼仪之后,打开冰室,取出冰块,以进献给宗庙中使用。《礼记·月令》云,仲春之月,"天子乃鲜(献)羔开冰,先荐寝庙",即是此意,省略了"祭韭"等文字。当然,取出的冰也还有其他用途,即郑玄《笺》所说的给"宾、食、丧、祭"之用。"九月肃霜,十月涤场。"到了夏历九月,天气越来越冷了,万物收缩,霜降落地上,天地间的空气也变得清肃了。到了十月份,打谷场上所有的谷物都收进了谷仓,于是将打谷场洗涤干净。这表明了国家获得丰收,百姓能够丰衣足食,不用担心饥寒。于是豳国国君在政事的间隙"朋酒斯飨",举行大饮之礼,宴飨群臣。宴席上准备好了两樽酒,一樽里为酒,一樽里为玄酒(即清水,用来调酒、稀释酒的),用来宴饮庆祝。马瑞辰云:"《乡射礼》《大射礼》《燕礼》《乡饮酒礼》《特牲馈食礼》《少牢馈食礼》,凡设尊竝两壶者,有玄酒也。此诗'朋酒',《传》训两樽,盖亦兼玄酒言之。"有酒不能无肉,于是"曰杀羔羊",作为菜肴。国君通过饮酒之礼,来整顿长幼尊卑的次序。群臣也向国君表示感谢和祝福,于是"跻彼公堂,称彼兕觥,万寿无疆",他们登上国君的朝堂,举起酒杯,向国君祝福"大寿无竟",即长生不老。关于这一章,有不同的看法,如方玉润《诗经原始》认为是"农人跻堂称觥,以庆君上,非必至豳公之堂也"。但是《毛诗传》解释"曰杀羔羊"这一句时说:"飨者,乡人以狗,大夫加以羔羊。"乡里的农人应该是"杀狗"来宴飨,大夫宴飨才"杀羔羊"。然而马瑞辰云:"按《乡饮酒》,有乡大夫无加用羔羊之礼,此当从《笺》,谓大饮之礼。"即他认为这一章说"曰杀羔羊",应该是国君宴饮群臣的礼节。所以这一章不是写农人庆祝的,而是写国君在农事结束后,为了庆祝丰收,而在政事的间隙宴飨群臣。国君之所以举行大饮之礼宴飨群臣,也是因为百姓丰收,所以这一章与前面七章描写农人的生活是联系在一起的。

关于这首诗的主旨,《毛诗序》认为:"《七月》陈王业也。周公遭变,故陈后稷先公风化之所由,致王业之艰难也。"据此,《毛诗序》认为这首诗是周公所作。但方玉润认为这首诗是古已有之,只是因为周公将此诗陈述于周成王之前,故后人以为是周公所作。他说:"《豳》仅《七月》一篇所言皆农桑稼穑之事。非躬亲陇亩,久于其道者,不能言之亲切有味也如是。周公生长世胄,位居冢宰,岂暇为此?且公刘世远,亦难代言。此必古有其诗,自公始陈王前,俾知稼穑艰难,并王业所自始,而后人遂以为公作也。"虽然这首诗未必是周公所作,但《毛诗序》的这一观点与《鲁诗》《齐诗》并不冲突,因为《毛诗序》也认为是这首诗描写了周之先公先王的教化和对农桑之本业的重视。

朱熹《诗集传》引王氏曰:"仰观星日霜露之变,俯察昆虫草木之化,以知天时,以授民事。女服事乎内,男服事乎外,上以诚爱下,下以忠利上。父父子子,夫夫妇妇,养老而慈幼,食力而助弱。其祭祀也时,其燕飨也节。此《七月》之义也。"

后人对这首诗的艺术水平评价很高。姚际恒《诗经通论》云:"鸟语虫鸣,草荣木实,似《月令》;妇子入室,茅绹升屋,似风俗书;流火寒风,似《五行志》;养老慈幼,跻堂称觥,似庠序礼;田官染职,狩猎藏冰,祭献执功,似国家典制书。其中又有似《采桑图》《田家乐图》《食谱》《谷谱》《酒经》:一诗之中,无不具备,洵天下之至文也!"

方玉润说:"今玩其辞,有朴拙处,有疏落处,有风华处,有典核处,有萧散处,有精致处,有凄婉处,有山野处,有真诚处,有华贵处,有悠扬处,有庄重处。无体不备,有美必臻。晋、唐后,陶、谢、王、孟、韦、柳田家诸诗,从未见臻此境界。"吴闿生《诗义会通》亦云:"至此诗天时、人事、百物、政令、教养之道,无所不赅,而用意之处尤为神行无迹。神妙奇伟,殆有非语言形容所能曲尽者。洵六籍中之至文矣!"

二、公刘迁豳与周国的创建

《史记·周本纪》记载周文王的先祖说:

> 弃为儿时,屹如巨人之志。其游戏,好种树麻、菽,麻、菽美。及为成人,遂好耕农,相地之宜,宜谷者稼穑焉,民皆法则之。帝尧闻之,举弃为农师,天下得其利,有功。帝舜曰:"弃,黎民始饥,尔后稷播时百谷。"封弃於邰,号曰后稷,别姓姬氏。后稷之兴,在陶唐、虞、夏之际,皆有令德。
>
> 后稷卒,子不窋立。不窋末年,夏后氏政衰,去稷不务,不窋以失其官而奔戎狄之间。不窋卒,子鞠立。鞠卒,子公刘立。公刘虽在戎狄之间,复脩后稷之业,务耕种,行地宜,自漆、沮度渭,取材用,行者有资,居者有畜积,民赖其庆。百姓怀之,多徙而保归焉。周道之兴自此始,故诗人歌乐思其德。公刘卒,子庆节立,国於豳。

历史学家杨宽先生《西周史》说:

> 《括地志》(《史记·周本纪》正义引)说:"不窋故城在庆州弘化县南三里,即不窋在戎狄所居之地也。"唐代弘化县在今甘肃庆阳县。这个地方在邰以北(略偏西)四百多里,恐怕不窋不会迁得那么远,该是后人因不窋有自窜戎狄之说而附会上去的。相传不窋之子名鞠,鞠之子就是公刘。关于鞠的事迹无可查考。从后稷神话来看,后稷是父系氏族社会的开始时期。从

公刘的事迹来看,公刘时代正是创建国家的时期。(《西周史》第一编《西周开国史》第二章第二节)

杨宽先生指出,后稷是周的始祖,从后稷开始一直到公刘之前,都居住在邰,公刘则迁居到豳。公刘迁都是为了扩展农业生产。从公刘到周文王的时代只有十一世或十三世,因此公刘生活的时代大约在商代中期,而不是通常所认为的夏桀时代。公刘是周民族第一个称"公"的人,公刘之称"公",应当是当时周民族对国君的尊称,因此周民族创建国家当在公刘时代。所以公刘在周的历史上是一位非常重要的人物。《大雅·公刘》即是一首歌颂周的先祖公刘率领周民族迁居豳地并创建国家的史诗。

笃公刘,匪居匪康。迺埸迺疆,迺积迺仓;迺裹糇粮,于橐于囊,思辑用光。弓矢斯张,干戈戚扬,爰方启行。

笃公刘,于胥斯原。既庶既繁,既顺迺宣,而无永叹。陟则在巘,复降在原。何以舟之?维玉及瑶,鞞琫容刀。

笃公刘,逝彼百泉,瞻彼溥原。迺陟南冈,乃觏于京。京师之野,于时处处,于时庐旅,于时言言,于时语语。

笃公刘,于京斯依。跄跄济济,俾筵俾几,既登乃依。乃造其曹,执豕于牢,酌之用匏。食之饮之,君之宗之。

笃公刘,既溥既长。既景迺冈,相其阴阳,观其流泉,其军三单。度其隰原,彻田为粮。度其夕阳,豳居允荒。

笃公刘,于豳斯馆。涉渭为乱,取厉取锻。止基迺理,爰众爰有。夹其皇涧,溯其过涧。止旅迺密,芮鞫之即。

《史记·周本纪》说"周道之兴自此始,故诗人歌乐思其德",诗人歌颂公刘、怀念公刘的诗歌,应当就是指这首《公刘》。《毛诗序》认为这首诗的作者是召康公,认为此诗是"召康公戒成王"之作,"成王将涖政,戒以民事,美公刘之厚于民,而献是诗也"。

本诗共六章,每章十句。第一章说的是出发前的准备情况。"笃公刘,匪居匪康,迺埸迺疆,迺积迺仓。"笃厚的公刘,不敢安居享乐,整治好原来的田地疆界,将粮食积累储蓄进仓库。公刘的迁都,不是所有的人民都跟着迁徙了,而是有一部分留在了原地。所以公刘为他们分好田地,储藏好粮食。"迺裹糇粮,于橐于囊,思辑用光。"包裹起干粮,用大大小小的袋子装满了,想着要安定民众、光大国家的前程。这是要跟随迁都的一批民众在出发前做好的准备，也为后面建立新的都城而做好了物质方面的准备。接下来就浩浩荡荡地出发了："弓矢斯张，干戈戚扬，爰方启行。"张开弓箭，把盾、戈、斧子等各种武器举起，于是开始向前行进。

第二章写的是公刘带领民众到了豳地以后，考察和选定了一块适合农业发展的肥美平原。"笃公刘，于胥斯原。既庶既繁，既顺迺宣，而无永叹。"笃厚的公刘啊，考察这个平原，草木丰盛而繁茂。这个平原的选择顺应了百姓的意愿，因此百姓感到内心宣畅，而没有长叹。这四句是说公刘找到了适宜定居的好地方，百姓都很高兴。"陟则在巘，复降在原。何以舟之？维玉及瑶，鞞琫容刀。"这五句写的是公刘找到这块宝地的方法。既登上小山去瞭望，又走下平原去观察。他是怎样周行上下的呢？他戴着一把佩刀，佩刀上的刀鞘是用宝石镶嵌，刀鞘上端则用玉来装饰。

第三章写的是考察和选定建筑京师的地点。"笃公刘，逝彼百泉，瞻彼溥原。迺陟南冈，乃觏于京。"笃厚的公刘啊，走到许多奔流的泉水间，看到那一片广袤的原野，于是登上南山的山脊，于是发现了一块高地。这块高地就是适宜建筑京师的地方。"京师之野，于时处处，于时庐旅，于时言言，于时语语。"京师的田野上，在这里让老百姓居住在可以居住的地方，为旅行而来的人提供庐舍，在这里说他应当说的，讨论应当讨论的问题，即发布政令。

第四章写的是在选定的地点建立宗庙，宗庙建成后举行祭祀，公刘被推举为国君和宗长。"笃公刘，于京斯依。"笃厚的公刘，在选定的高地建立了宗庙。这块高地是选定的京师地点，公刘要在这里建立宫室。根据礼制，国君建立宫室之前，要先建立宗庙，以祭祀列祖列宗。因此"于京斯依"指的是依据此高地建立宗庙。"跄跄济济，俾筵俾几，既登乃依。"宗庙建成以后，群臣众多而且有威仪，都来参加祭祀，陈设了筵席和小桌子，祖先的神位登上了桌子并依靠桌子而树立（可以理解为在桌子上放上了祖先的神位）。"乃造其曹，执豕于牢，酌之用匏。"于是举行告祭来祭祀祖先，在举行告祭之前先举行禬祭，从猪圈里捕捉了猪，用匏来盛酒。猪和酒是用来举行告祭用的。禬祭是祭祀猪的祖先的，禬祭之后才去猪圈捕捉猪来宰杀。匏是一种很简朴的器皿，用匏来盛酒，说明刚迁居于豳，一切都很简朴。"食之饮之，君之宗之。"举行告祭之后，公刘宴飨群臣，赐给群臣食物和酒，群臣推举公刘为君主和宗长。这里所吃的食物就是刚刚祭祀用的猪肉。建立宗庙可以聚集族人，凝聚力量；举行宴饮则可以通过宴饮的仪式和礼节来分别贵贱长幼的次序,从而建立和维护统治秩序。

第五章写的是对整个国都的规划建设,包括选定军队营地、耕种田地和居住区域。"笃公刘,既溥既长。"笃厚的公刘,既使地的东西很广阔,又使地的南北很长。这是说公刘选定的这个新地点很广大。"既景迺冈,相其阴阳,观其流泉,其军三单。"在高冈上用观测日影的方法来确定方向,观察了山的北面和南面,观察了流动的泉水,建立了三支军队。"单"是"相袭"的意思,即相互更换替代,就是让三支军队轮流上岗执行任务,这样当一支军队执行任务时,另两支军队可以在家休息。这样可以使民众休养生息,有足够的时间致力于耕种,体现了公刘的笃厚。公刘观察高冈和流泉就是为了寻找一个可以驻扎军队的地方。"度其隰原,彻田为粮。"丈量那里的湿地和平原,开垦田地,生产粮食,并规定缴纳收获的十分之一作为税收。"度其夕阳,豳居允荒。"丈量山的西边的旷野,豳地适宜居住的地方确实很宽广。这样,整个豳地规划得井井有条。

第六章接着具体写在选定的适宜居住的地方建立房屋。"笃公刘,于豳斯馆。"笃厚的公刘啊,在豳地建立民众的房屋。"涉渭为乱,取厉取锻。"横渡渭水,取得了磨刀石和可以用来打铁的石锤。取这些石头是为了铸造和磨砺斧子、刀等工具,用来砍伐木材建筑房屋。这两句是取材,下面两句诗写开工了。"止基迺理,爰众爰有。"既已建造好了房屋,于是梳理一下民众的人数,来给他们分配居住的房屋,周国的民众众多,人丁兴旺。"理",前人认为是疆理丈量田地,根据人口进行分配,但这样就和上一章"度其隰原,彻田为粮"重复了。我们把它理解为是清理人口数量,正好与"爰众爰有"相接。"夹其皇涧,溯其过涧。"房屋都在皇涧的两边,逆流而上还有过涧。"夹"是指房屋在皇涧的两边布列好像夹着皇涧一样。这两句是说民众居住的房屋的地理位置和周边环境,可以说是有山有水的风水宝地。"止旅迺密,芮鞫之即。"民众移居到这里,都很安定,又靠近芮水的外边居住。这两句诗说民众在皇涧两边住下之后,安居乐业,人口渐渐多了起来,就又向附近的芮水流域发展。

这首诗较长,堪称一首宏大的史诗,层次分明,完整地表现了公刘所建立的功业,确立了公刘在周国发展史上的开创者地位。这首诗的每一章除了开头的一句之外,其余九句都押韵,或一韵到底,或根据内容换韵,具有鲜明的音乐感和节奏感。

三、商民族的三位最重要的人物

《商颂·玄鸟》虽然是一首祭祀祖先的颂诗,却简要地叙述了商朝的几位功绩最为卓著的先祖。一是商的始祖契,二是商朝的建立者成汤,三是使商朝中兴的商高宗武丁。

> 天命玄鸟,降而生商,宅殷土芒芒。
>
> 古帝命武汤,正域彼四方。方命厥后,奄有九有。
>
> 商之先后,受命不殆,在武丁孙子。武丁孙子,武王靡不胜。龙旂十乘,大糦是承。
>
> 邦畿千里,维民所止,肇域彼四海。四海来假,来假祁祁。
>
> 景员维河。殷受命咸宜,百禄是何。

《玄鸟》是《商颂》中的一篇。三家诗皆认为《诗经》中的《商颂》五篇都是春秋时期宋国大夫正考父所作。《史记·宋微子世家》说:"襄公之时,修行仁义,欲为盟主。其大夫正考父美之,故追道契、汤、高宗,殷所以兴,作《商颂》。"这是《鲁诗》的说法。《礼记·乐记》郑玄注说:"《商》,宋诗也。"这是《齐诗》的说法。《后汉书·曹褒传》李贤注引《韩诗薛君章句》说:"正考甫,孔子之先也,作《商颂》十二篇。"《商颂》为何不称"宋颂"呢?王先谦《诗三家义集疏》指出:"不曰'宋'而曰'商'者,孔子编《诗》,鲁定公讳'宋'故也。"因为鲁定公的名为"宋",孔子为避讳而称"商颂"。

王先谦认为《玄鸟》这首诗是"宋公祀高宗之乐歌,明系烝尝时祭之所用",即认为这是宋国君主祭祀商朝高宗武丁的乐歌。武丁敬畏修德,任用贤人辅政,励精图治,使商朝得到空前发展,史称"武丁中兴",又称"武丁盛世"。

"天命玄鸟,降而生商,宅殷土芒芒。"上天命令玄鸟降临人间,使简狄吞下鸟卵而怀孕,生下了商的始祖契。后来建都在殷,国土广阔辽远。根据传说,简狄是有娀氏的女儿、帝喾的妃子。有一天简狄与另外两名女子一起到河边沐浴,见玄鸟产卵两枚,于是吞下了鸟卵,简狄因此怀孕,生下了一个儿子,名叫契。契被尧帝任命为司徒,因辅佐大禹治水有功,被封为商,赐姓子姓。后传到汤,灭掉夏朝,建立商朝。商朝建立后,多次迁都。盘庚是商朝第二十个王,迁都于殷(今河南安阳），此后二百多年都稳定了下来。所以商朝又称作殷商，或者殷朝。故诗中所说的"宅殷"不是说契或汤建都于殷，而是以"殷"为商朝都城的代表，是一种通称。这一段是说商的起源。

"古帝命武汤，正域彼四方。方命厥后，奄有九有。"天帝命令有威武道德的成汤，使他统领四方诸侯王国。并遍告四方诸侯，他完全地拥有了天下九州。这一段写的是商汤的功业。

"商之先后，受命不殆，在武丁孙子。武丁孙子，武王靡不胜。龙旂十乘，大糦是承。"商朝的先王，禀受天命而不至于危殆，在于有后来的子孙武丁使得商朝中兴。成汤的后世子孙武丁，他没有地方不能胜过武王成汤本人的。武丁中兴的功业令后代子孙怀念，因此后代君王仍然准备十辆悬挂龙旗的车马，让武丁的在天之灵仍然能承接享受宏大的祭祀。"在武丁孙子"为倒装句，应为"在孙子武丁"，"孙子"可以理解为"子孙"，词句的意思即"在子孙武丁"。"武王靡不胜"也是倒装句，应为"靡不胜武王"。从这一段开始歌颂商朝的中兴之主商高宗武丁。

"邦畿千里，维民所止，肇域彼四海。四海来假，来假祁祁。"国都周围千里之内，是老百姓所安居的地方。然后又开拓疆域直达四海，拥有了天下。四海之内的天下诸侯都前来朝觐贡献，前来朝觐贡献的诸侯非常多。前两句是说高宗对内治理好了商王朝直接统治的区域，后三句是说高宗又向外征服了天下，天下诸侯都来归顺。这一段是具体称述高宗的功业。

"景员维河，殷受命咸宜，百禄是何。"商朝首都所在的景山四周都是大河，殷商王朝禀受天命都很适合，它承接着上天赐予的众多福禄。这一段是总结，它是说殷商能中兴、长久地统治天下是天命所归。

这首乐歌虽然是祭祀高宗，但是也提到了殷商的始祖契和商王朝的建立者成汤。这首乐歌把高宗和契、成汤放在一起称颂，可见高宗在殷商后人心目中的崇高地位。

《毛诗序》也认为《玄鸟》这首诗是"祀高宗"的，但没有说明是什么时期的诗。郑玄《笺》认为是商朝时期的诗，高宗"崩而始合祭于契之庙，歌是诗焉"，郑玄之说与三家诗不合，但没有进一步论证，今不取。

中国是诗的国度。《尚书·舜典》中记舜的话说："诗言志。"西晋陆机《文赋》说："诗缘情而绮靡。"常有人觉得中国的诗歌以言志抒情为主，一想到古希腊有"荷马史诗"这样的长篇史诗，可能会感到些许遗憾。但其实，《诗经》不仅善于抒情,它本身也是一部伟大的史诗。中国人善于用诗歌记述历史,这种传统一直延续到唐代,诞生了诗圣杜甫,他的诗被后人称为"诗史"。

▶ **诗选注**

豳风·七月

七月流火,	七月转凉,大火星流向了西方,
九月授衣。	九月霜降,给人们布帛制作冬天的衣裳,
一之日觱发,	十一月时已是非常寒冷,
二之日栗烈。	十二月时更加寒气逼人,
无衣无褐,	没有衣服,也没有做衣服的粗布,
何以卒岁?	怎样才能度过这一年中寒冷的时光?
三之日于耜,	正月,春天来了,我修理好我的犁锄,
四之日举趾。	二月我努力耕田,在田间移动着脚步。
同我妇子,	我的妻子儿女也带着酒菜和食物
馌彼南亩,	来到了南边的田亩,劝我们耕田的田大夫
田畯至喜。①	也来了,我们拿出好酒好菜好好招呼。

七月流火,	七月转凉,大火星流向了西方,
九月授衣。	九月霜降,给人们布帛制作冬天的衣裳,
春日载阳,	二月的春天,天气温暖,
有鸣仓庚。	到处听得见黄莺的鸣喧。
女执懿筐,	女孩子们拿着深深的竹筐和藤篮
遵彼微行,	沿着那条墙边的小路去寻找
爰求柔桑。	和采摘柔嫩的桑叶,饲养初生的蚕宝宝。
春日迟迟,	春天的太阳照在身上,白天变得缓慢,
采蘩祁祁。	那么多女孩子,也在采摘白蒿
女心伤悲,	以促进蚕的繁殖。她们青春萌动的心灵忽然有一些忧伤,
殆及公子同归。②	她们希望能和诸侯的女公子一样及时嫁给有情郎。

七月流火,	七月转凉,大火星流向了西方,

八月萑苇。	八月，人们收割芦苇，编织养蚕用的箔筐。
蚕月条桑，	三月是养蚕的季节，人们用手
	攀牵着枝条，采摘枝条上柔嫩的桑叶。
取彼斧斨，	人们拿着方孔的斧头或圆孔的斧头
以伐远扬，	砍伐那些高高的远远扬起的长柯，
猗彼女桑。	攀采那些初生的小桑树上的一簇簇桑叶。
七月鸣鵙，	七月，伯劳鸟鸣叫着，感受到了初生的凉意，
八月载绩。	八月，人们搓捻麻线，用剥下来的麻皮，
载玄载黄，	把丝帛和麻布染成玄色或黄色，
我朱孔阳，	我选取了朱红色的布帛，多么明亮，
为公子裳。③	我用它们为公子们裁剪成裙裳。
四月秀葽，	四月到了，远志开始结实，
五月鸣蜩。	五月之时，蝉在树上长嘶，
八月其获，	八月是收获的季节，
十月陨箨。	十月的寒气使树叶陨落。
一之日于貉，	十一月，我们去打猎，
取彼狐狸，	打到了貉子和狐狸，取下它们的皮，
为公子裘。	为公子缝制又轻又暖和的裘衣。
二之日其同，	十二月，我们一同
载缵武功，	继续打猎的武功事业。
言私其豵，	猎到了一岁的小猪就私自留着，
献豜于公。④	猎到了三岁的大猪就献给国公。
五月斯螽动股，	五月，蝗虫的双腿有力地跃动，
六月莎鸡振羽，	六月，纺织娘振动翅羽发出鸣声，
七月在野，	七月，蟋蟀鸣叫于野外，
八月在宇，	八月，它已在屋檐下徘徊，
九月在户，	九月，蟋蟀来到了我的房门前，
十月蟋蟀入我床下。	十月，它进到了卧室，在床下安眠。
穹室熏鼠，	天冷了，堵上所有的缝隙和洞穴，熏走老鼠，

塞向墐户。	用泥涂严柴门,封上朝北的窗户,
嗟我妇子,	啊我亲爱的妻子,我的孩子们!
曰为改岁,	岁月更替,新的一年和希望之心,
入此室处。⑤	让我们相守在这温暖的房屋。
六月食郁及薁,	六月是吃车下李和薁李的季节,
七月亨葵及菽,	七月,我们烹饪葵和豆类,
八月剥枣,	八月,我们扑打树上的枣子,
十月获稻,	十月,我们收获沉甸甸的稻穗。
为此春酒,	冬天,我们开始用新收获的稻米酿酒,
以介眉寿。	我们在春天酿成、饮用,祈求长寿。
七月食瓜,	七月,我们能吃到香甜的瓜,
八月断壶,	八月,我们把藤上的葫芦摘下,
九月叔苴,	九月,我们收获着麻籽。
采荼薪樗,	我们采摘苦菜,我们砍伐薪柴,
食我农夫。⑥	我们就这样养活我们自己。
九月筑场圃,	九月,我们在田圃上夯筑打谷场,
十月纳禾稼。	十月,我们收割禾稼运到打谷场上。
黍稷重穋,	我们收获了黄米、高粱、
禾麻菽麦。	大米、小米、麻、豆、麦等五谷杂粮。
嗟我农夫,	哎呀,我们这些辛苦忙碌的农夫,
我稼既同,	把所有的谷物都装进了谷仓,
上入执宫功。	于是我们回房,做起修缮房屋的事情。
昼尔于茅,	白天你们去割来茅草,
宵尔索绹。	晚上你们就制作草绳。
亟其乘屋,	抓紧冬天的时光用茅草覆盖好屋顶,
其始播百谷。⑦	因为一到春天,我们就要忙着把百谷播种。
二之日凿冰冲冲,	冲冲,冲冲,人们在十二月凿冰,
三之日纳于凌阴。	又在正月把冰储藏进冰窖。

四之日其蚤，	二月，当国君举行早朝，
献羔祭韭。	用羔羊和韭菜献祭祖先的神灵。
九月肃霜，	九月的寒冷使万物收缩，降下了寒霜，
十月涤场。	十月，人们把收获后的打谷场洗涤干净。
朋酒斯飨，	国君准备了酒和清水举行宴飨，
曰杀羔羊。	为参加宴飨的大臣宰杀了羔羊。
跻彼公堂，	群臣也登上国君的朝堂，
称彼兕觥，	举起了兕觥，那欢乐的酒盅，
万寿无疆。⑧	他们共祝国君长寿，没有止境！

注释

① 七月——指夏历七月，即农历七月。夏历七月，秋天开始，天气开始转凉。后面凡说"月"，都是指夏历的月份。流火——流，下，流动；火，也称"大火"，指心宿，也称心星。心星在夏历六月的黄昏，位于南方，至夏历七月的黄昏，则流向西方。一之日——周历一月里的日子，这里指周历一月。周历比夏历早两个月，周历的一月相当于夏历的十一月。周历的一、二月，正是冬天的时候。后面凡说某之"日"，都是指周历的某月。觱(bì)发(bō)——形容非常寒冷。栗烈——即"颲颲"，或"溧冽"，指寒气。褐——毛布，粗布。卒——终，引申为"度过"。岁——年。三之日——周历三月，即夏历正月；夏历的正月、二月、三月为春天。于——读作"为"，意思是修理。耜(sì)——古代的农具，用来翻土。四之日——周历四月即夏历二月。正是春耕之时。举趾——抬起脚；趾指脚趾，这里代指脚。同——俱，一起。妇子——妻子儿女。馌(yè)——馈，饷田，即给田地里劳动的人送饭。南亩——南边的土地；亩，泛指农田。田畯——农官名，又称农正或田大夫、农大夫，是劝勉鼓励农民种田的官员；在古籍中有时又称"农""田""农夫"。喜——通"饎(xǐ)"，酒食；一说意思是欢喜、高兴。

② 春日——春天，春天包含夏历的正月、二月、三月这三个月，这里指二月。载——始，一说为"则"。阳——温暖。仓庚——鸟名，离黄，即黄鹂、黄莺。懿(yì)——深。遵——遵循，沿着。微行——小路，即房屋周围墙边桑树下的小路。爰(yuán)——语词，犹"曰"。柔桑——初生的桑叶，很柔嫩，故称

"柔桑",用来饲养刚出生的蚕。迟迟——徐也,舒缓也,形容白天天长。蘩(fán)——即白蒿,古人用于繁衍蚕。祁祁——众多,形容采蘩的人多。殆——庶几,含有"希望"的意思。公子——古代男女都可以称"子",这里指"女公子"。归——女子出嫁。

③ 萑(huán)苇——芦苇。八月萑苇长成,收割下来,可以做箔,即养蚕的器具。蚕月——指三月,马瑞辰《毛诗传笺通释》引《博物志》云:"养蚕在三月,生蚕在二月。"条——通"挑"(韩诗作"挑"),有"拨"的意思,条桑是指用手拉低桑树的树枝,然后采摘枝条上的桑叶。斨(qiāng)——方孔的斧头。远扬——指长得太长而远远扬起的枝条。猗——一说读 yǐ,通"掎(jǐ)",意思为牵引,"掎桑"是用手拉着桑枝来采叶;一说"猗"读 yī,为茂盛而美的意思。女桑——桋桑,"木之初生者曰桋"(王先谦),"桋桑"即初生的小桑树;又女与如发音相近,如与柔发音相近,女桑即柔桑,小桑树,小而条长的桑树;又,夷与稚发音相近,桋桑即稚桑,也是指小桑树。鵙(jú)——鸟名,即伯劳,伯劳鸣叫,预示着天气将要变冷。载——则。绩——绩麻,把麻搓成线。玄——黑而有赤的颜色;玄、黄指丝织品与麻织品的染色。朱——朱红色。阳——鲜明。"载玄载黄,我朱孔阳"二句言染色有玄有黄有朱,而朱色尤为鲜明。

④ 葽(yāo)——植物名,今名远志。秀葽——言远志结实。蜩(tiáo)——蝉。陨萚(tuò)——落叶。于貉——射猎貉子。狐——狐狸。狸——猫科动物,似貓;一说"狐狸"即"狐狸"。同——聚合,言狩猎之前聚合众人。缵(zuǎn)——继续。武功——指田猎。豵(zōng)——一岁小猪,这里用来代表比较小的兽。私其豵——言小兽归猎者私有。豜(jiān)——三岁的猪,代表大兽,大兽献给公家。

⑤ 斯螽(zhōng)——即螽斯,也称"蚣蝑",一种类似蝗虫的昆虫,但不是蝗虫,"碧绿色,腹下浅赤,体狭长,飞而以股作声夏夏者,蚣蝑也"(郝懿行《尔雅义疏·释虫第十五》)。莎鸡——虫名,今名纺织娘。振羽——振动翅羽发出声音。穹——穷,尽,所有。窒——堵塞。向——朝北的窗户。墐——用泥涂抹,这里指用泥涂抹木或竹编成的门,以防止风吹进屋内。曰——一作"聿",发语词。改岁——该换年岁,即旧年将尽,新年将来。

⑥ 郁——车下李,一种李子。薁(yù)——薁李,一种李子。菽(shū)——豆类。剥(pū)——通"扑",打,打落。春酒——即酎酒。用稻米酿造最好,其次是用黍(即黄米),再其次是粱(指粟米)。马瑞辰云:"汉制以正月旦作酒,八月成,

名酎酒。周制盖以冬酿,经春始成,因名春酒。"介——祈求,一说为"大"。眉寿——长寿。人老则眉间有豪毛,称秀眉,所以长寿称眉寿。壶——葫芦。叔——拾,收取。苴(jū)——麻籽。荼——苦菜。樗(chū)——木名,臭椿。薪樗——言采樗木为薪。

⑦ 场圃——场指打谷的场地,圃指菜园。春夏做菜园的地方,秋冬筑为场打谷场。纳——收纳,收进谷仓。禾稼——泛指谷物庄稼。重——通"种",先种后熟的谷。穋(lù)——通"稑(lù)",后种先熟的谷。禾麻菽麦——此句中的"禾"专指粟米,即小米。马瑞辰云:"粱者,粟之米也;粟者,禾之实也。此诗以禾麻菽麦并言者,禾即粱也。"上入——上就是入,二者意思相同,这里指进入到房屋里。《毛诗传》云:"入为上,出为下。"宫功——与房屋有关的事情,或室内的事情。宫,古代无论贵族还是平民的房屋都可以叫宫。功,一作"公",功和公都有"事"的意思,即事情、工作。昼——白昼,白天。于——通"於",有"为"的意思,可以读作"为",意思是做,这里可以理解为"取",与"三之日于耜"的"于"用法相同。宵——夜,夜晚。索绹——即"纠绳",打绳子,制作绳索。索——此处为动词,制作。绹(táo)——绞索,绳索。亟(jí)——急,引申为"抓紧时间"。乘屋——盖屋。乘,有"覆"的意思,覆有"盖"的意思。一说乘有"治"的意思,即治理,也可以引申为修缮。

⑧ 二之日——周历二月的日子,夏历的十二月。凿冰——开采冰块,凿取冰块。冲冲——形容凿冰的声音。三之日——周历三月的日子,夏历的正月。纳——收纳,收藏,储藏。凌阴——冰室,储藏冰块的地方。蚤——通"早",这里指早朝。献羔祭韭(jiǔ)——这句是说用羔羊和韭菜祭祖。《礼记·月令》说仲春献羔开冰,四之日正是仲春。肃——缩也,到了秋天万物收缩。朱熹《诗集传》认为肃是指秋天"气肃"。霜——这里指下霜、霜降。涤场——洗涤场地,清扫场地。朋酒——两樽酒。跻(jī)——登。公堂——国君的朝堂。称——举,举起。兕(sì)觥(gōng)——角爵,古代的一种酒杯。万寿——大寿,长寿。万是"大"的意思,"万寿"不能理解为"万年之寿"。无疆——无竟,无穷,没有终止。疆,竟也。

大雅·公刘

笃公刘,　　　　　　忠厚笃实的公刘,

匪居匪康，	不敢停下来享受安康，
廼埸廼疆，	整治好原有的田地疆界，
廼积廼仓。	为留下的人充实好粮仓。
廼裹糇粮，	号召大家用大大小小的橐囊
于橐于囊，	装满了谷物和干粮，
思辑用光。	他想要带着民众去追光。
弓矢斯张，	让勇士们张开了弓箭开道，
干戈戚扬，	带着盾牌、戈矛和斧戕，
爰方启行。①	前行的队伍浩浩荡荡。

笃公刘，	忠厚笃实的公刘
于胥斯原。	考察了豳地的广大平原。
既庶既繁。	那里的草木丰盛而繁茂，
既顺廼宣，	跟随他的民众不再长叹，
而无咏叹。	都感到内心宣畅舒坦。
陟则在𪩘，	公刘登上小山瞭望，
复降在原。	又走下平原细细察看。
何以舟之？	他随身携带了一把佩刀，
维玉及瑶，	玉石镶嵌在刀鞘的两端。
鞸琫容刀。②	如此，他走遍了豳地的周边。

笃公刘，	忠厚笃实的公刘
逝彼百泉，	走到了百泉奔流的地方，
瞻彼溥原。	看到了一片广袤的原野。
廼陟南冈，	他又登上南面的山冈，
乃觏于京。	发现了适宜建都的高地。
京师之野，	在那高地周围的田野上，
于时处处，	为百姓建造临时的居所，
于时庐旅，	为旅人建造临时的庐舍，
于时言言，	在那里，公刘派人发布政令，
于时语语。③	那政令人人都可谈说。

笃公刘，	忠厚笃实的公刘，
于京斯依。	在选定的高地建好宗庙，
跄跄济济，	陈设了筵席和几案，
俾筵俾几，	祖先的神位在案上放好，
既登乃依。	众人来祭祀，威仪庄严。
乃造其曹，	祭祀猪神后，人们从猪圈
执豕于牢，	捉来了猪，用匏瓜做的瓢
酌之用匏。	斟满了美酒，祭祀祖先。
食之饮之，	公刘让众人分食猪肉，
君之宗之。④	他被推举为宗长和君后。
笃公刘，	忠厚笃实的公刘，
既溥既长。	开辟了都城宽广的地方，
既景迺冈，	他在高冈上观测太阳
相其阴阳，	的影子，以确定四周的方向，
观其流泉，	他考察了山南山北和流水，
其军三单。	建立了三支轮岗的军队。
度其隰原，	他丈量了湿地，开垦了平原，
彻田为粮。	定下了纳粮的什一之税。
度其夕阳，	他又丈量了山的西边，
豳居允荒。⑤	宜居的豳地确实宽广。
笃公刘，	忠厚笃实的公刘，
于豳斯馆。	他横渡渭水取来磨刀石，
涉渭为乱，	又取来可以打铁的石锤，
取厉取锻。	在豳地为民众建造房屋。
止基迺理，	建好了房屋，又清点人数，
爰众爰有。	人丁兴旺是如今的周族！
夹其皇涧，	人们居住在皇涧的两边，
溯其过涧。	溯流而上还有过涧，
止旅迺密，	人们都安心居住于此，

芮鞫之即。⑥　　　渐渐地又向芮水边扩展。

注释

① 笃——厚,忠厚。匪——非,不。居——安居。康——安宁。迺——通"乃",于是。场(yì)——田界。疆——疆界,边界。积——囤积、储蓄粮食。仓——将粮食装进仓库中。糇(hóu)粮——干粮。于——在。橐(tuó)、囊(náng)——均为袋子。思——愿,意图,想要。辑——和睦,这里指使百姓和睦。用——以。光——光大国家的前程。矢——箭。斯——语气助词。干、戈、戚、扬——均为武器,戚为斧,扬为钺(yuè)。爰——乃,于是。方——才。启行——开始前行,出发。

② 胥——相,察看。庶——众多。繁——繁茂,这里指草木繁茂,说明土地肥美;一说指跟随公刘来的人口众多。顺——顺应民意。宣——民心宣畅。永——长。陟——升,走向高处。巘(yǎn)——小山。舟——通"周",周行。鞞(bǐng)——刀鞘。琫(běng)——刀鞘口上的玉饰。容刀——装饰性的佩刀。

③ 逝——往。瞻——视,看。溥——广大。觏——见。京——非常高的地方。时——是。于时——在这里。处处——处其所当处之地。庐——寄居,提供庐舍。旅——旅客。

④ 依——依止。跄跄济济——形容人众多而且有威仪的样子。俾——使。筵——筵席。几——小桌子。登——登上祭祀的桌子。依——依靠桌子而树立。造——通"祰",告祭。曹——禣祭。执——捉。豕——猪。牢——猪圈。酌——斟酒。匏(páo)——葫芦。

⑤ 景——同"影",日影。相——考察。阴——山的北面。阳——山的南面。单——相互替代。度——丈量。隰(xí)——低湿之地。彻——一种税收方法,将收获粮食的十分之一上交国家。夕阳——山的西面。允——确实。荒——广大。

⑥ 馆——建造房屋。涉——渡过。渭——渭水。乱——横渡。厉——磨刀石。锻——石锤,用来打铁。止基——完成了房屋的建造。理——清理,这里指清查人口。爰众爰有——人口众多。皇涧——涧水的名称。溯——逆流而

上。过涧——涧水的名称。止——停止,居住。旅——旅人,移民,这里指跟
随公刘移居过来的百姓。密——安定。芮(ruì)——芮水。鞫(jū)——水的
外面。即——靠近。

商颂·玄鸟

天命玄鸟,	上天命令玄鸟降临,
降而生商。	生下了契,商族的始祖,
宅殷土芒芒。①	商族不断地发展壮大,
	生活在一片茫茫的国土。
古帝命武汤,	上帝命令威武的成汤
正域彼四方。	平定了四方,统领诸侯,
方命厥后,	他又遍告四方诸侯,
奄有九有。②	他完全拥有了海内九州。
商之先后,	商朝的先王贤圣频兴,
受命不殆,	禀受天命而不至于危殆。
在武丁孙子。③	成汤的裔孙中有一位武丁,
	又使商朝大放异彩。
武丁孙子,	成汤的裔孙,伟大的武丁,
武王靡不胜。	文治武功皆堪媲美祖宗,
龙旂十乘,	后人用十辆龙旗的马车
大糦是承。④	隆重地祭祀他的在天之灵。
邦畿千里,	国都周围的千里之内
维民所止,	安居着无数殷商的民众,
肇域彼四海。	武丁的统治又直达四海,
四海来假,	天下的诸侯皆来朝贡。
来假祁祁。⑤	

景员维河，	都城建立在景山的脚下，
殷受命咸宜，	大河环绕在景山的周围。
百禄是何。⑥	殷商王朝禀受了天命，
	百千福禄紧紧相随。

注释

① 玄鸟——黑色的鸟，这里指燕子。宅——居住。芒芒——同"茫茫"，广大的样子。

② 古帝——天，上帝。正域——正其疆域，可以理解为平定了天下的疆域。方命之"方"——普遍。后——君主，此处指诸侯。奄（yǎn）——覆盖，全部。有——通"域"。九有——九域，九州。

③ 后——君主。先后——先王。孙子——子孙，后代。

④ 武王——指商朝第一位君主商汤。靡——无。旂（qí）——古时一种旗帜，上画龙形，竿头系铜铃。十乘（shèng）——十辆马车，四匹马驾一辆车为一乘。糦（xī）——黍稷。一说通"饎"，指酒食。大糦——指盛大的祭祀。承——接受。

⑤ 邦畿——国家的疆域。止——安居。肇——通"兆"。肇域——疆域。

⑥ 假——至，到。祁祁——众多。景——景山。员——有"幅员"之意，此处可以理解为四周。受命——禀受天命。咸——都。宜——适宜。何（hè）——通"荷"，承接。

思考题

1. 谈一谈《七月》《公刘》《玄鸟》这几首诗的主旨。

2. 讨论：结合本章所学的三首诗，谈一谈你对诗和史之间的关系的理解。

第十六章

《诗经》中的赞颂和祝福

儒家厌恶"巧言令色"之人，即那种用奉承的语言、谄媚的脸色讨好别人的人，认为这样的人"鲜矣仁"(《论语·学而》)，但也会真诚地赞美别人。如孔子就赞美尧："大哉尧之为君也！巍巍乎！唯天为大，唯尧则之。荡荡乎，民无能名焉。巍巍乎其有成功也，焕乎其有文章！"(《泰伯》)他赞美他的学生宓不齐："君子哉若人！"(《公冶长》)赞美颜回："贤哉回也！"孔子赞美人的关键在于孔子的真诚和符合所赞美之人的实际情况。

赞美是赞美其人本身已有的德行或优点，祝福则是祝愿和希望人们拥有这样的德行或福气。《尚书·洪范》提到人有"五福"："一曰寿，二曰富，三曰康宁，四曰攸好德，五曰考终命。"南唐冯延巳在《长命女·春日宴》中以一位女子的口吻表达了美好的祝愿："春日宴，绿酒一杯歌一遍。再拜陈三愿：一愿郎君千岁，二愿妾身常健，三愿如同梁上燕，岁岁长相见。"人们所祝愿的，让人们感受到生活的美好和生命的值得。

本讲选了五首诗。《周南·樛木》表达了对周文王夫妻二人的祝福。《周南·螽斯》则是对贤母的祝福。《周颂·振鹭》里体现了周天子对杞国和宋国的君主的赞美和祝愿。《小雅·天保》则体现了群臣对周天子的赞颂和祝福。《周颂·丰年》表达了对丰收之年岁的赞颂、对祖先的敬仰和为来年的祈福。

一、对夫妻二人的祝福

《周南·樛木》表达了对周文王夫妻二人的祝福。诗中的君子，如果按照三家诗的说法，则是指周文王这位君主。一般对于君主的祝福，人们会想到祝福他江山永固、万寿无疆，但《樛木》却只是祝福他有一位好妻子，幸福环绕着他。他的幸福与他的婚姻密切相关。他的婚姻幸福，使得他一生幸福。《大雅·思齐》说周文王能"刑于寡妻，至于兄弟，以御于家邦"，他能为妻子做个好榜样，也能为兄弟做榜样，从而能治理好国家。周文王能处理好夫妻关系、兄弟关系，由齐家而进一步才能够治国、平天下。而像葛藟一样的妻子能依附于像高大的樛木一样的丈夫，可以说是适得其所了，这位妻子也是幸福的，因此这首诗也包含了对周文王的妻子太姒的祝福。

> 南有樛木，葛藟累之。乐只君子，福履绥之。
>
> 南有樛木，葛藟荒之。乐只君子，福履将之。
>
> 南有樛木，葛藟萦之。乐只君子，福履成之。

《文选》卷十六潘岳《寡妇赋》云："伊女子之有行兮，爰奉嫔于高族。承庆云之光覆兮，荷君子之惠渥。顾葛藟之蔓延兮，托微茎于樛木。"此赋中，樛木比喻丈夫，葛藟比喻妻子，用葛和藟这两种藤蔓植物托茎于樛木，来比喻妇人女子托身于夫家。即"以女子之奉君子，如葛藟之托樛木"（王先谦《诗三家义集疏》）。可见，这是一首描写夫妻同甘苦共命运的诗歌。这对夫妻即周文王和他的妻子太姒。王先谦说，这是"美文王得圣后、受多福也"，即歌颂周文王得到了一位有贤德的后妃。此说可取。

这首诗共三章，每一章的结构是相同的。根据王先谦的说法，每一章的前半部分"南有樛木，葛藟累（荒、萦）之"，是说"夫人托体于君子，犹葛藟延缘于樛木，为夫人庆也"，即歌颂与庆祝妻子嫁给了一位好丈夫。后半部分"乐只君子，福履绥（将、成）之"，是说"乐哉君子，已得夫人，有此百福以安之，又为国君庆也"，即歌颂与庆祝丈夫（这里特指周文王）得到了一位好妻子（这里特指太姒），能获得很多的福禄。

累、荒、萦，以及绥、将、成的变化，不仅仅是为了押韵。荒有覆盖的意思，与将有大的意思相辅相成。第一章说"安之"，第二章"大之"，第三章"成之"，有递进的层次关系。

《毛诗序》认为："《樛木》，后妃逮下也。言能逮下，而无嫉妒之心焉。"朱熹《诗集传》进一步阐释说："后妃能逮下而无嫉妒之心，故众妾乐其德而称愿之曰：南有樛木，则葛藟累之矣，乐只君子，则福履绥之矣。"朱熹认为这是众妾感后妃之德而对后妃唱的赞歌。但以樛木比喻后妃，以葛藟比喻众妾，似乎不恰当。

今人多认为这是华夏先民的一首祝福歌。刘毓庆《诗经考评》的说法具有代表性："这是一篇向人祝福的歌曲。""诗以高树与葛藟相互纠结缠绕作喻，以象征幸福之神与健康生命的绾结。没有跌宕，没有起伏，只易几字，反复咏叹，尽其情致，表达对人的良好祝愿而已。""在文化视野下来看《樛木》，它所展示出的乃是先民的善良心灵。"我们从中可以感受到"心灵的一片净土与先民生活的祥和气象"。

二、赞颂贤母能使子孙贤

儒家重视生命的延续和家族的繁衍。孟子说："不孝有三，无后为大。"(《孟子·离娄上》)东汉赵岐注说，"于礼有不孝者三者"，第三条是"不娶无子，绝先祖祀"。当然，这句话不可看得绝对，因为从古至今，因种种原因而无后之人很多。陈熙《延续香火的理想与普遍绝嗣的现实——基于家谱的人口数据》一文研究了福建西北山区河谷盆地的松源镇魏氏家族的繁衍情况，指出，从 1650 年至 1917 年的 267 年间，《松源魏氏宗谱》中记载的魏氏家族第 20 世的 169 个男性，仅有 23 人(占 13.61％)在经历了两百余年的生存竞争后，能够拥有自己的后代，而其他大多数都已绝嗣。该文所说的绝嗣应是指，从父系传承上来看，到 1917 年，宗谱中记载的第 20 世的 169 个男性中有 146 人已经没有男性后代存活在世上。印光法师说："不孝有三，无后为大，此对不尽人事者而言也。若已娶而不生，则固非不尽人事也。"也就是说，如果经过自己的努力娶了妻子，也要了孩子，已经尽了人事，尽了自己的本分，却没有生出儿子，这就不能算不孝。印光法师说："我但尽我之分，一切不计，方为乐天知命。命本无子，积德以求，求而不得，有何所憾？"(《复胡奉尘居士书》)此处所说的"积德以求"，是受了《了凡四训》的影响。根据其说，如果命中没有儿子而想要儿子的，通过纳妾、医药治疗、滋补身体等方式求子是不会有效果的，而应当通过多行善事以积累德行的方式来求子；同理，命中本来没有女儿而想要女儿的，也可以通过多行善事以积累德行的方式来求生女儿。

在父系社会及古代的男权社会环境中，人们普遍有多生儿子的愿望是可以理解的。《周南·螽斯》这首诗就是赞颂贤母能使子孙多而贤的。

> 螽斯羽，诜诜兮。宜尔子孙，振振兮。
> 螽斯羽，薨薨兮。宜尔子孙，绳绳兮。
> 螽斯羽，揖揖兮。宜尔子孙，蛰蛰兮。

《毛诗序》说："《螽斯》，后妃子孙众多也。言若螽斯，不妒忌，则子孙众多也。"王先谦认为，《韩诗》还有更进一层意思，即"美后妃能使子贤也"。周文王妻太姒，生十子：伯邑考、武王发、管叔鲜、周公旦、蔡叔度、曹叔振铎、成叔武、霍叔处、康叔封、冉季载。除了管叔鲜、蔡叔度、霍叔处后来与武庚作乱之外，余皆有贤德。

朱熹《诗集传》阐释《毛诗序》说："后妃不妒忌而子孙众多，故众妾以螽斯之群处和集而子孙众多比之，言其有是德而宜有是福也。""螽斯"在这里比喻的是后妃和众妾，"诜诜""薨薨""揖揖"，指螽斯众多且和谐群处，形容后妃不妒忌，能使众妾和集。《太平御览》卷一百三十七引《续汉书》载汉顺帝的皇后梁皇后对汉顺帝说的话："阳以博施为德，阴以不专为义。盖诗人《螽斯》之福，则百斯男之祚所由兴也。"其中"阴以不专为义"即是指后妃有不妒忌之德。如果我们按照这首诗是歌颂文王之妻太姒来看，这里的后妃即是指太姒。太姒不妒忌，能和集周文王众妾，则能使周文王子孙众多而且有贤德。"尔"似乎应指周文王，正是因为太姒不妒忌，能使众妾如螽斯"诜诜"和集群处，使得周文王的子孙"振振"仁厚而盛多。"尔"也可以指太姒，因为太姒不妒忌，能和好众妾，所以能有众多性情仁厚的儿子。

王先谦指出，《韩诗》以"绳绳"形容"敬貌"，《鲁诗》以"蛰"为"静"义。《毛诗传》释"振振"为"仁厚"的样子，释"绳绳"为"戒慎"的样子，释"蛰蛰"为"和集"的样子。王先谦说，"振振""绳绳""蛰蛰"，"皆主性情言"，即都是形容子孙有贤德。而朱熹《诗集传》则释"振振"为"盛貌"，释"绳绳"为"不绝貌"，释"蛰蛰"为"多"。所以整首诗合起来看，我们可以理解为这首诗一方面是祝福人们子孙众多，另一方面是赞美"贤母使子孙贤也"（王先谦语）。孔子、孟子能成为圣人，也都与他们有一位贤母分不开。合起来则如王先谦所说，此诗是"周南诗人美后妃子孙多且贤也"。

三、天子对诸侯的祝福

人与人之间相处，既要有相互之间的劝告、督促，也要有相互之间的称赞、肯定。相互劝告、督促，使人们不断反思自己，不断成长进步；相互称赞、肯定，则使人们心情愉悦，充满信心。《周颂·振鹭》一诗，体现了周天子对诸侯的称赞和肯定，也体现了对他们的祝福，这种祝福也暗含了对他们的劝告。因为祝福他们成为具有某种美德的人，其实也是劝告他们应当成为具有这种美德的人。

> 振鹭于飞，于彼西雝。我客戾止，亦有斯容。
> 在彼无恶，在此无斁。庶几夙夜，以永终誉。

《毛诗序》说："《振鹭》二王之后来助祭也。"郑玄《笺》云："二王，夏、殷也，其后，杞也，宋也。"周朝建立后，封夏商之后。《汉书》卷六十七《梅福传》载匡衡议说："王者存二王后，所以尊其先王而通三统也。"这首诗是夏、商两代王朝的后人杞国和宋国的国君来周王室助祭所用的颂歌，是以周王室的口吻写的。

周朝建立后，分封了夏、商两朝及黄帝、虞舜等古代帝王的后人，以表达对先王的尊崇。周朝行"王道"，以德服天下，所以尊崇先王，承接道统；后代王朝多行"霸道"，以武力统一天下，所以当新王朝建立时，往往把前代王朝的嫡系后裔斩尽杀绝，害怕他们东山再起。

"振鹭于飞，于彼西雝。"一群白鹭飞啊飞，在那西郊的大学堂。白鹭比喻西雝的学士。西雝的学士受到周文王德行的教化，德行纯美如白鹭之洁白，威仪整肃如白鹭飞行之翩然。"我客戾止，亦有斯容。"我周王室的两位客人到了，他们也有着和这些德行如白鹭的学士一样的容貌举止。以上四句是赞美杞宋两国国君的德行之美。"在彼无恶，在此无斁。"他们在自己的国家那里受人尊敬爱戴，没有人厌恶他们；他们来到了我周王朝的国都这里也受到我们的欢迎，没有人讨厌他们。这两句是说两位国君的美好德行受到广泛的爱戴。"庶几夙夜，以永终誉。"希望你们从早到晚都要谨慎小心，以长久地保持众人对你们的赞誉。这两句是周天子对两位国君的劝勉之词。

周代特别重视人的德行，他们认为周武王之所以能取代商朝统治天下，就是因为周文王、周武王的德行教化惠及百姓，顺应了天命。夏朝、商朝之所以失去了天下，是因为夏朝的最后一个君主桀、商朝的最后一个君主纣都荒淫无道，失去了天命的保佑。所以在这首颂歌中，周天子赞颂杞宋两国君主有美好的德行，能奉祀先祖，并勉励他们继续修身立德，以长久地保存夏、商的奉祀。

四、臣下对天子的祝福

上对下有祝福和规劝，下对上也有祝福和规劝。古代大臣辅佐君主，固然要匡正君主的过失，使之恒为善而不离正道，同时，大臣们对君主的祝福，也体现了他们对君主的爱戴和拥护之情。不过,臣下对君主的祝福关键要真诚,而不可流于谄媚。《小雅·天保》就是一首臣下祝福君主的诗。

> 天保定尔,亦孔之固。俾尔单厚,何福不除? 俾尔多益,以莫不庶。
> 天保定尔,俾尔戬穀。罄无不宜,受天百禄。降尔遐福,维日不足。
> 天保定尔,以莫不兴。如山如阜,如冈如陵,如川之方至,以莫不增。
> 吉蠲为饎,是用孝享。禴祠烝尝,于公先王。君曰卜尔,万寿无疆。
> 神之吊矣,诒尔多福。民之质矣,日用饮食。群黎百姓,遍为尔德。
> 如月之恒,如日之升。如南山之寿,不骞不崩。如松柏之茂,无不尔或承。

《毛诗序》说:"《天保》,下报上也。君能下下以成其政,臣能归美以报其上焉。"三家诗无异义。郑玄《笺》说:"'下下',谓《鹿鸣》至《伐木》,皆君所以下臣也。臣亦宜归美于王,以崇君之尊而福禄之,以答其歌。"朱熹《诗集传》说:"人君以《鹿鸣》以下五诗燕其臣,臣受赐者,歌此诗以答其君,言天保之安定我君,使之获福如此也。"《小雅》中的从《鹿鸣》至《伐木》五首诗表达了君主对臣子的厚爱,《天保》这首诗则是臣子为了报答君主的厚爱,而赞颂和祝福君主的诗歌。这里的君主即是周天子。

第一章即开门见山地说上天保佑君主,给君主很多福禄。"天保定尔,亦孔之固。"东汉王符《潜夫论·慎微篇》说:"言天保佐王者,定其性命,甚坚固也。"上天保佑你,坚定你的性命,上天使你的本性非常坚固。《韩诗外传》卷六说:

> 子曰:"不知命,无以为君子。"言天之所生,皆有仁义礼智顺善之心,不知天之所以命生,则无仁义礼智顺善之心。无仁义礼智顺善之心,谓之小人。故曰:"不知命,无以为君子。"《小雅》曰:"天保定尔,亦孔之固。"言天之所以仁义礼智保定人之甚固也。

因此这里的"性命"即"仁义礼智顺善之心",臣子祝愿君主能坚定地保有这样的"仁义礼智顺善之心",做一个仁德的君主。"俾尔单厚,何福不除?"上天使你得到深厚的回报,上天厚待你,什么福禄不给予你呢? "俾尔多益,以莫不庶。"上天又使你多多地获得众物,因此没有什么东西不是丰盛的。

第二章继续说上天每一天都赐福给君主。"天保定尔,俾尔戬穀。"上天保佑你,坚定你的善性,使你获得福禄。"罄无不宜,受天百禄。"你所有的言行没有不合适的,你蒙受了上天很多的福禄。"降尔遐福,维日不足。"上天给你降下了远大的幸福,每一天都给你还不够。这一章反复说上天降下福禄给君主。王先谦说:"颂祝之词,不以重复为嫌。"

第三章则承接上一章,用了一组比喻来形容上天赐给君主的福禄之多。"天保定尔,以莫不兴。"上天保佑你,坚定你的善性,没有什么不使你兴盛的。接下来是五个比喻:"如山如阜,如冈如陵,如川之方至,以莫不增。"上天给你的福禄就像山冈、像丘陵一样高大茂盛。就像河水正好来到,涨潮了,你的福禄没有什么不增加的。

第四章是说君主虔诚地祭祀先公先王,能得到先公先王的保佑和祝福。这一保佑和祝福,也是臣子对君主的美好祝福。"吉蠲为饎,是用孝享。"你准备了美好洁净的酒食,作为祭品,用它们来祭祀先人。"禴祠烝尝,于公先王。"你一年四季都按时祭祀,祭祀历代的先公先王。"禴"又写作"礿","烝"又写作"蒸"。这里的"禴祠烝尝"是一年四季不同季节宗庙祭祀的名称。西汉董仲舒《春秋繁露·四祭》说:

> 古者岁四祭,四祭者,因四时之所生孰,而祭其先祖父母也。故春日祠,夏日礿,秋日尝,冬日蒸。此言不失其时,以奉祭先祖也。过时不祭,则失为人子之道也。祠者,以正月始食韭也;礿者,以四月食麦也;尝者,以七月尝黍稷也;蒸者,以十月进初稻也。此天之经也,地之义也。

又其《祭义》说:

> 宗庙之祭,物之厚无上也。春上豆实,夏上尊实,秋上杬实,冬上敦实。豆实,韭也,春之所始生也;尊实,麷也,夏之所受初也;杬实,黍也,秋之所先成也;敦实,稻也,冬之所毕熟也。始生故曰祠,善其时也;夏约故曰礿,贵所受初也;先成故曰尝,尝言甘也;毕熟故曰蒸,蒸言众也。奉四时所受于天者而上之,为上祭,贵天赐,且尊宗庙也。

"君曰卜尔,万寿无疆。"先公先王告诉你,你会万寿无疆。

第五章是说上天保佑你的黎民百姓安居乐业。"神之弔矣,诒尔多福。"祖先的神灵降临了,赠送给你众多的福禄。"民之质矣,日用饮食。"你的民众都会安享太平,安于其平常的生活,每一天温饱无忧、安居乐业。"群黎百姓,遍为尔德。"你的百官和民众,都普遍地受到你的德行的教化。

第六章又回到对君主本人的祝福。"如月之恒,如日之升。"就像上弦月不断饱满,就像太阳不断上升。这可以理解为祝福君主的生命蒸蒸日上、事业也蒸蒸日上。"如南山之寿,不骞不崩。"你的寿命就像南山一样长久,你像南山一样不会损坏,不会崩塌。"如松柏之茂,无不尔或承。"你的生命就像松柏一样茂盛长青,所有的福禄没有你不接受的,即所有的福禄都降临到你的身上。

这首诗蕴含了最美好的祝福,它不仅祝福君主本人长寿多福,也祝福了国泰民安,而这在这美好的祝愿中,也指出了福禄来自君主的仁德善性,君主对先公先王的虔诚恭敬获得了先公先王的保佑。因此,这首诗从根本上祝福了君主善性坚固,而这善性坚固是一切美好幸福的根源。

五、天子祭祖祈福

福从何来?《周易·坤文言》说:"积善之家必有余庆,积不善之家必有余殃。"《尚书·伊训》说:"圣谟洋洋,嘉言孔彰。惟上帝不常,作善降之百祥,作不善降之百殃。尔惟德罔小,万邦惟庆;尔惟不德罔大,坠厥宗。"《道德经》说:"天道无亲,常与善人。"儒家认为,福禄自天而降,而必为人心之善、人的美好德行所感召。《大雅·文王》说:"文王在上,於昭于天。""文王陟降,在帝左右。"古人相信德行盛大的祖先去世后,其神灵在天上陪伴着上帝左右。因此古人常常通过祭祖的方式,祈求祖先保佑,降福于己。《周颂·丰年》一诗即体现了周天子在丰收之后,祭祀祖先,并向祖先祈求福禄的情形。

丰年多黍多稌,亦有高廪,万亿及秭。

为酒为醴,烝畀祖妣,以洽百礼。

降福孔皆。

东汉蔡邕《独断》说:"《丰年》一章七句,蒸尝秋冬之所歌也。"王先谦认为这是《鲁诗》的观点,《齐诗》《韩诗》当同。《毛诗序》说:"《丰年》,秋冬报也。"郑玄《笺》说:"报者,尝也,烝也。"古代宗庙祭祀,一年四季皆有,春天祭祖称"祠",夏天祭祖称"禴",秋天祭祖称"尝",冬天祭祖称"烝"。《丰年》这首诗是丰收之后,周天子在秋天、冬天时候祭祀祖先的诗歌,"报"可以理解为向祖先汇报丰收的情况、报答祖先的保佑之恩。

"丰年多黍多稌,亦有高廪,万亿及秭。"丰收的年岁,收获了无数的黄米和稻谷,把黄米和稻谷盛放进高高的谷仓,谷仓里的谷物多得数不清。这三句即是周天子向祖先的神灵汇报丰收的情形。诗句朴实而形象,只说谷物"多"、粮仓"高",谷物多达"万""亿""秭"之数,写出了丰收的喜悦之情。

"为酒为醴,烝畀祖妣,以洽百礼。"用收获的谷物酿造美酒、酿造甜酒,进献给祖先的神灵,配合了祭祖的各种祭品和礼仪。这三句写的是向祖先的神灵贡献祭品,以及概括地描述了祭祀的整个过程。王先谦《诗三家义集疏》说:"秋祭曰'尝',冬祭曰'烝',本皆宗庙之祭。诗言'为酒为醴,烝畀祖妣',又明为享先祖先妣,不必为《月令》之'大享帝'及'祈来年于天宗'也。古者祭不欲数,天子祈报,皆即于时祭行之。"即此诗是祭祀祖先的,无祭祀天帝的意思。

"降福孔皆!"希望祖先的神灵降下福禄,这些福禄是全面、普遍而美好的。这一句表达了周天子的愿望和祝福。周天子希望祖先保佑的,不仅仅是自己的天子之位、荣华富贵,更重要的是保佑来年也能丰收,保佑天下的百姓安居乐业。

南宋朱熹认为此诗是祭祀农神、土地神及四方之神的,其《诗集传》说:"此秋冬报赛田事之乐歌,盖祀田祖、先农、方社之属也。言其收入之多,至于可以供祭祀、备百礼,而神降之福将其遍也。"又清方玉润《诗经原始》说:"《笺》以秋冬报为尝烝,王安石以丰年属天地之功,故以此诗为祭上帝。陈祥道引《丰年》以证《礼》,谓秋报者,季秋之于明堂也。吕祖谦谓以祈为郊,则季秋大飨明堂,安知不并歌《丰年》之诗以为报欤?曹粹中谓秋冬大飨,及祭四方八蜡,天地百神,无所不报,同歌是诗。"他认为祭天、祭祀天地百神时也要唱这首诗。二说可供参考。

我们在读这些关于赞颂和祝福的诗歌时,心里所想的,何尝不是对我们所敬仰之人的赞颂?何尝不是对我们自己的美好未来的祝福?德国诗人里尔克在一首诗中写道:"啊,诗人,你说,你做什么? ——我赞美。"(冯至译)愿我们怀着对生活和生命的真诚祝福和赞美,坦然面对生活和生命中所遇到的一切。

▶ 诗选注

周南·樛木

南有樛木,	这生长南方的高大的树木,
葛藟累之。	葛藟的藤蔓缠绕着树干。
乐只君子,	满怀喜乐的彬彬君子,

福履绥之。①　　　　幸福和好运使他心安。

南有樛木，　　　　这生长南方的高大的树木，
葛藟荒之。　　　　葛藟的叶子覆满了树冠。
乐只君子，　　　　满怀喜乐的振振君子，
福履将之。②　　　　幸福和好运闪耀着光环。

南有樛木，　　　　这生长南方的高大的树木，
葛藟萦之。　　　　茂盛的葛藟将它萦绕包围。
乐只君子，　　　　满怀喜乐的堂堂君子，
福履成之。③　　　　幸福和好运使他的人生完美。

注释

① 樛（jiū）——木下曲曰樛。又，樛通"朻"，高木。又，朻与纠音义同，纠缭相结，正枝曲下垂之状。樛木——下曲而高的树。葛（gé）——藤类植物。藟（lěi）——似葛而粗大。累——攀缘，缠绕。只——语气助词。履——福。履，足所依也，与福相依，无所不顺，故履训福也。又，履与礼意思相通，礼有致福之意，故履为福。又，履有禄的意思（声转义同），禄也有福的意思。绥——安。

② 荒——芜也，奄也。王先谦说，"草多则荒芜而所掩覆者大"，故荒有掩盖的意思。将——大，也有扶助的意思。

③ 萦（yíng）——萦绕，回旋缠绕，有盘旋而上达之意。成——就，成就。

周南·螽斯

螽斯羽，　　　　群飞的螽斯振动着翅羽，
诜诜兮。　　　　那么多，从半空中飞过，
宜尔子孙，　　　　你的子孙啊，个个优秀，
振振兮。①　　　　个个都奋发有为，努力振作。

螽斯羽，	群飞的螽斯振动着翅羽，
薨薨兮。	那么多，在半空中飞舞，
宜尔子孙，	你的子孙啊，个个良善，
绳绳兮。②	个个都谨慎恭敬，警惕肃穆。

螽斯羽，	群飞的螽斯振动着翅羽，
揖揖兮。	那么多，汇集在半空，
宜尔子孙，	你的子孙啊，个个善良，
蛰蛰兮。③	个个都谦虚低调，和悦安静。

注释

① 螽（zhōng）斯——又名斯螽，蜙蝑。蝗虫类的昆虫，俗名"跳八丈"，江东呼为"虴蜢"。羽——螽斯群飞，故以"羽"言。诜诜（shēn）——通"莘莘"，众多的样子。振振（zhēn）——群飞的样子，形容众子孙奋迅振动、奋发有为的样子。

② 薨（hōng）薨——通"翃翃"，飞也。绳绳——警戒谨慎的样子。绳，慎也。

③ 揖（jí）揖——通"集集"，会聚的样子。蛰（zhé）蛰——安静而各得其所的样子。蛰，藏也，物伏藏则安静。

周颂·振鹭

振鹭于飞，	白鹭张开洁白的翅膀，
于彼西雝。	群飞于西郊水边的学堂。
我客戾止，	两位贵客来到了镐京，
亦有斯容。①	也有着同样高洁的姿容。

在彼无恶，	愿你们在自己生活的地方
在此无斁。	受人爱戴，在此地也一样。
庶几夙夜，	愿你们终日谨慎着言行，

以永终誉。②　　　　永远像这样受人称颂。

注释

① 振——鸟群飞的样子。鹭——白鹭。雕（yōng）——水泽，这里指辟雍，周文王时所建立的大学。戻（lì）——到。止——语气助词。

② 恶——厌恶。斁（yì）——厌弃。庶几——差不多，表示希望。夙夜——早晚。永——长久。终——通"众"，众人。

小雅·天保

天保定尔，　　　　　上天保佑你使你心安，
亦孔之固。　　　　　上天使你的善性坚固。
俾尔单厚，　　　　　上天是如此厚待你，
何福不除？　　　　　赐予你所有的幸福。
俾尔多益，　　　　　赐予你衣食丰盈，
以莫不庶。①　　　　所有的善愿无不达成。

天保定尔，　　　　　上天保佑你善性坚固，
俾尔戬穀。　　　　　使你获得众多的幸福。
罄无不宜，　　　　　你一言一行无所不宜，
受天百禄。　　　　　蒙受上天的百般呵护。
降尔遐福，　　　　　每一天爱你也爱不够，
维日不足。②　　　　上天降下了幸福的神咒。

天保定尔，　　　　　上天保佑你善性坚固，
以莫不兴。　　　　　为你兴起所有的宝物，
如山如阜，　　　　　堆积如阜，如隆起的山丘，
如冈如陵，　　　　　如高冈山陵连绵起伏，
如川之方至，　　　　如同江河奔腾而来，

以莫不增。③　　　　　无数的珍宝焕发异彩。

吉蠲为饎，　　　　　你把美味洁净的酒食
是用孝享。　　　　　虔诚地献给祖先的神灵，
禴祠烝尝，　　　　　一年四季都按时祭祀
于公先王。　　　　　伟大而久远的先王先公。
君曰卜尔，　　　　　先公先王的神灵在上，
万寿无疆。④　　　　　告诉你，你将万寿无疆！

神之弔矣，　　　　　先公先王的神灵降临，
诒尔多福。　　　　　赐给了你众多的幸福，
民之质矣，　　　　　你的民众都安享太平，
日用饮食。　　　　　平平淡淡，无忧无虑，
群黎百姓，　　　　　所有的民众，所有的贵族，
遍为尔德。⑤　　　　　都普遍受到你德行的化沐。

如月之恒，　　　　　犹如上弦月不断饱满，
如日之升。　　　　　犹如太阳从东方上升，
如南山之寿，　　　　　你像南山般稳固永恒，
不骞不崩。　　　　　不会减损，也不会塌崩。
如松柏之茂，　　　　　你的生命如松柏长青，
无不尔或承。⑥　　　　幸福笼罩你，如满天的星星。

注释

① 保——安定。尔——你，指君主，周天子。孔——很。固——坚固。俾 (bǐ)——使。单——通"亶"，有"厚"的意思；另外，单亦有"大"的意思。除——通"余"，"余"又通"予"，给予，赐予。以——而。庶——众多。

② 戬 (jiǎn)——福。穀 (gǔ)——禄。罄 (qìng)——尽，全部。遐——远。维日不足——虽日日享福，也享不尽。维，虽。

③ 阜(fù)——土山,高丘。陵——丘陵。川之方至——河水正在涨潮。

④ 吉——吉日。蠲(juān)——《鲁诗》作"圭",《释文》:"蠲,旧音圭。"圭,清洁。饎(chì)——祭祀用的酒食。是用——即用是,用此。孝享——享,献上祭品。祭祀先人,故曰"孝享"。禴(yuè)祠烝尝——皆为宗庙祭祀的名称,春曰祠,夏曰禴,秋曰尝,冬曰烝。公——周的远祖,曾为诸侯,故曰公。先王——周文王始受命称王,又追赠其父季历为王,称王季,追赠其祖父古公亶父为王,称太王。即古公亶父以上称"公",古公亶父以后称"王"。君——指上一句所说的先公先王的神灵,祭祀时显现为扮演先公先王的"尸"。卜——《韩诗》解释为"报",《毛诗》解释为"予",给予。万——大。无疆——没有边界,无穷。

⑤ 神——神灵。此指先公先王的神灵。弔(dì)——至,降临。诒(yí)——通"贻",赠给。质——马瑞辰依《广雅》释为"常",平常。用——以。群黎——民众。百姓——百官族姓,指当时的贵族。为——通"譌",其义同"讹","讹"通"化",感化。

⑥ 恒——通"緪(gēng)",指月到上弦;刘毓庆认为应读"恒"本字,永恒,此处指月亮在天地间永恒存在。骞(qiān)——亏损。或——有。承——受,承受,接受。

周颂·丰年

丰年多黍多稌,	这是丰收的年岁!
	数不清的黄米,
	数不清的稻谷。
亦有高廪,	看那高高的、高高的粮库!
万亿及秭。①	万万颗的黄米,
	亿亿粒的稻谷,
为酒为醴,	酿好了美酒,酿好了甜酒,
烝畀祖妣,	献祭给与天同在的先祖。
以洽百礼。②	又献上各样的祭品合在一起,
降福孔皆!③	愿祖先的神灵降下盛大的福禄!

注释

① 黍（shǔ）——黄米。稌（tú）——稻子。廪（lǐn）——粮仓。万亿及秭（zǐ）——《毛诗传》："数万至万曰'亿'，数亿至亿曰'秭'。"即万万为亿，亿亿为秭，皆形容数量极多。

② 醴（lǐ）——一晚上即可酿熟的酒，即酒精度数极低的甜酒。烝（zhēng）——同"蒸"，冬天祭祀祖先曰"烝"。畀（bì）——给予。祖妣（bǐ）——指男女祖先。洽（qià）——合。百礼——指祭祀时的各种礼仪。

③ 孔——很，甚。皆——普遍，多。一说意同"嘉"，美好。

思考题

1. 谈一谈《樛木》《螽斯》《振鹭》《天保》《丰年》这几首诗的主旨。

2. 讨论：结合本章所学的诗篇，谈一谈古今表达赞颂和祝福的方式的异同。

主要参考文献

〔西汉〕毛亨传、〔汉〕郑玄笺、〔唐〕陆德明释文：《宋本毛诗诂训传》，北京：国家图书馆出版社 2017 年版。

〔西汉〕司马迁：《史记》，北京：中华书局 2014 年版。

〔东汉〕班固：《汉书》，北京：中华书局 1962 年版。

〔西晋〕陈寿：《三国志》，北京：中华书局 1959 年版。

〔南朝宋〕范晔：《后汉书》，北京：中华书局 1965 年版。

〔唐〕孔颖达：《毛诗正义》，北京：北京大学出版社 2000 年版。

〔南宋〕朱熹：《诗集传》，北京：中华书局 2011 年版。

〔南宋〕朱熹：《四书章句集注》，北京：中华书局 1983 年版。

〔明〕朱谋㙔：《诗故》，《钦定四库全书》，经部三，诗类。

〔明〕钟惺：《诗经》，北京：国家图书馆出版社 2023 年版。

〔清〕钱澄之：《田间诗学》，《钦定四库全书》，经部三，诗类。

〔清〕陈启源：《毛诗稽古编》，北京：北京大学出版社 2023 年版。

〔清〕姚际恒：《诗经通论》，北京：语文出版社 2020 年版。

〔清〕牛运震：《诗志》，北京：语文出版社 2019 年版。

〔清〕崔述：《读风偶识》，北京：语文出版社 2020 年版。

〔清〕牟庭：《诗切》，济南：齐鲁书社 1983 年版。

〔清〕刘沅：《诗经恒解》（晚年定本），守经堂印，庚申夏五月致福楼重刊。

〔清〕马瑞辰：《毛诗传笺通释》，北京：中华书局 1989 年版。

〔清〕陈奂：《诗毛氏传疏》，南京：凤凰出版社 2018 年版。

〔清〕魏源：《诗古微》，见《魏源全集》第一册，长沙：岳麓书社 2004 年版。

〔清〕孙联奎：《诗品臆说》，见〔清〕孙联奎、〔清〕杨廷芝：《司空图〈诗品〉解说二种》,济南:山东人民出版社 1962 年版。

[清] 方玉润:《诗经原始》,北京:中华书局 1986 年版。

[清] 王先谦:《诗三家义集疏》,北京:中华书局 1987 年版。

[清] 陈继揆:《读风臆补》,北京:语文出版社 2019 年版。

[清] 皮锡瑞:《经学通论》,北京:中华书局 2020 年版。

吴闿生:《诗义会通》,上海:中西书局 2012 年版。

陈子展:《诗经直解》,上海:复旦大学出版社 1983 年版。

高亨:《诗经今注》,上海:上海古籍出版社 1980 年版。

程俊英:《诗经译注》,上海:上海古籍出版社 1985 年版。

洪湛侯:《诗经学史》,北京:中华书局 2002 年版。

鲁洪生主编:《诗经集校集注集评》,北京:现代出版社、中华书局 2015 年版。

刘毓庆:《从经学到文学——明代〈诗经〉学史论》,北京:商务印书馆 2001 年版。

刘毓庆:《诗经考评》,北京:商务印书馆 2019 年版。

王秀梅:《诗经》(全本全注全译),北京:中华书局 2015 年版。

向宗鲁:《说苑校证》,北京:中华书局 1987 年版。

许维遹:《韩诗外传校释》,北京:中华书局 1980 年版。

张涛:《列女传译注》,济南:山东大学出版社 1990 年版。

后　记

　　这本关于《诗经》的导读教材是继我的博士论文出版之后，我特别重视的一本书。如果把这本书放置在从古到今众多的研读《诗经》的文献中，它或许微不足道，但对我本人却具有重要的意义。它不仅是我研读中华优秀传统文化的一点心得，也是我拿来向中华优秀传统文化致敬的礼物。

　　这本书之所以能写出，有以下几个原因。一是我对中华优秀传统文化的热爱和孜孜不倦的研读。我本科读的是历史系，硕士读中国古代史，博士则转到了中文系，攻读文艺学，不过我的兴趣则一直在中国古代的文史方面。我不仅对文言文写成的诗文有着天然的热爱和尊敬，也对中华优秀传统文化博大精深的思想内涵至为服膺。二是我对诗歌的热爱和坚持写作。自高中时期写诗到现在，如果从1999年有自觉意识地写诗开始算起，至今已经25年了。我热爱诗歌，热爱《诗经》，有一种想要言说、阐释和翻译它的冲动。三是我作为课程负责人在上海理工大学开设了"《诗经》导读"这门课并已经讲了六年，在讲课的过程中我不断研读古人的著作，每一轮的讲解中，我都有新的体悟和收获，这也使我心中酝酿了许多想法不吐不快。当然，最直接的原因，还是学校和学院的领导们对通识课程的重视以及对通识教材出版的策划和推动，加快了这本书的写作进程。

　　在这本书写成之际，我不禁感慨自己的鲁笨愚拙，深感自己非才思敏捷之辈，因此读书治学能有这样一点心得，于我来说不是很容易的事。回顾2010年博士毕业后，我来到上海理工大学，先做了七年半的辅导员工作。做好本职工作之余，我带领同学们练习八段锦、朗诵和写作诗歌、吟诵古诗词、共同学习《论语》等等，开展了大大小小上百场次国学活动，再加上自己对中华优秀传统文化的研读和生活体悟，我探索了"四维度国学"理论。后来在张荣明先生的督促和指导下，我写成一万二千余字的文章《生死视野下的国学四维度理论简论》，发表在张荣明先生和陈萍先生主编的《中华国学研究（卷二）》（上海人民出版社 2017 年版）。"四维度国学"理论在实践中的不断探索、构想、形成到最终写成文章发表，用了七年的时间。同样，这本关于《诗经》导读的教材的写作，也不是一蹴而就的。如果从 2015 年我应邀写作《诗经选》开始算起，一直不间断地研读、教学、写作，至今已整整九年。如此看来，我的才思可谓缓慢鲁钝，所幸能够不断坚持，终于能向读者诸君献上这本小书。书已写成，希望能引起您的关注和阅读，并真诚地希望您读了能有收获。

行文至此，我心中又升起了想要努力做好一名教师和中华优秀传统文化的传承者的责任感，遂赋诗一首曰：

> 天降愚才自可欣，学诗悟道素殷勤。
> 斐然狂简看皆是，愿奉黄钟振此文。

是为后记。

刘　永

2024 年 11 月 2 日写于上海理工大学复兴路校区教师休息室